KB149228

중학생을 위한
소설 30선 (하)

엮은이 김 훈
안 도 현

도서
출판 **한빛**

모든 문학은 인간의 삶을 담아내는 그릇이다. 그 중에서도 소설은 삶을 좀더 면밀하고 자상하게 담아내는 그릇이라고 할 수 있겠다.

우리는 소설을 읽으면서 우리가 직접 겪지 못한 꾸며진 현실 속으로 들어가보게 된다. 거기서 우리는 각양각색의 인물들을 통해 다양한 삶의 모습을 발견하고 그들의 삶을 이해하는 동시에, 등장인물들을 둘러싸고 있는 상황이나 시대의 분위기를 간접적으로 체험하기도 한다. 그리하여 우리는 자신의 지나온 삶을 돌아보기도 하고 미래에 펼쳐질 새로운 삶을 설계해 보기도 한다.

또한 우리는 소설을 읽으면서 무엇보다 '재미'를 느낀다. 소설을 읽는 재미는 소설이 줄거리가 있는 이야기의 구조로 되어 있기 때문일 것이다. 하지만 소설읽기의 재미는 단순히 사건의 앞뒤를 쫓아가는 것에만 그치지 않는다. 세상을 속속들이 파악하는 작가의 남다른 시각과 독특한 문체도 소설 읽는 즐거움을 주는 중요한 요소들이다.

이러한 즐거움을 우리 청소년들은 그동안 가져 보지 못한 게 사실이다.

'입시만을 위해 꽉 채워진 가방' 속에는 소설책 한권이 비집고 들어갈 틈이란 조금도 없었던 것이다. 소설과 관련된 문학적 지식을 암기하는 데 몰두했을 뿐 제대로 소설을 감상하고 이해하기에는 많은 어려움이 있었다.

이 책은 우리 청소년들, 특히 중학생을 위해 꾸며졌다.

1920년대부터 최근까지 발표된 수많은 우리 나라 소설들 중에서 대표적인 작가의 작품을 고르려고 노력했고 특히 월북작가라는 이유로 그 문학적 가치에 비해 상대적으로 소홀히 평가되어 왔던 이태준, 박태원, 김남천과 같은 작가들의 작품을 상권에 포함시켰다. 그리고 하권에는 80년대 작가들의 작품까지 가려 실음으로써 청소년들의 소설 읽기에 좀더 생생한 즐거움을 주고자 했다.

또한 소설 감상에 도움을 주고자 작가 소개, 작품 해설, 간단한 문제 출제도 곁들었다.

아무쪼록 학생 여러분들이 이 책『중학생을 위한 소설 30선』상, 하 두권을 통해, 우리 소설문학사의 전체적인 흐름과 변화를 파악하는 문학 공부뿐만 아니라 참다운 가치관을 세울 수 있도록 인생 공부에도 작으나마 도움이 되길 기대한다.

끝으로 여기에 작품을 실을 수 있도록 흔쾌히 허락해 준 훌륭하신 여러 작가분들께 진심으로 감사를 드린다.

김 훈 • 안도현

차례

차례

상권

까치 소리

김 동 리

단골 서점에서 신간을 뒤적이다 《나의 생명을 물러 다오》 하는 얄팍한 책자에 눈길이 멎었다. '살인자의 수기'라는 부제가 붙어 있었다.

생명을 물러 준다, 이것이 무슨 뜻일까, 나는 무심코 그 책자를 집어 들어 첫장을 펼쳐 보았다. '책머리에'라는, 서문에 해당하는 글을 몇 줄 읽다가, '나도 어릴 때에는 위대한 작가를 꿈꾸었지만 전쟁은 나에게 살인자라는 낙인을 찍어 주었다'라는 말에 왠지 가슴이 뭉클해짐을 느꼈다. 비슷한 말은 전에도 물론 얼마든지 여러 번 들어 왔던 터이다. 그런데도 이날 나는 왜 그 말에 유독 그렇게 가슴이 뭉클해졌는지 그것은 나도 잘 모를 일이다. '위대한 작가를 꿈꾸었다'는 말에 느닷없는 공감을 발견했기 때문일까.

나는 그 책을 사왔다. 그리하여 그날 밤, 그야말로 단숨에 독파를 한 셈이다. 그만큼 나에게는 감동적이며, 생각게 하는 바가 많았다. 특히 그 문장에 있어, 자기 말마따나 위대한 작가를 꿈꾸던 사람의 솜씨라서 그런지 문학적으로 빛나는 데가 많은 것도 사실이었다.

나는 다음에 그 수기의 내용을 소개하려 하거니와 될 수 있는 대로 그의 문학적 표현을 살리기 위하여 본문을 그대로 많이 옮기는 쪽으로 주력했음을 일러둔다. 특히 내가 재미있다고 생각한 소위 그의 문학적 표현으로서, 그의 본고장인 동시, 사건의 무대가 된 마을의 전경을 이야기한 첫머리를 그대로 옮겨 보면 다음과 같다.

마을 한복판에 우물이 있고 우물 앞뒤엔 늙은 회나무 두 그루가 거인 같은 두 팔을 치켜 든 채 마주 보고 서 있었다. 몇 아름씩이나 될지 모르는 굵고 울퉁불퉁한 둥치는 동굴처럼 속이 뚫린 채 항상 천년으로 헤아려지는 까마득한 세월을 새까만 침묵으로 하나 가득 메우고 있었다.

밑동에 견주어 가지와 잎새는 쓸쓸했다. 둘로 벌어진 큰 가지의 하나는 중동이가 부러진 채, 그 부러진 언저리엔 새로 돋는 곁가지가 떨기를 이루었으나 그것도 죽죽 위로 벋어 오른 것이 아니라 아래로 한두 대가 잎을 달고 드리워진 것이 고작이었다.

둘 중에서 부러지지 않은 높은 가지는 거인의 어깨 위에 나부끼는 깃발과도 같이 무수한 잔가지가 잎새들을 하늘 높이 펼쳤는데, 까치들은 여기만 둥지를 치고 있었다.

앞나무에 둘, 뒷나무에 하나, 까치 둥지는 셋이 쳐져 있었으나 까치들이 모두 몇 마리나 그 속에서 살고 있는지는 아무도 똑똑히 몰랐다. 언제부터 둥지를 치기 시작했는지도 역시 안다는 사람은 없었다. 나무와 함께 대체로 어느 까마득한 옛날부터 내려오는 것이거니 믿고 있을 뿐이었다.

……아침 까치가 울면 손님이 오고, 저녁 까치가 울면 초상이 나고……한다는 것도 언제부터 전해 오는 말인지 누구 하나 알 턱이 없었다. 그래서 그런지, 아침 까치가 유난히 까작거린 날엔 손님이 잦고, 저녁 까치가 까작거리면 초상이 잘 나는 것 같다고, 그들은 은근히 믿고 있는 편이기도 했다.

그런대로 까치는 아침 저녁 울고 또 다른 때도 울었다.

까치가 울 때마다 기침을 터뜨리는 어머니는 아주 흑흑 하며 몇 번이나 까무러치다시피 하다가 겨우 숨을 돌이키면 으레 봉수야 하고, 나의 이름을 부르곤 했다. 그것도 그냥 이름을 부르는 것이 아니라 반드시 '죽여 다오'를 붙였다.

……쿨룩 쿨룩 쿨룩, 쿨룩 쿨룩 쿨룩, 쿨룩 쿨룩 쿨룩 쿨룩 쿨룩……이렇게 쿨룩은 연달아 네 번, 네 번, 두 번, 한 번, 한 번, 여섯 번, 그리고 또다시 세 번이고 네 번이고 두 번이고 여섯 번이고 종잡을 수 없이 얼마든지 짓이기듯

겹쳐지고 되풀이되곤 했다. 그 사이에 물론, 오오, 아이구, 끙, 하는 따위 신음소리와 외침소리를 간혹 섞기도 하지만 얼마든지 쿨룩이 계속되다가는 아주 까무러치는 고비를 몇 차례나 겪고서야 겨우, 아이구 봉수야, 한다거나, 날 죽여 다오를 터뜨릴 수 있는 것이다.

어머니의 기침병(천만)은 내가 군대에 가기 일 년 남짓 전부터 시작되었으니까 이때는 이미 삼 년도 넘은 고질이었던 것이다.

내 누이동생 옥란의 말을 들으면, 내가 군대에 들어간 바로 그 이튿날부터 어머니는 나를 기다리기 시작했다는 것이다.

마침 아침 까치가 까작까작 울면, 어머니는 갑자기 옥란을 보고,

"옥란아, 네 오빠가 올라는가 부다."

하더라는 것이다.

"엄마도, 엊그제 군대 간 오빠가 어떻게 벌써 와요?"

하니까,

"그렇지만 까치가 울잖았나?"

하더라는 것이다.

이렇게 처음엔 아침 까치가 울 때마다 애가 혹시 돌아오지 않나 하고 야릇한 신경을 쓰던 어머니는 그렇게 한 반년쯤 지난 뒤부터, 그것(야릇한 신경을 쓰는 일)이 기침으로 번져지기 시작했다는 것이다.

'반년쯤 지난 뒤부터'라고 했지만, 그 시기는 물론 확실치 않다. 옥란의 말을 들으면 그 전에도 몇 번이나 그런 일이 있었다고 한다. 몇 달이 지나도록 편지도 한 장 없는 채, 아침 까치는 곧장 울고 하니까, 그럴 때마다 어머니의 눈길엔 야릇한 광채가 어리곤 하더니 그것이 차츰 기침으로 번져지기 시작하더라는 것이다. 첨에는 가끔 그렇더니, 날이 갈수록 점점 더 심해져서 한 일 년 남짓 되니까, 거의 예외없이 회나무에서 까작까작하기만 하면 방 안에서는 쿨룩쿨룩이 터뜨려지게 마련이었다는 것이다(처음은 아침 까치 소리에 시작되었으나 나중은 때의 아랑곳이 없어졌다).

그러나 이런 것은 누구나 이해할 수도 있는 일이라고 나는 생각한다. 아들

을 몹시 기다리는 병(천만)든 어머니가 아침 까치가 울 때마다 (손님이 온다는) 기대를 걸어 보다간 실망이 거듭되자, 기침을 터뜨리고(그렇지 않아도 자칫하면 터뜨려지게 마련인), 그것이 차츰 습관성으로 발전하게 되었다는 것은 얼마든지 있을 수도 있는 얘길 테니까 말이다.

그렇게 해서 터뜨려진 질기고 모진 기침 끝에 아들의 이름을 부르고, 또 날 죽여 다오를 덧붙였대서 그 또한 이해하기 힘든 일도 아니었다. 어머니는 전에도, 그렇게 까무러칠 듯이 짓이겨지는 모진 기침 끝엔 오오, 하느님! 사람 살려주! 따위를 부르짖은 일이 있었던 것이다. 오오, 하느님! 사람 살려주!가 '아이구 봉수야! 날 죽여 다오!'로 바뀌었을 뿐인 것이다. 살려 달란 말과 죽여 달란 말은 정반대라고 하겠지만 어머니의 경우엔 그렇지도 않았다. 오히려 비슷한 말이라고 보는 편이 가까울 것이다. '죽여 다오'는 '살려 다오'보다 좀더 고통이 절망적으로 발전되었음을 나타내는 것이 아닐까. 나는 그렇게 생각했다.

따라서 나는 군대에서 돌아와, 처음 얼마 동안은 어머니의 입에서 이 말을 들을 때마다 견딜 수 없는 설움과 울분을 누를 길 없어 나도 모르게 사지를 부르르 떨곤 했었다.

'아아, 오죽이나 숨이 답답하고 괴로우면 저러랴, 얼마나 지겹게 아들이 보고 싶고 외로웠으면 저러랴.'

나는 그럴 때마다 어머니가 측은하고 불쌍해서 그냥 목을 놓고 울고만 싶었던 것이다.

그러면서도 나에게는 어머니를 치료해 드리거나 위로해 드릴 수 있는 어떠한 힘도 재간도 없었다. 그럴수록 어머니가 겪는 무서운 고통은 오로지 나의 책임이거니 하는 생각만 절실했을 뿐이다.

그리고 이러한 나의 심경도 누구에게나 대체로 이해될 수 있으리라고 믿는다.

그런데 다른 사람은 고사하고 나 자신마저 잘 이해할 수 없는 일이 이에 곁들여 생긴 것이다. 그것을 한마디로 말하면 나의 심경의 변화라고나 할까……. 나는 어느덧 그러한 어머니를 죽여 주고 싶은 충동 같은 것을 느끼기 시작한 것이다. 어머니가 '아이구, 봉수야 날 죽여 다오.' 하고 부르짖는 것은, '오오, 하느님 사람 살려주' 하던 것의 역표현이라기보다도 진한 표현 같은 것에 지나지 않는다는 것은 위에서도 말한 대로다. 나는 그것을 충분히 이해하고 있었던 것이다. 그럼에도 불구하고 나는 왜 그러한 어머니에게 죽여 주고 싶은 충동을 느끼게 되었을까.

그것도 어쩌다 한 번 그런 일이 있었다는 애기가 아니다. 처음 한 번 그런 일이 있고 나서는 그 뒤부터 줄곧 그렇게 돼버린 것이다. 까치가 까작 까작 까작하면, 어머니는 쿨룩 쿨룩 쿨룩을 터뜨리는 것이요, 그와 동시 나의 눈에는 야릇한 광채가 어리기 시작하는 것이다(옥란의 말을 빌면, 옛날 어머니가 까치 소리와 함께 기침을 터뜨리려고 할 때, 그녀의 두 눈에 비치던 것과도 같은 그 야릇한 광채라는 것이다). 어머니가 목에 걸린 가래를 떼지 못하며 쿨룩 쿨룩 쿨룩을 수없이 거듭하다 아주 까무러치다시피 될 때마다 나는 그녀의 꺼풀뿐인 듯한 목을 눌러 주고 싶은 충동에 몸이 부르르 떨리는 것이다.

그것은 처음 며칠 동안이 가장 강렬했던 것같이 기억된다. 더 정확하게 말할 수 있다면, 내가 그것을 경험하기 시작한 지 사흘째 되던 날에서 이삼일간이었다고 믿어진다. 나는 그 무서운 충동을 누르지 못하여 사흘째 되던 날은, 마침 곁에 있던 물사발을 들어 방바닥에 메어쳤고, 나흘째 되던 날은 꺽꺽거리며 고꾸라지는 어머니를 향해 막 덤벼들려는 순간, 밖에 있던 옥란이 낌새를 채고 뛰어와 내 머리 위에 엎어짐으로써 중지되었고, 닷새째 되던 날은, 마침 설거지를 하는 체하고 방문 앞에 대기하고 있던 옥란이 까치 소리를 듣자, 이내 방으로 뛰어 들어왔기 때문에 나는 숫제 단념을 했던 것이다. 그런데도 역시 어머니의 까무러치는 꼴을 보는 순간, 나는 갑자기 이성을 잃은 듯, 나와 어머니 사이를 가로막다시피 하고 있는 옥란을 힘껏 떼밀어서 어머니 위에다 넘어뜨리고는 발길로 방문을 냅다 지르며 밖으로 뛰쳐나갔던 것이다.

그 며칠 동안이 가장 고비였던 모양으로, 그 뒤로부터는 어머니의 기침이 터뜨려지는 것을 보기만 하면, 나는 그녀의 '봉수야, 날 죽여 다오.'를 기다리지 않고, 미리 (그때는 대개 옥란이 이미 나와 어머니 사이를 가로막듯 하고 나타나 있게 마련이기도 했지만) 방문을 박차고 밖으로 나와 버릴 수 있었다.

이렇게 내가 미리 자리를 피할 수만 있다면 다행이나 그렇지 못할 경우도 얼마든지 생각할 수 있었다. 여기서 먼저 우리 집 구조를 한마디 소개하자면, 부끄러운 얘기지만, 세 평 남짓 되는 (그러니까 꽤 넓은 편이긴 한) 방 하나에 부엌과 헛간이 양쪽으로 각각 붙어 있을 뿐이었다. 따라서 우리 세 식구는 자고 먹고 하는 일에 방 하나를 같이 쓰게 되어 있었다. 그러므로 전날 술을 좀 과히 마셨다거나 몸이 개운치 못하다거나 할 때에도 내가 과연 그렇게 까치 소리를 신호로 얼른 자리를 뜰 수 있게 될진 아무도 장담할 수 없는 일이었다.

여기다 또 한 가지 해괴한 일은 어머니의 기침이 멎어짐과 동시 나의 흥분이 가라앉으면, 나는 어느덧 조금 전에 내가 겪은 그 무서운 충동에 대하여 나 자신이 반신반의를 일으킨다는 사실이다.

나는 왜 그러한 충동에 사로잡히게 되었던가, 그것은 정말이었을까, 어쩌면 나의 환각이나 정신착란 같은 것이 아닐까, 적어도 나에겐 이러한 의문이 치미는 것이다.

그런대로 까치 소리와 어머니의 기침은 하루도 쉬는 날이 없었고, 그럴 때마다 나는 대개 방문을 차고 나오는 데 성공한 셈이다.

그러나 방문을 박차고 나온다고 해서 나의 흥분이 감쪽같이 사라져 버리느냐 하면 그렇지는 물론 않았다. 방문 밖에서 어머니의 까무러치는 소리를 듣는 것이 방 안에서 직접 보는 것보다도 더 견딜 수 없이 사지가 부르르 떨릴 때도 있었다. 다만 방 안에서처럼 눈앞에 어머니가 있는 것은 아니니까 당장 목을 누르려고 달려들 걱정만이 덜어질 뿐이었다.

그 대신 검둥이(우리 집 개 이름)를 까닭없이 걷어찬다거나 울타리에 붙여 세워둔 바지랑대를 분질러 놓는 일이 가끔 생겼다.

어저께는 동네 안 주막에서 술을 마시다가 술잔을 떨어뜨려 깨었다. 그때 마침 술도 얼근히 돌아 있었고 상대자에 대한 불쾌감도 곁들어 있긴 했지만 의식적으로 술잔을 깨뜨릴 생각은 전혀 없었고 또 그렇게 해서 좋을 계제도 결코 아니었던 것이다. 그런데 마침 까작까작하는 저녁 까치 소리가 들려 오자 갑자기 피가 머리로 확 올라가며 사지가 부르르 떨리더니 손에 잡고 있던 잔을 (술이 담긴 채) 철꺽 떨어뜨려 버린 것이다. 아니 떨어뜨렸다기보다도 메어쳤다고 하는 편이 옳을지 모른다.

그렇지 않고서야 마루 위에 떨어진 하얀 사기잔이 아무리 막걸리를 하나 가득 담고 있었다고는 할망정 그렇게 가운데가 짝 갈라질 수 있겠느냐 말이다.

지금까지 나는 나 자신의 일에 대하여 나 자신도 잘 모르겠다고 몇 번이나 되풀이했지만 이것은 결코 발뺌이나 책임 회피를 위한 전제가 아니다. 그래서 나는 우선 나 자신이 어떻게 해서 어머니의 기침에 말려들게 되었는지 그 전후 경위를 있는 그대로 적어 보려고 한다.

여기서 미리 고백하거니와 나는 한 번도 어머니를 미워한 적은 없었다. 그렇다고 집에 돌아온 뒤 날이 갈수록 어머니가 더 측은해지고 견딜 수 없이 불쌍해졌다는 것도 아니다. 다만 '봉수야 날 죽여 다오.'가 처음 생각했던 것처럼 그냥 고통을 못 이겨 울부짖는 넋두리만은 아니라고 차츰 깨닫게 되었던 것은 사실이다. 그것은,

"내가 죽고 없어야 옥란이도 시집을 가고 네도 색시를 데려오지."

하는 어머니의 (가끔 토해 놓는) 넋두리가 어쩌면 아주 언턱거리1) 없는 하소연만은 아니라고 생각하기 시작했을 때부터다. 옥란의 말을 들으면 (내가 군에 가고 없을 때) 위뜸의 장 생원 댁에서 옥란을 며느리로 달라는 것을 옥란이 자신이 내세운 '오빠가 군에서 돌아올 때까지는'이라는 이유로 거절 아닌 거절을 한 셈이지만, 누구 하나 돌볼 이도 없는 병든 어머니를 혼자 두고 어떻게 시집갈 생각인들 낼 수 있었겠느냐는 것이 그녀의 실토였다. 뿐만 아니라, 정순이가 나(봉수)를 기다리지 않고 상호와 결혼을 해버린 것도 아무리 기다려 봐야 너한테 돌아올 거라고는, 주야로 기침만 쿨룩거리고 누워 있는 천만쟁이(어머니) 하나뿐이라는 그의 꼬임수에 넘어갔기 때문이라는 것이다. 상호는 내가 이미 전사를 했다면서, 그 증거로 전사 통지서라는 것까지 (가짜로

---

1) 언턱거리 : 남에게 말썽을 부릴 만한 핑계.

꾸며서) 정순에게 내어 보이며 강요했다는 것이다.

이것이 사실이라면 정순이는 상호의 꼬임수에 넘어간 것이 아니라, 바로 속임수에 넘어간 것이 된다. 다시 말하자면 주야로 기침만 콜록거리고 누워 있는 천만쟁이보다도 나의 전사 통지서 때문이라는 편이 옳을 테니까 말이다. 그러니까 정순이를 놓친 원인이 반드시 어머니에게 있는 것은 아니라는 말이 된다.

따라서 나도 어머니의 넋두리를 곧이곧대로 듣는 것은 아니다. 그러나 나의 그 알 수 없는 야릇한 흥분에 정순이가 그리고 상호가 전혀 관련되지 않는다고 할 수도 없다.

하여간 나는 여기서 그 경위를 처음부터 얘기할 차례가 된 것 같다.

내가 군에서 (명예 제대를 하고) 돌아왔을 때 — 그렇다, 나는 내가 첨으로 집에 돌아왔을 때부터 얘기하는 것이 순서일 것 같다. 그러니까 내가 우리 동네에 들어서면서부터 이야기가 된다. 그렇다, 내가 우리 동네 어귀에 들어섰을 때 제일 먼저 내 눈에 비친 것은 저 두 그루의 늙은 회나무였다. 저 늙은 회나무를 바라보자 비로소 나는 내가 고향에 돌아왔다는 실감이 들었던 것이다. 저 볼 모양도 없는 시꺼먼 늙은 두 그루의 회나무, 그것이 왜 그렇게도 그리웠을까. 그것이 어머니와 옥란이와 정순이들에게 대한 기억을 곁들이고 있었기 때문이었을까, 아니, 그것이 고향이 가진 모든 것을 상징하고 있었기 때문일까. 오오, 늙은 회나무여, 내 마을이여, 우리 어머니와 옥란이와 그리고 정순이도 잘 있느냐……나는 회나무를 바라보며 느닷없는 감회에 잠긴 채 시인 같은 영탄을 맘속으로 외치며 동네 가운데로 들어섰던 것이다.

나는 지금 어머니와 옥란이와 그리고 정순이라고 했지만 사실은 정순이와 어머니와 옥란이라고 차례를 바꾸고 싶은 것이 나의 솔직한 심정이었을지도 모른다. 왜 그러냐 하면, 내가 그렇게 살아서 고향으로 돌아올 수 있는 것은, 오로지 정순이에 대한 그리움 하나 때문이라고 해도 좋았기 때문이었다. 이렇게 말하면 나는 돌아가신 아버지와 병들어 누워 있는 어머니에 대한 불효자요, 가련한 누이동생에 대한 배신자같이도 들릴지 모르지만, 나로 하여금 그 마련된 죽음에서 탈출케 한 것은 정순이라는 사실을 나는 의심할 수 없는 것이다.

그러나 그 마련된 죽음과 거기서의 탈출 이야기는 다음으로 미루자.

하여간 나는, 나를 구세주와도 같이 기다리고 있는 어머니와 누이동생들 앞에 나타났다.

내가 동네 복판의 회나무 밑의 우물가로 돌아왔을 때, 우물 앞에서 보리쌀을 씻고 있던 옥란이가 먼저 나를 발견하고 처음 한참 동안은 정신 나간 사람처럼 멀거니 나를 바라보고 있더니 다음 순간 그녀는 부끄럼도 잊은 듯한 큰소리로 '오빠'를 부르며 달려와 내 품에 얼굴을 묻으며 흐느껴 울었던 것이다. 일 년 반 동안에 완전히 처녀가 된, 그리고 놀라리만큼 아름다워진 그녀를 나는 거의 무감각한 사람처럼 물끄러미 내려다보고 서 있었다. 어쩌면 이다지도 깨끗한 처녀가 거지꼴이 완연한 초라한 군복 차림의 나를 조그마한 거리낌도 꾸밈도 없이 마구 쏟아지는 눈물로써 이렇게 반겨 준단 말인가. 동기! 아, 그렇다. 그녀는 나의 누이동생이었던 것이다. 나는 그때같이 옥란의 행복을 빌어 주고 싶은 강렬한 충동을 느껴 본 적은 일찍이 없었다.

나는 옥란을 따라 집 안에 들어섰다. 휑뎅그렁하게 비어 있는 뜰! 처음부터 무슨 곡식 가마라도 포개져 있으리라고 예상했던 것은 아니지만, 나는 이때같이 우리 집의 가난에 오한을 느껴 본 적도 없었다.

"엄마, 오빠야!"

옥란은 자랑스럽게 방문을 열었다.

어머니는 놀란 듯이 자리에서 상체를 일으켰다. 주름살과 꺼풀뿐인 얼굴은 두 눈만 살아 있는 듯, 야릇한 광채를 내며 나를 쏘아보았다. 그러나 기침이 터뜨려질 것을 저어하는 듯 입은 반쯤 열린 채 말도 없이 한쪽 손을 가슴에 갖다 대고 있었다.

"어머니!"

나는 군대 백(카키빛의)을 방구석에 밀쳐 둔 채, 무릎을 꿇고 절을 했다.

그동안 어떻게 지냈냐든가, 기침병이 좀 어떠냐든가 하는 따위 인사말도 나

는 물어 보고 싶지 않았던 것이다. 눈에 뻔히 보이지 않느냐 말이다. 병과 가
난과 고독과 절망에 지질린 몰골!

"구, 군대선 어땠냐? 배는 많이 고, 곯잖았냐?"

어머니는 가래가 걸려서 거르렁거리는 목소리로 띄엄띄엄 이렇게 물었다.

그러나 나는 그녀의 묻는 말엔 아무런 대꾸도 없이, 성이 난 듯한 뚱한 얼
굴로 맞은편 바람벽만 멀거니 건너다보고 있었다.

— 나는 어머니에게 무엇을 가지고 돌아왔단 말이냐. 어머니가 낳아서 길
러 준 온전한 육신을 그대로 가지고 왔단 말이냐. 그녀의 병을 치료할 만한
돈이라도 품에 넣고 왔단 말이냐. 하다 못해 옥란이를 잠깐 기쁘게 해줄 만한
무색 고무신이나마 한 켤레 넣고 왔단 말인가. 그녀들은 모르는 것이다. 내
가 그녀들을 위해서 돌아오지 않았다는 것을. 내가 정순이를 위해서, 아니 정
순이와 나의 사랑을 위해서, 군대를 속이고, 국가를 배신하고, 나의 목숨을 소
매치기해서 돌아왔다는 것을 그녀들이 알 리 없는 것이다.

"엄마, 또 기침 날라, 자리에 누우세요."

옥란이는 어머니의 상반신을 안다시피 하여 자리에 뉘었다.

"오빠도 오느라고 고단할 텐데 잠깐 누워요. 내 곧 밥 지어 올게."

옥란은 나를 돌아다보며 이렇게 말할 때도, 방구석에 밀쳐 둔 군대 백엔 우
정 외면을 하는 듯했다. 그것은 역시 너무 지나친 기대를 그 백 속에 걸고 있
기 때문일 것이라고 나에게는 헤아려졌다.

"이건 내가 쓰던 담요와 군복."

나는 백을 열고 담요와 헌 군복을 끄집어내었다. 그리고는 내복도 한 벌,
그러자 백은 이내 배가 홀쭉해져 버렸다.

남은 것은 레션 상자에서 얻어진 (남겨 두었던) 초콜릿 두 갑, 껌 두 매듭,
건빵과 통조림이 두세 개씩, 그리고는 병원에서 나올 때 동료에게서 선사받은
카키빛 장갑(미군용)이 한 켤레였다. 나는 이런 것을 방바닥 위에다 쏟아 놓
았다.

그러나 백 속에는 아직 한 가지 남아 있었다. 그것은 포장지에 싸여 있었

다. 나는 그것만은 옥란에게도 끌러 보이지 않았다.

그 속에 든 것은 여자용 빨강빛 스웨터요, 내가 군색한[2] 여비 중에서 떼내어 손수 산 것은 이것 하나뿐이란 말도 물론 하지 않았다. 뿐만 아니라 나는 방바닥에 쏟아 놓았던 물건 중에서도 초콜릿 한 갑과 껌 한 매듭을 도로 백 속에 집어 넣으며,

"이것뿐야, 통조림은 따서 어머니께 드리고 너도 먹어 봐. 그리고 이것 모두 너한테 소용되는 거면 다 가져."

했다.

"……."

옥란은 처음부터 말없이 내 얼굴만 가만히 바라보고 있었다. 그것은 나를 원망하는 눈이기보다 무엇에 겁을 집어먹은 듯한 표정이었다.

"아무것도 없지만……넌 나를 이해해 주겠지?"

"아냐, 오빠, 난 괜찮지만……."

옥란이는 무슨 말을 하려다 말고 끝도 맺지 않은 채 방문을 열고 나가 버렸다.

'역시 토라진 거로구나. 정순이한테만 무언지 굉장히 좋은 걸 준다는 불평이겠지. 그래서 "난 괜찮지만" 하고 어머니를 내세우겠지. "난 괜찮지만" 어머니까지 무시하고 정순이만 생각하기냐 하는 속이겠지.'

나는 방바닥에 쏟아 놓은 물건들을 어머니 앞으로 밀쳐 두고, 접어진 담요(백에서 끄집어낸)를 베개하여 허리를 펴고 누웠다. 그녀가 섭섭해 하는 것도 무리가 아니지만, 나로서도 하는 수 없는 일이었다고 체념할 수밖에 없었다.

점심 겸 저녁으로, 해가 설핏할 때 식사를 마치자 나는 종이로 싼 것(스웨터)과 초콜릿을 양복 주머니에 넣고 밖으로 나왔다.

"오빠, 잠깐."

부엌에서 설거지를 하고 있던 옥란이 나를 불러 세웠다.

"정순 언닌……."

---

2) 군색한 : 살기가 구차한.

옥란은 이렇게 말을 시작해 놓고는 얼른 뒤를 잇지 못했다.

순간, 나는 어떤 불길한 예감이 확 들었다. 그것은 내가 집에 돌아온 지 꽤 여러 시간 되는 동안 그녀의 입에서 한 번도 정순이 얘기가 나오지 않고 있었기 때문인지도 몰랐다.

"……?"

"결혼했어."

"뭐? 뭐라고?"

당장 상대자를 집어삼킬 듯한 나의 험악한 표정에 옥란은 질린 듯 한참 동안 말문이 막힌 채 망설이고 있더니 어차피 맞을 매라고 결심을 했는지,

"숙이 오빠하구……."

드디어 끝을 맺는다.

"뭐? 숙이라고? 상호 말이냐?"

"……."

옥란은 두 눈을 크게 뜬 채 나의 얼굴을 똑바로 지켜보며 고개를 한 번 끄덕인다.

"그렇지만 정순이 어떻게……."

나는 무슨 말인지 나 자신도 모르게 이렇게 중얼거리다 입을 닫아 버렸다. 옥란이 안타까운 듯이 다시 입을 열었다.

"숙이 오빠가 속였대. 오빠가 죽었다고……."

"뭐? 내가 주, 죽었다고?"

나는 떨리는 목소리로 이렇게 다짐해 물으면서도, 일방, 아아, 그렇지, 그건 어쩌면 정말일 수도 있었다. 이렇게 속으로 자기 자신을 조롱하고 싶은 충동을 느끼기도 했다.

"오빠가 전사를 했다고, 무슨 통지서래나 그런 것까지 갖다 뵈더래나."

옥란도 이미 분을 참지 못하는 목소리였다.

순간, 나는 눈앞이 팽그르르 돌아감을 느꼈다. 그때 만약 상호가 내 앞에 있었다면 나는 틀림없이, 당장에 달려들어 그의 목을 졸라 죽였을 것이다. 다

음 순간, 나는 어디로 누굴 찾아간다는 의식도 없이 삽짝[3] 쪽으로 부리나케 뛰어나갔다. 그러자 삽짝 앞 좁은 골목에서 큰 골목(회나무가 있는)으로 접어들자 나는 갑자기 발길을 우뚝 멈추고 섰다. 그와 거의 동시, 누가 내 팔을 잡았다. 옥란이었다. 그녀는 나의 뒤를 따라오고 있었던 모양이었다.

"오빠 들어가."

그녀는 내 팔을 가볍게 끌었다.

나는 흡사 넋 나간 몸뚱어리뿐인 듯한 나 자신을 그녀에게 맡기다시피 하며 그녀가 끄는 대로 집을 향해 돌아섰다. 돌아서지 않으면 어쩐단 말인가. 내가 그녀를 뿌리칠 수 있다면 그것은 무슨 이유와 목적에서일까. 그렇다. 나에게는 그녀의 손길을 뿌리칠 수 있는 아무런 이유도 목적도 없었다. 내가 없어진 거와 마찬가지였다. 내가 있었다면 나는 무엇을 생각하고 무엇을 행동했을까. 그랬을 것이다. 그렇다. 내가 없었기 때문에 나는 나를 일단 가련한 옥란에게 맡길 수밖에 없었던 것이다.

나는 옥란이 시키는 대로 방에 들어와 누웠다. 아랫목 쪽에는 어머니가 윗목 쪽에는 내가 이렇게 우리는 각각 벽을 향해 돌아누워 있었다. 나는 흡사 잠이나 청하는 사람처럼 눈까지 감고 있었지만 물론 잠 같은 것이 올 리 만무했다.

해가 지고, 어스름이 짙어지고, 바람이 좀 불기 시작했다.

설거지를 마친 옥란이 물을 두어 번 길어 왔고……나는 눈을 감고 벽을 향해 누운 채 이런 것을 전부 알고 있었다.

저녁 까치가 까작 까작 까작 까작 울어 왔다. 어머니가 자리에서 몸을 일으키며 기침을 터뜨리기 시작했다(나는 물론 그때만 해도 까치 소리는 까치 소리대로 회나무 위에서 나고, 어머니의 기침은 기침대로 방 안에서 터뜨려졌을 뿐이요, 때를 같이한대서 양자 사이에 무슨 관련이 있다고는 전혀 상상도 할 수 없었던 것이다).

나는 어머니의 그 길고도 모진 기침이 끝날 때까지 그냥 벽을 향해 누운

---

3) 삽짝 : 사립짝. 잡목으로 엮어 만든 문짝.

채, '오오 하느님!', '봉수야 날 죽여 다오.' 하는 소리까지 다 들은 뒤에야 자리에서 몸을 일으켰다. 그러나 어머니의 등을 쓸어 준다거나 위로의 말 한마디를 건네 보지도 못한 채 그냥 방문을 밀고 밖으로 나왔다.

밖은 완전히 어두워져 있었다. 집 앞의 가죽나무 위엔 별까지 파랗게 돋아나 있었다.

내가 막 삽짝 밖을 나왔을 때였다. 담장 앞에서 다른 동무와 무엇을 소곤거리고 있던 옥란이 또 나를 불러 세웠다.

"오빠 어딜 가?"

"……."

나는 그냥 고개만 위로 꺼떡 젖혀 보였다.

그러자 옥란은 내 속을 알아채었는지 어쩐지,

"얘가 영숙이야."

하고 자기 앞에 서 있는 처녀를 턱으로 가리켰다.

'영숙이가 누구더라?'

하는 생각이 내 머릿속을 잠깐 스쳐 갔을 뿐, 나는 거의 아무런 관심도 없이 그냥 발길을 돌리려 했다. 그러나 이와 거의 같은 순간에, 영숙이 나를 향해 몸을 돌리며 머리를 푹 수그려 공손스레 절을 하지 않는가. 날씬한 허리에 갸름한 얼굴에, 옥란이보다도 두어 살 아래일 듯한 소녀였다.

'쟤가 누구더라?'

나는 또 한 번 이런 생각을 하며, 역시 입은 열지도 않은 채 그냥 발길을 돌리려 하는데,

"오빤 아직 면에서 안 돌아왔어요."

하는 소녀의 목소리였다.

순간, 나는 이 소녀가 바로 상호의 누이동생이란 것을 깨달았다. 내가 군에 갈 때만 해도 나를 몹시 따르던 달걀같이 매끈하고 갸름하게 생긴 영숙이, 지금은 고등학교 이삼 학년쯤 다니겠지, 나는 이런 생각을 하며 소녀를 한참 바라보고 섰다가 역시 그냥 발길을 돌리고 말았다.

"오빠, 영숙이한테 얘기해 줄 거 없어?"

'그렇다, 달걀같이 뽀얗고 갸름하게 생긴 소녀, 그녀는 정순이나 옥란이를 그때부터 언니 언니 하고 지냈지만, 그보다도 나를 덮어놓고 따르던, 상호네 식구답지 않던 애, 그리고 지금도 내가 군에서 돌아왔단 말을 듣고 기쁨을 못 이겨 찾아왔겠지만, 그러나 나는 무슨 말을 그녀에게 할 수 있단 말인가?'

나는 그냥 돌아서 버리려다,

"오빠 들음 나 좀 만나잔다고 전해 주겠어?"

겨우 이렇게 인사땜을 했다.

"그러잖아도 올 거예요."

영숙의 목소리는 조용하고 맑았다.

나는 부엉뜸으로 발길을 돌렸다. 옥란의 말을 의심하는 것은 아니지만 정순이 친정 사람들의 얘기를 직접 들어 보고자 했던 것이다.

정순이네 친정 사람들이라고 하면 물론 그 어머니와 오빠다(아버지는 일찍이 죽고 없었다). 그리고 오빠래야 정순이와는 나이 차가 많아서 거의 아버지 같이 보였다.

나와 정순이는 약혼할 사이와 같이 되어 있었지만(우리 고장에서는 약혼식이란 것이 거의 없이 바로 결혼식을 가지기로 되어 있었다), 나는 그를 형님이라고 부르지 않고 언제나 윤이 아버지라고만 불렀다.

윤이 아버지는 이날도 나를 반갑게 맞아 주었으나 면구해서 그런지 정순이 말은 입 밖에 내비치지도 않은 채, 전쟁 이야기만 느닷없이 물어대었다.

나는 통 내키지 않는 얘기를 한두 마디씩 마지못해 대꾸하며 그가 따라 주는 막걸리를 두 잔째 들이켜고 나서,

"근데 정순이는 어떻게 된 겁니까?"

이렇게 딱 잘라 물었다.

"그러니까 말일세."

그는 밑도 끝도 없는 말을 대답이랍시고 이렇게 한마디 던져 놓고는,

"자, 술이나 들게."

내 잔에다 다시 막걸리를 따라 주었다.

"자네도 알다시피 내야 어디 술을 좋아하는가? 이런 거 한두 잔이면 고작이지. 그런 걸 자네 대접한다고 이게 벌써 몇 잔째야? 자, 어서 들게, 자넨 멀쩡한데 나 먼저 취하면 되겠나?"

'정순이 일이 어떻게 된 거냐고 묻는데 웬 술 이야기가 이렇게 길단 말인가.'

나는 또 한 번 같은 말을 되풀이해 물으려다 간신히 참고, 그 대신, 그가 따라 놓는 술잔을 들어 한숨에 내었다.

"자네야 동네가 다 아는 수재가 아닌가? 지금이라도 서울만 가면 일등 대학에 돈 한푼 내지 않고 공부시켜 주는 거 뭐라더라? 장학상이라던가? 그거 돼서 집에다 도루 돈 부쳐 보내 가며 공부할 거 아닌가? 머리 좋고 인물 좋겠다, 군수 하나쯤은 떼 논 당상이지. 대통령이 부럽겠나 장관이 부럽겠나. 그까짓 시골 처녀 하나가 문젠가? 자네 같은 사람한테 딸 안 주구 누구 주겠나. 응? 우리 정순이 같은 게 문젠가? 그보다 몇 갑절 으리으리한 서울 처녀들이 자네한테 시집오고 싶어서 목을 매달 겐데……그렇잖나? 내 말이 틀렸는가?"

나는 그의 느닷없는 지루하기만 한 말을 더 듣고 있을 수가 없어,

"그런데 정순이는 어떻게 된 겁니까?"

먼저와 같은 질문을 다시 한번 되풀이할 수밖에 없었다.

"정순이는 상호한테 갔지, 갔어. 상호 같은 자야 정순이한테나 어울리지. 그렇잖아? 자네는 다르지. 자네야 이때부터 이 고을에선 어떤 처녀든지 골라 잡을 만치, 머리 좋고, 인물 좋고, 행실 착하고……유명한 사람이 아닌가?"

"그게 아니잖아요?"

나는 상반신을 부르르 떨며 겨우 이렇게 항의를 했다.

내 목소리가 여느 때와 다른 것을 깨달았는지 그도 이번엔 말을 그치고, 얼굴을 잠깐 바라보고 있더니 다시 말을 이었다.

"사실은 자네가 전사를 했다기에 그렇게 된 걸세. 지나간 일 가지고 자꾸 말하믄 무슨 소용 있겠는가. 참게, 자네가 이렇게 살아올 줄 알았으면야……다 팔자라고 생각하게."

"그렇지만 정순이가 그렇게 쉽사리 속아 넘어가진 않았을 텐데……."

"여부가 있나. 정순이야 끝까지 버텼지만 상호가 재주껏 했겠지. 나도 권했고……할 수 있나? 하루바삐 잊어버리는 편이 차라리 날 줄 알았지. 저도 그렇게 알구 간 거고……."

"알겠습니다."

나는 곧 자리에서 일어나 버렸다.

윤이 아버지는 깜짝 놀란 듯이 따라 일어나며,

"이 사람아, 그러지 말고 좀 앉게. 천천히 술이라도 들며 애기라도 더 나누다 가세."

나는 그의 간곡한 만류도 듣지 않고 그대로 돌아오고 말았다.

상호는 출장을 핑계로, 내가 돌아온 지 일주일이 되도록 나타나지 않았다. 직접 그의 집으로 찾아가면 출장을 가서 돌아오지 않았다는 것이나, 주막에 가 알아보니, 면(사무소)에서는 만난 사람이 있다는 것이었다.

그렇다고 내가 직접 면(사무소)으로 찾아가서 그의 출장 여부를 알아보기도 난처한 점이 많았다.

그러자 그가 출장을 간 것이 아니라, 면에는 출근을 하되 자기 집으로 돌아오질 않고 읍내에 있는 그의 고모집에 묵고 있으면서 어쩌다 밤중에나 몰래 (집엘) 다녀가곤 한다는 소문이 들려 왔다.

그 무렵 나는 그를 만나기 위하여 동구에 있는 주막에 늘 나가 있었기 때문에 여러 가지 정보를 들을 수 있었던 것이다.

하루는 내가 주막 앞에 앉아 장기를 두고 있는데 저쪽에서 상호가 자전거를 타고 오는 것이 보였다(그것도 당장 그렇게 알아본 것이 아니고, 술꾼 하나가 저게 상호 아닌가 하고 귀뜸을 해줘서 돌아다보니 바로 그였던 것이다).

나는 장기를 놓고 길 가운데 나가 섰다. 그가 혹시 모른 체하고 자전거를 달려 주막 앞을 지나쳐 버리지나 않을까 해서였다.

나는 길 가운데 버텨 선 채 잠자코 손을 들었다.

그도 이날은 각오를 했는지 순순히 자전거에서 내리며,

"아, 이거 누구야? 봉수 아닌가!"

자못 반가운 듯이 큰 소리로 내 손까지 덥석 잡았다.

'나야 봉수야.'

나는 그러나 입 밖에 내어 대답하진 않았다.

"언제 왔어?"

'정말로 출장을 갔다 지금 돌아오는 길인가?'

이것도 물론 입 밖에 내어 물은 것은 아니다.

"하여간 반갑네. 자, 들어가지, 들어가 막걸리나 한잔 같이 드세."

그는 자전거를 세우고 술청을 올라서자 주인(주모)을 보고 술상을 부탁했다.

나는 그의 대접을 받고 싶진 않았지만, 그런 건 아무려나 중요한 문제가 아니라고 생각하고 일단 그가 하는 대로 내버려두고 보기로 했다.

주막에 있던 사람들이 모두 우리에게 시선을 쏟았다. 그것은 그들이 우리의 관계를 알고 있기 때문인 듯했다. 따라서 나는 될 수 있는 대로 나 자신을 달래며 흥분하지 않으리라 결심했다.

"자, 들게, 이렇게 보니 무어라고 할말이 없네."

상호는 나에게 술을 권하며 이렇게 건넸다.

'할 말이 없네.' — 이 말을 나는 어떻게 들어야 할까. 이것은 미안하단 말일까. 그렇지 않으면 뭐라고 말할 수도 없이 반갑단 뜻일까. 물론 반가울 리야 없겠지만, 옛친구니까 반가운 체할 수도 있을 것이다.

나는 그가 권하는 대로 잠자코 술잔을 들었다. 물론 맘속으로 좀 꺼림칙하긴 했으나 그것과는 전혀 별문제란 생각에서 일단 술을 들 수밖에 없었던 것이다.

얼마나 고생을 했는가. 주로 어느 전선에서 싸웠는가, 중공군의 인해 전술[4]이란 실지로 어떤 것인가, 이북군의 사기는 어떤가, 식사 같은 건 들리는 말같이 비참하지 않던가, 미군들의 전의(戰意)는 어느 정도인가, 그들은 결국

---

4) 인해 전술 : 극히 많은 수의 병력으로 전선을 분단, 돌파하는 공격법.

우리를 포기하지 않을 것인가……그의 질문은 쉴 새 없이 계속되었으나, 나는 그저, 글쎄, 아냐, 잘 모르겠어, 잊어버렸어, 그저 그렇지, 따위로 응수를 했을 뿐이다. 나는 그가 돈을 쓰고 징병을 기피했다고 이미 듣고 있었기 때문에 그와 더불어 전쟁 얘기를 하기는 더구나 싫었던 것이다.

그러는 중에서도 술잔은 부지런히 비워 냈다. 나도 그동안 군에서 워낙 험하게 지냈기 때문에 막걸리쯤은 여간 먹어야 낭패 볼 정도론 취할 것 같지 않았지만 상호도 면에 다니면서 제말마따나 늘은 게 술뿐인지 막걸리엔 꽤 익숙해 보였다.

"그동안 주소만 알았대도 위문 편지라도 보냈을 겐데 참 미안하게 됐어."

'그렇다, 주소를 몰랐다는 것은 정말일 것이다. 내가 소속된 부대는 한군데 오래 주둔해 있지 않고 늘 이동했으니까 말이다. 그러나 위문 편지가 문제란 말이냐.'

나는 이런 말을 혼자 속으로 삭이며 또 잔을 내었다.

내가 속으로 무엇을 생각하고 있는지를 전혀 알 리 없는 그는 다시 말을 계속했다.

"영숙이가 말야, 자네 기억하지, 우리 영숙이 말야, 정말 그게 벌써 고삼(高三)이야. 자네한테 위문 편질 보내겠다고 나더러 주솔 가르쳐 달라지 뭐야. 헌데 나도 모르니까, 옥란이한테 가서 물어 오라고 했더니, 옥란이 언니도 모른다더라고 여간 안타까워하질 않데."

'그렇지, 영숙인 물론 너보다 나은 아이다. 그러나 영숙이가 무슨 관계냐 말이다. 영숙이보다 몇 곱절 관계가 깊은 정순이 문제는 덮어 놓고 왜 영숙이는 끄집어내냐 말이다.'

나는 또 술잔을 내면서, 이제 이쯤 됐으니, 내쪽에서 말을 끌어낼 수밖에 없다고 생각했다.

"정순이 말일세. 어떻게 된 건지 간단히 말해 줄 수 있겠는가?"

나는 두 눈을 크게 뜨고 그를 정면으로 바라보며, 그러나 한껏 부드러운 목소리로 이렇게 입을 떼었다.

상호는 들고 있던 술잔을 상 위에 도로 놓으며 고개를 푹 수그렸다. 그리고는 간단히 한숨을 짓고 나서,

"여러 말할 게 있는가. 내가 죽일 놈이지. 용서하게."

뜻밖에도 순순히 나왔다. 이럴 때야말로 술이 참 좋은 음식이라 생각이 들었다. 그와 나는 한동네에 같이 자랐으며, 국민학교에서 고등학교까지 동창이었기 때문에 우리는 서로 상대자의 성격이나 사람됨을 잘 알고 있는 편이다. 그는 나보다 가정적으로 훨씬 유여(有餘)했지만[5] 워낙 공부가 싫어서 고등학교까지를 간신히 마치자 면서기가 되었고, 나는 그와 반대로 줄곧 우등에다 장학금으로 대학까지 갈 수 있게 되었지만, 내가 그에게 친구로서의 신의를 잃은 일은 없었고, 또 그가 여간 잘못했을 때라도, 솔직하게 용서를 빌면 언제나 양보를 해주곤 했던 것이다. 이러한 과거의 우정과 나의 성격을 알고 있는 그는 정순이 문제도 이렇게 해서 용서를 빌면 내가 전과 같이 양해를 할 것이라고 딴은 믿고 있는 겐지 몰랐다. 그러나 이것만은 문제가 달랐다.

"자네가 그렇게 나오니 나도 더 여러 말을 하지 않겠네. 그러나 이것은 자네의 처사를 승인한다거나 양해를 한다는 뜻이 아닐세. 그건 그렇다 하고, 나도 내 태도를 결정하기 위해서 자네하고 상의할 일이 있어 그러네."

"……?"

그는 내 말뜻을 잘 이해할 수 없다는 듯이 고개를 들어 내 얼굴을 유심히 바라다보았다.

나는 다시 말을 이었다.

"간단히 말할게. 정순이를 한번 만나 봐야 되겠어. 이에 대해서 자네의 협력을 구하는 걸세."

나는 말을 마치자 불이 뿜어지는 듯한 두 눈으로 상호를 쏘아보았다.

그는 역시 나의 말뜻을 잘 알아듣지 못하는 사람처럼 멍하니 마주 바라보고 있다가 시선을 아래로 떨어뜨려 버렸다.

"……."

---

5) 유여했지만 : 넉넉하고 남음이 있지만.

"대답해 주게."

내가 단호한 어조로 답변을 요구했다.

그는 겁에 질린 사람처럼 나의 눈치를 살펴 가며 천천히 고개를 들더니,

"안 된다면?"

떨리는 목소리로 물었다.

"그것은 자네 상상에 맡기겠네. 어차피 결말은 자네 자신이 보게 될 것이 니까. 다만 자네를 위해서 말해 주고 싶은 것은 자네같이 안온한 일생을 보내 려는 사람이라면 극단적인 행동은 피하는 것이 좋을 걸세."

"자넨 나를 협박하는 셈인가?"

상호는 갑자기 반격할 자세를 취해 보는 모양이다.

"……"

나는 눈썹 하나 움직이지 않고 그를 한참 동안 묵묵히 바라보고 있었다.

그리하여 먼저보다도 더 부드럽고 더 낮은 목소리로 다시 입을 열기 시작 했다.

"나는 지금 자네에게 어떤 형식으로든지 보복을 한다거나, 어떤 유감이나 감정 같은 것을 품어 본다거나 그런 것은 단연코 없네. 이 점은 나를 믿어 주 어도 좋아."

"그렇다면……?"

"내가 정순이를 한번 만나 보겠다는 것은 자네에 대한 복수라든가 원한이라 든가 그런 것과는 아무런 상관도 없는 문젤세. 아까도 말하지 않던가. '그건 그렇다고 하고'라고. 과거지사는 과거지사대로 불문에 붙이겠다는 뜻일세."

"그렇다면 꼭 정순이를 만나 봐야 할 이유도 없지 않은가?"

"내가 과거지사를 불문에 붙이겠다는 것은 자네와 정순이의 관계에 대해서 하는 말일세. 나와 정순이의 관계나 나 자신의 과거를 모조리 불문에 붙이겠 다는 뜻은 아닐세. 나는 정순이와 맺은 언약이 있기 때문에 정순이가 살아 있 는 한 정순이를 만나 봐야 할 의무가 있는 거야."

"그동안에 결혼을 해서, 남의 아내가 되고, 애기 어머니가 돼 있어도 말인가?"

"물론이지. 남의 아내가 돼 있든지, 남의 노예가 돼 있든지 내가 없는 동안, 내가 모르는 사이에 생긴 일은 불문에 붙인다는 뜻일세."

여기서 상호는 자기대로 무엇을 이해하겠다는 듯이 고개를 두어 번 주억거리고 나더니,

"자넨 너무 현실을 무시하잖아?"

이렇게 물었으나 그것은 시비조라기보다 오히려 어떤 애원 같은 것이 서려 있었다.

"현실? 그렇지, 자넨 아직, 전장엘 다녀오지 않았기 때문에 그런 말을 하고 있는 거야. 자, 보게, 이게 현실인가 아닌가?"

나는 그의 앞에 나의 바른손을 내밀었다. 식지와 장지가 뭉턱 잘라지고 없는 보기도 흉한 검붉은 손이었다.

"자네는 내가 군에 가기 전의 내 손을 기억하고 있겠지. 지금 이 손은 현실인가 꿈인가?"

" 참 그렇군, 아까부터 손을 다쳤구나 생각하고 있었지만, 손가락이 둘이나 달아났군. 그래서야 어디?"

"자넨 손가락 얘길 하고 있군. 나는 현실 얘기를 하는 거야. 손가락 두 개가 어떻단 말인가? 이까짓 손가락 몇 개쯤이야 아무런들 어떤가? 현실이 문제지. 그렇잖은가? 그렇다, 정순이가 이미 결혼을 한 줄 알았더라면 나는 이 손을 들고 돌아오진 않았을 거야. 자넨 역시 내가 손가락 얘길 하는 줄 알고 있겠지? 그러나 그게 아니라네. 잘못 살아 돌아온 내 목숨을 얘기하고 있는 걸세. 이제 나는 내 목숨을 처리할 현실이 없다네. 그래서 정순이를 만나야 되겠다는 걸세. 이왕 이 보기 흉한 손을 들고 돌아온 이상 정순이를 만나지 않아서는 안 되네. 빨리 대답을 해주게."

"정 그렇다면 하루만 여유를 주게. 자네도 알다시피 나 혼자 결정을 할 문제도 아니겠고, 우선 당자의 의사도 들어 봐야 하겠지만, 또 부모님들이 뭐라고 할지, 시하(侍下)6)에 있는 몸으로서는 부모님들의 의견을 전적으로 무시할

---

6) 시하 : 부모를 모시고 있는 사람.

수도 없는 문제겠고, 그렇잖은가?"

　나는 상호의 대답하는 내용이나 태도가 여간 아니꼽지 않았으나 지그시 참
았다.

　그를 상대로 하여 싸울 시기는 아니라고 헤아려졌기 때문이었다.

　"내일 이 시간까지 알려 주게, 정순이를 만날 수 있는 시간과 장소를……"

　나는 씹어 뱉듯이 일러 주고 자리에서 일어났다.

　이튿날 저녁때 영숙이가 쪽지를 가지고 왔다.

　　작일은 여러 가지로 군에게 실례되는 점이 많았다고 보네. 연(然)이나 군의
　　하해 같은 마음으로 두루 용서해 주리라 신(信)하며, 금야에는 소찬이나마
　　제의 집에서 군을 초대하니 만사 제폐하고 필히 왕림해 주시기 복망하노라.

　　　　　　　　　　　　　　　　　　　　　　　　— 죽마고우 상호 書

　내가 상호의 쪽지를 읽는 순간 툇마루에 걸터앉아 있던 영숙이, 발딱 일어
나며,

　"오빠가 꼭 모시고 오랬어요."

　새하얀 얼굴에 미소를 짓는다.

　"미안하지만 좀 기다려 줘."

　나는 영숙에게 이렇게 말한 뒤 옥란을 불러서 종이와 연필을 내어 오라
고 했다.

　　자네의 초대에 응할 수 없음을 유감으로 생각하네. 어저께 말한 대로
　　정순이를 만날 수 있는 시간과 장소를 내일 오전중으로 다시 연락해 주
　　게. 만약 정순이가 원한다면, 그때, 영숙이를 동반해도 무방하네.

　　　　　　　　　　　　　　　　　　　　　　　　　　　— 봉수

내가 주는 쪽지를 받자 영숙은 공손스레 머리를 숙여 절을 하고 돌아갔다.

이튿날 저녁때에야 영숙이 다시 쪽지를 가지고 왔다. 오빠는 오전중으로 전하라고 일러 주고 갔지만, 자기가 학교에서 돌아온 시간이 늦기 때문에 이렇게 되었노라고 영숙이 정말인지 꾸며 댄 말인지 먼저 이렇게 변명을 늘어놓았다.

쪽지엔 역시 상호의 필치로 다음과 같이 적혀 있었다.

군의 회신은 잘 보았네. 연이나 정순이 일간 친정에 근친갈 기회가 도래하여 영숙이를 동반코 왕복케 할 계획이니 그리 양해하고, 그 시기는 다시 가매(家妹) 영숙을 시켜 통지할 것이니 그리 아시게.

— 상호 書

이틀 뒤가 일요일이었다.

영숙이 와서 언니가 친정엘 가는데 자기도 동반하게 되었노라고 옥란을 보고 넌지시 일러 주는 것이었다. 나는 그녀가 왜 나에게 직접 말하지 않고 옥란을 통해 간접적으로 알리는지를 곧 이해할 수 있었기 때문에 더 묻지 않기로 했다. 그 대신 나는 옥란에게 그녀들이 떠나는 것을 보아서 나에게 알려 주도록 부탁해 두고 오래간만에 이발소에 가서 귀밑까지 덮은 머리를 쳐냈다.

면도를 마친 뒤, 옥란의 연락을 받고 내가 '부엉뜸'으로 갔을 때는 점심때도 훨씬 지난 뒤였다.

내가 뜰에 들어서자, 장독대 앞에서 작약꽃을 만지고 있던 영숙이 먼저 나를 발견하고 알은 체를 하더니 곧 일어나 아랫방으로 들어가 버렸다. 정순이 그 방에 있음을 알리는 모양이었다.

이윽고 방문이 열리더니 정순이, 아, 그 어느 꿈결에서 보던 설운 연꽃 같은 얼굴을 내밀었다. 순간, 나는 그녀가 무슨 옷을 입고, 얼굴의 어디가 어떻다는 것을 전혀 의식할 수 없었다. 다만 저것이 정순이다 저것이 아, 설운 연꽃 같은 그것이다, 하는 섬광 같은 것이 가슴을 때리며, 전신의 피가 끓어오름을 느낄 뿐이었다. 나는 그 집 식구들에 대한 인사나 예의 같은 것도 잊어버리린 채 정순이가 있는 방문 옆으로 걸어갔다. 그리하여 나는 방문 앞에 한참 동안 발이 얼어붙기라도 한 것같이 우두커니 서 있었다.

정순은 곧 자리에서 일어났으나, 고개를 아래로 드리운 채 입을 열려고 하지 않았다. 영숙도 정순이를 따라 몸을 일으키긴 했으나, 요 며칠 동안 나에게 보여 주던 그 친절과 미소도 가뭇없이, 이때만은 새침한 침묵에 잠겨 있을 뿐이었다.

나는 그녀들에게서 '들어오세요'를 기다릴 수 없다고 알자, 스스로 신발을 벗고 방으로 들어갔다.

내가 방에 들어가도, 그리하여 스스로 자리에 앉은 뒤에도, 그녀들은 더 깊이 얼굴을 수그린 채 그냥 서 있었다.

그러나 나는 실상, 그녀들이 서 있건 말건 그런 것보다는, 나 자신이 갑자기 복받쳐오르는 울음을 누르느라고 어깨를 들먹이며 고개를 아래로 곧장 수그리기에 여념이 없을 정도였다.

내가 간신히 고개를 들었을 때엔 그녀들도 어느덧 자리에 앉은 뒤였다.

'이것은 분명 꿈이 아니다. 나는 정순이를 보았다. 아니 지금도 정순이는 바로 내 눈앞에 앉아 있지 않은가. 그렇다. 정순이다. 정순이다. 나는 이제 후회하지 않아도 된다.'

이러한 울부짖음이 내 마음속을 지나가자 나는 비로소 이성을 돌이킨 듯했다. 나는 고개를 들었다. 그리하여 정순의 얼굴을 비로소 정면으로 바라보았다. 정순은 물론 고개를 수그리고 있었지만, 나는 그녀의 이마를 바라보는 것이라도 좋았다.

"정순이!"

내 목소리는 굵게 떨리어 나왔다.

"이것이 마지막이 될진 모르지만, 이 자리에서만이라도 옛날대로 부르겠어. 용서해 줘요, 영숙이도."

내가 예까지 말했을 때, 나는 또 먼저와 같은 울음의 덩어리가 가슴에서 목구멍으로 치솟아오름을 깨달았다. 나는 그것을 참느라고 이를 힘껏 악물었다. 울음의 덩어리는 목구멍을 몹시 훑으며 뜨거운 눈물이 되어 주르르 흘러내렸다. 소리를 내어 흐느껴지는 울음보다는 그것이 차라리 나았다. 나는 손수건을 내어 천천히 눈물을 훔친 뒤 다시 입을 열기 시작했다.

"내가 괴로운 것만치 정순이도 괴로울 거야. 내 이 못난 눈물을 보는 일이 말야. 그러나 내가 정순이를 만나려고 한 것은 이 추한 눈물을 보이려고 한 것이 아니야. 이건 없는 것으로 봐줘. 곧 거둬질 거야."

나는 담배를 꺼내어 불을 붙였다. 연기를 두어 모금이나 천천히 들이키고 나서 다시 말을 시작했다.

"하긴 이 자리에 앉아 생각하니 내가 전선에서 생각했던 거와는 다르군. 이럴 줄 알았더라면 이렇게 하지 않아도 좋았을 것을. 될 수 있는 대로 정순이를, 그리고 영숙이도 그렇겠지만, 너무 오래 괴롭히지 않기 위해서 내 얘기를 간단히 할게."

나는 이렇게 허두[7]를 뗀 다음 내 바른손을 그녀들 앞에 내놓았다.

"이것 봐요. 이게 내 손이야. 식지와 장지가 문질러져 나가고 없잖아. 덕택으로 나는 제대가 돼 돌아온 거야. 이런 손을 갖고는 총을 쏠 수 없으니까. 그런데 말야, 그게 뭐 대단한 부상이라고 자랑하는 게 아냐. 팔다리를 송두리째 잃은 사람도 있고, 눈, 코, 귀 같은 것을 잃은 놈들도 얼마든지 있는데 이까짓 거야 문제도 아니지. 아주 생명을 잃은 사람은 또 별도로 하더라도. 그런데 내가 지금 와서 뼈아프게 후회하는 것은 역시 이 병신된 손 때문이야. 이건 실상 적에게 맞은 것이 아니고 나 자신이 조작한 부상이야. 살려고, 목숨만이라도 남겨 가지려고. 아아, 정순이, 이렇게 해서 지금 여기까지 달고 온 내 목숨이야."

나는 얘기를 하는 동안에 나 자신도 걷잡을 수 없는 흥분에 사로잡힘을 깨달았다. 나는 다시 담배에 불을 붙인 뒤 한참 동안 고개를 수그리고 있었다.

정순이와 영숙이도 먼저보다 훨씬 대담하게 고개를 들어 내 얼굴을 바라보

---

7) 허두 : 글이나 말의 첫머리.

곧 했다.

나는 연기를 뿜고 나서 다시 이야기를 계속했다.

"내가 소속된 부대는 ○○ 사단 ○○ 연대 수색 중대야. 수색 중대! 정순이는 이 말이 무엇인지를 모를 거야. 그 무렵의 전투 사단의 수색대라고 하면 거의 결사대라는 거와 다름이 없을 정도야. 한 번 나가면 절반 이상이 죽고 돌아오는 것이 보통이야. 어떤 때는 전멸, 어떤 때는 두셋이 살아서 돌아오는 일도 흔히 있었어. 그러자니까 원칙적으로는 교대를 시켜 줘야 하는 거지. 그런데 워낙 전투가 격렬하고 경험자가 부족하고 하니까 교대가 잘 안 되거든. 그 가운데서도 내가 특히 그랬어. 머리가 좋고 경험이 풍부하대나. 나중은 불사신이란 별명까지 붙이더군. 같이 나갔던 동료들이 거의 다 죽어 쓰러졌을 때도 나는 번번이 살아 왔으니까. 얘기가 너무 길군……나는 생각했어. 정순이를 두고는 죽을 수 없는 몸이라고. 내가 번번이 죽지 않고 살아 돌아온 것도 정순이 때문이라고 거기서 나는 결심을 했던 거야. 사람의 힘과 운이란 아무래도 한도가 있는 이상, 기적도 한두 번이지 결국은 죽고 말 것이 뻔한 노릇 아닌가. 위에서는 교대를 시켜 주지 않으니까 결국 죽을 때까진, 죽을 수밖에 없는 일을 몇 번이든지 되풀이해야 하는 나 자신의 위치랄까 운명이랄까 그런 걸 깨달은 거야. 거기서 나는 결심을 했어. 정순이를 두고는 죽을 수 없다고. 나는 내가 꼭 죽기로 마련되어 있는 운명을 내 손으로 헤쳐 나가야 한다고 ……이런 건 부질없는 얘기지만, 정순이! 나는 결코 죽음 그 자체가 두렵지는 않았어. 더구나 생사를 같이하던 전우가 곁에서 픽픽 쓰러지는 꼴을 헤아릴 수도 없이 경험한 내가 그토록 비겁할 수는 없었던 거야. 국가 민족이니, 정의 인도니 하는 건 집어치고라도, 우선 분함과 고통을 견딜 수 없어서라도 얼마든지 죽고 싶었어. 죽어야 했어. 정순이가 아니더라면 물론 그랬을 거야."

나는 잠깐 이야기를 쉬었다.

정순이는 아까부터 벽에 이마를 댄 채 마구 흐느끼고 있었고, 영숙이도 손수건으로 두 눈을 가린 채 밖으로 달아나 버렸던 것이다.

"그런데 어떤가. 돌아와 보니 정순이는 결혼을 했군. 나는 지금 정순이를 원망하려는 건 아냐. 상호의 속임수에 넘어갔다는 것도 듣고 있어."

"아녜요, 제가 바보예요, 제가 죽일 년이에요."

정순이는 높은 소리로 이렇게 외치며 또다시 흑흑 느껴 울었다.

"그런데 지금부터가 문제야. 나는 어떻게 하느냐 하는 문제야. 내 목숨을
말야. 나는 이렇게 해서 스스로 훔쳐낸, 그렇지 소매치기 같은 거지. 그렇게
해서 훔쳐낸 내 목숨이 이제 아무짝에도 쓸 데가 없이 됐거든. 내가 이 목숨
을 가지고 이대로 산다면 나는 하늘과 땅 사이에 용서받을 수 없는, 국가 민족
에 대한 죄인인 것은 말할 것도 없지만, 그 불쌍한, 그 거룩한, 그 수많은 전우
들, 죽어 넘어진 놈들에 대해서, 내가 어떻게 산단 말인가. 배신자란 남에게
서 미움을 받기 때문에 못 사는 것이 아니라 자기 자신이 외로워서 못 사는
거야. 정순이가 없는 고향인 줄 알았더라면 나는 열 번이라도 거기서 죽고 말
았어야 하는 거야. 전우들과 함께, 그들이 쓰러지듯 나도 그렇게 쓰러졌어야
하는 일야. 그것도 조금도 괴롭거나 두려운 일이 아니었어. 오히려 편하고
부러웠을 정도야. 이 더럽게 훔쳐낸 이 목숨을 나는 어떻게 해야 하는가?"

"저를 차라리 죽여 주세요. 괴로워서 더 못 듣겠어요."

정순이는 소리가 나게 이마를 벽에 곧장 짓찧으며 사지를 부르르 떨고 있
었다.

"정순이, 들어 봐요. 나는 상호에게도 말했어. 내가 없는 동안 상호와
정순이 사이에 생긴 일은 없었던 거와 같이 보겠다고. 정순이가 세상에
서 없어진 것이 아니라면, 정순이가 나와 같이 있을 수 있다면, 그동안에
있은 일은 없음으로 돌리겠어……정순이! 상호에게서 나와 줘. 그리고
나하고 같이 있어. 우리는 결혼하는 거야. 이 동네에서 살기가 거북하다
면 어디로 가도 좋아. 어머니와 옥란이도 버리고 가겠어. 전우를 버리고
온 것처럼."

"그렇지만 그 집에서 저를 놓아 주겠어요?"

정순이는 나직한 목소리로 혼잣말같이 속삭였다.

"내가 스스로 목숨을 훔쳐서 돌아온 거나 마찬가지지. 결심하면 돼. 그 밖

엔 길이 없어. 그렇지 않으면 내 목숨을 돌려 줘야 해. 이건 내게 아니야. 정순이와 같이 있기 위해서만 얻어진 목숨이야. 그렇지 않으면 세상에도 무서운 반역자의 더럽고 치사스런 목숨인걸. 잠시도 달고 있을 수 없는 추악한 장물이야. 어디다 어떻게 갖다 팽개쳐야 좋을지 모르는 추악한 장물이야. 정말야, 두고 보면 알걸."

"무서워요."

정순이는 아래턱을 달달달 떨고 있었다.

"무서울 게 뭐야? 정순이 첨부터 상호를 사랑해서 결혼을 했다거나, 지금이라도 사랑하고 있다면 별도야. 그렇지 않다면 내 목숨에 빛을 주고, 두 사람의 행복을 찾아나서는 거니까 어디까지나 정당한 일이지 잘못이 아니잖아? 알겠지? 응? 대답을 해줘."

"……."

정순이 대답 대신 고개를 한 번 끄덕해 보였다.

이때 영숙이 방문을 열었다.

"언니, 저기……."

문 밖에는 정순이 올케(윤이 어머니)가 진짓상을 들고 서 있었다.

"국수를 좀 만들었어. 맛은 없지만……그리고 아기씬 안에서 우리하고 같이 할까?"

그녀는 국수상을 방 안에 디밀어 놓으며 말했다. 정순이는 국수상을 다시 들어 내 앞에 옮겨 놓으며,

"천천히 드세요. 그리구 그 일은 제가 알아서 하겠어요."

이렇게 속삭이고 나서 밖으로 나갔다. 나는 국수상엔 손도 대지 않은 채 담배 한 개비를 피우자 밖으로 나와 버렸다.

정순이한테서는 연락이 오지 않았다.

아기 낳고 살던 여자가 집을 버리고 나오려면 어려운 일이 한두 가지일 리 없다고는 나도 짐작할 수 있었지만 끝없이 날만 보내고 있을 수도 없는 노릇이었다.

여러 가지 어려운 점이 많다는 것은 나도 안다. 남편이나 시부모 이외
에 아기도 걸리고 친정도 걸리겠지만 죽느냐 사느냐 한 가지만 생각해야
한다. 내가 그랬듯이 말이다. 한시바삐 결행 바란다.

나는 이렇게 쪽지에 써서 옥란에게 주었다.
"이거 네가 정순이 언니한테 남 안 보게 전할 수 있거든 전해 다오……역시
영숙이한테 부탁할 순 없겠지?"
"요즘은 우물에도 잘 안 나오니 어려울 거야. 영숙인 오빠를 너무 좋아하
지만 아무럼 저의 친오빠만이야 하겠어?"
옥란은 쪽지를 접어 옷 속에 감추며 혼잣말같이 중얼거렸다.
그러나 옥란도 좀처럼 정순이를 직접 만날 기회가 없는 모양이었다. 그런
대로 영숙이와는 자주 왕래가 있어 보였다.
"영숙이한테 무슨 들은 말 없어?"
"걔도 요즘은 세상이 비관이래!"
"왜?"
"그날 정순이 언니하고 셋이서 만났잖아? 자기는 누구 편이 돼얄지 모르
겠대. 그리구 슬프기만 하대."
"자기하고 관계 없는 일이니까 모르면 되잖아?"
"그렇지도 않은 모양이야. 걘 책도 많이 읽었어. 오빠 한번 만나 주겠어?
오빠가 잘 부탁하면 걘 무슨 말이라도 들을지 몰라……."
"……."
나는 대답을 하지 않았다.
옥란에게 쪽지를 맡긴 지도 닷새나 지난 뒤였다. 막 저녁을 먹고 났을 때
영숙이 정순의 편지를 가지고 왔다.

저의 계획을 집안에서 눈치 채어 버렸습니다. 저는 지금 꼼짝도 할 수

없는 몸이 되었습니다. 저는 영원히 봉수 씨를 배반할 마음은 아닙니다.
다시 맹세합니다. 언제든지 봉수 씨가 기다려 주신다면 저는 반드시 그
일을 실행할 날이 있을 줄 믿습니다. 그러나 지금은 간도 쓸개도 없는
썩은 고깃덩어리 같은 년이라고 생각해 주십시오. 죽지 못해 살아 있는
불쌍한 목숨이올시다. 부디 용서해 주시고 너무 조급히 기다리지 말아
주시기 바랍니다.

— 정순이 올림

나는 편지를 두 번이나 되풀이해 읽었다. 내용이 복잡하다거나 이해하기
힘든 말이 들어 있었기 때문이 아니었다. 무언지 정순이의 운명 같은 것이 거
기서 느껴졌기 때문이었다.

'정순이는 이런 여자였어. 참되고 총명하고 다정하고 신의 있는. 그러나
강철같이 굳센 여자는 아니었어. 순한 데가 있었지, 환경에 순응하는. 물론
지금도 그녀가 나에게 거짓말을 하거나 자기 자신을 속이고 있는 것은 아니
야. 그러나 환경에 순응하고 있는 거야. 그녀를 결정하는 것은 그녀 자신의
의지이기보다 그녀를 에워싼 그녀의 환경이겠지.'

나는 편지를 구겨서 바지 주머니에 쑤셔 넣은 뒤 영숙을 불렀다.

"숙이, 나한테 전한 편지 누구 거지?"

"언니 거예요."

영숙은 얼굴을 붉히며 대답했다.

"무슨 내용인지도 알지?"

"……."

영숙은 갑자기 얼굴이 홍당무같이 새빨개지며 대답을 하지 않았다.

"난 영숙일 옥란이같이 믿고 있어. 알면 안다고 대답해 줘. 알지?"

"……."

영숙이 이번에는 고개를 끄덕여 보였다.

"내가 없더라도 옥란이하고 잘 지내 줘."

나는 무슨 뜻인지 나 자신도 모를 이런 말을 마지막으로 남기곤 밖으로 훌쩍 나와 버렸다.

나는 어디로든지 가버릴 생각이었던지도 모른다. 그야말로 어디로든지 꺼져 버리고 싶었던 건지도 모른다. 하여간 나는 방 안에 그냥 자빠져 누워 있을 수는 없었던 것이다. 나는 막연히 정순이를 기다리고 있는 것보다는, 아니, 막연히 정순이를 원망하고 있는 것보다는 차라리 나 자신이 세상에서 꺼져 버리는 편이 낫다고 생각했는지도 몰랐다.

나는 집 뒤를 돌아 나갔다. 우리 집 뒤부터는 보리밭들이었다. 보리밭은 아스라이 보이는 산기슭까지 넓은 해면같이 출렁이고 있었다. 지금 한창 피어 오르는 보리 이삭에서는 향긋한 보리 냄새까지 풍겨져 오는 듯했다.

내가 보리밭 사잇길을 거의 실신한 사람처럼 터덕터덕 걷고 있을 때, 문득 뒤에서 사람의 발소리 같은 것이 들려 왔다. 그러나 나는 그런 것을 뒤돌아볼 만한 관심도 기력도 잃고 있었다. 나는 그냥 걷고 있었다. 그렇게 걷는 대로 걷다가 아무 데나 쓰러져 버렸으면 하고 있었는지도 모른다.

검푸른 보리밭 위로 어스름이 덮여 왔다.

그 어스름 속으로 비둘기 떼인지 다른 새떼인지 분간할 수도 없는 새까만 돌멩이 같은 것들이 날아가고 있었다.

문득 내가 어쩌면 꿈속에서 걸어가고 있는 겐지도 모른다는 생각이 들었다. 나는 발을 멈추고 섰다. 그리하여 아까 날아가던 새까만 돌멩이 같은 것들이 사라진 쪽을 멍하니 바라보고 있었다.

그때다.

"오빠."

거의 들릴 듯 말 듯한 잠긴 목소리였다. 영숙이었다.

나는 영숙의 얼굴을 넋 나간 사람처럼 어느 때까지나 멍청히 바라보고 있었다.

'너도 슬프다는 거냐? 나하고 슬픔을 나누자는 거냐?'

나는 혼자 속으로 영숙이에게 이렇게 묻고 있었다.

영숙도 물론 꼼짝하지 않고 있었다.

'오빠 제발 죽지 마세요. 제가 사랑해 드릴게요. 오빠를 위해서 오빠에게 도움이 될 수 있다면 오빠의 아픈 마음을 위로해 드릴 수 있다면 무슨 짓이라도 하겠어요.'

영숙의 굳게 다문 입 속에선 이런 말이 감돌고 있는 듯했다.

다음 순간 영숙은 내 품에 안겨 있었다. 그보다도 내가 먼저 영숙의 손목을 잡아 끌었다고 하는 편이 순서일 것이다. 그러자 영숙이 내 가슴에 몸을 던지다시피 하며 안겨 왔던 것이다.

그러나 거기서 내가 영숙에게 갑자기 왜 다른 충동을 느끼기 시작했는지 그것은 나 자신도 해명할 길이 없다. 아니 그보다도 갑자기 야수가 돼버린 나에게 영숙이 왜 자기 자신을 지키기 위해서 마지막 반항을 하지 않았는지 이 역시 해명할 길이 없는 것이다.

하여간 나는, 다음 순간, 영숙을 안고 보리밭 속으로 들어갔다. 그리하여 그녀의 간단한 옷을 벗기고 그 새하얀, 천사 같은 몸뚱어리를 마음껏 욕보이기 시작했던 것이다. 영숙은 어떤 절망적인 공포에 짓눌려서인지, 그렇지 않으면 일종의 야릇한 체념 같은 것에 자신을 내던지고 있었기 때문인지 간혹 들릴 듯 말 듯한 가는 신음소리를 내었을 뿐 나의 거친 터치에도 거의 그대로 내맡기다시피 하고 있었다. 그녀는 그때 이미 실신 상태에 빠져 있었는지도 몰랐다. 아니 그보다도, 역시, 자기의 모든 것을, 생명을, 내가 그렇게 원통하다고 울어대던 것의 대가를 대신 나에게 갚아 주는 것이라고 생각하고 있었는지도 모른다.

이때 까치가 울었던 것이다. 까작 까작 까작 까작 하는, 어머니가 가장 모진 기침을 터뜨리게 마련인 그 저녁 까치 소리였던 것이다. 그리고 이와 동시 나의 팔다리와 가슴속과 머리끝까지 새로운 전류 같은 것이 흘러들기 시작했던 것이다.

　까작 까작 까작 까작, 그것은 그대로 나의 가슴 속에서 울려오는 소리였다. 나는 실신한 것같이 누워 있는 영숙이를 안아 일으키기라도 하려는 듯이 천천히 그녀의 가슴 위에 손을 얹었다. 그리하여 다음 순간 내 손은 그녀의 가느단 목을 누르고 있었던 것이다.

작가소개 김동리 (1913~1995)

경북 경주에서 출생했다. 본명은 시종. 1934년 조선일보에 시 「백로」가 입선,
1935년에 중앙일보에 단편 「화랑의 후예」가 당선되었고, 1936년에는 동아일보
에 「산화」가 당선되어 문단에 나왔다. 서정주 등과 함께 〈시인부락〉 동인으로
활동하기도 했다. 김동리의 초기 작품 세계는 신비적이면서 토속적인 분위기의
허무사상을 바탕에 깔고 있으며, 해방 후에는 거기에다가 인간성의 옹호를 전
면에 내세우고 있다. 하지만 그의 문학적 관심은 인간의 근원 문제에 대한 집
요한 추구라고 할 수 있다. 대표작으로 「무녀도」「황토기」「등신불」「까치 소
리」「밀다원 시대」「홍남철수」 등이 있으며, 장편으로는 『사반의 십자가』『춘
추』『자유의 기수』 등이 있다.

작품해설

'까치 소리'는 본래 반가운 손님이나 희망적인 소식을 의미한다. 김동리는 단
편 「까치 소리」에서 인간이 죽음 앞에서 갖게 되는 불안감과 삶에 대한 욕망
등의 복합적인 심리 상태를 저녁 까치 소리가 상징하는 의미와 나란히 병렬적
으로 그려간다. 한국 전쟁의 비극이 인간의 정신을 황폐화시키는 과정을 작가
의 독특한 운명론으로 담아내고 있는 소설이다.

읽고 나서

> (1) 이 작품에서 까치 소리는 길조와 흉조의 역할을 한다. 각각의 역할을 찾
> 아보자.
> — 늙은 어머니가 항상 기다리는 봉수의 돌아옴을 알리는 길조의
> 역할과 봉수가 고향에서 적응하지 못하고 살인까지 하게 되는 것을
> 암시하는 흉조의 역할
> (2) 이 작품의 세계관은 무엇인가?
> — 인간의 운명이 인간 자신의 힘으로는 어찌할 수 없는 이상한 힘
> 에 의해서 결정되는 초월적이고 무속적인 세계관

오발탄(誤發彈)[1]

이 범 선

　계리사[2] 사무실 서기 송철호는 여섯 시가 넘도록 사무실 한구석 자기 자리에 멍청하니 앉아 있는 것이었다.　딴 친구들은 눈으로 시계 바늘을 밀어 올리다시피 다섯 시를 기다려 후딱 나가 버렸다.　그런데 점심도 못 먹은 철호는 허기가 나서만이 아니라 갈 데도 없었다.

　"송 선생은 안 나가세요?"

　이제 청소를 해야 할 테니 그만 나가 달라는 투의 사환애의 말에 철호는 다 낡아빠진 해군작업복 저고리 호주머니에 깊숙이 찌르고 있던 두 손을 빼내어서 무겁게 책상 위에 올려놓았다.

　"나가야지."

　하품 같은 대답이었다.

　사환애는 저쪽 구석에서부터 비질을 하기 시작하였다.　먼지가 사정없이 철호의 얼굴로 몰려왔다.

　철호는 어슬렁 일어섰다.　이쪽 모서리 창가로 갔다.　바께쓰의 물을 대야에 따랐다.　두 손을 끝에서부터 가만히 물 속에 담갔다.　아직 이른 봄이라 물이 꽤 손끝에 시렸다.　철호는 물 속에 잠긴 두 손을 물끄러미 내려다보고 있었다.　펜대에 시달린 오른손 장지 첫 마디에 콩알만한 못이 박혔다.　그 못에

서 파란 명주실 같은 것이 사르르 물 속으로 풀려났다. 잉크 그것은 잠시 대
야 밑바닥을 기다 말고 사뿐히 위로 떠올라 안개처럼 연하게 피어서 사방으로
번져 나갔다. 손가락을 중심으로 하고 그 색의 농도가 점점 연해져 나갔다.
맑게 갠 가을 하늘색으로 대야 가장자리까지 번져 나간 그것은 다시 중심의
손끝을 향해 접어들며 약간 진한 파랑색으로 달무리모양³⁾ 그런 둥그런 원을
그렸다.

　피! 이건 분명한 피다!

　철호는 엉뚱한 생각을 하고 있었다. 슬그머니 물 속에서 손을 빼내었다.
그러자 이번엔 대야 밑바닥에 한 사나이의 얼굴을 보았다. 철호의 눈을 마주
쳐다보는 그 사나이는 얼굴의 온 근육을 이상스레 흐물흐물 움직이며 입을 비
죽거려 웃고 있었다.

　이마에 길게 흐트러진 머리카락. 그 밑에 우묵하니 패인 두 눈. 깎아진 볼.
날카롭게 여윈 턱. 송장처럼 꺼멓고 윤기 없는 얼굴. 그것은 까마득한 원시
인의 한 사나이였다.

　몽둥이 끝에, 모난 돌을 하나 칡덩굴로 아무렇게나 잡아매서 들고, 동굴 속에
남겨두고 나온 식구들을 위하여 온종일 숲속을 맨발로 헤매고 다니던 사나이.

　곰? 그건 용기가 부족하다.

　멧돼지? 힘이 모자란다.

　노루? 너무 날쌔어서.

　꿩? 그놈은 하늘을 난다.

　토끼? 토끼. 그래. 고놈쯤은 꽤 때려 잡음직하다. 그런데 그것마저 요즈
음은 몫에 잘 돌아오지 않는다.

　사냥꾼이 너무 많다. 토끼보다도 더 많다.

　그래도 무어든 들고 들어가야 하는 것이다. 사나이는 바위 잔등에 무릎을
꿇고 앉아 냇물에 손을 씻는다. 파란 물 속에 빨간 놀이 잠겼다. 끈적끈적하
게 사나이의 손에 묻었던 피가 놀빛보다 더 진하게 우러난다.

---

3) 모양 : ~와 같은.

　무엇인가 때려잡은 모양이다. 곰? 멧돼지? 노루? 꿩? 토끼?

　그런데 사나이가 들고 일어선 것은 그 어느 것도 아니었다. 보기에도 징그러운 내장. 그것이 무슨 짐승의 내장인지는 사나이 자신도 모른다. 사나이는 그 짐승의 머리도 꼬리도 못 보았다. 누군가가 숲속에 끌어내어 버린 것을 주워 오는 것이었다.

　철호는 옆에 놓인 비누를 집어들었다. 마구 두 손바닥으로 비볐다. 우구구 까닭 모를 울분이 끓어 올랐다.

　빈 도시락마저 들지 않은 손이 홀가분해 좋긴 하였지만, 해방촌 고개를 추어오르기에는 뱃속이 너무 허전했다.

　산비탈을 도려내고 무질서하게 주워 붙인 판잣집들이었다. 철호는 골목으로 접어들었다. 레이션 갑을 뜯어 덮은 처마가 어깨를 스칠 만큼 비좁은 골목이었다. 부엌에서들 아무 데나 마구 버린 뜨물로 미끄러운 길에는 구공탄⁴⁾ 재가 군데군데 헌데 더뎅이⁵⁾모양 깔렸다.

　저만큼 골목 막다른 곳에, 누런 시멘트 부대 종이를 흰 실로 얼기설기 문살에 얽어맨 철호네 집 방문이 보였다. 철호는 때에 절어서 마치 가죽끈처럼 된 헝겊이 달린 문고리를 잡아당겼다. 손가락이라도 드나들 만큼 엉성한 문이면서 찌걱찌걱 집혀서 잘 열리지 않았다. 아래가 잔뜩 집힌 채 비틀어진 문틈으로 그의 어머니의 소리가 새어 나왔다.

　"가자! 가자!"

　미치면 목소리마저 변하는 모양이었다. 그것은 이미 그의 어머니의 조용하고 부드럽던 그 목소리가 아니고, 쨍쨍하고 간사한 게 어떤 딴 사람의 목소리였다.

　문을 열고 들어서는 철호의 얼굴에 걸레 썩는 냄새 같은 것이 확 풍겨 왔다. 철호는 문 안에 들어선 채 우두커니 아랫목을 내려다보고 있었다.

---

4) 구공탄 : 구멍이 아홉 게 뚫린 연탄.
5) 더뎅이 : 부스럼 딱지나 때가 거듭 붙어 된 조각.

중학교 시절에 박물관에서 미이라를 본 일이 있었다. 그건 꼭 솜 누더기에 싸놓은 미이라였다. 흰 머리카락은 한 오리도 제대로 놓인 것이 없었다. 그대로 수세미였다. 그 어머니는 벽을 향해 돌아누워서 마치 딸꾹질처럼 어떤 일정한 사이를 두고, 가자 가자 하는 외마디 소리를 지르고 있었다. 그 해골 같은 몸에서 어떻게 그런 쨍쨍한 소리가 나오는지 이상하였다.

철호는 윗방으로 올라가 털썩 벽에 기대어 앉아 버렸다. 가슴에 커다란 납 덩어리를 올려놓은 것 같았다. 정말 엉엉 소리를 내어 울고 싶었다. 눈을 꼭 내리감으며 애써 침을 삼켰다.

두 달 전까지만 해도 철호는 저녁때 일터에서 돌아오면, 어머니야 알아듣건 말건 그래도 '어머니 지금 돌아왔습니다.' 하고 인사를 하곤 하였었다. 그러나 요즈음은 그것마저 안 하게 되었다. 그저 한참 물끄러미 굽어보고 섰다가 그대로 윗방으로 올라와 버리는 것이었다.

컴컴한 구석에 앉아 있던 철호의 아내가 슬그머니 일어섰다. 담요 바지 무릎을 한쪽은 꺼멍6), 또 한쪽은 회색으로 기웠다. 만삭이 되어서 꼭 바가지를 엎어 놓은 것 같은 배를 안은 아내는 몽유병자처럼 철호의 앞을 지나 나갔다. 부엌으로 나가는 것이었다. 분명 벙어리는 아닌데 아내는 말이 없었다.

"아버지."

철호는 누가 꼭대기를 쿡 쥐어박기나 한 것처럼 흠칫했다.

바로 옆에 다섯 살 난 딸애가 눈을 둥그렇게 뜨고 철호를 쳐다보고 있었다. 철호는 어린것에게로 얼굴을 돌렸다. 웃어 보이려는 철호의 얼굴이 도리어 흉하게 이지러졌다.

"나아, 삼춘이 나이롱 치마 사준댔다."

"응."

"그러면 나 엄마하고 화신 구경 간다."

"……."

철호는 그저, 어린것의 노랗게 뜬 얼굴을 바라보고 있을 뿐이었다. 철호의

---

6) 꺼멍 : 검정색.

헌 셔츠 허리통을 잘라서 위에 끝을 꿰어 스커트로 입은 딸애는 짝짝이 양말 목달이에다 어디서 주운 것인지 가는 고무줄을 끼웠다.

"가자! 가자!"

아랫방에서 또 어머니의 그 저주 같은 소리가 들려 왔다. 벌써 칠 년을 두고 들어 와도 전연 모를 그 어떤 딴 사람의 목소리.

철호는 또 눈을 꼭 감았다. 머릿속의 뇟줄이 팽팽히 헤어졌다. 두 주먹으로 무엇이건 콱 때려 부수고 싶은 충동에 철호는 어금니를 바숴져라 맞씹었다.

좀 춥기는 해도 철호는 집 안보다 이 바위 잔등이 더 좋았다. 그래 철호는 저녁만 먹으면 언제나 이렇게 집 뒤 산등성이에 있는 바위 위에 두 무릎을 세워 안고 앉아서 하염없이 거리의 등불을 바라보며 밤 깊기를 기다리는 것이었다. 어느 거리쯤인지 잘 분간할 수 없는 저 밑에서 술광고 네온사인이 핑그르르 돌고 깜박 꺼졌다가 또 번뜩 켜지고, 핑그르르 돌곤 깜박 꺼지고 하였다.

철호는 그저 언제까지나 그렇게 그 네온사인을 지켜 보고 있었다.

바위 잔등이 차츰차츰 식어 왔다. 마침내 다 식고 겨우 철호가 깔고 앉은 그 부분에만 약간의 온기가 남았다. 이제 조금만 더 있으면 밑이 시려 올 것이다. 그러면 철호는 하는 수 없이 일어서야 하는 것이다. 드디어 철호는 일어섰다. 오래 꼬부려 붙이고 있던 두 다리가 저렸다. 두 손을 작업복 호주머니에 깊숙이 찔렀다. 철호는 밤하늘을 한번 쳐다보았다. 지금까지 바라보던 밤거리보다 더 화려하게 별들이 뿌려져 있었다. 철호는 그 많은 별들 가운데서 북두칠성을 쳐다보았다. 머리를 뒤로 젖혀 하늘을 쳐다보는 채 빙그르르 그 자리에서 돌았다. 거꾸로 달린 물주걱 같은 북두칠성은 쉽사리 찾아낼 수 있었다. 그 북두칠성 앞에 딴 별들보다 좀 크고 빛나는 별, 그건 북극성이었다.

철호는 지금 자기가 서 있는 지점과 북극성을 연결하는 직선을 밤하늘에 길게 그어 보았다. 그리고 그 선을 눈이 닿는 데까지 연장시켰다. 철호는 그렇게 정북(正北)[7]을 향하여 한참이나 서 있었다. 고향 마을이 눈앞에 떠올랐

---

7) 정북 : 똑바른 북쪽.

다. 마을의 좁은 길까지, 아니 그 길에 박혀 있던 돌 하나까지도 선히 볼 수 있었다.

으스스 몸이 떨렸다. 한기가 전기처럼 발끝에서 튀어 콧구멍으로 빠져 나갔다. 철호는 크게 재채기를 하였다. 그리고 또 한 번 몸을 부르르 떨며 바위 밑으로 내려왔다.

철호는 천천히 골목 안으로 들어섰다.

"가자!"

철호는 멈칫 섰다. 낮에는 이렇게까지 멀리 들리는 줄은 미처 몰랐던 어머니의 그 소리가 골목 어귀에까지 들려 왔다.

"가자!"

그러나 언제까지 그렇게 골목에 있을 수도 없는 노릇이었다. 철호는 다시 발을 옮겨 놓았다. 정말 무거운 발걸음이었다. 그건 다리가 저려서만 아니었다.

"가자!"

철호가 그의 집 쪽으로 걸음을 옮겨 놓을 때마다 그만큼 그 소리는 더 크게 들려 왔다.

가자는 것이었다. 돌아가자는 것이었다. 고향으로 돌아가자는 것이었다. 옛날로 되돌아가자는 것이었다. 그것은 그렇게 정신이상이 생기기 전부터 철호의 어머니가 입버릇처럼 되풀이하던 말이었다.

삼팔선. 그것은 아무리 자세히 설명을 해주어도 철호의 어머니에게만은 아무 소용없는 일이었다.

"난 모르겠다. 암만해도 난 모르겠다. 삼팔선, 그래 거기에다 하늘에 꿈 닿도록 담을 쌓았단 말이냐. 어쨌단 말이냐. 제 고장으로 제가 간다는데 그래 막는 놈이 도대체 누구란 말이냐?"

"이게 어디 사람 사는 게냐? 하루 이틀도 아니고."

하며, 한숨과 함께 무릎을 치며 꺼지듯이 풀썩 주저앉곤 하는 것이었다.

그럴 때마다 철호는,

"어머니, 남한은 그래도 이렇게 자유스럽지 않아요?"

하고, 남한이니까 이렇게 생명을 부지하고 살 수 있지, 만일 북한 고향으로 간다면 당장에 죽는 것이라고, 자유라는 것이 얼마나 소중한 것인가를, 갖은 이야기를 다 예를 들어가며 어머니에게 타일러 보는 것이었다. 그러나 자유라는 것을 늙은 어머니에게 이해시키기란 삼팔선을 인식시키기보다도 몇백 갑절 더 힘드는 일이었다. 아니 그것은 거의 불가능한 일이라 했다. 그래 끝내 철호는 어머니에게 자유라는 것을 설명하는 일을 단념하고 말았다.

그렇게 되고 보니 철호의 어머니에게는 아들 ―지지리 고생을 하면서도 고향으로 돌아갈 생각만은 죽어도 하지 않는 철호가 무슨 까닭인지는 몰라도 늙은 어미를 잡으려고 공연한 고집을 피우고 있는 천하에 고약한 놈으로만 여겨지는 것이었다.

그야 철호에게도 어머니의 심정이 이해되지 않는 것은 아니었다.

무슨 하늘이 알 만큼 큰 부자는 아니었지만 그래도 꽤 큰 지주로서 한 마을의 주인 격으로 제법 풍족하게 평생을 살아오던 철호의 어머니 눈에는 아무리 그네가 세상을 모른다고는 해도, 산등성이를 악착스레 깎아내리고 거기에다 게딱지 같은 판잣집들을 다닥다닥 붙여 놓은 이 해방촌이 이름 그대로 해방촌일 수는 없는 노릇이었다.

"나두 내 나라를 찾았단 게 기뻐서 울었다. 엉엉 울었다. 시집 올 때 입었던 홍치마를 꺼내 입구 춤을 추었다. 그런데 이꼴 좋다. 난 싫다. 아무래도 난 모르겠다. 뭐가 잘못됐건 잘못된 너머 세상인디 그래."

철호의 어머니는 남한으로 넘어온 후로 단 하루도 '가자'는 말을 하지 않는 날이 없었다.

그렇게 지내오던 그날, 6·25사변으로 바로 발밑에 빤히 내려다보이는 용산 일대가 폭격으로 지옥처럼 무너져 나가던 날 끝내 철호는 어머니를 잃어버리고 말았던 것이었다.

"큰애야, 이젠 정말 가자. 데것 봐라. 담이 홀싹 무너졌는데, 삼팔선의 담이 데렇게 무너지는데 야."

그때부터 철호의 어머니는 완전한 정신이상이었다. 지금의 어머니, 그것

은 이미 철호의 어머니는 아니었다. 아무리 따져 보아도 그것이 철호 자기의
어머니일 수는 없었다. 세상에 아들 딸마저 알아보지 못하는 어머니가 있을
수 있는 것일까?

그날부터 철호의 어머니는,

"가자! 가자!"

하고, 저렇게 쨍쨍한 목소리로 외마디 소리를 지를 뿐, 그 밖의 모든 것을 완
전히 잃어버리고 있었다. 철호에게 있어서 지금의 어머니는 말하자면 시체에
지나지 않았다.

뚫어진 창호지 구멍으로 그래도 희미한 불빛이 새어 나오고 있었다. 철호
는 윗방문을 열었다. 아랫방과 윗방 사이 문턱에 위태롭게 올려놓은 등잔이
개똥벌레처럼 가물거리고 있었다. 윗방아랫목에는 딸애가 반듯이 누워서 잠
이 들었다. 담요를 몸에다 돌돌 말고 반듯이 누운 것이 꼭 송장 같았다. 그
옆에 철호의 아내가 두 무릎을 꿇고 앉아 있었다. 꺼먼 헝겊과 회색 헝겊으로
기운 담요 바지, 무릎 위에는 빨간 색 우단으로 만든 조그마한 운동화가 한 켤
레 놓여 있었다. 철호가 방 안에 들어서자 아내는 그 어린애의 빨간 신발을
모두어 자기 손바닥에 올려놓아 철호에게 들어 보였다.

"삼촌이 사왔어요."

유난히 속눈썹이 긴 아내의 눈이 가늘게 웃었다. 참으로 오래간만에 보는
아내의 웃음이었다. 자기가 미인이었다는 것을 잊어버리고 만 지 오랜 아내
처럼 또 오래 보지 못하여 거의 잊어버려 가던 아내의 웃는 얼굴이었다.

철호는 등잔이 놓인 문턱 가까이 가서 앉으며 아내의 손에서 빨간 어린애
의 신발을 받아 눈앞에서 아래 위를 살펴보았다.

"산보 갔었소?"

거기 등잔불을 사이에 두고 윗방을 향해 앉은 철호의 동생 영호가 웃으며
철호를 쳐다보았다.

"언제 들어왔니?"

"지금 막 들어와 앉는 길입니다."

그러고 보니 영호는 아직 넥타이도 끄르지 않고 있었다.

"형님!"

새삼스레 부르는 동생의 소리에 철호는 손에 들었던 어린애의 신발을 아내에게 돌리며 영호의 얼굴을 빤히 바라보았다.

"이제 우리도 한번 살아 봅시다. 제길, 남 다 사는데 우리라구 밤낮 이렇게만 살겠수? 근사한 양옥도 한 채 사구, 장기판만한 문패에다 형님의 이름 석 자를, 제길, 장님도 보게 써서 대못으로 땅땅 때려 박구 한번 살아 봅시다."

군대에서 나온 지 이 년이 넘도록 아직 직업도 못 잡은 영호가 언제나 술만 취하면 하는 수작이었다.

"그리구 이천만 환짜리 세단차도 한 대 삽시다. 거기다 똥통이나 싣고 다니게. 모든 새끼들이 아니꼬와서 일이야 있건 없건 종일 빵빵 울리면서 동네를 들락날락해야지. 제길, 하하하."

비스듬히 벽에 기대어 앉은 영호는 벌겋게 열에 뜬 얼굴을 하고 담배 연기를 푸 내뿜었다.

"또 술 마셨구나."

고학으로 고생고생 다니던 대학 삼학년에서 군대에 들어갔다가 나온 영호로서는 특별한 기술이 없어 직업을 잡지 못하는 것은 별 도리도 없는 노릇이라 칠 수도 있었지만, 이건 어디서 어떻게 마시는 것인지 거의 저녁마다 이렇게 취해 들어오는 동생 영호가 몹시 못마땅한 철호의 말이었다.

"네, 조금 했습니다. 친구들이……."

그것도 들으나마나 늘 같은 대답이었다. 또 그것이 거짓말이 아니라는 것도 철호는 알고 있었다.

"이제 술 좀 그만 마셔라."

"친구들과 어울리면 자연히 마시게 되는걸요."

"글쎄, 그러니까 그 어울리는 걸 좀 삼가란 말이다."

"그럴 수도 없구요. 하하하."

"그렇다구 언제까지 그저 그렇게 어울려서 술이나 마시면 뭐가 되나?"

"되긴 뭐가 돼요? 그저 답답하니까 만나는 거구. 만나면 어찌하다 한 잔씩 하며 이야기나 하는 거죠 뭐."

"글쎄, 그게 맹랑한 일이란 말이다."

"그렇지만 형님, 그런 친구들이라도 있다는 게 좋지 않수? 그게 시시한 친구들이라 해도, 정말이지 그놈들마저 없었더라면 어떻게 살 뻔했나 하고 생각할 때가 많아요. 외팔이, 절름발이, 그런 놈들, 무식한 놈들, 참 시시한 놈들이지요. 죽다 남은 놈들, 그렇지만 형님, 그놈들 다 착한 놈들이야요. 최소한 남을 속이지는 않거던요. 공갈은 때릴망정, 하하하하. 전우, 전우."

영호는 고개를 뒤로 젖히고 천장을 향해 후 담배 연기를 내뿜었다. 철호는 그저 물끄러미 영호의 모습을 쳐다볼 뿐 아무 말도 없었다. 영호는 여전히 천장을 향한 채 피어오르는 연기를 바라보며 한 손으로 목의 넥타이를 앞으로 잡아당겨 반쯤 늦추어 놓았다.

"가자!"

아랫목에서 어머니가 소리를 질렀다.

영호는 슬그머니 아랫목으로 고개를 돌렸다. 한참이나 그렇게 어머니 쪽으로 고개를 돌리고 있는 영호는 아무 말도 없이 그저 눈만 껌뻑껌뻑하고 있었다.

철호는 길게 한숨을 쉬었다. 앞에 놓인 등잔불이 거물거물 춤을 추었다. 철호는 저고리 호주머니에서 담배를 꺼내었다. 꼬기꼬기 구겨진 파랑새 갑 속에서 담배를 한 개비 뽑아내었다. 바삭바삭 마른 담배는 양끝이 반쯤 빠져 나갔다.

철호는 그 양끝을 비벼 말았다. 흡사 비가 모양으로 되었다. 철호는 그 비가 모양의 담배 한끝을 입에다 물었다.

"이걸 피슈. 형님."

영호가 자기 앞에 놓였던 담뱃갑을 집어서 철호의 앞으로 내어 밀었다. 빨간색 양담배 갑이었다. 철호는 그 여느 것보다 좀 긴 양담배 갑을 한 번 힐끔 쳐다보았을 뿐, 아무 소리도 없이 등잔불로 입에 문 파랑새 끝을 가져갔다. 영호는 등잔불 위에 꾸부린 형 철호의 어깨를 넌지시 바라보고 있었다. 지지

지 소리가 났다. 앞이마에 흐트러져 내렸던 철호의 머리카락이 등잔불에 타
며 또르르 끝이 말려 올랐다. 철호는 얼굴을 들었다. 한 모금 빨자 벌써 손끝
이 따갑게 꽁초가 되어 버린 담배를 입에서 뗴었다. 천천히 연기를 내뿜는 철
호의 미간에는 세로 석 줄의 깊은 주름이 패어졌다. 영호는 들었던 담뱃갑을
도로 방바닥에 내려놓았다. 그리고 조용히 등잔불로 시선을 떨구었다. 그의
입가에는 야릇한 웃음이 ― 애달픈, 아니 그 누군가를 비웃는 듯한, 그런 미소
가 천천히 흘러 지나갔다.

한참 동안 아무도 말이 없었다.

"가자!"

아랫방 아랫목에서 몸을 뒤채는 어머니가 잠꼬대를 했다. 어머니는 이제
꿈속에서마저 생활을 잃어버린 모양이었다. 아주 낮은 그 소리는 한숨처럼
느리게 아래윗방에 가득 차 흘러 사라졌다.

여전히 아무도 말이 없었다.

철호는 꽁초를 손끝에 꼬집어 쥔 채 넋빠진 사람모양 가물거리는 등잔불을
지켜보고 있었고, 철호의 아내는 잠든 딸애의 머리맡에 가지런히 놓인 빨간
신발을 요리조리 매만지고 있었다.

"가자!"

또 한 번 어머니의 소리가 저 땅 밑에서 새어 나오듯이 들려 왔다.

"형님은 제가 이렇게 양담배를 피우는 게 못마땅하지요?"

영호는 반쯤 탄 담배를 자기 눈앞에 가져다 그 빨간 불티를 들여다보며 말
했다.

"분에 맞지 않지."

철호는 여전히 등잔불을 바라보며 대답했다.

"그렇지만 형님, 형님은 파랑새와 양담배와 두 가지 중에서 어느 것이 더
좋으슈?"

"……? 그야 양담배가 좋지. 그래서?"

그래서 너는 보리밥도 못 버는 녀석이 그래 좋은 것은 알아서 양담배를 피

우는 거냐 하는 철호의 눈초리가 번뜩 영호의 면상을 때렸다.

"그래서 전 양담배를 택했어요."

"뭐가?"

"형님은 절 오해하시고 계셔요."

"……?"

"제가 무슨 돈이 있어서 양담배를 사서 피우겠어요. 어쩌다 친구들이 사주는 것이니 피우는 거지요. 형님은 또 제가 거의 저녁마다 술을 마시고도 제법 합승을 타고 들어오는 것도 못마땅하시죠? 저도 알고 있어요. 형님은 때때로 이십오 환 전차값도 없어서 종로서 근 십 리를 집에까지 터덜터덜 걸어서 돌아오시는 것을. 그렇지만 형님이 걸으신다고 해서, 한사코 같이 타고 가자는 친구들의 호의, 아니 그건 호의도 채 못 되는 싱거운 수작인지도 모르죠. 어쨌든 그것을 굳이 뿌리치고 저마저 걸어야 할 아무 까닭도 없지 않습니까? 이상한 놈들이죠. 술 담배는 사주고 합승은 태워 줘도 돈은 안 주거든요."

영호는 손끝으로 뱅글뱅글 비벼 돌리는 담뱃불을 들여다보며 말했다.

"어쨌든 너도 이젠 좀 정신 차려 줘야지. 벌써 군대에서 나온 지도 이태나 되지 않니?"

"정신 차려야죠. 그렇지 않아도 이달 안으로는 어찌되든 간에 결판을 내구 말 생각입니다."

"어디 취직을 해야지."

"취직이요? 형님처럼요? 전차값도 안 되는 월급을 받고 남의 살림이나 계산해 주란 말이지요?"

"그럼 뭐 별 뾰족한 수가 있는 줄 아니?"

"있지요. 나처럼 용기만 조금 있으면."

"……?"

어처구니없는 영호의 수작에 철호는 그저 멍청하니 영호의 얼굴을 쳐다보았다. 손끝이 따가웠다. 철호는 비어8) 깡통으로 만든 재떨이에 담배를 비벼

---

8) 비어 : beer. 맥주.

졌다.

"용기?"

"네, 용기."

"용기라니."

"적어도 까마귀만한 용기만이라도 말입니다. 영리할 필요도 없더군요. 우둔해도 상관없어요. 까마귀는 도무지 허수아비를 무서워하지 않습니다. 참새처럼 영리하진 못한 탓으로 그놈의 까마귀는 애당초에 허수아비를 무서워할 줄조차 모르거든요."

영호의 입가에는 좀전에 파랑새 꽁초에다 불을 댕기는 철호를 바라보던 때와 같은 야릇한 웃음이 또 소리없이 감돌고 있었다.

"너 설마 무슨 엉뚱한 계획을 세우고 있는 것은 아니겠지?"

철호는 약간 긴장한 얼굴을 하고 영호를 바라보며 꿀꺽 하고 침을 삼켰다.

"아니오. 엉뚱하긴 뭐가 엉뚱해요? 그저 우리들도 남처럼 다 벗어 던지고 홀가분한 몸차림으로 달려 보자는 것이죠 뭐."

"벗어 던지고?"

"네, 벗어 던지고. 양심이고, 윤리고, 관습이고, 법률이고 다 벗어 던지고 말입니다."

영호의 큰 두 눈이 유난히 빛나는가 하자 철호의 눈을 정면으로 밀고 들었다.

"양심이고, 윤리고, 관습이고, 법률이고?"

"……."

"너는, 너는……."

"……."

영호는 아무 대답도 하지 않았다. 그러나 눈만은 똑바로 형 철호를 쳐다보고 있었다.

"그렇게나 살자면 이 형도 벌써 잘살 수 있었다."

철호의 목소리는 떨리고 있었다.

"그렇게나라니요?"

"양심을 버리고, 윤리와 관습을 무시하고, 법률까지도 범하고?"

흥분한 철호의 큰 목소리에 영호는 지금까지 철호의 얼굴에 주었던 시선을 앞으로 쭉 뻗치고 앉은 자기의 발끝으로 떨구었다.

"저도 형님을 존경하고 있어요. 고생하시는 형님을. 용케 이 고생을 참고 견디는 형님을. 그렇지만 형님은 약한 사람이야요. 용기가 없는 거지요. 너무 양심이 강해요. 아니, 어쩌면 사람이 약하면 약한 만치, 그만치 반대로 양심이란 가시는 여물고 굳어지는 것인지도 모르죠."

"양심이란 가시?"

"네, 가시지요. 양심이란 손끝의 가십니다. 빼어 버리면 아무렇지도 않은데 공연히 그냥 두고 건드릴 때마다 깜짝깜짝 놀라는 거야요. 윤리요? 윤리, 그건 나일론 팬티 같은 것이죠. 입으나마나 불알이 덜렁 비쳐 보이기는 매한가지죠. 관습이요? 그건 소녀의 머리 위에 달린 리본이라고나 할까요? 있으면 예쁠 수도 있어요. 그러나 없대서 뭐 별 일도 없어요. 법률? 그건 마치 허수아비 같은 것입니다. 덜 굳은 바가지에다 되는 대로 눈과 코를 그리고 수염만 크게 그린 허수아비. 누더기를 걸치고 팔을 쩍 벌리고 서 있는 허수아비. 참새들을 향해서는 그것이 제법 공갈이 되지요. 그러나 까마귀쯤만 돼도 벌써 무서워하지 않아요. 아니, 무서워하기는커녕 그놈의 상투 끝에 턱 올라 앉아서 썩은 흙을 쑤시던 더러운 주둥이를 쓱쓱 문질러도 별일 없거든요. 흥!"

영호는 코웃음을 쳤다. 그리고 거기 문턱 밑에 담뱃갑에서 새로 담배를 한개비 빼어 물고 지금까지 들고 있던 다 탄 꽁초에서 불을 옮겨 빨았다.

"가자!"

어머니의 그 소리가 또 들렸다. 어머니는 분명히 잠이 들어 있는 것이었다. 그러면서도 간간이 저렇게 가자가자 소리를 지르는 것이었다. 그것은 어쩌면 어머니에게는 호흡처럼 생리화해 버린 것인지도 몰랐다.

철호는 비스듬히 모로 앉은 동생 영호의 옆얼굴을 한참이나 노려보고 있었다. 영호는 영호대로 퀭한 두 눈으로 깜박이기를 잊어버린 채 아까부터 앞으

로 뻗친 자기의 발끝을 바라보고 있었다. 이윽고 철호는 영호에게서 눈을 돌
려 버렸다. 그리고 아랫방과 윗방 사이 칸막이를 한 널9)쪽에 등을 기대며 모
로 돌아앉았다.

　희미한 등잔불 빛에 잠든 딸애의 조그마한 얼굴이 애처로웠다. 그 어린것
옆에 앉은 철호의 아내는 왼쪽 무릎을 세우고 그 위에 손을 펴 깔고 턱을 괴
었다. 아까부터 철호와 영호 형제가 하는 말을 조용히 듣고만 있는 그네는 무
엇을 생각하고 있는지 한쪽 손끝으로, 거기 방바닥에 가지런히 놓은 빨간 어
린애의 신발만 몇 번이고 쓸어 보고 있었다.

　철호는 고개를 푹 떨구어 턱을 가슴에 묻었다. 영호는 새로 피워 문 담배
를 연거푸 서너 번 들이 빨았다. 그러고 또 말을 계속 하였다.

　"저도 형님의 그 생활태도를 잘 알아요. 가난하더라도 깨끗이 살자는……
그렇지요. 깨끗이 사는 게 좋지요. 그런데 형님 하나 깨끗하기 위하여 치르
는 식구들의 희생이 너무 어처구니없이 크고 많단 말입니다. 헐벗고, 굶주리
고, 형님 자신만 해도 그렇죠. 밤낮 쑤시는 충치 하나 처치 못하시고. 이가
쑤시면 치과에 가서 치료를 하거나 빼어 버리거나 해야 할 거 아니야요? 그
런데 형님은 그것을 참고 있어요. 낯을 잔뜩 찌푸리고 참는단 말입니다. 물
론 치료비가 없으니까 그러는 수밖에 없겠지요. 그겁니다. 바로 그겁니다.
그 돈을 어떻게든 가 구해야죠. 이가 쑤시는데 그럼 어떻게 해요? 그걸 형님
처럼 마치 이 쑤시는 것을 참고 견디는 그것이 돈을 — 치료비를 — 버는 것이기
나 한 것처럼 생각하는 것. 안 쓰는 것은 혹 버는 셈이 된다고 할 수도 있을
거야요. 그렇지만 꼭 써야 할 데 못 쓰는 것이 버는 셈이라고는 할 수 없지
않아요? 세상에는 이런 계층의 사람들이 있다고 봅니다. 즉 돈을 모으기 위
해서만으로 필요 이상의 돈을 버는 사람과, 필요하니까 그 필요한 만큼의 돈
을 버는 사람과, 또 하나는 이건 꼭 필요한 돈도 채 못 벌고서 그 대신 생활을
졸이는 사람들, 신발에다 발을 맞추는 격으로, 형님은 아마 그 맨끝의 층에 속
하겠지요. 필요한 돈도 미처 벌지 못하는 사람. 깨끗이 살자니까 그럴 수밖

---

9) 널 : 널빤지.

에 없다고 하시겠지요. 그래요. 그것은 깨끗하기는 할지 모르죠. 그렇지만
그저 그것뿐이죠. 언제까지나 충치가 쏘아 부은 볼을 싸 쥐고 울상일 수밖에
없지요. 그렇지 않습니까? 그야 형님! 인생이 저 골목 안에서 십 환짜리를
받고 코흘리는 어린애들에게 보여 주는 요지경이라면야 자기가 가지고 있는
돈값만치 구멍으로 들여다보고 말 수도 있겠지요. 그렇지만 어디 인생이 자
기 주머니 속의 돈 액수만치만 살고 그만두고 싶으면 그만둘 수 있는 요지경
인가요. 어디? 돈만치만 먹고 말 수 있는 그런 편리한 목구멍인가요, 어디?
싫어도 살아야 하니까 문제지요. 사실이지 자살을 할 만치 소중한 인생도 아
니구요. 살자니까 돈이 필요하구요. 필요한 돈이니까 구해야죠. 왜 우리라
고 좀더 넓은 테두리, 법률선까지 못 나가란 법이 어디 있어요. 아니, 남들은
다 벗어 던지구 벌률선까지도 넘나들면서 사는데, 왜 우리만이 옹색한 양심의
울타리 안에서 숨이 막혀야 해요? 법률이란 뭐야요? 우리들이 피차에 약속
한 선이 아니야요?"

영호는 얼굴을 번쩍 들며 반쯤 끌러 놓았던 넥타이를 마저 끌러서 방구석
에 휙 던졌다.

철호는 여전히 턱을 가슴에 푹 묻은 채 묵묵히 앉아 두 짝 다 엄지발가락이
몽땅 밖으로 나온 뚫어진 양말을 내려다보고 있었다. 나일론 양말을 한 켤레
사면 반년은 무난히 뚫어지지 않고 견딘다는 말을 들었다. 그러나 뻔히 알면
서도 번번이 백 환짜리 무명 양말을 사들고 들어오는 철호였다. 칠백 환이란
돈을 단번에 잘라낼 여유가 도저히 없는 월급이었던 것이다.

"가자!"

어머니는 또 몸을 뒤채었다.

"그건 억설10)이야."

철호는 천천히 고개를 들었다. 신문지를 바른 맞은편 벽에 쭈그리고 앉은
아내의 그림자가 커다랗게 비쳐 있었다. 곱추처럼 꼬부리고 앉은 아내의 그
림자는 헝클어진 머리카락이 괴물스러웠다.

---

10) 억설 : 근거와 여유가 없는 억측의 말.

철호는 눈을 감았다. 머리마저 등 뒤 칸막이 판자에 기대었다.

철호의 감은 눈앞에 십여 년 전 아내가 흰 저고리 까만 치마를 입고 선히 나타났다. 무대에 나선 그네는 더욱 예뻤다. E여자대학 졸업음악회였다. 노래가 끝나자 박수소리가 그칠 줄을 몰랐다. 그날 저녁 같이 거리를 거닐던 그네는 정말 싱싱하고 예뻤다. 그러나 지금 철호 앞에 쭈그리고 앉은 아내는 그때의 아내가 아니었다. 무슨 둔한 동물처럼 되어 버린 그네. 이제 아무런 희망도 가져 보려고 하지 않는 아내. 철호는 가만히 눈을 떴다. 그래도 아내의 속눈썹만은 전처럼 까맣고 길었다.

"가자!"

철호는 흠칫 놀라 환상에서 깨어났다.

"억설이오? 그런지도 모르죠."

한참이나 잠잠하니 앉아 까물거리는 등잔불을 바라보던 영호의 맥빠진 대답이었다.

"네 말대로 한다면 돈 있는 사람들은 다 나쁜 사람이란 말밖에 더 되나, 어디?"

"아니죠. 제가 어디 나쁘고 좋고를 가렸어요? 나쁘긴 누가 나빠요. 왜 나빠요. 아, 잘사는 게 나빠요? 도시[11] 나쁘고 좋고부터 따질 아무런 선도 없지요 뭐."

"그렇지만 지금 네 말로는 잘살자면 꼭 양심이고 윤리고 뭐고 다 버려야 한다는 것이 아니고 뭐야?"

"천만에요. 잘못 이해하신 겁니다. 간단히 말씀드리면 이렇다는 것입니다. 즉 양심껏 살아가면서 잘살 수도 있기는 있다. 그러나 그것은 극히 적다. 거기에 비겨서 그 시시한 것들을 벗어 던지기만 하면 누구나 틀림없이 잘살 수있다."

"그것이 바로 억설이란 말이다. 마음 한구석이 어딘가 비틀려서 하는 억지란 말이다."

---

11) 도시 : 도무지.

"글쎄요. 마음이 비틀렸다고요? 그건 아마 사실일는지 모르겠어요. 분명히 비틀렸어요. 그런데 그 비틀리기가 너무 늦었어요. 어머니가 저렇게 미치기 전에 비틀렸어야 했지요. 한강 철교를 폭파하기 전에 말입니다. 하나밖에 없는 누이동생 명숙이가 양공주가 되기 전에 비틀렸어야 했지요. 환도령(還都令)이 내리기 전에, 하다 못해 동대문 시장에 자리라도 한 자리 비었을 때 말입니다. 그러구 이놈의 배때기에 지금도 무슨 내장이기나 한 것처럼 박혀 있는 파편이 터지기 전에 말입니다. 아니, 그보다도 더 전에, 제가 뭐 무슨 애국자나처럼 남들은 다 기피하는 군대에 어머니의 원수를 갚겠노라고 자원하던 그 전에 말입니다."

"……."

"……그보다도 더 전에, 썩 전에 비틀렸어야 했을지도 모르죠. 나면서부터 비틀렸더라면 더 좋았을지도 모르죠."

영호는 푹 고개를 떨구었다. 길게 한숨을 내쉬었다. 그 한숨이 후르르 떨고 있었다. 철호는 한참 동안 아무 말도 하지 않았다. 윗목에 앉아 있던 철호의 아내가 방바닥에 떨어진 눈물을 손끝으로 장난처럼 문지르고 있었다. 영호도 훌쩍훌쩍 코를 들이키고 있었다.

"그렇지만 인생이란 그런 게 아니야. 너는 아직 사람이란 어떻게 살아야만 하는 것인지도 모르고 있다."

"그래요. 사람이란 과연 어떻게 살아야 하는 것인지는 정말 모르겠어요. 그렇지만 이제 이 물고뜯고 하는 마당에서 살자면, 생명만이라도 유지하자면 어떻게 해야 하는지는 알 것 같애요. 허허."

영호는 눈물이 글썽하니 괸 눈을 천장을 향해 쳐들며 자기 자신을 비웃듯이 허허 하고 웃었다.

"가자!"

또 어머니는 가자고 했다. 영호는 아랫목으로 눈을 돌렸다. 철호는 길게 한숨을 쉬었다. 앞의 등잔불이 크게 흔들거렸다. 방 안의 모든 그림자들이 움직였다. 집 전체가 그대로 기울거리는 것 같았다. 그것뿐 조용했다. 밤이 꽤 깊은 모양이었다. 세상이 온통 잠들고 있었다.

저만큼 골목 밖에서부터 딱 딱 딱 딱 구둣발소리가 뾰족하게 들려 왔다. 점점 가까워졌다. 바로 아랫방문 앞에서 멎었다. 영호는 문께로 얼굴을 돌렸다. 삐걱삐걱 두어 번 비틀리던 방문이 열렸다. 여동생 명숙이가 들어섰다. 싱싱한 몸매에 까만 투피스가 제법 어느 회사 여사무원 같았다.

"늦었구나."

영호가 여전히 두 다리를 쭉 뻗고 앉은 채 고개만 뒤로 젖혀서 명숙을 쳐다보았다.

명숙은 영호의 말에는 아무런 대꾸도 없이 돌아서서 문밖에서 까만 하이힐을 집어 올려 아랫방 모서리에 들여 놓았다. 그리고 백을 휙 방구석에 던졌다. 겨우 웃저고리와 스커트를 벗어 건 명숙은 아랫방 뒷구석에 가서 털썩하고 쓰러지듯 가로 누워 버렸다. 그리고 거기 접어 놓은 담요를 끌어다 머리 위에서부터 푹 뒤집어 썼다.

철호는 명숙을 거들떠보지도 않고 덤덤히 등잔불만 지켜보고 있었다.

철호는 언젠가 퇴근하던 길에 전차 창문 밖에서 본 명숙의 꼴을 생각하고 있는 것이다. 철호가 탄 전차가 을지로 입구 십자거리에 머물러 신호를 기다리고 있었다. 손잡이를 붙들고 창을 향해 서 있던 철호는 무심코 밖을 내다보았다. 전차 바로 옆에 미군 찝차가 한 대 와 섰다. 순간 철호는 확 낯이 달아올랐다. 핸들을 쥔 미군 바로 옆자리에 색안경을 쓴 한국 여자가 앉아 있었다. 그것이 바로 명숙이었던 것이다. 바로 철호의 턱밑에서였다. 역시 신호를 기다리던 그 찝차 속에서 미군이 한 손을 핸들에 걸치고 또 한 팔로는 명숙의 허리를 넌지시 끌어 안는 것이었다. 미군이 명숙의 얼굴을 들여다보며 뭐라고 수작을 걸었다. 명숙은 다리를 겹치고 앉은 채 앞을 바라보는 자세 그대로 고개를 까닥거렸다. 그 미군 찝차 저편에 와 선 택시 조수가 명숙이와 미군을 쳐다보며 피시시 웃었다. 전차간에서도 마찬가지였다. 철호 바로 옆에 나란히 서 있던 청년 둘이 쑥덕거렸다.

"그래도 멋은 부렸네."

"멋? 그래. 색안경을 썼으니 말이지?"

"장사치곤 고급이지. 밑천 없이."

"저것도 시집을 갈까?"

"흥."

철호는 손잡이를 놓았다. 그리고 반대편 가운데 문께로 가서 돌아서고 말았다. 그것은 분명히 슬픈 감정만은 아니었다. 뭐라고 말할 수조차 없는 숯덩어리 같은 것이 꽉 목구멍을 치밀었다. 정신이 아뜩해지는 것 같았다. 하품을 하고 난 뒤처럼 콧속이 싸하니 쓰리면서 눈물이 징 솟아올랐다. 철호는 앞에 있는 커다란 유리를 꽉 머리로 받아 부수고 싶은 충동을 느끼며 어금니를 꽉 맞씹었다.

찌르르 벨이 울렸다. 덜커덩 전차가 움직였다. 철호는 문짝에 어깨를 가져다 기대고 눈을 감아 버렸다.

그날부터 철호는 정말 한마디도 누이동생 명숙이와 말을 하지 않았다. 또 명숙이도 철호를 본체만체였다.

"자, 우리도 이제 잡시다."

영호가 가슴을 펴서 내어밀며 바로 앉았다.

등잔불을 끄고 두 방 사이의 문을 닫았다.

폭 가라앉은 것같이 피곤했다. 그러면서도 철호는 정작 잠을 이룰 수는 없었다. 밤은 고요했다. 시간이 그대로 흐르기를 멈추어 버린 것같이 조용했다. 철호의 아내도 이제 잠이 들었나 보다. 앓는 소리를 내었다. 철호는 눈을 감았다. 어딘가 아득히 먼 것을 느끼고 있었다. 철호도 잠이 들어가고 있었다.

"가자!"

다들 잠든 밤의 그 어머니의 소리는 엉뚱하게 컸다. 철호는 흠칫 눈을 떴다. 차츰 눈이 어둠에 익어갔다. 며칠인가. 문틈으로 새어든 달빛이 철호의 옆에서 잠든 딸애의 머리에서부터 발끝까지 죽 파란 줄을 그었다. 철호는 다시 눈을 감았다. 길게 한숨을 쉬며 벽을 향해 돌아누웠다.

"가자!"

또 어머니가 소리를 질렀다. 그러나 철호는 눈을 뜨지 않았다. 그도 마저 잠이 들어 버린 것이었다.

그런데 이번에는 아랫방에서 명숙이가 눈을 떴다. 아랫목의 어머니와 윗목의 오빠 영호의 사이에 누운 명숙은 어둠 속에 가만히 손을 내밀었다. 어머니의 손을 더듬어 잡았다. 뼈 위에 겨우 가죽만이 씌워진 손이었다. 그 어머니의 손에서 체온이 느껴지는 것이 아니라 축축한 습기가 미끈거렸다. 명숙은 어머니 쪽을 향하여 돌아누웠다. 한쪽 손을 마저 내밀어서 두 손으로 어머니의 송장 같은 손을 감싸 쥐었다.

"가자!"

딸의 손을 느끼는지 못 느끼는지 어머니는 또 한 번 허공을 향해 가자고 소리를 질렀다.

"엄마!"

명숙의 낮은 소리였다. 명숙은 두 손으로 감싸 쥔 어머니의 여윈 손을 가만히 흔들었다.

"가자!"

"엄마!"

기어이 명숙은 흐느끼기 시작하였다. 명숙은 어머니의 손을 끌어다 자기의 입에 틀어막았다.

"엄마!"

숨을 죽여 가며 참는 명숙의 울음은 한숨으로 바뀌며 어머니의 손가락을 입 안에서 잘근잘근 씹어 보는 것이었다.

"겁내지 마라."

옆에서 영호가 잠꼬대를 했다.

"가자!"

어머니는 명숙의 손에서 자기의 손을 빼어가지고 저쪽으로 돌아누워 버렸다.

명숙은 다시 담요를 끌어다 머리 위까지 푹 썼다. 그리고 담요 속에서 흐득흐득 울고 있었다.

"엄마!"

이번엔 윗방에서 어린것이 엄마를 불렀다.

철호는 잠 속에서 멀리 그 소리를 들었다. 그러면서도 채 잠이 깨어지지는 않았다.

"엄마!"

어린것은 또 한 번 엄마를 불렀다.

"오 오 왜? 엄마 여기 있어."

아내의 반쯤 깬 소리였다. 어린것을 끌어다 안는 모양이었다. 철호는 그 소리를 멀리 들으며 다시 곤히 잠들어 버렸다.

"오줌."

"오, 오줌 누겠니? 자 일어나 착하지."

철호의 아내는 일어나 앉으며 어린것을 안아 일으켰다. 구석에서 깡통을 끌어대어 주었다.

"참, 삼춘이 네 신발 사왔지, 아주 예쁜 거. 볼래?"

깡통을 타고 앉은 어린것을 뒤에서 안아 주고 있던 철호의 아내는 한 손으로 어린것의 베개맡에 놓아두었던 신발을 집어다 보여 주었다. 희미하게 달빛이 들이비쳤을 뿐인 어두운 방 안에서는, 그것은 그저 겨우 모양뿐 색채를 잃고 있었다.

"내 꺼야, 엄마?"

"그래, 네 꺼야."

"예뻐?"

"참, 예뻐. 빨강이야."

"응……."

어린것은 잠에 취한 소리로 물으며 신발을 두 손에 받아 가슴에 안았다.

"자, 이제 거기 놔두고 자야지."

"응, 낼 신어도 돼?"

"그럼."

어린것은 오물오물 담요 속으로 파고 들어갔다.

"엄마, 낼 신어도 돼?"

"그럼."

뭐든지 좀 좋은 것은 아껴야 한다고만 들어오던 어린것은 또 한 번 이렇게 다짐하는 것이었다. 아내는 어린것의 담요 가장자리를 꼭꼭 눌러 주고 나서 그 옆에 누웠다.

다들 다시 잠이 들었다. 어느 사이에 달빛이 비껴서 철호의 가슴으로 옮겼다.

어린것이 부스스 머리를 들었다. 배를 깔고 엎드렸다. 어린것은 조그마한 손을 베개 너머로 내밀었다.

거기 가지런히 놓아 둔 신발을 만져 보았다. 어린것은 안심한 듯이 다시 베개를 베고 누웠다.

또다시 조용해졌다. 한참만에 또 어린것이 움직거렸다. 잠이 든 줄만 알았던 어린것은 또 엎드렸다. 머리맡에 신발을 또 끌어 당겼다. 조그마한 손가락으로 신발코를 꼭 눌러 보았다. 그리고는 이번에는 아주 자리 위에 일어나 앉았다. 신발을 무릎 위에 들어 올려 놓았다. 달빛에다 신발을 들이대어 보았다. 바닥을 뒤집어 보았다. 두 짝을 하나씩 두 손에 갈라 들고 고무 바닥을 맞대어 보았다. 이번엔 발을 앞으로 내놓았다. 가만히 신발을 가져다 신었다. 앉은 채로 꼭 방바닥을 디디어 보았다.

"가자!"

어린것은 깜짝 놀랐다. 얼른 신발을 벗었다. 있던 자리에 도로 모아 놓았다. 그리고 한 번 더 신발을 바라보고 난 어린것은 살그머니 누웠다.

오물오물 담요 속으로 기어 들어갔다.

점심을 못 먹은 배는 오후 두 시에서 세 시 사이가 제일 견디기 힘들었다. 철호는 펜을 장부 위에 놓았다. 저쪽 구석에 돌아앉은 사환애를 바라보았다. 보리차라도 한 잔 더 마시고 싶었다. 그러나 두 잔까지는 사환애를 시켜서 가져오랄 수 있었으나 세 번까지는 부르기가 좀 미안했다. 철호는 걸상을 뒤로 밀고 일어섰다. 책상 모서리에 놓인 차종을 집어들었다. 그리고 출입문으로 나갔다. 복도의 풍로 위에서 커다란 주전자가 끓고 있다. 보리차를 차종 하나 가득히 부었다. 구수한 냄새가 피어올랐다. 철호는 뜨거운 차종을 손가락으로 꼬집어 들고 조심조심 자기 자리로 돌아와 앉았다. 그리고 차종을 입으로 가져갔다. 후 불었다. 마악 한 모금 들이마시는 때였다.

"송 선생님, 전홥니다."

사환애가 책상 앞에 와 알렸다. 철호는 얼른 차종을 책상 위에 내려놓았다. 그리고 과장 책상 앞으로 갔다. 수화기를 들었다.

"네, 송철호올시다. 네? 경찰서요……? 전 송철호라는 사람인데요? 송영호요? 네, 바로 제 동생입니다. 무슨?……네? 네? 송영호가요? 제 동생이 말입니까? 곧 가겠습니다. 네, 네."

철호는 수화기를 걸었다. 그리고 걸어 놓은 수화기를 멍하니 내려다보고 서있었다. 사무실 안의 사람들의 시선이 모두 철호에게 쏠렸다.

"무슨 일인가? 동생이 교통사고라도?"

서류를 뒤적이던 과장이 앞에 서 있는 철호를 쳐다보며 물었다.

"네? 네. 저, 과장님. 잠깐 다녀 오겠습니다."

철호는 마시던 보리차를 그대로 남겨둔 채 사무실을 나섰다. 영문을 모르는 동료들이 서로 옆의 사람의 얼굴을 힐끗 쳐다보는 것이었다.

철호는 전에도 몇 번 경찰서의 호출을 받은 일이 있었다.

양공주 노릇을 하는 누이동생 명숙이가 걸려들면 그 신원보증을 해야 하는 철호였다. 그때마다 철호는 치안관 앞에서 낯을 못 들고 앉았다가 순경이 앞세우고 나온 명숙을 데리고 아무 말도 없이 경찰서 뒷문으로 나서곤 하였다. 그럴 때면 철호는 울었다. 하나밖에 없는 누이동생이 정말 밉고 원망스러웠다. 철호는 명숙을 한 번 돌아다보는 일도 없이 전찻길을 따라 사무실로 걸었고, 또 명숙은 명숙이대로 적당한 곳에서 마치 낯도 모르는 사람이나처럼 딴 길로 떨어져 가버리곤 하는 것이었다.

그런데 이번에는 누이동생이 아니라 남동생 영호의 건이라고 했다. 며칠
전 밤에 취해서 지껄이던 영호의 말들이 머리를 스치고 지나갔다. 불안했다.
그런들 설마 하고 마음을 다시 먹으며 철호는 경찰서 문을 들어섰다.

권총 강도.

형사에게서 영호의 사건 내용을 들은 철호는 앞에 앉은 형사의 얼굴을 바
보모양 바라보고 있을 뿐이었다. 점점 핏기가 가셔 가는 얼굴은 표정을 잃은
채 굳어가고 있었다.

어느 회사에서 월급을 줄 돈 천오백만 환을 찾아서 은행 앞에 대기시켰던
찝차에 싣고 마악 떠나려고 하는데 중절모를 깊숙이 눌러쓰고 색안경을 낀 괴
한 두 명이 차 속에서 올라오며 권총을 내어 들더라는 것이다.

"겁내지 마라? 차를 우이동으로 돌려라."

운전사와 또 한 명 회사원은 차가운 권총 구멍을 등에 느끼며 우이동까지
갔다고 한다. 어느 으슥한 숲속에서 차를 세웠다고 한다. 그리고는 둘은 다
차 밖으로 나가라고 한 다음, 괴한들이 대신 운전대로 옮아 앉더라고 한다.
운전사와 회사원은 거기 버려둔 채 차는 전속력으로 다시 시내로 향해 달렸단
다. 그러나 찝차는 미아리도 채 못 와서 경찰에 붙들리고 말았다는 것이었다.

그런데 차 안에는 괴한이 한 사람밖에 없었다고 한다.

형사가 동생을 면회하겠느냐고 물었을 때도 철호는 그저 얼이 빠져서, 두
무릎 위에 맥없이 손을 올려놓고 앉은 채, 아무 대답도 못했다.

이윽고 형사실 뒷문이 열리더니 거기 영호가 나타났다.

"이리로 와."

수갑이 채워진 두 손을 배 앞에다 모으고 천천히 형사의 책상 앞으로 걸어나
오는 영호는 거기 걸상에 앉았다. 일어서는 철호를 향하여 약간 머리를 끄덕여
보였다. 동생의 얼굴을 뚫어져라고 바라보고 서 있는 철호의 여윈 볼이 회물회
물 움직였다. 괴로울 때의 버릇으로 어금니를 꽉꽉 씹고 있는 것이었다.

형사는 앞에 와서 선 영호에게 눈으로 철호를 가리켰다. 영호는 철호에게
로 돌아섰다.

"형님, 미안합니다. 인정선(人情線)에게 걸렸어요. 법률선까지는 무난히 뛰어넘었는데. 쏘아 버렸어야 하는 건데."

영호는 철호의 얼굴을 들여다보며 빙그레 웃는 것이었다. 그리고는 옆으로 비스듬히 얼굴을 떨구며 수갑을 채운 오른손 엄지를 권총 방아쇠를 당기는 때처럼 꼬부려서 지그시 당겨 보는 것이었다.

철호는 눈도 깜빡하지 않고 그저 영호의 머리카락이 흐트러져 내린 이마를 바라보고 있었다.

"돌아가세요, 형님."

영호는 등신처럼 서 있는 형이 도리어 민망한 듯이 조용히 말했다.

"수감해."

형사가 문간에 지키고 있는 순경을 돌아보았다. 영호는 그에게로 오는 순경을 향해 마주 걸어갔다. 영호는 뒷문으로 끌려 나가다 말고 멈춰섰다. 그리고 뒤를 돌아보았다.

"형님, 어린것 화신 구경이나 한 번 시키세요. 제가 약속했었는데."

뒷문이 꽝 닫혔다. 철호는 여전히 영호가 사라진 뒷문을 바라보고 서 있었다. 눈이 뿌옇게 흐려졌다. 아무것도 보이지 않았다.

"쏠 의사는 처음부터 없었던 것 같은데."

조서를 한 옆으로 밀어 놓으며 형사가 중얼거렸다. 철호는 거기 걸상에 가만히 걸터앉았다.

"혹시 그와 같이 한 청년을 모르시나요?"

철호의 귀에는 형사의 말소리가 아주 멀었다.

"끝내 혼자서 했다고 우기는데, 그러나 증인이 있으니까 이제 차츰 사실대로 자백하겠지만."

여전히 철호는 말이 없었다.

경찰서를 나온 철호는 어디를 어떻게 걸었는지 알 수 없었다. 철호는 술취한 사람모양 휘청거리는 다리로 자기 집이 있는 언덕길을 올라가고 있었다.

철호는 골목길 어귀에 들어섰다.

"가자!"

철호는 거기 멈춰 섰다. 고개를 뒤로 젖혔다. 그러나 그는 하늘을 쳐다보는 것이 아니었다. 하 하고 숨을 크게 내쉬는 철호는 울고 있었다. 눈물이 콧속으로 흘러서 찝찔하니 목구멍으로 넘어갔다.

"가자. 가자. 어딜 가잔 거야. 도대체 어딜 가잔 거야?"

철호는 꽥 소리를 지르고 있었다. 거기 처마밑에 모여 앉아서 소꿉질을 하던 어린애들이 부스스 일어서며 그를 쳐다보았다. 철호는 그 앞을 모른 체 지나쳐 버렸다.

"오빤 어딜 그렇게 돌아다뉴?"

철호가 아랫방에 들어서자 윗방 구석에서 고리짝을 열어 놓고 뒤지고 있던 명숙이가 역한 소리를 했다. 윗방에는 넝마 같은 옷가지들이 한 무더기 쌓여 있었다. 딸애는 고리짝 옆에 쪼그리고 앉아서 명숙이가 뒤져 내놓은 헌옷들을 무슨 진귀한 것이나처럼 지켜보고 있었다. 철호는 아내가 어딜 갔느냐고 물어보려다 말고 그대로 윗방 아랫목에 털석 주저앉아 버렸다.

"어서 병원에 가보세요."

명숙은 여전히 고리짝을 들추며 돌아앉은 채 말했다.

"병원엘?"

"그래요."

"언니가 위독해요. 어린애가 걸렸어요."

"뭐가?"

철호는 눈앞이 아찔했다.

점심때부터 진통이 시작되었는데 영 해산을 못하고 애를 썼다 한다. 그런데 죽을 악을 쓰다 보니까 어린애의 머리가 아니라 팔부터 나왔다고 한다. 그래 병원으로 실어갔는데 철호네 회사에 전활 걸었더니 나가고 없더라는 것이었다.

"지금쯤은 아마 애기를 낳았거나, 그렇지 않으면……."

명숙은 흰 헝겊들을 골라 개켜서 한 옆으로 젖혀 놓으며 말했다. 아마 어린애의 기저귀를 고르고 있는 모양이었다. 그런데 이상했다. 좀전에 아찔하던 정신이 사르르 풀리며 온몸의 맥이 쑥 빠져 나갔다. 철호는 오래간만에 머리 속에 깨끗이 개는 것을 느꼈다.

말라리아를 앓고 난 다음날처럼 맥은 하나도 없으면서 머리는 비상히 깨끗했다. 뭐 놀랄 일이 있느냐는 심정이 되었다. 마치 회사에서 무슨 사무를 한 뭉텅이 맡았을 때와 같은 심사였다. 철호는 호주머니에서 담배를 꺼내어 물었다. 언제나 새로 사무를 맡아 시작하기 전에 하는 버릇이었다. 철호는 일어섰다. 그리고 문을 열었다.

"어딜 가슈?"

명숙이가 돌아보았다.

"병원에."

"무슨 병원인지도 모르면서. S병원이야요."

"……."

철호는 슬그머니 문밖으로 한 발을 내디디었다.

"돈을 가지고 가야지 뭐."

"……돈."

철호는 다시 문안으로 들어섰다. 우두커니 발부리를 내려다보고 서 있었다. 명숙이가 일어섰다. 그리고 아랫방으로 내려갔다. 벽에 걸어 놓았던 핸드백을 벗겼다.

"옛수."

백 환짜리 한 다발이 철호 앞 방바닥에 던져졌다. 명숙은 다시 돌아서서 백을 챙기고 있었다. 철호는 명숙의 뒷모습을 물끄러미 바라보고 있었다. 철호의 눈이 명숙의 발뒤축에 머물렀다. 나일론 양말이 계란만큼 구멍이 뚫렸다. 철호는 명숙의 그 구멍 뚫린 양말 뒤축에서 어떤 깨끗함을 느끼고 있었다. 오래간만에 참으로 오래간만에, 철호는 명숙에 대한 오빠로서의 애정을 느꼈다.

"가자!"

어머니가 또 외마디 소리를 질렀다.

철호는 눈을 발밑의 돈다발에 떨구었다. 허리를 꾸부렸다. 연기가 든 때처럼 두 눈이 싸하니 쓰렸다.

"아버지, 병원에 가? 엄마 애기 낳어?"

"그래."

철호는 돈을 저고리 호주머니에 밀어 넣으며 문을 나섰다.

"가자!"

골목을 빠져 나가는 철호의 등뒤에서 또 한 번 어머니의 소리가 들려 왔다.

아내는 이미 죽어 있었다.

"네, 그래요?"

철호는 간호원보다도 더 심상한[12] 표정이었다. 병원의 긴 복도를 허청허청 걸어서 널따란 현관으로 나왔다. 시체가 어디 있느냐고 묻지도 않았다. 무엇인가 큰 일이 한 가지 끝났다는 그런 기분이었다. 아니 또 어찌 생각하면 무언가 해야 할 일이 많이 생긴 것 같은 무거운 기분이기도 했다. 그러면서도 그 애써 할 일이 무엇인지는 좀처럼 생각이 나질 않았다. 그저 이제는 그리 서두를 필요도 없어졌다는 생각만으로 철호는 거기 병원 현관에 한참이나 우두커니 서 있었다.

이윽고 병원의 큰 문을 나선 철호는 전찻길을 따라서 천천히 걸었다. 자전거가 휙 그의 팔꿈치를 스치고 지나갔다. 그는 멈춰 섰다. 자기도 모르게 그는 사무실 쪽으로 걸어가고 있었다. 여섯 시도 더 지났을 무렵이었다. 이제 사무실로 가야 할 아무 일도 없었다. 그는 전찻길을 건넜다. 또 한참 걸었다. 그는 또 멈춰 섰다. 이번엔 어느 사이에, 낮에 왔던 경찰서 앞에 와 있었다. 그는 또 돌아섰다. 또 걸었다. 그저 걸었다. 집으로 돌아가자는 생각도 아니면서 그의 발길은 자동기계처럼 남대문 쪽을 향해 걷고 있었다. 문방구점, 라

---

12) 심상한 : 대수롭지 않고 예사로운.

디오방, 사진관, 제과점, 그는 길가에 늘어선 이런 가게의 진열장들을 하나하나 기웃거리며 걷고 있었다. 그러면서도 무엇이 있는지 하나도 보이지는 않았다. 그러던 철호는 또 우뚝 섰다. 그는 거기 눈앞에 걸린 간판을 쳐다보고 있었다. 장기판만한 흰 판에 빨간 페인트로 치과라고 써 있었다. 철호는 갑자기 이가 쑤시는 것을 느꼈다. 아침부터, 아니 벌써 전부터 홀떡홀떡 쑤시는 충치가 갑자기 아파 왔다. 양쪽 어금니가 아래위 다 쑤셨다. 사실은 어느 것이 정말 쑤시는 것인지조차도 분간할 수가 없었다. 철호는 호주머니에 손을 넣어 보았다. 만 환 다발이 만져졌다.

철호는 치과 간판이 걸린 층계를 이층으로 올라갔다.

치과 걸상에 머리를 젖히고 입을 아 벌리고 앉았다.

의사는 달가닥달가닥 소리를 내며 이것저것 여러 가지 쇠꼬치를 그의 입에 넣었다 꺼냈다 하였다. 철호는 매시근하니 잠이 왔다. 아무런 생각도 하지 않고 입을 크게 벌린 채 눈을 감고 있었다.

"좀 아팠지요? 뿌리가 꾸부러져서."

의사가 집게에 뽑아 든 이를 철호의 눈앞에 가져다 보여 주었다. 속이 시꺼멓게 썩은 징그러운 이뿌리에 뻘건 살점이 묻어 나왔다. 철호는 솜을 입에 문 채 머리를 좌우로 흔들어 보였다. 사실 아프지도 아무렇지도 않았다.

"됐습니다. 한 삼십 분 후에 솜을 빼버리슈. 피가 좀 나올 겁니다."

"이쪽을 마저 빼주십시오."

철호는 옆의 타구[13]에 피를 뱉고 나서 또 한쪽 볼을 눌러 보였다.

"어금니를 한 번에 두 대씩 빼면 출혈이 심해서 안 됩니다."

"다 빼주십시오. 한목에 몽땅 다 빼주십시오."

"안 됩니다. 치료를 해가면서 한 대씩 빼야지요."

"치료요? 그럴 새가 없습니다. 마악 쑤시는걸요."

"그래도 안 됩니다. 빈혈증이 일어나면 큰일납니다."

하는 수 없었다. 철호는 치과를 나왔다. 또 걸었다. 잇몸이 멍하니 아픈

---

13) 타구 : 가래침을 뱉는 그릇.

것 같기도 하고 또 어쩌면 시원한 것 같기도 했다. 그는 한 손으로 볼을 쓸어 보았다.

그렇게 얼마를 걷던 철호는 거기에 또 치과 간판을 발견하였다. 역시 이층이었다.

"안 될 텐데요."

거기 의사도 꺼렸다. 철호는 괜찮다고 우겼다. 한쪽 어금니를 마저 뺐다. 이번에는 두 볼에다 밤알만큼씩 한 솜덩어리를 물고 나왔다. 입 안이 찝 찔했다. 간간이 길가에 나서서 피를 뱉었다. 그때마다 시뻘건 선지피가 간덩어리처럼 엉겨서 나왔다.

남대문을 오른쪽에 끼고 돌아서 서울역이 보이는 데까지 왔을 때 으스스 몸이 한 번 떨렸다. 머리가 띵하니 비어 버린 것 같다고 생각했다. 바로 그때에 번쩍, 거리에 전등이 들어왔다. 눈앞이 한 번 환해졌다. 그런데 다음 순간에는 어찌된 셈인지 좀전에 전등이 켜지기 전보다 더 거리가 어두워졌다. 철호는 눈을 한 번 꾹 감았다 다시 떴다. 그래도 매한가지였다. 이건 뱃속이 비어서 이렇다고 철호는 생각했다. 그는 새삼스레, 점심도 저녁도 안 먹은 자기를 깨달았다. 뭐든지 좀 먹어야겠다고 생각했다. 구수한 설렁탕 생각이 났다. 입 안에 군침이 하나 가득히 괴었다. 그는 어느 전주14) 밑에 가서 쭈그리고 앉아서 침을 뱉었다. 그런데 그것은 침이 아니라 진한 피였다. 그는 다시 일어섰다. 또 한 번 오한이 전신을 간질이고 지나갔다. 다리가 약간 떨리는 것 같았다. 그는 속히 음식점을 찾아 내어야겠다고 생각하며 서울역 쪽으로 허청허청 걸었다.

"설렁탕."

무슨 약이름이기나 한 것처럼 한마디 일러 놓고는 그는 식탁 위에 엎드려 버렸다. 또 입 안으로 하나 찝찔한 물이 괴었다. 철호는 머리를 들었다. 음식점 안을 한바퀴 휘둘러보았다. 머리가 아찔했다. 그는 일어섰다. 그리고 문밖으로 급히 걸어 나갔다. 음식점 옆 골목에 있는 시궁창에 가서 쭈그리고 앉

---

14) 전주 : 전신주. 전봇대.

았다. 울컥 하고 입 안의 것을 뱉었다. 그러나 이번에는 주위가 어두워서 그 것이 핀지 또는 침인지 알 수 없었다. 철호는 저고리 소매로 입술을 닦으며 일어섰다. 이를 뺀 자리가 쿡 한 번 쑤셨다. 그러나 뒤이어 거기에 호응이나 하듯이 관자놀이가 또 쿡 쑤셨다. 철호는 아무래도 좀 이상하다고 생각하였 다. 이제 빨리 집으로 돌아가 누워야겠다고 생각했다. 그는 다시 큰길로 나 왔다. 마침 택시가 한 대 왔다. 그는 손을 한 번 흔들었다.

철호는 던져지듯이 털썩 택시 안에 쓰러졌다.

"어디로 가시죠?"

택시는 벌써 구르고 있었다.

"해방촌."

자동차는 스르르 속력을 늦추었다. 해방촌으로 가자면 차를 돌려야 하는 까닭이었다. 운전사는 줄지어 달려오는 자동차의 사이가 생기기를 노리고 있 었다. 저만큼 자동차의 행렬이 좀 끊겼다. 운전사는 핸들을 잔뜩 비틀어 쥐 었다. 운전사가 몸을 한편으로 기울이며 마악 핸들을 틀려는 때였다. 뒷자리 에서 철호가 소리를 질렀다.

"아니야. S병원으로 가!"

철호는 갑자기 아내의 죽음을 생각했던 것이었다. 운전사는 다시 획 핸들 을 이쪽으로 틀었다. 운전사 옆에 앉아 있는 조수 애가 한 번 철호를 돌아다 보았다. 철호는 뒷자리 한구석에 가서 몸을 틀어박은 채 고개를 뒤로 젖히고 눈을 감고 있었다. 차는 한국은행 앞 로터리를 돌고 있었다. 그때 또 뒤에서 철호가 소리를 질렀다.

"아니야. X경찰서로 가."

눈을 감고 있는 철호는 생각하는 것이다. 아내는 이미 죽었는데 하고.

이번에는 다행히 차의 방향을 바꿀 필요가 없었다.

그냥 달렸다.

"X경찰서 앞입니다."

철호는 눈을 떴다. 상반신을 번쩍 일으켰다. 그러나 곧 또 털썩 뒤로 기대고 쓰러져 버렸다.

"아니야. 가."

"X경찰섭니다. 손님."

조수 애가 뒤로 몸을 틀어 돌리고 말했다.

"가자."

철호는 여전히 눈을 감고 있었다.

"어디로 갑니까?"

"글쎄 가!"

" 하 참 딱한 아저씨네."

"……."

"취했나?"

운전사가 힐끔 조수 애를 쳐다보았다.

"그런가 봐요."

"어쩌다 오발탄 같은 손님이 걸렸어. 자기 갈 곳도 모르게."

운전사는 기아를 넣으며 중얼거렸다. 철호는 까무룩이 잠이 들어가는 것 같은 속에서 운전사가 중얼거리는 소리를 멀리 듣고 있었다. 그리고 마음속으로 혼자 생각하는 것이었다.

"……아들 구실, 남편 구실, 아비 구실, 형 구실, 오빠 구실, 또 계리사 사무실 서기 구실. 해야 할 구실이 너무 많구나. 그래 난 네 말대로 아마도 조물주의 오발탄인지도 모른다. 정말 갈 곳을 알 수가 없다. 그런데 지금 나는 어디건 가긴 가야 한다……."

철호는 점점 더 졸려 왔다. 다리가 저린 것처럼 머리의 감각이 차츰 없어져 갔다.

"가자!"

철호는 또 한 번 귓가에 어머니의 소리를 들었다고 생각하며 푹 모로 쓰러지고 말았다.

차가 네거리에 다다랐다. 앞에 교통 신호등에 빨간 불이 켜졌다. 차가 섰다. 또 한 번 조수애가 뒤를 돌아보며 물었다.

"어디로 가시죠?"

그러나 머리를 푹 앞으로 수그린 철호는 아무 대답도 없었다.

따르르릉, 벨이 울렸다. 긴 자동차의 행렬이 움직이기 시작했다. 철호가 탄 차도 목적지를 모르는 대로 행렬에 끼어 움직이는 수밖에 없었다. 철호의 입에서 흘러내린 선지피가 흥건히 그의 와이셔츠 가슴을 적시고 있는 것은 아무도 모르는 채, 교통 신호등의 파란불 밑으로 차는 네거리를 지나갔다.

작가소개   이범선 (1902~1982)

평남 신안주에서 출생했다. 1955년『현대문학』에 단편「암표」와「일요일」이 추천되어 문단에 나왔다. 그는 일반적인 문단 데뷔 연령과 비교해 볼 때 늦게 출발했으나 작품의 원숙성은 이미 초기에 드러났다. 한국인의 삶에 대한 애정, 고향의 상실을 형상화하는 데 이바지했으며 전후의 비극과 암담한 시련을 사실적으로 그렸다. 그의 작품에 등장하는 인간상들은 사회로부터 거세당한, 낙오되고 무기력한 존재이면서도 삶을 포기하지 않고 살아가는데, 여기서 그의 서민적 성실성이 더욱 돋보이고 있다. 한마디로 그의 작품은 한국인의 삶을 적나라하게 묘사하고 있다고 할 수 있다. 대표작으로「오발탄」,「학마을 사람들」「사망보류」,「냉혈동물」,「살모사」,『금붕어의 향수』『구름을 보는 여인』『산 너머 저 산 너머』등이 있다.

작품해설

「오발탄」은 현실을 적나라하게 보여줌으로써 당대의 비극적 일상이 충격적으로 제시되고 있다. 좌절의 상황 속에 놓여 있으면서도 양심의 올바른 행방에 따라 밑바닥을 고수하는 주인공의 버팀은 서민의 밑바닥에 깔린 생명의 저력을 드러낸다. 이 작품에서는 역사의 질곡과 현실의 어둠을 극복하려는 인간의 주체적 삶과 성실성이 당대 현실에 대한 철저한 자기확인으로서 회피할 수도 없거니와 거부해서도 안 된다는 치열한 작가정신이 번뜩이고 있다.

읽고 나서

> (1) 이 작품에서 '철호의 충치'가 상징하는 바는 무엇인가?
> ― 가난의 표상·송철호가 지닌 양심의 고통
> (2) 철호는 자신이 '조물주의 오발탄'이라는 생각을 한다. 오발탄이 상징하는 것은 무엇인가?
> ― 어떤 상황에서도 존중되어야 할 양심이 도리어 비정상적인 취급을 받는 부조리한 상황

가객(歌客)¹⁾

황 석 영

1

강 건너편에는 큰 저자가 있었다.

새벽에 잉어의 옆구리 같은 반짝이는 빛 조각들을 가르고, 짐을 가득 실은 나룻배들이 강을 거슬러오는 것이었다.

마을의 부옇게 밝아오는 하늘 위로 날개도 없이 구불대며 기어오른 머리카락 모양의 연기들이 흐느적거리며 흩어지는데, 나룻배가 물 위로 흘러가는 것이나 뱃전에서 노질하는 사공이나가 한가지로 서서히 갈라지는 새벽의 회색빛 허공 속에서 차츰차츰 드러나는 게 아닌가. 잠 깬 가축들의 웅얼거리는 울음이나, 아이들이 부신 눈을 열고 서로 불러대는 소리나, 성문 옆 탑루에서 때리는 동종소리나, 풀무간의 쇠망치소리나, 하여간에 새벽마다 이 모든 소리들이 강 건너편에서 들려올 적에는, 심지어 수백 년을 묵어온 음산하고 흉흉한 묘지와 성곽에도 생명이 다시 깃들 것만 같았다.

해가 이슬을 말리우고, 사람들의 타박거리는 발길에 때가 하얗게 벗겨진 오불꼬불한 길과 언덕에 먼지를 일굴 무렵이 되면, 나귀와 수레에 진귀한 과물이며 곡식을 실은 농부들이 모여들어, 저마다 고향의 소식들을 전하는 곳이

---

1) 가객 : 노래를 잘 하는 사람.

바로 강 건너편 저자²⁾였다.

그러면 또한 강 이쪽 편은 무엇인가. 바로 이 이야기를 하려는 외눈박이의 쬐끄만 문둥이 거지 새끼인, 내가 혼자서 사는 빈 사원이 있는 거칠고 막막한 들판이 강 이쪽 편인 것이다. 나는 그 저자에서 얼마 전에 쫓겨나 나룻배에 다시는 오르지 못하도록 엄명을 받고서, 들쥐와 살쾡이와 개구리와 뱀들만이 우글거리는 이곳에서 굶주리고 있는 참이다.

나는 날마다 곪아터진 종기와 가시나무에 째진 무릎과 그나마 하나밖에 없는 눈구녁에는 진물이 흘러내려 파리떼가 수없이 날아드는 가엾은 꼬락서니로 강변에 나아가 건너편 저자를 그리워하였다.

저자에서는 밝고 훌륭하게 살아가는 사람들의 히히덕거리는 말의 부서진 쪼가리들이며, 기름진 음식이 익어가는 냄새, 그리고 무엇보다도 놀이터에서 들려오는 흥겨운 음률의 가락이 물을 건너서 내 코와 귓전에까지 날아와 후벼 대곤 했었다.

그뿐이랴, 내가 사원의 깨어진 기왓장과 무너진 토담 아래서 들짐승들의 부르짖는 소리에 질리고 떨려서 잠들지 못하고, 밤새껏 목청이 갈라지게 노래를 부르는 동안에도 강 건너편의 저자는 꿈과 같이 거기에 빛나고 있었으니…….
밤 저자에서는 여름 꽃밭처럼 다투어서 피어난 작고 큰 모닥불과 등롱과 둥근 창, 모난 창의 촛불과 나룻배의 종이등 불빛까지 어우러져, 장자(長者)³⁾네 청기와 집 안채의 요염한 작은댁들이 휘감고 있는 오색 비단보다 훨씬 현란한 것이었다.

아, 나는 어떻게 되어 이곳으로 쫓겨나지 않으면 안 되었던가. 그것은 바로 내게 생명을 주었으며 이 세상의 아름다운 이치를 깨닫게 하였던 수추(壽醜) 때문이었다. 나는 죽어 버린 수추가 다시 살아 함께 저 강을 건너 저자의 한가운데 서서 자랑스럽게 노래를 부르고 모든 썩은 것들이 멸망하는 것을 지켜 보게 될 그날만을 기다리고 있는 것이다.

---

2) 저자 : 아침 저녁으로 반찬거리의 매매를 위해 서는 장. 시장.
3) 장자 : 큰 부자를 높여서 이르는 말.

2

진눈깨비가 몰아치던 어느 이른 봄날 점심 무렵이었을까. 저자에 행인의 발길이 끊어지고, 모두들 불 곁을 찾아 아늑한 지붕 아래 뜨거운 국을 마시러 사라져, 또한 워리 개마저 마루 밑으로 기어들어, 음산한 봄 날씨를 핑계삼은 술꾼들만이 주막 안에서 왈왈 시끌덤벙 다투고 화해하고 웃고 고꾸라지는 판이었는데, 이 가엾은 외눈박이 거지 새끼는 먹을 것을 찾아 진창⁴⁾을 헤매다가 지쳐서 다리 아래 거적조차 없이 맨살을 비벼대며 앉아 있었다.

그맘쯤에 웬 난데없는 비렁뱅이 가객 하나가 구부러진 등에 거문고 엇비슷이 메고 진창에 맨발을 축축 담그면서, 제가 아직 어찌될 줄 모르고서 저자의 가운뎃길로 하염없이 내려왔던 것이었다. 거문고를 메었으니 노래라도 할 줄 알겠구나 싶었으되, 꼬락서니가 내 사촌이 틀림없었다. 나는 다리 아래 쪼그리고 앉아 이제 막 살얼음이 풀리기 시작한 또랑물 속으로 싸락눈이 떨어져 녹아 사라지는 모양을 내려다보는 중이었다. 나는 무슨 소리인가를 들었으며, 이상한 가락이 내 어깨 위에 미풍같이 나부끼며 얹히고, 다시 목덜미로 깊숙이 꽂히더니 정수리에서 발 뒤꿈치로 뚫고 들어와 맴돌아 나가는 것이 아닌가.

나직하고 힘찬 목소리가 가락 위에 턱 걸쳐서는 이 싸늘하고 구죽죽한 저자를 따뜻하게 덥히는 것만 같았다. 나만 일어섰는가? 아니다. 내가 뒤가 급해진 느낌으로 안달을 온몸에 싣고서 다리 위로 올라갔을 때에, 저자의 술집 창문마다 가게 반지문마다 사람들의 머리가 하나둘씩 끄집어내어지는 중이었다. 다리 위에서 비렁뱅이 가객은 거문고를 무릎에 올려놓고 앉아서 고개를 푹 숙여 머리가 없는 자처럼 땅 속에다 소리를 심고 있었다. 술 먹던 사람들과 수다장이 떡장수 아낙네며 나들이 나온 처자들이 모두 한두 발짝씩 모여들어 다리 위에는 음률에 끌린 사람들로 가득 찼었다.

"사람을 못 견디게 하는 소리로구나. 저런 소리는 이 저자가 생겨난 이래

---

4) 진창 : 땅이 곤죽같이 진 곳.

로 처음 들었다.”

한 곡조가 끝나자마자 사람들은 제각기 허리춤을 끄르고 돈을 내던지는 것
이었다. 돈이 벌어지는 소리가 잦아질 제 나는 새암[5]과 선망으로 이를 악물었
고 다음에는 저 신묘한 소리로 돈을 벌게 하는 거문고를 박살내 버리고 싶었다.

“하나 더 해라.”

“이번에는 긴 것을 해보아라.”

사람들이 제각기 아우성을 치는데, 가객은 고개를 가슴팍에 콱 치박고 잠잠
히 앉아 있었다. 그는 부지깽이처럼 길고도 여윈 손을 뻗쳐서 무릎 근처에 흩
어진 돈들을 긁어 모아서는 제 자리 밑에다 쓸어 넣는 것이었다.

“노래를 한 가지밖에 모르느냐.”

“얼굴을 들고 해라. 안 보인다.”

“고개를 들어라.”

내던진 밑천을 뽑으려고 주변에 옹기종기 모여앉은 사람들은 비렁뱅이 가
객의 얼굴을 보려고 자꾸만 재촉했다. 고개를 처박고 있던 그가 작심했다는
듯이 천천히 고개를 들었다. 그리고는 제 앞에 모인 사람들을 한바퀴 휘이 둘
러보았던 것이다.

나는 그의 얼굴을 본 순간 어쩐지 가슴이 답답해지면서 회가 동했을 때처
럼 속이 뒤틀리고 구역질이 날 지경이었다. 가객은 이 세상에서는 어디서든
찾아볼 수 없을 정도로 추한 얼굴을 가지고 있었다. 사람들 사이에서 웅성거
리는 소리가 일어났는데, 가객이 노래를 부르기 시작하자 그 더러운 얼굴은
더욱 흉하게 일그러져 가락의 신묘한 아름다움은 그 추한 얼굴에 씌워 사그라
지고 말았다. 눈도 코도 입도, 제자리에 붙어 있건만, 어쩐지 얼굴이 자아내
는 분위기가 사람들의 가슴속에 깊은 증오를 불러일으키고, 증오는 곧 심한
역증이 나게끔 했다. 사람들은 일찍이 노래에 감탄하던 것을 잊어버리고 더
럽게 나타난 가객의 용모에 불 같은 증오가 일어나 더 이상 근처에 서 있을
수가 없는 모양이었다.

---

5) 새암 : 시샘.

"처음 소리는 우리가 속아 들은 것이다. 이렇게 기분 나쁜 노래는 들은 바 없었다."

"온 세상에 미움을 퍼뜨리는 가락이다."

"구역질 나는 목소리구나."

누군가가 돌멩이를 집어들고 던졌다. 잔 돌멩이가 큰 돌멩이로, 발치쯤에서 머리쯤으로 옮겨가면서, 사람들은 분노에 가득 차서 이 운 나쁜 비렁뱅이를 거의 때려죽일 지경이었다. 나도 빠질세라 돌을 들어서 그의 등때기를 호되게 때려 주었다. 돌이 그의 이마를 터뜨리고 살을 찢어 피가 흐르는데도 그는 추한 얼굴을 빳빳이 쳐들고 사람들을 노려보았다. 돌팔매가 어지간히 그쳐간 뒤에 이번에는 구경꾼들이 그의 발밑에 떨구었던 온갖 돈을 찾아가느라고, 그를 밀쳐내고 아우성을 치면서 자리 밑을 뒤져냈다. 사람들은 완강하게 버티면서 노려보는 가객의 팔다리를 잡아 다리 밑으로 내던져 버리고서, 돈을 찾아가지고는 제각기 침을 뱉고 흩어져 가버렸다.

"웬 사귀(死鬼) 같은 놈이 나타나서 일진을 잡쳤다."

"저런 놈은 저자에서 얼굴을 들고 다니지 못하게 해야 한다."

"아마도 지옥에서 귀졸이 인도 환생한 모양이다."

뱀을 징그러워하고, 구더기를 더러워하며, 호랑이를 무서워 하며, 꽃을 어여삐 아는 것이 사람의 정이고 보면, 그 낯선 가객을 미워하여 대면조차 하기 싫은 것이 또한 사람들의 똑같은 심정이었으니, 그런 일을 수없이 겪었을 가객 자신이 모를 리가 없는 것이었다. 다시 진창 위에는 행인의 발이 끊기고 여러 집들의 굴뚝에서 흘러 나온 연기와, 사람들의 방금 보고 들은 소문을 주고받는 두런대는 말소리, 그리고서 간데없이 다시 차가운 눈발을 피하여 다리 아래로 기어들어가야 할 나만이 남아 있었다. 나는 이 저자의 음식찌끼를 맡은 주인으로서나 같은 신세로 군입6)을 달고 찾아온 동업자에 대한 거리낌으로, 이제 내 아늑한 보금자리까지 빼앗겨서는 안 될 일이므로, 저 더러운 상판대기의 걸인 풍각장이를 쫓아내고야 말리라고 결심을 단단히 했다.

---

6) 군입 : 쓸데없는 입.

　나는 주먹만한 돌멩이 두 개를 양손에 움켜쥐고 만약에 다리 밑을 떠나지 않는다면 대가리를 까서 물 속에다 처박겠다는 마음이 되어 아래로 내려갔다. 까짓 이곳 저자 사람들이 모두들 입을 모아 그를 쫓아낼 뜻을 비췄으니, 흘러 떠다니는 주제에 내게 맞아죽는단들 별로 섭섭할 까닭이 없을 듯했다.　그는 어느 틈에 얼굴의 피를 씻고 흘러 내려가는 물가에 앉아 있었고, 나는 돌을 쳐들면서 목구멍에 악착스런 바람을 한껏 넣어서 소리쳤다.

　"이놈아, 여긴 내 집이다.　빨리 사라지지 않으면, 네깐놈을 또랑물 속에다 장사 지내어 붕어밥이 되게 할 테야."

　그런데도 그 녀석은 물가에 앉아서 흐르는 물을 내려다보고 있는 것이었다.

　"아직도……아직도, 내 얼굴이 아니다.　아직도 아직도, 낯설구나."

　이렇게 수없이 중얼거리면서 그는 볼 위로 눈물을 철철철 흘리고 있었는데, 내가 그래봬도 인정 있고 마음 여리기로는 저자에서 제일가는 사람이나 남을 도와 준 적은 없으므로 문득 사람마다 싫어하는 그가 가엾어져서 슬그머니 돌을 떨어뜨리고 말았다.　떨어진 돌이 물 속에 떨어져 풍덩하는 소리와 더불어 그가 고개를 돌려 나를 돌아다보았다.　문둥이인 나보다도 사람들이 그를 미워하는 것은 아마도 격에 어울리지 않는 그 신묘한 가락 때문이었던 모양이다.

　"너도 날 미워하니?"

　그가 말을 걸어왔고, 나는 그 더럽게 인상 나쁜 몰골을 일부러 찬찬히 뜯어보기 시작하면서 잠깐 대답을 미루었다.

　"당신보다 내가 더욱 더러운데, 이제 보니 당신은 저자 사람들하구 똑같다. 그들 어느 누구보다도 못생기지 않았다."

　"그들이 나를 미워하는 것은 노래만이 아름답기 때문이다."

하고 나서 그는 한숨을 내쉬었다.　나는 슬그머니 이 침입자의 곁에 가서 다정한 사이처럼 나란히 앉았다.

　"그렇다면 노래를 불러서 세상 사람들의 미움을 사지 말구, 아예 노래를 부르지나 말지.　노래를 부르지만 않는다면 아무도 당신 얼굴에 주의를 돌릴 사람은 없을 테니까.　나처럼 동냥이나 하면서 살면 되지 않아."

"나는 노래를 부르지 않으면 살 수가 없다. 내 얼굴이 추악하게 보이기 시작한 것은 바로 나의 음률을 완성했던 그 순간부터였다. 그런데 네 이름이 무엇이냐?"

"나는 그저 문둥이 깨꾸쇠야. 당신은?"

"내 이름은 스스로 지어 수추라고 한다. 너무도 오랫동안 신묘한 가락을 찾아내노라고 이제는 내가 어느 나라에서 태어났는지, 내 본명이 무엇인지, 내 부모는 누구인지, 내 나이는 얼마인지, 내 친구는 누구였는지, 내 동네 사람은 어떠했는지 모두 잊어버리고 말았다. 나는 드디어 가락을 찾아내고 내 노래를 완성했다. 그런데……완성하자마자 나는 내 얼굴을 잃어버리고 만 것이다."

"당신이 얼굴을 쳐들고 노래를 부르기 시작했을 때, 사람들은 모두 당신을 미칠 듯이 죽이고 싶어했지."

내 말을 듣고 나서 수추는 제 얼굴을 감싸쥐고 부르짖었다.

"내 온몸에는 이제 미움만이 꽉 들어차 있는가 보다."

"나는 이렇게 종기투성이에 얼굴이 찌그러진 문둥이이지만 미움 같은 건 없다. 당신과 다리 밑을 반씩 나누어 써도 괜찮다. 다만 당신이 이 저자에서 노래만 부르지 않는다면."

"나는 노래를 부르지 않으면 점점 수척해지고 쇠약해져서 죽고 만다. 그러니 나는 사람들이 살지 않는 곳으로 가서 노래를 부를 테다."

"그래, 저쪽 강 건너편 사원 빈 터에는 사람이 살지 않지."

"가르쳐 줘서 고맙다."

수추는 돌로 맞은 상처 때문에 다리를 절뚝거리면서 일어섰다. 처음처럼 거문고를 등뒤에다 엇비슷이 걸쳐 메고는 그를 저주했던 저자를 떠나 수추는 강을 건너갔다.

3

수추가 다시 내 다리 밑 보금자리로 돌아온 것은 내가 장터의 구석구석마

다 은밀히 싸갈긴 똥이 굳어 먼지가 될 만큼의 날이 지나간 뒤였다. 이제는
나무 위에 드리웠던 자랑스런 오동나무의 잎이 누렇게 변하고 구멍이 뚫려
서 한장 두장씩 나부껴 내려 물 위에 헤적이며 떠나는 즈음이었다. 나는 수
추가 맨손인 것을 보고 놀랐으며, 그는 좀처럼 노래를 부르지 않으려는 결심
인 것이 분명했다. 수추가 그의 거문고를 불태워 버렸던 것이었고, 그의 이
글거리던 눈빛은 사그라들어서 어린 짐승의 눈처럼 양순하게 젖어 있었던
것이다.

그는 성문 밖에서 타살당한 내 아비와 똑같은 눈빛을 하고 있어서 순하고
슬픈 꼬락서니가 되어 버렸다. 나는 가을 낮의 따사한 햇볕과 미풍을 즐기면
서 종기에다 연신 침을 바르면서 누워 있었는데, 머리 위에서 부드러운 목소
리가 들려 왔다.

"깨꾸쇠야······."

이 저자 바닥에서 나를 향해 그런 목소리를 낼 사람은 하나도 없었으므로
나는 우라지게도 놀라서 후닥닥 일어났다. 또 짓궂은 놈들이 나를 골탕먹이
려고 무슨 수를 쓰러 온 줄로만 알았었다. 수추가 발치에 서서 조심조심 나를
흔들고 있었다.

"애, 나두 여기서 살게 해다우."

수추는 애원하듯이 말했고, 나는 아무렇지도 않게 그가 누울 수 있도록 자
리를 내주었으며, 그는 어디서 가져왔는지 맛있는 음식을 꺼내 놓는 것이었다.
우리는 나란히 누워서 이야기를 나누었다. 수추가 강 건너편에서 무엇을 하
면서 살았는가 하는 것이 내가 제일 궁금해 하는 것이었다.

수추는 천천히 얘기했다. 그가 말하던 대로 모두 기억이 나지는 않지만,
아마도 이러한 얘기였을 것이다.

그는 정말로 완전한 노래를 부르면서 살아가기 위해 사람들의 세상을 떠나
강을 건너갔다. 강을 건너 자갈밭과 모래 언덕을 넘어 드문드문 잔솔들이 자
라난 광야를 걸어간 수추는 무너진 절터가 있는 곳에 이르렀다. 그는 해가 질
때까지 절터의 계단에 앉아서 거문고를 뜯으면서 노래를 불렀다. 그의 나직

하고 힘차면서 구슬픈 노래가, 음절마다 살아서 뛰는 고기의 꼬리처럼 펄떡이는 생명을 지닌 거문고소리가, 빈 사원에 널리 퍼지고 널리 퍼진 소리들은 광야 가운데 오랫동안 남아 있었다. 새들이 일시에 울음을 그쳤고, 바람과 타협하여 숲의 소리마저 잠잠해진 것만 같았다. 새들이 깃을 찾는 대신에 사원의 돌담과 지붕과 마당 위에 가득히 내려앉아 그의 노랫소리를 들었다. 숲 그늘 속에는 조심조심 다가오는 짐승들의 발소리가 끊임없이 들려왔고, 이윽고 여러 개의 눈알들이 가지 사이로 빛났다. 수추는 제 노래의 가락에 취하여 계속해서 노래를 불렀다. 어둠이 깔리고 밤이 되었으나 그는 노래를 그치지 않았다. 시냇물도 흐르는 소리를 죽이면서 그의 노랫가락 아래로 스며 지나가는 듯했다.

해가 떠올랐고, 그는 짐승들 가운데서 일어났다. 그가 거문고 위에서 시선을 거두고 기지개를 켜며 일어났을 때, 갑자기 새들이 한꺼번에 날아올라 그 수백 마리 새의 날개 치는 소리에 창공이 찢어지는 것 같았다. 짐승들이 뛰어 달아나는 소리로 나무들은 거칠게 흔들려서 마치 폭풍이 시작되는 듯했다. 수추는 물가에 앉아서 제 그림자보다도 못한 용모의 실상을 비춰 보면서 울었다. 한 추악한 사내가 구름을 머리에 이고서 저를 바라보고 있었다. 수추는 생각했다. 그가 제 음률에 도달했을 적에도 시냇가에 앉아 있었던 것이다. 드디어 이 세상에서 가장 완전한 가락이 그의 손끝에서 울려 퍼졌을 순간에 그는 물 속에 떠 있는 한 범상한[7] 사내를 발견했던 것이었다. 그는 도저히 믿어지지 않았다. 수추는 물을 마구 헤쳐 놓고는 다시 들여다보았지만 음률을 완성한 자의 얼굴이 아니었다. 그는 그 얼굴을 미워하였다. 따라서 시냇물도 미워하였다. 미워할수록 그의 얼굴은 추악하게 떠올랐다. 수추는 그럴수록 노래를 끝없이 부르지 않고는 살아갈 수가 없는 자가 되어 버렸던 것이다.

그러나 수추는 강 건너편 광야에서 몇 날 몇 밤을 짐승들이 일시에 몸서리치면서 달아났다가, 다시 밤이 되면 그의 노래를 들으려고 모여들고, 또 해가

7) 범상한 : 대수롭지 않고 평범한.

떠오르면 그의 곁에서 달아나는 일을 헤일 수도 없이 겪었다. 그는 이러한 애
증에 시달려서 자꾸만 여위어 갔다.

어느 날 그는 아무도 찾아와 주지 않는 훤한 대낮에 혼자서 노래를 불렀다.
그의 노래가 이제 막 거문고의 가락에 얹히려는 참에 줄이 탁 끊어졌다. 이
끊긴 줄이 울어대는 무참한 소리가 그의 노래를 산산이 으스러뜨리고 말았으
며, 그는 저도 모르게 벌떡 일어나서 거문고를 계단 위에 내동댕이치고 말았
다. 자르릉 하는 괴상한 소리를 내면서 악기가 부서지고 그의 노래마저 함께
부숴져 버렸다. 그의 발밑에는 살해된 가락의 시체만이 즐비하게 널려 있을
뿐이었다. 그는 노래를 부를 수가 없었다.

수추는 아무도 찾아오지 않는 밤 가운데서 진실로 오랫만에 평화로운 잠을
잤다. 그는 노래로부터 놓여난 것이다. 수추는 파괴된 악기와 버려진 노래를
회상할 뿐이었다. 수추는 이 죽음과 같은 휴식 안에서 비로소 노래만을 사랑
하고 모든 것을 미워했던 제 모습이 이제는 변화된 것을 알았다.

그가 물을 마시려고 시냇물에 구부렸을 적에 수추는 환희의 얼굴을 만났다.
그의 눈은 삶의 경이로움이 가득 차 있었고, 그의 입은 웃고 있었고, 뺨에는
땀이 구슬처럼 매달려 있었다. 그는 모든 산 것들이 그러하듯이 만물의 소멸
에 대하여 겸손하였다. 그가 자신을 추악하게 본 것은 그 마음이 자기를 자만
하였기 때문이었다. 그의 노래는 그의 생처럼 절대로 완전함에 도달하지 않
는 것이었다. 남이 자기를 보고 까닭없이 미워함을 두려워하기 전에, 수추는
저를 보는 사람으로 하여금 기쁜 마음을 일으키고 사랑하는 마음이 일도록 살
아야 함을 느꼈다.

그는 사람들에게로 돌아가 이 얼굴을 확인하고 싶었다. 수추는 부서진 악
기의 조각들을 주워 모아 불을 살랐다. 불꽃이 날름거리면서 남은 형체를 삼
키더니 이윽고 사그라지는 불꽃과 함께 재가 되어 바람에 불려 날아가 버렸다.

수추는 강을 건너서 저자로 다시 돌아왔다. 그가 동냥 그릇을 내밀자 사
람들은 그득그득히 음식을 담아 주었고, 수추는 뜨겁게 감사한 마음으로 그
것을 받았다.

4

나는 이 비렁뱅이 가객이 이제는 미쳐 버린 게라고 생각했는데, 다리 밑에 오던 날부터 수추는 괴이한 짓을 하기 시작했다. 내가 짓무른 종기 때문에 잠들지 못하고 뒤척이노라면 그는 엎드려서 종기의 고름을 입으로 빨아내곤 했다. 나는 그가 고름을 빨아 주고 상처를 핥는 동안에 잠들었다. 수추는 내가 추워서 떨면서 신음하면 뒤에서 감싸고 체온으로 나를 녹여 주었다. 나는 수추와 함께 지내는 동안 줄곧 앓아 누워 있었다.

그는 날마다 나를 다리 밑에 남겨두고 저자로 나가서 일을 했다. 나룻가에서 그가 짐을 부리거나 수레를 끄는 일을 해서 떡과 고기를 사들고 돌아온다는 것을 알았다. 그는 또 저녁마다 아픈 사람들을 찾아다녔고, 잔치가 있는 집이나 슬픈 일이 일어난 집을 찾아가서 주인께 공손히 청하여 조심스럽게 노래를 불러 주는 것이었다. 그의 노래는 아늑하고 힘이 있어서 모든 사람들의 마음에 따뜻한 정과 말할 수 없는 용기를 돋아나게 했다. 수추는 제 추했던 얼굴을 모두 잊었다. 물 위에 떠오른 제 모습이 자기가 아니라던 헛된 생각은 모두 사그라진 것이다.

그의 눈에는 모든 세상 사람들이 저를 닮은 사랑스럽고 겸손한 사람들로 비춰졌다. 나아가서는 수추 자신이 그 사람들을 닮았다고 느끼고 있었다. 저자에서 예전의 수추를 기억하는 사람은 나뿐이었다.

저자 사람들은, 아침에 그가 경쾌한 걸음걸이로 가게 앞을 지나는 모습을 대하면 문득 마음이 평화로워지고 그의 노래를 듣노라면 기쁨이 가득찬다고 말을 했다. 강변 나루터에 가면 언제나 그의 콧노래라든가 휘파람소리를 들을 수가 있었고, 짐을 부리면서 내내 저 자신에게 들려나 주듯 흥얼거리는 것이었다. 사람들은 그 곡조를 배워 모두들 따라서 부르게 되었다.

다시 봄이 찾아와 이 강변 저자에 죽은 것들이 소생하고, 새들은 찾아와서 목청을 다투어 울고, 나도 겨우 눈보라와 강추위에서 살아나 빨빨거리며 장터를 헤집고 다닐 철이 되었다.

저자에서 거리잔치가 벌어지는 날이 가까워지자 사람들은 모두 오색등을 꺼내어 손질을 하고, 음식을 장만했으며 색실과 대나무를 준비하였다. 그들은 행복한 잔치를 대비하느라고 부산한8) 중에 문득 수추의 노래를 생각해 냈다.

"그렇게 훌륭한 노래를 부르는 이가 있는 것을 몰랐구나."

"하나 그에게 악기가 없다는 건 좀 흠이란 말야."

"그가 노래를 해주면 우리 잔치가 더욱 복될 터인데."

"악기를 마련해 주자. 그이 노래가 더욱 빛나도록."

이러한 의논들이 되어 장터의 여러 사람들이 다리 아래로 찾아와 악기를 마련해 줄 터이니 원하는 것을 말하라고 떠들었다. 수추는 여러 번이나 사양을 하다가 권유에 못 이기어 드디어 다리 위에 늘어진 오동나무를 가리켜 보였다.

"저 나무를 제게 주시겠습니까?"

사람들은 모두가 이건 생각보다도 쉬운 청이라고 여러 입으로 말들 하였다. 곧 살집 좋은 일꾼들에 의하여 나무가 베어졌고, 수추는 그날부터 망치와 끌을 들고 나무를 다듬기 시작했다. 불에 그슬리기도 하고, 오줌독에 담그기도 하고, 바람에 말리우고, 땡볕에 쬐었다. 여러 날 만에 수추는 전에 그가 등판에 엇비슷이 메고 왔던 것보다도 훨씬 훌륭한 거문고를 만들었다.

그가 시험삼아 줄을 퉁퉁 퉁겨 내니까 물방울 하나가 똑 떨어져 폭우가 되고 벽력9)이 치면서 강줄기로 합치고 폭포가 되어 무한히 큰 물의 출렁거리는 소리로 변하는 것이었다. 거리잔치하는 날, 수추는 그 새로운 악기를 들고 저자의 한가운데로 걸어 나갔다. 수추의 노래와 거문고소리를 들으려고 먼 지방에서까지 사람들이 몰려와서 저자는 도회가 되어 버렸다. 아픈 사람들이나 슬픔에 겨운 사람들이 수추의 고통을 씻어 주는 노래에 대한 소문을 듣고 며칠을 걸어서 저자에 이르렀다.

수추는 사람들의 구름 속에 앉아 조용히 노래를 흘려 보냈다. 그 노래는

---

8) 부산한 : 어수선하고 바쁜.
9) 벽력 : 벼락.

사람들의 마음을 찌르고 힘을 솟구치게 해서 살아 있는 환희를 갖도록 했다. 노래하는 그의 얼굴은 사람들에게 무언지 모를 믿음을 전파시켜 주는 것이었다. 그의 노래는 입에서 입으로 가슴에서 가슴으로 그리고 나중에는 몸짓에서 몸짓으로 퍼져 나가 모든 사람들이 목청을 합하여 저자가 떠나가도록 노래를 불렀다.

수추의 거문고소리와 노랫소리는 저자에 모인 군중들의 제창에 먹혀 들리지 않았으나 그 곡조와 가락과 춤은 그대로 수추의 것에서 모든 사람들의 것으로 합쳐졌던 것이다. 나는 눈물을 철철 흘리면서 노래를 따라 불렀다. 누군가가 내 더러운 얼굴에 빰을 비비며 나를 끌어안고 외쳤다.

"복 많이 받아라."

노래는 자꾸만 계속되었다. 사람들은 끊이지 않고 모여들었다. 이 소문을 알게 된 우리 저자의 장자가 사람들을 보내어 수추를 잡아오도록 하였다. 장자가 그를 잡아 가두기 전에 물었다.

"노래를 부르지 않으면 너를 당장에 놓아 주리라."

"저는 살아 있는 한 노래를 불러야만 합니다."

"저는 제 노래를 원하는 사람들 곁을 떠날 수가 없습니다."

장자는 하는 수 없어 그를 잡아 가두었으며, 악기는 빼앗아 버렸다. 그는 빼앗은 악기를 다시 사용하지 못하도록 줄을 모두 끊어 버렸고, 그것들을 세 토막으로 나누어 밥상을 만들어 버렸다. 그렇지만 수추는 감옥 속에서 날마다 새로운 곡조로 노래를 했다.

그가 부르는 노래는 재빠르게 저자 바닥으로 퍼져 나가 누구나 따라 부르게 되었다.

장자는 이번에는 그자의 혀를 잘라 버리라고 명했다. 수추는 혀를 잘리웠다. 장자의 부하들이 까마귀들에게 먹이려고 높은 감나무 가지에다 그 혀를 매달아두었다. 나무에 앉는 까마귀마다 수백 번씩 그를 쪼았으나 너무도 견고해서 먹질 못했고, 혀는 사람들이 지켜보는 허공에서 싱싱한 선홍의 빛깔로 펄떡이며 살아 있었다.

수추는 목구멍으로 노래를 불렀다. 그의 안으로 꽉 잠긴 노랫소리가 또 저자 바닥에 깊이깊이 스며들었고, 사람들은 몰래몰래 그것을 따라 불러 꿈만이 떠도는 밤에도 잠꼬대의 노랫소리가 울려 퍼졌다.

장자는 끝내 수추의 목을 자르라고 명했다. 수추의 목이 잘려 저자의 장대 위에 드높이 효수[10]되었다. 장대 위에 얹힌 얼굴은 이 세상에서 아무도 만나 보지 못했던 행복한 자의 얼굴이었다. ,사람들은 더욱더 수추가 남긴 노래들을 불렀다.

다리는 허물어지고, 오동나무의 밑둥은 뽑혀지고, 나는 강 건너로 쫓겨나게 되었다. 그러나 장터 사람들의 소문에 의하면 수추의 노래는 여전히 불려지고 있으니 그가 죽었다는 것은 새빨간 거짓말이라는 얘기였다.

나는 아직도 수추의 팔딱이는 헛바닥을 품에 지니고서, 새로운 새벽이 밝을 때마다 강변으로 마중을 나가는 것이었다.

---

10) 효수 : 죄인의 목을 베어 높은 곳에 매달음.

| 작가소개 | 황석영 (1943~   ) |

만주 신경에서 출생했다. 1962년 『사상계』 신인문학상 공모에 단편 「입석 부근」이 입선되었고, 1970년 조선일보 신춘문예에 단편 「탑」이 당선되어 문단에 나왔다. 그의 작품은 걸걸하고 씩씩한 남성적인 기품을 유감없이 드러낸다. 이 것은 주어진 상황과의 부딪힘에서 한 발도 뒤로 물러서지 않으려는 작가의식의 견고함에서 빚어진 것이다. 경제의 극심한 불평등이 무수한 이농민과 도시의 극빈층을 만들었다고 보는 작가는 그래서 민중과 더불어 생각하고 민중의 편에 서서 민중이 원하고 있는 바를 바르게, 또 예술적으로 반영하고자 노력해 왔다. 주요 단편으로 「삼포 가는 길」「돼지꿈」「객지」「아우를 위하여」「장사의 꿈」「낙타눈깔」 등이 있으며, 장편으로 『장길산』『무기의 그늘』『어둠의 자식들』 등이 있다.

| 작품해설 |

「가객」은 이웃들과 부대끼면서 일하며 어울려 사는 삶의 중요함을 이야기하는 소설이다. 소외된 자들에 대한 관심은 황석영 문학의 주요 테마인데 이 소설도 예외는 아니다. 문둥이 거지 소년인 일인칭 화자에 의해 관찰되는 주인공 수추는 뛰어난 노래꾼이다. 그는 '예술을 위한 예술가'에서 자기 부정을 위해 '이웃들의 삶의 진실을 노래하는 예술가'로 변모하는 과정을 겪는다. 이 노래꾼이 방황 끝에 돌아와 이웃들의 삶을 노래하기 시작할 때 '장자'라는 마을 지배장의 미움을 사서 결국 그는 죽음을 맞이하고 만다. 그러나 그의 노래는 사람들의 마음 속에서 사라지지 않는다. 작가는 주인공 수추의 죽음을 민중의 끈질긴 생명력의 표상으로 부활시키고 있다.

| 읽고 나서 |

(1) 저자의 장자는 왜 수추를 잡아다 가두고 끝내는 그를 죽였는가?
— 수추의 노래가 인간에 대한 믿음을 전파시키고, 사람들이 그 노래를 찾아 끊이지 않고 모여들었기 때문에
(2) 수추가 그의 음률을 완성했던 순간부터 얼굴이 추악하게 보인 까닭은?
— 오직 노래만을 사랑하고 그 밖의 삶의 모든 것을 미워했기 때문에

모래톱[1] 이야기

김 정 한

이십 년이 넘도록 내처 붓을 꺾어 오던 내가 새삼 이런 글을 끼적거리게 된 건 별안간 무슨 기발한 생각이 떠올라서가 아니다. 오랫동안 교원 노릇을 해 오던 탓으로 우연히 알게 된 한 소년과 그의 젊은 홀어머니, 할아버지, 그리고 그들이 살아오던 낙동강 하류의 어떤 외진 모래톱…… 이들에 관한 그 기막힌 사연들조차 마치 지나가는 남의 땅 이야기나 아득한 옛이야기처럼 세상에서 버려져 있는 데 대해서까지는 차마 묵묵할[2] 도리가 없었기 때문이다.

건우란 소년은 내가 직접 담임했던 제자다. 당시 나는 K라는 소위 일류 중학에서 교편을 잡고 있었다. 비가 억수로 내리던 날 첫 시간의 일이었다. 지각생이 많았다. 지각생이 많으면 교사는 짜증이 나게 마련이다. 그럴 때 유독 대끼는[3] 놈은 으레 그런 일이 잦은 놈들이다.

"넌 또 지각이로군? 도대체 어찌된 일이냐?"

건우의 차례였다. 다른 애와 달리 그는 옷이 비에 흠뻑 젖어 있었다. 아래 윗도리 옷깃에서 물이 사뭇 교실 바닥에 뚝뚝 떨어지고 있지 않은가?

"나룻배 통학생임더."

---

1) 모래톱 : 강가에 있는 모래벌판.
2) 묵묵할 : 말없이 잠잠할.
3) 대끼는 : 무슨 일에 경험을 얻을 만큼 시달리는.

낮고 가는 목소리가 그의 가냘픈 입술 사이에서 새어 나오듯 했다. 그리고 이내 울상이 된 얼굴을 아래로 떨구었다. 차라리 무엇인가를 하소하는 듯이 느껴졌다.

"나룻배 통학생?"

이쪽으로선 처음 듣는 술어였다.

"맹지면에서 나룻배로 댕기는 아입니다."

지각생 아닌 다른 애가 대신 대답을 했다. 명지면이라면 김해 땅이다. 낙동강 하류. 강을 건너야만 부산으로 나올 수 있는 곳이다.

"나룻배 통학생이라……."

나는 건우의 비에 젖은 옷을 바라보면서 자리에 들어가라고 했다.

이런 일이 있고부터 나는 건우란 소년에게 은근히 동정이 가게 되었다. 더더구나 아버지가 없다는 걸 알고부터는, 동무들끼리 어울려 놀 때 그를 곧잘 '거무(거미)'라고 놀려대던 이상한 별명의 유래도 곧 알게 되었다. 그의 고향 친구들의 말에 의하면 거미란 짐승은 물에 날쌘 놈이라 해서 즈 할아버지가 지어 준 아명(兒名)4)이었다는 거다. 거미! 강가에 사는 사람들의 자식 아끼는 심정을 가히 짐작할 수가 있었다. 호적에 올릴 때는 부득이 건우로 했으리라. 그것도 아마 누구의 지혜를 빌려서.

두 번째로 내가 건우란 소년에 대해서 관심을 더욱 가지게 된 것은, 학기 초 가정 방문을 나가기 전에 그가 써낸 작문을 읽고부터였다(나는 가정 방문을 나가기 전 가끔 학생들에게 자기 자신에 관한 글을 써 오라고 하였다).

〈섬 얘기〉란 제목의 그의 글은 결코 미문(美文)5)은 아니었다. 그러나 내용은 끔찍한 것이라 생각했다. 자기가 사는 고장 — 복숭아꽃도, 살구꽃도, 아기 진달래도 피지 않는 조마이섬은 몇백 년, 아니 몇천 년 갖은 풍상과 홍수를 겪어 오는 동안에 모래가 밀려서 된 나라 땅인데, 일제 때는 억울하게도 일본 사람의 소유가 되어 있다가 해방 후부터는 어떤 국회의원 명의로 둔갑이

---

4) 아명 : 아이 때의 이름.
5) 미문 : 아름다운 글.

되었는가 하면, 그 뒤는 또 그 조마이섬 앞 강의 매립 허가를 얻은 어떤 다른
유력자의 앞으로 넘어가 있다던가 하는 — 말하자면 선조 때부터 거기에 발을
붙이고 살아오던 사람들과는 무관하게 소유자가 도깨비처럼 바뀌고 있다는
섬의 내력을 적은 글이었다. 그저 그런 정도의 얘기를 솔직히 적었을 따름인
데, 어딘지 모르게 무엇인가를 저주하는 듯한 소년의 날카롭고 냉랭한 심사가
글 밑바닥에 깔려 있었다. 나는 나 자신이 갑자기 무슨 고발이라도 당한 듯한
심정으로 그 글발을 따로 제쳐서 책상 서랍 속에 넣어두었다.

가정 방문이 있는 주간은 대개 오전 수업뿐이다. 점심 시간이 시작될 무렵
나는 건우를 교무실로 불렀다.

"오늘 명지로 갈까 하는데, 너 외에 몇이나 있지?"

"A반 학생은 저 하나뿐입니다."

건우의 노리께한 얼굴에는 순간적인 그늘이 얼씬 지나가는 것 같았다.

"그래? 그럼 한 시 반쯤 해서 현관 앞으로 다시 오게."

명지 같음 어둡기 전에 돌아오기가 힘들는지 모른다. 나는 부랴부랴 점심
을 마치고서 교무실로 나갔다.

건우는 벌써 현관계로 와 있었다. 역시 약간 어둔 얼굴을 하고, 아마 미리
어머니에게 알리지 않고서 가는 것이 약간 켕겼던 모양이었다.

"가볼까!"

내가 앞장을 서듯 했다. 버스 요금도 제 것까지 내가 얼른 내는 걸 보고는
아주 송구스러운 듯한 표정을 지었다. 하단까지는 사오십 분이면 족했다. 그
러나 한 척밖에 없다는 그 나룻배가 좀처럼 나타나지 않았다.

"집이 저쪽 나루터에서 먼가?"

나는 갈대 그림자가 그림처럼 고요히 잠겨 있는 강물을 내려다보며 물었다.

"예, 제북(제법) 갑니다."

그는 민망스런 듯이 나를 잠깐 쳐다보더니 눈을 역시 물 위로 떨어뜨렸다.

"얼마나?"

"반시간 좀 더 걸립니더."

"그럼 학교까지 오려면 시간이 꽤 걸리겠는걸?"

"나룻배만 진작 타지고 빠른 날은 두어 시간만 하면 됩더."

"그래? 그래서 지각을 자주 하는군."

나는 환경 조사표의 카피를 펴보았으나 곁에 사람들이 있기에 더 묻지 않았다. 아니, 설사 곁에 다른 사람들이 없다 하더라도, 아직 열다섯 살밖에 안 되는 소년에게 물어도 좋을 만한 그런 가정 형편이 못 되었다.

아버지는 없고,
어머니 33세 농업
할아버지 62세 어업
삼촌 32세 선원
재산 정도 하(下)

끼우뚱거리는 나룻배 위에서는 건우의 행복하지 못한 가정 환경이 자꾸만 내 머릿속에 확대되어 갔다.

나룻배를 내려서자, 갈밭 속을 뚫고 나간 좁고 긴 길이 있었다. 우리는 반 시간 남짓 그 길을 걸어가면서도 별반 얘기가 없었다.

"아버진 언제 돌아가셨지?"

해놓고도 오히려 후회할 정도였으니까.

"육이오 때라 캅디더만……."

건우의 말눈치가 확실치 않았다.

"어쩌다가?"

"군에 나갔다가 그랬다 캅니더."

"언제 어디서 돌아가셨는지도 잘 모른단 말인가?"

"야, 그래도 살아온 사람들의 말이 암마 '워카 라인'인가 하는 데서 그랬을 끼라 카데요."

생각했던 바와는 달리 건우의 이야기는 비교적 담담하였다.

"그래, 아버지의 얼굴은 기억하나?"

나는 속으로 그의 나이를 손꼽아 보았던 것이다.

"잘 모릅니다. 저가 두 살 때 군에 나갔다카니……. 그리고 통 안 돌아왔거던요."

나를 쳐다보는 동그스름한 얼굴, 더구나 그린 듯이 짙은 양미간에는 미처 숨기지 못한 을씨년스런 빛이 내비쳤다. 순간 나는 그의 노리께한 얼굴에서 문득 해바라기꽃을 환각했다.

삼사월 긴긴 해라더니, 보릿고개는 오후 세 시가 훨씬 지나도 해가 아직 메끝과는 멀었다.

길가 수렁과 축축한 둑에는 빈틈없이 갈대가 우거져 있었다. 쑥쑥 보기좋게 순과 잎을 뽑아 올리는 갈대청은, 그곳을 오가는 사람들과는 판이하게 하늘과 땅과 계절의 혜택을 흐뭇이 받고 있는 듯 한결 싱싱해 보였다.

"저 갈대들이 다 자라면 지나다니기 무서울 테지? 사람의 길이 훨씬 넘을 테니까."

나는 무료에 지쳐 건우를 돌아다보았다.

"괜찮심더. 산도 아인데요."

그는 간단히 대답할 뿐이었다. 아직도 짐승보다 인간이 무섭다는 것을 미처 모르는 모양이었다.

길바닥까지 몰려 나왔던 갈게들이, 둔탁한 사람의 발자국소리에 놀라 이리저리 황급히 구멍을 찾아 흩어지는가 하면, 어느 하늘에선지 종달새가 재잘재잘 쉴 새 없이 재잘거리고 있었다. 잔등에 땀을 느낄 정도로 발을 재게[6] 떼놓아, 건우가 사는 조마이섬에 닿았을 때는 해가 얼마만큼 기운 뒤였다.

섬의 생김새가 길쭉한 주머니 같다 해서 조마이섬이라고 불려 온다는 건우의 고장에는, 보리가 거의 자랄 대로 자라 있었다. 강바람이 불어올 때마다 푸른 물결이 제법 넘실거리곤 했다.

---

6) 재게 : 빠르게.

낙동강 하류의 삼각주 일대가 대개 그러하듯이, 이 조마이섬이란 데도 사람들이 부락을 이루고 사는 것이 아니라 그저 한집 두집 띄엄띄엄 땅을 물고 있을 따름이었다.

건우의 집은 조마이섬 위쪽에서 그리 멀지 않았다. 역시 외따로 떨어진 집이었다. 마침 뒤편 사래 간 남새밭7)에 가 있던 어머니가 무슨 낌새를 채었던지 우리가 당도하기 전에 어느새 사립께로 달려와 있었다.

"인자 오나?"

아들에게부터 먼저 말을 건네고 나서 내게도 수인사8)를 하였다.

"우리 건우 선생님인가뵈요?"

상냥하게 웃었다. 가정 조사표에 적혀 있는 서른세 살의 나이보다는 훨씬 할쑥해 보였으나, 외간 남자를 대하는 붉은빛이 연하게 감도는 볼에는 그래도 시골 색시다운 숫기가 내비쳤다.

"수고하십니더."

하고 나는 사립을 들어섰다.

물론 집은 그저 그러했다. 체목은 과히 오래되지 않았지만 바깥 일손이 모자라는 탓인지 갈대로 엮어 두른 울타리에는 몇 군데 개구멍이 나 있었다.

"좀 들어가입시더. 촌집이 돼서 누추합니더만……."

건우 어머니는 나를 곧 안으로 인도했다. 걸레질을 안 해도 청은 말끔했다. 굳이 방으로 모시겠다는 것을 나는 굳이 사양하고 마루 끝에 걸쳤다.

"어머니 혼자 힘으로 공부시키기가 여간 힘들지 않으실 텐데……."

건우가 잠깐 자리를 비키는 것을 보고 나는 으레 하는 식으로 가정 사정부터 물어 보았다. 할아버지와 아저씨와 그리고 재산 따위에 대해서.

— 할아부지는 개깃배를 타시고, 재산이랄 끼싸 머 있십니꺼. 선조 때부터 물려받은 밭뙈기들은 나라 땅이라 캤다가 국회의원 땅이라 캤다가…… 우리싸 머 압니꺼 — 이렇게 대략 건우 군의 글에서 알았을 정도의 얘기였고, 건우

---

7) 남새밭 : 야채를 기르는 밭.
8) 수인사 : 늘 하는 인사. 일상의 예절.

의 삼촌에 대해서는 웬일인지 일절 말이 없었다. 대신 길이 먼데다 나룻배까지 타야 되기 때문에 건우가 지각이 많아서 죄송스럽다는 얘기와 아버지가 없으니 그런 점을 생각해서 잘 돌봐 달라는 부탁이 고작이었다.

생활은 어떻게 무사히 꾸려 나가느냐고 했더니, 시아버님이 고깃배를 타기 때문에 가끔 어려운 돈을 기백 원씩 가져온다는 것과 먹고 입는 것은 보리 농사와 채소로써 그럭저럭 치대어 간다는 얘기였다.

"재첩은 더러 안 건지세요?"

강마을 일이라 이렇게 물었더니,

"그건 남자들이라야 안 됩니꺼. 또 배도 있어야 하고요."

할 뿐 그러나 이쪽에서 덤덤하니까,

"물 빠질 땐 개발이싸 늘 안 나가는기요. 조개 새끼도 파고 재첩도 줍지만 그런 기사 어데 돈이 됩니꺼."

이렇게 덧붙였다.

잠시 안 보이던 건우가 어디서 다섯 홉짜리 정종을 한 병 들고 왔다. 이마에 땀이 번질번질한 걸 보면 필시 뛰어온 게 틀림없다. 아마 어머니가 시킨 일이라 싶었다.

나는 미안스런 생각으로 건우 어머니가 따라 주는 술잔을 받았다. 손이 유달리 작아 보였다. 유달리 작은 손이 상일에 거칠어 있는 양이 보기에 더욱 안타까울 정도였다.

기어이 저녁까지 대접하겠다고 부엌으로 가버린 뒤, 나는 건우를 앞에 두고 잔을 들면서 그녀의 칠칠한9) 인사 범절에 새삼 생각되는 바가 있었다.

나는 모든 것을 다시 보았다. 농삿집치고는 유난히 말끔한 마루청, 먼지를 뒤집어 쓰고 있지 않은 장독대, 울타리 너머로 보이는 길찬 장다리꽃들…… 그 어느 것 하나에도 그녀의 손이 안 간 곳이 없으리라 싶었다. 이러한 집 안팎 광경들을 통해서 나는 건우 어머니가 꽤 부지런하고 칠칠한 여성이란 것을

---

9) 칠칠한 : 막힐 모가 없이 깨끗한. 민첩한.

고대 짐작할 수가 있었다. 젊음이 한창인 열아홉부터 악지10) 세게 혼자서 살아왔다는 것과 어려운 가운데서도 외아들 건우를 나룻배를 태워가면서까지 먼 일류 중학에 보내고 있다는 사실, 그리고 농촌 아이라고는 믿어지지 않을 만큼 건우의 입성이 항상 깨끗했다는 사실들이, 어련히 안 그리리 싶어지기도 했다. 얼른 보아서는 어리무던한 여인 같기도 하지만 유난히 볼가진 듯한 이마라든가, 역시 건우처럼 짙은 눈썹 같은 데선 그녀의 심상치 않은 의지랄까, 정열 같은 것을 읽을 수가 있었다.

나는 술상을 물리고서 건우의 공부방 — 어머니의 방일 테지만 — 을 잠깐 들여다보았다. 사과 궤짝 같은 것에 종이를 발라 쓰는 책상 위에는 몇 권 안 되는 책들이 나란히 꽂혀 있었다. 그 가운데서 〈섬 얘기〉라고 잉크로써 굵직하게 등마루에 씌어진 두툼한 책 한 권이 특별히 눈에 띄었다.

"섬 얘기? 저건 무슨 책이지?"

나는 건우를 돌아보고 물었다.

"암 것도 아입니다."

"어디 가져와 봐!"

건우는 싫어도 무가내11)라 뽑아 오면서,

"일기랑 또 책 같은 거 읽고 적은 김더."

부끄러운 내색을 하였다.

"일기는 남의 비밀이니까 읽을 수가 없고, 어디 책 읽은 소감이나 뵈주게."

나는 책을 도로 돌렸다. 건우는 마지못해 여기저길 뒤적이다가 한 군데를 펴주었다. 또박또박 깨알같이 박아 쓴 글씨였다.

×××여사는 어머니처럼 혼자 사시는 분이라 그런지 그분의 글에는 한결 감동되는 바가 있었다.

〈내가 본 국도〉 속의 한 구절.

---

10) 악지 : 잘 안 될 일을 무리하게 해내려는 고집.
11) 무가내 : 어찌할 수가 없이 됨.

그래도 선거 때가 되면 소속 육지에서 똑딱선을 가지고 섬 백성을 모시러 오는 알뜰한 정당이 있어, 이들은 다만 그 배로 실려 가서 실상 자기네 실생활과는 무연한 정치를 위하여 지정해 주는 기호 밑에 도장을 찍어 주고 그 배에 실려 돌아온다는 것입니다. 현대 문명의 혜택이라곤 아직 받아 보지 못한 그들의 생활 속에서도 현대 문명인이 행사하는 선거란 상식이 깃들게 되고, 어느 정당이나 정치의 영향도 알뜰히 받아 보지 못한 그네들에게도 투표하는 임무만은 지워져야 하고, 조국의 사랑이라곤 받아 본 일이 없이 헐벗고 배우지 못한 그들의 아들들이 먼저 조국을 수호해야 할 책임을 지고, 훈련을 받고 총을 메고 군인이 되어 갔다는 것……

우리 아버지도 응당 이러한 군인 중의 한 사람이었으리라. 그래서 언제 어디서 쓰러졌는지도 모르고, 따라서 국군 묘지에도 묻히지 못하고, 우리에겐 연금도 없고…….

내 눈이 미처 젖기도 전에 건우는 부끄러운 듯이 그 노트를 내게서 뺏어 갔다.

"건우야!"

나는 노트 대신 건우 손을 꽉 쥐었다.

"이 땅이 이곳 사람들의 땅이 아니랬지? 멀쩡한 남의 농토까지 함께 매립 허가를 얻은 어떤 유력자의 것이라고 하잖았어? 그러나 두고 봐. 언젠가는 이 땅의 주인인 너희들의 것이 될 거야. 우선은 어떠한 괴로움이 있더라도 억울하더라도 희망을 잃지 말고 꾹 참고 살아가야 해!"

어조가 어떻게 아까 그 노트를 읽을 때와 같은 것을 깨닫고 나는 잠깐 말을 끊었다. 건우는 내처 묵연해 있었다.

"나라 땅, 남의 땅을 함부로 먹다니! 그건 땅을 먹는 게 아니라, 바로 '시한 폭탄'을 먹는 거나 다름없다. 제 생전이 아니면 자손대에 가서라도 터지고 말거든! 그리고 제아무리 떵떵거려 대도 어른들은 다 가는 거다. 죽고 마는 거야. 어디 땅을 떼 짊어지고 갈 수야 있나. 결국 다음 이 나라 주인인 너희들의 거란 말야. 알겠어?"

나는 말이 절로 격해지는 것을 깨달았다. 저녁상이 들어왔다.

부엌에서 바깥 동정을 죄다 엿들었는지 건우 어머니는 저녁상을 물리기가 바쁘게 손을 닦으며 청끝에 와 걸치더니,

"선생님 이야기는 우리 건우한테서 잘 듣고 있심더. 그리고 이 섬 저 웃바지에 사는 윤 샌도 선생님 말을 곧잘 하데요. 우리 건우가 존 담임 선생님 만났다면서……."

해가 막 떨어진 뒤라 그런지 그녀의 웃음이 적이 붉게 보였다.

"윤 샌이라뇨?"

윤 생원이라는 말인 줄은 알았지만 그가 누군지 미처 생각이 안 났다.

"성은 윤씨고, 이름은 머라 카더라……."

건우를 흘끗 돌아보며,

"수딕이 할배 이림이 머꼬?"

"춘삼이 아잉기요."

건우의 말이 떨어지자,

"내 정신 보래. 그래 춘삼 씨다."

그녀는 다시 나를 돌아보며,

"춘삼이란 어른인데 와 선생님을 잘 알데요. 부산에도 가끔 나갑니다. 쬐깐 포도밭도 가주구 있고요……."

"윤춘삼? ……네, 인제 알겠습니다."

비로소 생각이 났다.

"그분하고는 어데서도 같이 지냈담서요?"

건우 어머니는 세상은 넓고도 좁지요? 하는 듯한 눈매로 웃어 보였다.

"네."

아닌게아니라 나는 적이 놀랐다. 어디서든 나쁜 짓 하고는 못 배기리라는 생각이 문득 들기까지 했다. 그와 동시에 지난날 어떤 어두컴컴한 곳에서 그 윤춘삼이란 사람을 처음으로 만나던 일, 그리고 다시 소위 큰집이란 데서 한때 같이 고생을 하던 갖가지 일들이 마치 구름 피어 오르듯 기억에 떠올랐다.

육이오 때의 일이었다. 나는 어떤 혐의로 몇몇 사람의 당시 대학 교수들과 함께 육군 특무대란 데 갇혀 있었다. 거기서 윤 생원을 처음 만났다. 물론 그 땐 그가 이곳 사람인 줄도 몰랐다. 무슨 혐의로 들어왔느냐고 물어도 그는 얼른 대답을 하지 않았다. 곧 나갈 거라고만 했다. 곧 나갈 거라고 장담을 하던 사람이 얼마 뒤 역시 우리의 뒤를 따라 감옥으로 넘어왔다. 감옥에서는 그도 제법 사상범으로 통해 있었다. 누가 붙였는지 모르되, '송아지 빨갱이'라는 별명이 붙어 있었다. 그의 말에 의하면 이유는 간단했다. 한창 무슨 청년단 인가 하는 패들이 마구 설칠 땐데, 남에게 배내12)를 주었던 그의 송아지를 그들이 잡아먹은 게 분해서, 배내 먹이던 사람더러 송아지를 물어내라고 화풀이를 한 것이 동기의 하나였다고 한다. 그 바보 같은 사람이 뒤퉁스럽게 그 청년단을 찾아가서 그런 고자질을 한 것이 꼬투리가 되어, 이 새끼 맛 좀 볼 테야? 하는 식으로 잡혀 왔다는 이야기였다. 그 밖에 또 하나 주목받을 이유가 될 만한 것은, 자기 고향인 조마이섬에 문둥이 떼가 이주해 왔을 때 (물론 정부의 방침이었지만) 그들을 몰아내기 위해 싸우다가 결국 경찰 신세를 졌던 일이라 했다. 그러면서도 그 자신 무슨 영문인지를 확실히 모르고서 옥살이를 했다. 다만 '송아지 빨갱이'라는 별명으로서.

어쩌다가 세수터에서라도 마주칠 때, '송아지 빨갱이!' 할라치면, 텁수룩한 머리를 끄떽대며 사람 좋게 웃던 윤춘삼 씨의 그때 얼굴이 눈에 선해 왔다.

"좋은 사람이었지요."

"그라문니요! 지금도 우리 집에 가끔 옵니더."

건우 어머니도 맞장구를 쳤다.

이야기꾼들이 곧잘 쓰는 '우연성'이란 것을 아주 싫어하는 나지만, 그날 저녁 일만은 사실대로 적지 않을 수가 없다.

어둡기 전에 건우의 집을 나서서 하단 쪽 나루터로 되돌아오던 길목에서 뜻밖에 이제 애기하던 바로 그 윤춘삼이란 사람과 마주치게 되었으니 말이다.

---

12) 배내 : 남의 가축을 길러 다 자라거나 또는 새끼를 밴 뒤에 임자(주인)와 나누어 가짐.

"야아, 이거 ×선생 아니오! 이런 섬에 우짠 일로?"

송아지 빨갱이, 아니 윤춘삼 씨는 덥석 내 손을 잡으며 반가워했다.

"아이들 가정 방문을 왔다가는 길이죠. 참 오랜만이군요?"

"가정 방문?"

그는 수인사는 제쳐놓고,

"그럼 건우 집에도 들렀겠네요?"

"네, 이 섬에는 건우 한 애뿐입니다. 내가 맡아 있는 애로서는……."

"마침 잘됐다. 허허 참 세상에는 이런 수도 다 있다카이! 인자 막 선생 이바구를 하고 오던 참인데……."

윤춘삼 씨는 뒤에 따라오던 웬 성큼한 털보영감을 돌아보며,

"자, 인사 드리시오. 당신 손자 '거무'란 놈 선생이오."

하며 내처 허허하고 웃어댔다. 벌써 약간 주기가 있어 보였다. 두 사람이 인사를 채 나누기 전에 윤춘삼 씨는,

"허허, 노상에서 이럴 수가 있나. 나도 여러 해 만이고……."

하며 털보 영감더러 하단으로 되돌아가자는 것이었다. 아니 바로 떠밀 듯했다.

"암, 그래야지. 나도 언제 한분 꼭 찾아볼라 캤는데, 바래다 드릴 겸 마침 잘됐구만."

멀쩡한 날에 고무장화를 신은 품이 누가 보나 뱃사람이 완연한 건우 할아버지도 약간 약주가 된데다 역시 같은 떼거리였다.

윤춘삼 씨는 만나자 덥석 잡았던 내 손을 내처 아플 정도로 쥔 채 놓지 않았고, 건우 할아버지도 나란히 서게 되어 셋은 가뜩이나 좁은 들길을 좁으라 걸어댔다. 땅거미를 받아선지 건우 할아버지의 갯바람에 그을린 얼굴이 거의 검둥이에 가까울 정도로 검어 보였다.

"갈밭새 영감, 오늘 참 재수 좋네. 내가 술 샀지, 또 이런 훌륭한 선생님을 만났지……. 그러나 이분에는 영감이 사야 돼요."

윤춘삼 씨의 말이 떨어지기가 바쁘게,

"암, 내가 사야지. 이분에는 정종이다. 고놈의 따끈한!"

아마 '갈밭새'가 별명인 듯한 건우 할아버지는, 그 억세고 구부정한 어깨를 건들거리며 숫제 신을 내듯 했다.

하단 나룻가의 술집은 모두가 그들의 단골인 모양이었다.

"어이 또 왔쉐이!"

건우 할아버지가 구부정한 어깨를 먼저 어느 목로집으로 들이밀었다. 다시 술자리가 벌어졌다. 술자리랬자 술상 대신 쓰이는 네 발 달린 널빤지를 사이에 두고 역시 네 발 달린 널빤지 걸상에 마주 앉은 것이었지만.

"술은 정종! 따끈한 놈으로. 응이, 알겠소? 우리 거무 선생님이란 말이어!"

갈밭새 영감은 자기와 비슷하게 예순 고개를 넘어 보이는 주인 할머니더러 일렀다.

그가 소원인 듯 말하던 '따끈한 정종'은 그와 윤춘삼 씨보다 나를 먼저 취하게 했다. 그러나 좀처럼 놓아 줄 눈치들이 아니었다.

"한 잔만 더……."

이번에는 건우 할아버지의 커다란 손이 연신 내 손을 덮쌌다.

"비록 개깃배를 타고 있지만 나도 과히 나쁜 놈은 아임데이. 내 선생 이바구 다 듣고 있소. 이 송아지 뺄갱이(섬에까지 그런 별명이 퍼졌던 모양이다) 한테도 여러 분 들었고 우리 손자놈한테도 듣고 있소. 정말 정말 훌륭한 선생님이라고. 그까진 ××의원이 다 먼교? 돈만 있음 ×라도 다 되는 기고, 되문 나라땅이나 훑이고 팔아묵고 그런 놈이 안 많던기요? 얘? 내 말이 어데 틀렸십니꺼?"

갈밭새 영감은 말이 차츰 엇나가기 시작했다. 자기로선 취중 진담일지 모르나 듣기만 해도 섬뜩한 소리를 함부로 뇌까렸다. 그런 애길랑 그만두고 술이나 들라 해도 갈밭새 영감은 물론 이번엔 윤춘삼 씨까지 되레 가세를 하고 나섰다.

"촌사람이라꼬 바본 줄 알지 마소. 여간 답답해서 그런 소릴 하겠소?"

전깃불이 들어왔다. 불빛에 비친 갈밭새 영감의 얼굴은 한층 더 인상적이

었다. 우악스럽게 앞으로 굽어진 두 어깨 가운데 짤막한 목줄기로 박혀 있는
듯한 텁석부리 얼굴! 얼굴 전체는 키를 닮아 길쭉했으나, 무엇에 짓눌려 억지
로 우그러뜨려진 듯이 납작해진 이마에는, 껍데기가 안으로 밀려들기나 한 듯
한 깊은 주름이 두어 줄 뚜렷하게 그어져 있었다. 게다가 구레나룻에 둘러싸
인 얼굴 전면이 검붉은 구릿빛이 아닌가! 통틀어 원시인이라도 연상케 하는
조금 무서운 면상이었다.

"와 빤히 보능기요? 내 안주(아직) 술 안 취했심데이. 염려 마이소."

갈밭새 영감은 기름이 절은 수건을 꺼내더니 이마를 한번 훔치고서,

"인자 딴말은 안 하지요. 언제 또 만낼지 모르이칸에 이왕 만낸 짐에 저
송아지 빨갱이나 이 갈밭새가 사는 조마이섬 이바구나 좀 하지요."

그리곤 정신을 가다듬기나 하듯이 앞에 놓인 술잔을 훌쩍 비웠다.

건우 할아버지와 윤춘삼 씨가 들려준 조마이섬 이야기는 언젠가 건우가 써
냈던 〈섬 애기〉에 몇 가지 기막히는 일화가 붙은 것이었다.

"우리 조마이섬 사람들은 지 땅이 없는 사람들이오. 와 처음부터 없기싸
없었겠소마는 죄다 뺏기고 말았지요. 옛적부터 이 고장 사람들이 젖줄같이
믿어 오는 낙동강 물이 맨들어 준 우리 조마이섬은……."

건우 할아버지는 처음부터 개탄조로 나왔다. 선조로부터 물려받은 땅, 자
기들 것이라고 믿어 오던 땅이, 자기들이 겨우 철들락말락할 무렵에 별안간
왜놈이 동척 명의로 둔갑을 했더란 것이었다.

"이완용이란 놈이 '을사보호조약'이란 걸 맨들어낸 뒤라카더만!"

윤춘삼 씨의 퉁방울 같은 눈에도 증오의 빛이 이글거리기 시작했다.

1905년. 을사년 겨울 일본 군대의 포위 속에서 강제로 맺어진 '을사보호조
약'이란 매국 조약을 계기로, 소위 '조선토지사업'이란 것이 전국적으로 실시
되던 일, 그리고 이태 후인 정미년에 가서는 '한국 정부는 시정 개선에 관하여
통감의 지도를 수할 사'란 치욕적인 조문으로 시작된 '한일 신협약'에 따라 더

욱 그 사업을 강행하고, 역둔토의 대부분과 삼림 원야들을 모조리 국유로 편
입시키는 등 교묘한 구실과 방법으로써 농민들로부터 빼앗은 뒤, 다시 불하하
는 형식으로 동척과 일인 수중에 옮겨 놓던 그 해괴망측한 처사들이 문득 내
머릿속에도 떠올랐다.

"쥑일 놈들!"

건우 할아버지는 그렇게 해서 다시 국회의원, 다음은 하천 부지의 매립 허
가를 얻은 유력자……이런 식으로 소유자가 둔갑되어 간 사연들을 죽 들먹거
리더니,

"이꼴이 되고 보니 선조 때부터 둑을 맨들고 물과 싸워 가며 살아온 우리들
은 대관절 우찌 되능기요?"

그의 꺽꺽한 목소리에는, 건우가 지각을 하고 꾸중을 듣던 날 "나룻배 통학
생임더." 하던 때의 그 무엇인가를 저주하듯 한 감정이 꿈틀거리고 있는 것 같
았다. 얼마나 그들의 땅에 대한 원한이 컸던가를 가히 짐작할 수가 있었다.

"섬사람들도 한번 뻗대 보시지요?"

이렇게 슬쩍 건드려 봤더니 윤춘삼 씨가 얼른 그 말을 받았다.

"선생님은 그런 걸 잘 알면서 그러네요. 우리 겉은 기 멀 알며 무슨 힘이
있십니꺼. 하도 하는 짓들이 심해서 한분 해보기는 해봤지요. 그 문딩이 떼
를 싣고 왔을 때 말임더……."

윤춘삼 씨는 그때의 화가 아직도 사라지지 않는 듯이 남은 술을 꿀꺽 들이
켰다.

"쥑일 놈들!"

마치 그들의 입버릇인 듯 되어 있는 이 말을 안주처럼 씹으며 윤춘삼 씨는
문둥이들과 싸운 얘기를 꺼냈다.

큰 도둑질은 언제나 정치하는 놈들이 도맡아 놓고 한다는 게 서두였다. 그
러면서도 겉으로는 동포애니 우리들의 현실정이 어떠니를 앞세우겠다! 그때
만 해도 불쌍한 문둥이들에게 살 곳과 일거리를 마련해 준다면서 관청에서 뜻
밖에 웬 문둥이들을 몇 배 해 싣고 그 조마이섬을 찾아왔더란 거다. 그야말로

섬사람들에게는 아닌 밤중에 홍두깨 내미는 격으로……옳아, 이건 어느 놈의
엉큼순지는 몰라도 필연 이 섬을 송두리째 집어삼킬 꿍심으로 우릴 몰아내기
위해서 한때 문둥이를 이용하는 거라고……. 누군가의 입에서부터 이런 말이
퍼지기 시작하고, 그 섬사람들뿐 아니라 이웃 섬사람까지 한둥치가 되어 그
문둥이 떼를 당장 내쫓기로 했더란 거다.

상대방은 자다가 호박을 주운 격인 병신들인데 오자마자 그 꼴을 당하고
보니 어리둥절은 하였지만, 그렇다고 호락호락 떠나갈 배짱들이 아니었다.
결국 나가라니, 못 나가겠느니 싸움이 벌어졌다.

"그때 바로 이 갈밭새 부자가 앞장을 안 섰능기요. 어데, 그때 문딩이한테
물린 자국 한분 봅시더……."

윤춘삼 씨는 하던 말을 별안간 멈추고, 건우 할아버지 쪽을 쳐다보았다. 그
리고는 골동품 같은 마도로스 파이프를 뻑뻑 빨고만 있는 건우 할아버지의 왼
쪽 팔을 억지로 걷어 올렸다. 나이에 관계 없이 아직도 우악스러워 보이는 어
깻죽지 바로 밑에 커다란 흉터가 하나 남아 있었다.

"한 놈이 영감 여길 어설피 물고 늘어지다가 그만 터졌거든!"

윤춘삼 씨는 자랑삼아 이야기를 이었다.

그렇게 악을 쓰는 문둥이들에 대해서 몽둥이, 괭이, 쇠스랑 할 것 없이 마
구 들이대고 싸웠노라고. 그래서 이쪽에도 물론 부상자가 났지만 괜히 문둥
이들이 많이 상하고, 덕택에 자기와 건우 할아버지를 비롯해서 많은 섬사람들
이 그야말로 문둥이 떼처럼 줄줄이 경찰에 붙들려 가고……. 그러나 뒷일은
더 켕겼던지 관청에서는 그 '기막힌 동포애'를 포기하고 문둥이들을 도로 싣
고 갔다는 얘기였다.

"그 바람에 저 사람은 육이오 때 감옥살일 또 안 했능기요. 머 예비 검거라
카드나……."

건우 할아버지가 이렇게 한마디 끼니,

"그거는 송아지 때문이라 캐도."

"누명을 써도 문딩이 뻘갱이는 되기 싫은 모양이제? 송아지 뻘갱이는 좋

고⋯⋯."

건우 할아버지의 이런 농에는 탓하지 않고서,

"그런 짓들 하다가 결국 그것들이 안 망했나."

윤춘삼 씨는 지금도 고소한 듯이 웃었다.

"다른 패들이 나와도 머 벨 수 있더나?"

건우 할아버지는 내처 같은 표정을 하였다.

"그놈이 그놈이란 말이지? 입으로만 머니머니 해댔지, 밭 맨드라 카니 제우(겨우) 맨들어 논 강둑이나 파헤치고, 난리 막는다 카면서 또 섬이나 둘러마실라카이⋯⋯."

윤춘삼 씨는 그리 밝은 표정은 아니었다.

"X선생님!"

건우 할아버지가 별안간 그 그로데스크한 얼굴을 내게로 돌렸다.

"우리 거무란 놈 말을 들으니 선생님은 글을 잘 쓴다카데요? 우리 섬에 대한 글 한분 써보이소. 멋지기! 재밌실낌데이, 지발 그 썩어빠진 글을랑 말고⋯⋯."

"썩어빠진 글이라뇨?"

가끔 잡문 나부랭이를 써오던 나는 지레 찌릿해졌다.

"와 그 신문 같은 데도 그런 기 수타(많이) 난다카데요. 남은 보릿고개를 못 냉기서 솔가지에 모가지를 매다는 판인데, 낙동강 물이 파아란히 푸르니 어쩌니⋯⋯ 하는 것들 말임더."

갈밭새 영감이 이렇게 열을 내기 시작하자, 곁에 있던 윤춘삼 씨가,

"허허허, 우리 선생님이 오늘 잘못 걸렸네요. 이 영감이 보통이 아임데이. 그래도 선배의 씨라꼬⋯⋯."

핀잔 비슷이 말했지만 건우 할아버지는 벌인 춤이 되어 버렸다.

"하기싸 시인들이니칸에 훌륭하겠지요. 머리도 좋고⋯⋯ 선생도 시인 아닙니꺼. 그런데 와 우리 농사꾼이나 뱃놈들의 이바구는 통 안 씨능기요? 추접다꼬? 글 베린다꼬 그라능기요?"

입이 말을 한다기보다 차라리 수염이 떨어 낸다고 느껴질 정도로 건우 할아버지는 열을 냈다.

"그만하고. 영감이 머 글이나 이르능기요. 밤낮 한다는 기 '곡구롱 우는 소리'지. 어데 그기나 한분 해보소."

윤춘삼 씨가 또 참견을 했다.

"곡구롱 우는 소리라뇨?"

나도 윤씨의 그 말에 귀가 쏠렸다. 어떤 고시조가 문득 생각났기 때문이다.

"어데, 해보소. 모초롬 선생님도 모신 자리니."

하는 윤춘삼 씨의 말에, 그는 괜한 소리를 했구나 하는 표정을 지으며 그 꺽꺽한 목청에 느린 가락을 넣기 시작했다.

곡구롱 우는 소리에 낮잠 깨어 니러 보니
작은아들 글 이르고 며늘아기 베 짜는데 어린 손자는 꽃놀이한다.
마초아 지어미 술 거르며 맛보라 하더라

건우 할아버지는 갑자기 침착해진 채 눈을 노 지그시 감고 불렀다. 땀이 번지르르한 관자놀이 쯤에 가뜩이나 굵은 맥이 한 줄 불쑥 드러나 보이기까지 하였다. 가락은 육자배기에 가까웠으나 내용은 역시 내가 생각했던 오(吳) 아무개의 고시조였다.

"이 노래 하나만은 정말 떨어지게 잘한다카이!"

윤춘삼 씨는 나 못지않게 감탄을 하면서 그가 노래를 즐겨 부르는 사연을 대강 이렇게 말했다. — 그러니까 그의 증조부 되는 분이 옛날 서울에서 무슨 벼슬깨나 하다가 그놈의 당파 싸움에 휘말려서 억울하게 그곳 조마이섬으로 귀양인지 피신인지를 해와 살았는데, 그분이 살아 계실 때 즐겨 읊던 시조란 것이었다.

사연을 듣고 보니 새삼 생각되는 바가 있었다. 그 노래를 부를 때의 갈밭새 영감의 표정에 은근히 누군가를 사모하는 듯한 빛이 엿보였을 뿐 아니라,

그 껄껄한 목청에도 무엇인가를 원망하는 듯, 혹은 하소하는 듯한 가락이 확실이 떨리고 있었기 때문이다. 착각이 아니리라! 동시에 나는 아까 본 건우 군의 집 사립 밖에 해묵은 수양버들 몇 그루가 서 있던 광경이 새삼 기억에 떠오르고, 건우 어머니의 수인사 태도나 집안을 다스리는 범절이 어딘지 모르게 체통이 있는 선비 가문의 후예같이 짚어졌다.

"아드님은 육이오 때 잃으셨다지요?"

내가 술을 한 잔 더 권하며 위로 삼아 물으니까,

"야. ……큰놈은 그래서 빼도 못 찾기 되고 작은놈은 머 '사모아 섬'이라 커던기요, 그곳 바닷속에 너어(넣어) 버렸지요."

"사모아 섬?"

나는 그의 기구한 운명을 생각했다.

"야, 삼치잡이 배를 탔거던요……."

이러고 한숨을 쉬는 건우 할아버지의 뒤를 곁에 있던 윤춘삼 씨가 또 받아이었다.

"와 언젠가 신문에도 짜다라(많이) 안 났던기요. 허리케인인가 먼가 하는 폭풍을 만내 시운찮은 우리 삼칫배들이 마구 결딴이 난 일 말임더."

나도 건우 할아버지도 더 말이 없는데, 윤춘삼 씨가 혼자 화를 내듯,

"낙동강 잉어가 띠13) 정지(부엌) 바닥에 있던 부지깽이도 띤다 카듯이 배도 남 씨다가 베린 걸 사가주고 제북(제법) 원양 어업인가 먼가 숭(흉)내를 낼라카다가 배만 카이는 사람들까지 떼죽음을 안 시켰능기요. 거이다가(게다가) 머 시체도 몬 찾았거이와 회사가 워낙 시언찮아노오니 위자료란 기나 어데 지대로 나왔능기요. 택도 앙이지 택도 앙이라!"

"없는 놈이 할 수 있나, 그저 이래 죽고 저래 죽는 기지 머!"

갈밭새 영감은 이렇게 내뱉듯이 해 던지고선, 아까부터 손 안에서 만지작거리고 있던 두 알의 가래 열매를 별안간 세차게 달가닥대기 시작했다. 마치 그렇게라도 함으로써 세상의 모든 근심 걱정을 잊어버리기나 하려는 듯이. 어

---

13) 띠 : 뛰니까

찌 들으면 남의 신경을 곤두세우게 하는 그 딱딱한 소리가, 실은 어떤 깊은 분
노의 분출을 억제하는 그의 마음의 울부짖음 같기도 했다.

그러나 나는 이내 따그르르 따그르르르 하는 그 소리가, 바로 나룻가 갈밭
에서 요란스럽게 들려 오는 진짜 갈밭새들의 약간 처량스런 울음소리와 흡
사하다 느꼈다. 한편 또 조마이섬의 갈밭 속에서 나고 늙어 간다는 데서 지
어졌으리라 믿어 왔던 갈밭새란 별명이, 어쩜 그가 즐겨 굴리는 그 가래소리
가 갈밭새의 울음소리와 비슷한 데 연유되지는[14] 않았을까 하는 생각이 들
기도 했다.

세 사람은 한참 동안 말이 없었다. 갓 나온 듯한 흰 부나비 두 마리가 갈팡
질팡 희미한 전등에 부딪칠 뿐이었다. 파닥거리는 소리도 없이.

그러고 두어 달이 지났다.

낙동강 물이 몇 차례 불었다 줄었다 하는 동안에 그해 여름도 어느덧 막바
지에 접어들었다. 갈대도 이제 길길이 자라서 가뜩이나 섬사람들의 눈에도
잘 띄지 않는다는 갈밭새들이, 더욱 깃들이기 좋을 만큼 우거진 무렵이었다.
아침 저녁 그 속에서 갈밭새들이 한결 신나게 따그르르 따그르르 지저귀어 대
면 머잖아 갈목도 빠져 나온다 한다. 물론 학교도 방학이 끝날 무렵이다.

건우는 그동안 그 지긋지긋한 지각 걱정을 안 해도 좋았다. 한나절이면 그
야말로 물거미처럼 물 위를 동동 떠다녀도 무방했다.

아닌게아니라 한여름 동안 얼마나 물과 볕에 그을었는지, 마지막 소집날에
나타난 건우의 얼굴은, 사시 장춘 바다에서 산다는 즈 할아버지 못잖게 검둥
이가 되어 있었다.

"어지간히 그을렀구나. 할아버지와 어머니도 잘 계시니?"

늦게까지 어름거리는 그를 보고 일부러 물어 봤더니,

"예, 수박 자시러 오시러 캅디더."

어머니의 전갈일 테지, 딴소리까지 했다. 까막딱지가 묻힐 정도로 새까매
진 얼굴이라 이빨이 유난히 희게 빛났다.

---

14) 연유되지는 : 유래가 되지는. 비롯되지는.

"집에서 수박을 심었던가?"

"예, 언제쯤 오실랍니꺼?"

숫제 다그쳐 묻는 것이었다.

"글쎄 언제 한번 가지."

"꼭 모시고 오라 카던데요?"

"그래, 오늘은 안 되고. 여가 봐서 한번 갈 테니까."

나는 그의 좁다란 어깨를 툭 쳐주며 돌려 보냈다. 처서가 낼 모레니까 수박도 한물 갈 때리라. 이왕이면 처서께쯤 한번 가볼까 싶었다.

그런데 공교히도 그 처서날에 비가 내리기 시작했다. 처서에 비가 오면 독 안의 곡식도 준다는 하필 그날에 추적추적 비가 내리기 시작했으니, 내가 건우네 집으로 가고 안 가고가 문제가 아니라, 그러한 경험과 속담 속에 살아온 농촌 사람들의 찌푸려질 얼굴들이 먼저 눈에 떠올랐다.

게다가 이건 이른바 칠팔월 긴 장마가 아니라 하루 이틀, 그러다가 사흘째부터는 바로 억수로 변해 가더니 마침내 광풍까지 겹쳐서 온통 폭풍우로 바뀌고 말았다. 육십년래 처음이니 뭐니 하고 떠드는 라디오나 신문들의 신나는 듯한 표현들은 나중에 있은 얘기고, 아무튼 그날 새벽에는 하늘이 내려앉고 땅이 뒤흔들리기나 하듯이 우레 번개가 잦고 비바람이 사나웠다.

이렇게 되면 속담 말로 '칠월 더부살이 주인 마누라 속곳 걱정' 정도의 장마 경황이 아니다. 더부살이도 우선 제 살 구멍 찾기가 급하다. 반면 제 한 몸이나 제 집구석에 별탈만 없으면 남의 불행쯤은 오히려 구경 삼아 보아 넘기는 게 도회지 사람들의 버릇이다.

한창 천지가 진동하던 몇 시간 동안 옴짝달싹도 않던 사람들이, 비가 좀 뜨음하니까 사립 밖으로 꾸역꾸역 기어 나오기가 바빴다. 늙은이나 어린애들은 하불실[15] 가까운 개울가쯤 나가면 족하지만, 어른들은 그 정도로써는 한에 차질 않는다.

"낙동강이 넘는다지?"

---

15) 하불실 : '다문, 어느 정도'의 뜻.

"구포 다리가 우투룹단다16)!"

가납사니 같은 도시 사람들은 제멋대로 그럴싸한 소문을 퍼뜨리며, 소위 물 구경에 미쳐서 낙동강이 내려다보이는 언덕으로 산으로 올라들 갔다.

내가 집을 나선 것은 반드시 그런 호기심에서만이 아니었다. 다행히 하단 방면으로 가는 버스가 통한다기 얼른 그것을 집어 탔다. 군데군데 시뻘건 벌 물이 개울을 이루고 있는 길을 차는 철버덕 철버덕 기어 가듯 했다. 대티고개 서부터 내 눈은 벌써 김해 들을 더듬었다.

저런……!

건우네 집이 있는 조마이섬 일대는 어느덧 벌건 홍수에 잠겨 가고 있지 않 은가! 수박이 문제가 아니다. 다시 흩날리기 시작하는 차창 밖의 빗속을 뚫 고서, 내 시선은 잘 보이지도 않는 조마이섬 쪽으로 얼어붙었다. 동시에 "나 룻배 통학생임더!" 하던 건우 군의 가냘픈 목소리가 갑자기 귀에 쟁쟁 되살아 나는 것 같았다.

고개 너머서부터 차는 더욱 끼우뚱거렸다. 논두렁을 밀고 넘어오는 물살이 숫제 쏴 하는 소리까지 내면서 길을 사뭇 덮었다. 때로는 길과 논밭이 얼른 분간이 안 되어, 가로수를 어림해서 달리기도 했다. 그럴 때마다 차 안의 손 님들은 한층 더 떠들어댔다. 대부분이 무슨 사연들이 있어서 가는 사람들이 었지만, 그러한 사연들보다 우선 눈앞의 사정에 더욱 정신을 파는 것 같았다.

하단 나루께는 이미 발목을 넘었다. '사라호'에 데인 경험이 있는 그곳 주 민들은 잽싸게 이불이랑 세간 도구들을 산으로 말끔 옮겨 놓았고, 부랴부랴 끌어올린 목선들이 여기저기 나둥그려져 있는 길 위에는, 볼멘 소리를 내지르 는 아낙네와 넋 잃은 듯한 사내들이 경황없이 서성거릴 뿐이었다. 물론 나룻 배가 있을 리가 없었다. 예측 안 한 바는 아니지만, 행여나 싶었던 마음에도 실망은 컸다.

배 없는 나루터를 비롯해서 가까운 강가에는, 경비를 나온 듯한 소방대원 같은 복장의 사람들과 순경 한 사람이 버티고 있었다. 아무리 가까이 오지 마

---

16) 우투룹단다 : 위태룹단다.

라, 혹은 가지 마라 외대도[17] 사람들은 들은체 만체였다. 물이 점점 더 붇고 있는 모양이었다. 나는 닭 쫓던 개 지붕 쳐다보듯이 밀려오는 강물만 맥없이 바라보았다. 어느 산이라도 뒤덮었는지 황토로 물든 물굽이가 강이 차게 밀려 내렸다. 웬만한 모래톱이고 갈밭이고 남겨두지 않았다. 닥치는 대로 뭉개고 삼킬 따름이었다. 그리고도 모자라는 듯 우르르하는 강울림 소리는 더욱 무엇을 노리는 것같이 으르렁댔다.

둑이 넘을 정도로 그악스럽게 밀려 내리는 것은 벌건 물굽이만이 아니었다. 얼마나 많은 들녘들을 휩쓸었는지, 보릿대랑 두엄더미들이 무더기 무더기로 흘러내리는가 하면, 수박이랑 외, 호박 따위까지 끼리끼리 줄을 지어 떠내려 왔다. 이상스런 것은 그러한 것들이 마치 서로 약속이라도 한 듯이 모두 강 한가운데로만 줄을 지어 지나가는 것이었다.

"쳇, 용케도 피해 간다!"

저만큼 떨어진 데서 장대 끝에 접낫[18]을 해 단 억척보두[19]들이 둥글둥글 수박의 행렬을 향해 군침들을 삼켰다.

"그까진 수박은 건져서 머 할라꼬? 하불실 돼지 새끼라도 아담아 내야지?"

이런 농지거리도 들렸다. 역시 접낫을 해 든 주제에, 이들은 그저 물구경을 나온 것이 아니라, 그런 가운데에서도 엄연히 생활을 계산하고 있는 것이었다.

나는 그들의 대담한 태도와 농담에 잠깐 정신을 팔다가 다시 조마이섬이 있는 쪽으로 눈을 돌렸다. 부슬비가 계속 광풍에 흩날리고 있었다. 언뜻 홍적기(洪積期)를 연상케 하는 몽롱한 안개비 속이라 어디가 어딘지 분별할 도리가 없었다.

'건우네 집은 벌써 홍수에 잠기지나 않았을까?'

불안한, 그리고 불길한 예감이 자꾸 들기 시작했다.

"물이 이 정도로 불어나면 건너편 조마이섬께는 어찌되지요?"

---

17) 외대도 : 외쳐 대어도 외어 대어도 아무리 말해도.
18) 접낫 : 자그마한 낫.
19) 억척보두 : 속마음이 완악하고 굳은 사람을 가리키는 말.

생면 부지한 접낫패들에게 불쑥 묻기까지 하였다.

"조마이섬?"

돼지 새끼를 안아 내겠다던 키다리가 나를 흘끗 쳐다보더니,

"맹지면에서는 땅이 조끔 높은 편이라 카지만, 물이 이래 불으면 마찬가지지요. 만약 어제 그런 소동이 안 일어났이문 밤새 무슨 탈이 났을지도 모를끼요."

"어제 무슨 일이라도 있었던가요?"

나는 신경이 별안간 딴 곳으로 쏠렸다.

"있다뿐이라요! 문딩이 쫓아낼 때보다는 덜했지만, 매립(埋立)인강 먼강 한답시고 밀가리만 잔뜩 띠이 처먹고 그저 눈가림으로 해놓은 둘(둑)을 섬사람들이 우 대들어 막 파헤쳐 버리고, 본대로로 물길을 티 왔다 카드만요. 그란했이문(그리 안 했으면)……."

키다리는 혼자서 신을 내가며 떠들었다.

"쓸데없는 소리 말게. 괜히 혼날라꼬."

곁에 있던 약삭빠른 얼굴의 사내가 이렇게 불쑥 쏘아붙이듯 하더니, 마침 저만큼 떠내려오는 널빤지를 향해 잽싸게 접낫을 던졌다. 그러나 걸리진 않았다. 그렇게 허탕을 친 게 마치 이쪽의 잘못이나 되는 듯,

"조마이섬에 누가 있소?"

내뱉듯한 소리가 짐짓 퉁명스러웠다.

"건우란 학생이 있어서……."

나는 일부러 학생의 이름까지 대보았다.

약삭빠른 눈초리가 다시 물굽이만 쏘아보고 말이 없으니까 또 그 키다리가,

"그 아아 아배가 누군교?"

하고 나를 새삼 쳐다보았다.

"아버진 없고, 즈 할아버지 별명이 갈밭새 영감이라더군요."

나는 건우 할아버지의 이름이 얼른 생각나지 않았다.

"아, 그렁기요. 좋은 노인임더."

키다리는 접낫대를 세워 들더니,

"조마이섬의 인물 아잉기요. 어지(어제) 아침 이곳을 지내갔는데, 그때 대강 알아봤거든. ……가고 난 뒤 얼마 안 돼서 그 일이 났단 말이여."

말머리가 어느덧 자기들끼리로 돌아갔다. 나는 굳이 파고 묻지 않았다.

그때 마침 판잣집 용마루 비슷한 길다란 나무가 잠겼다 떴다 하며 떠내려가자, 조금 떨어진 신신바위 짬에서 별안간 쬐깐 쪽배 하나가 쏜살같이 나타나더니, 기어코 그놈에게 달라붙어서 한참 파도와 싸우며 흐르다가 마침내 저 아래 쪽 기슭에 용케 밀어다 붙였다. 박수를 치기까지는 모두 숨을 죽이고 바라보기만 했다. 용감하다기보다 차라리 처참한 광경이었다. 나는 거기서 누구에게도 보장을 받아 오지 못한 절박한 생활을 읽었다. 한 표의 값어치로서가 아니라 다만 살기 위해서 스스로 죽을 모험을 무릅쓰는 그러한 행위는, 부질없이 그것을 경계하거나 방해하는 힘을 물리침으로써만 오히려 목숨 그 자체를 이어 갈 수 있다는 산 증거 같기도 했다.

갈밭새 영감이나 송아지 빨갱이도 그냥 있지 않았으리라!

나는 조마이섬의 일이 불현듯 더 궁금해져서 이내 구포 가는 버스를 잡아탔다. 다리만 건너면 조마이섬 가까이까지 갈 수 있으리라 믿었다.

포구 다릿목에서 차를 내렸으나 물은 이미 위험 수위를 훨씬 돌파해서 다리는 통금이 돼 있었다. 비상 경계의 붉은 깃발이 찢어질 듯 폭풍에 펄럭이고 다릿목을 건너지른 인줄 곁에는 한국인 순경과 미군이 버티고 있었다. 무거워 보이는 고무 비옷에 철모를 푹 눌러 쓰고 방망이를 해 든 폼이 여간 엄중해 뵈지 않았다.

그런데도 무슨 핑계를 꾸며 대고 용케 건너가는 사람들이 있었다. 더러는 다리 위에서 유유히 물구경을 하는 사람들도 나도 간신히 그들 틈에 끼였다. 우르르르 하는 강울림은 다리 위에서 듣기가 한결 우람스러웠다.

통행금지의 팻말이 서 있어도 수해 시찰을 나온 듯한 새까만 관용차만은 사뭇 물을 튀기며 지나갔다. 바람이 휘몰아칠 때는 거기에 날리기나 하듯이 더욱 빨리 지나갔다. 요컨대 일종의 모험이기도 했으리라. 안에 타고 있는 얼굴들은 알 길이 없었지만 어련히 심각한 표정들을 했으랴 싶었다.

내려다봄으로 해서 한결 사나운 물굽이가 숫제 강을 주름잡듯 둘둘 말려 오다간, 거의 같은 지점에서 콰아 하고 부서졌다. 그럴 때마다 구슬, 아니 퉁방울 같은 물거품이 강 위를 휘덮고, 때로는 바람결을 따라서 다리 위까지 사뭇 퉁겼다. 그러한 강 한가운데를 잇달아 줄을 지어 떠내려 오는 수박이 랑 두엄더미들이, 하단서 볼 때보다 훨씬 많았다. 말하자면 일종의 장관에 가까웠다.

"아까 그 송아지는 정말 아깝던데……."

이런 뚱딴지같은 소리도 퍼뜩 귓가를 스쳐갔다.

조마이섬이 있는 먼 명지면 쪽은 완전히 물바다로 보였다. 구름을 이고 한가하던 원두막들은 다시 찾아볼 길이 없고, 길찬 포플러 나무들도 겨우 대공 이만은 남은 듯 바람에 누웠다 일어났다 했다.

지루하게 긴 다리를 지루하게 건너 물구경 나온 인파를 헤치고 강둑길을 얼마 못 갔을 때였다. 뜻밖에 거기서 윤춘삼 씨와 마주쳤다. 헐레벌떡 빗속 을 뛰어오던 송아지 빨갱이, 아니 윤춘삼 씨는 머리끝에서 발끝까지 온통 물 에서 막 건져 올린 사람처럼 젖어 있었다. 하긴 내 꼴도 그랬을 테지만,

"우짠 일인기요?"

하고 덥석 내 손을 검잡는 윤춘삼 씨는, 그저 반갑다기보다 숫제 고마워하는 기색까지 보였다.

"조마이섬은 어찌됐소?"

수인사란 게 이랬더니,

"말 마이소. 자, 저리 가서 이야기나 합시더……."

그는 나를 도로 다릿목 쪽으로 끌었다.

"아니, 섬 쪽으로 가보려 했는데요?"

"가야 아무것도 없소. 모두 피난소로 옮기고, 남은 건 물바다뿐임더. 우짤 라꼬 이놈의 하늘까지……!"

별안간 또 한 줄기 쏟아지는 비도 피할 겸 윤춘삼 씨는 나를 다릿목 어떤

가겟집으로 안내했다. 언젠가 하단서 같이 들렀던 집과 거의 비슷한 차림의
주막집이었다.

둘 사이에는 한동안 말이 없었다. 너무나 다급하고 또 수다한 말들이 두
사람의 입을 한꺼번에 봉해 버렸다 할까!

"건우네 가족도 무사히 피난했겠지요?"

먼저 내 입에서 아까부터 미뤄 오던 말이 나왔다.

"야……."

해놓고도 어쩐지 말끝이 석연치 않았다.

"집들은 물론 결딴이 났겠지만, 사람은 더러 상하진 않았던가요?"

나는 이런 질문을 해놓고 이내 후회했다. 으레 하는 빈 걱정 같아서.

"집이고 농사고 머 있능기요. 다행히 목숨들만은 건졌지만, 그 바람에 갈
밭새 영감이 또 안 끌려갔능기요."

윤춘삼 씨는 가슴이 내려앉는 듯한 무거운 한숨을 내쉬었다.

"건우 할아버지가?"

나는 하단서 그 접낫패에게 언뜻 들은 얘기를 상기했다.

"그래서 내가 지금 경찰서꺼정 갔다오는 길인데, 마침 잘 만냈심더. 그란
해도……."

기진맥진한 탓인지 그는 내가 권하는 술잔도 들지 않고 하던 이야기만 계
속했다.

바로 어제 있은 일이었다. 하단서 들은 대로 소위 배짱들이 만들어 둔 엉
터리 둑을 허물어 버린 얘기였다.

비는 연 사흘 억수로 쏟아지지, 실하지도 않은 둑을 그대로 두었다가 물이
더 불었을 때 갑자기 터진다면 영락없이 온 섬이 떼죽음을 했을 텐데, 마침 배
에서 돌아온 갈밭새 영감이 설두[20]를 해서 미리 무너뜨렸기 때문에 다행히 인
명에는 피해가 없었다는 것이다.

"그런데 와 건우 할아버지는 끌고 갔느냐고요?"

---

20) 설두 : 앞서서 주선함.

윤춘삼 씨는 그제야 소주를 한 잔 혹 들이켜고 다음을 계속했다. — 섬사람들이 한창 둑을 파헤치고 있을 무렵이었다 한다. 좀더 똑똑히 말한다면 조마이섬 서쪽 강둑길에 검정 지프차가 한 대 와 닿은 뒤라 한다. 웬 깡패같이 생긴 청년 두 명이 불쑥 현장에 나타나더니 둑을 허물어뜨리는 광경을 보자마자 이내 노발대발 방해를 하기 시작하더라고. 엉터리 둑을 막아 놓고 섬을 통째로 집어삼키려던 소위 유력자의 앞잡인지 뭔지는 모르되 아무리 타일러도 '여보, 당신들도 보다시피 물이 안팎으로 이렇게 불어나는데 섬사람들은 어떻게 하란 말이오?' 해봐도, 들어주긴커녕 그중 힘깨나 있어 보이는, 눈이 약간 치째진 친구가 되레 갈밭새 영감의 팽이를 와락 뺏더니 물 속으로 핑 집어 던졌다는 거다. 그리곤 누굴 믿고 하는 수작일 테지만 후욕21) 패설을 함부로 뇌까리자 순간 화가 머리끝까지 치밀었을 갈밭새 영감도,

"이 개같은 놈아, 사람의 목숨이 중하냐, 네놈들의 욕심이 중하냐?"

말도 채 끝내기 전에 덜렁 그자를 들어 물 속에 태질을 해버렸다는 것이다. 상대방은 아이고 소리도 못 해보고 탁류에 휘말려 가고, 지레 달아난 녀석의 고자질에 의해선지 이내 경찰이 둘이나 달려왔더라고.

"내가 그랬소!"

갈밭새 영감은 서슴지 않고 두 손을 내밀었다는 거다. 다행히도 벌써 그때는 둑이 완전히 뭉개지고, 섬을 치덮던 탁류도 빙 에워 돌며 뭉그적뭉그적 빠져 나가고 있었다는 것이다.

"정말 우리 조마이섬을 지키다시피 해온 영감인데……. 살인죄라니 우짜문 좋겠능기요?"

게까지 말하고 나를 쳐다보는 윤춘삼 씨의 벌건 눈에서는 어느덧 닭똥 같은 눈물이 뚝뚝 떨어지기 시작했다.

법과 유력자의 베짱과 선량한 다수의 목숨……. 나는 이방인처럼 윤춘삼 씨의 캉캉한 얼굴을 건너다보았다.

폭풍우는 끝났다. 육십 년래 처음이니 뭐니 하고 수다를 떨던 라디오와 신

---

21) 후욕 : 꾸짖고 욕설을 함.

문들도 이젠 거기에 대해선 감쪽같이 말이 없었다. 그저 몇몇 일간 신문의 수해 구제 의연란에 다소의 금액과 옷가지들이 늘어 갈 뿐이었다.

섬사람의 애절한 하소연에도 불구하고 육십이 넘은 갈밭새 영감은 결국 기약 없는 감옥살이로 넘어갔다.

그리고 구월 새학기가 되어도 건우 군은 학교에 나타나지 않았다. 끝내 돌아오지 않았다. 그의 일기장에는 어떠한 글이 적힐는지?

황폐한 모래톱 — 조마이섬을 군대가 정지[22]를 하고 있다는 소문이 들렸다.

---

22) 정지 : 머물러 움직이지 않는.

작가소개 　김정한 (1908~1996)

경남 동래에서 출생했다. 1932년『문학건설』에 단편「그물」을 발표하고, 1936
년 조선일보 신춘문예에「사하촌」이 당선되면서 문단에 나왔다. 주요 작품으로
「옥심이」「낙일홍」「제삼병동」「인간단지」『삼별초』등이 있다. 그는 식민지와
분단이라는 근현대사의 현실적 모순을 똑바로 인식하고 그 현실에 대한 강력
한 고발과 비판을 작품의 중심주제로 삼아온 작가다.

작품해설

1966년『문학』에 발표된「모래톱 이야기」는 중학교 교사인 화수의 시점에서
낙동강 하류 조마이섬 사람들의 피폐한 생활상을 그린 작품이다. 지조와 신념
을 지닌 건우 할아버지 갈밭새 영감의 강렬한 투지와 저항의식이 두드러지게
눈에 띄는 작품이다.

읽고 나서

(1) 이 작품에서 조마이섬은 어떤 공간인가?
― 정작 섬에 살고 있는 사람들의 의사와는 아무런 상관없이 가진
자들에 의해 그들의 운명이 유린되고 바뀌는, 점령당한 삶의 터전
(2) 갈밭새 영감의 성격에 대해 알아보자.
― 불합리한 현실과 맞서 굴복하지 않고 섬의 운명을 바꾸려는 의
지적인 인간

초록빛 모자

김 채 원

인정이 몹시 그리워지는 어느 날 나는 남장(男裝)을 하고 거리에 나섰다. 짧게 커트한 머리 위에 모자를 푹 눌러 쓰고 코밑에 수염을 붙이고, 바바리 속에 머플러 두 개를 접어서 어깨에 넣어 입으니 나는 조그만 남자가 되었다. 내 키가 조금만 더 컸더라면 나는 남장에 만족했을 것이다. 하나 조그만 남자인들 어떠랴. 어차피 내가 아니고 남인 바에야 내가 조그만 남자의 마음이 되어서까지 번민할 이유야 없지 않은가.

나는 한길을 따라 걸었다. 마침 군악대가 지나가고 있으므로 군악소리에 맞추어 발걸음을 옮겼다. 내가 좋아하는 곡 〈뚜나〉였다.

오 내 나이 어릴 때 내 입은 가볍고,
바다 위에 떠돌기 나 참 원했네
나 지금 남쪽 나라 바라볼 제에
내게 들리는 소리,
그 작은 뚜나 강물 흐른다.

행진곡풍으로 편곡된 리듬에 맞추어 발을 크게 떼어 놓느라고 이마에는 땀이 솟았다. 이 노래는 육 년 전에 죽은 단 하나의 혈육이었던 언니가 여고 음악시간에 배워 집에 와서 부르는 걸 듣고 나도 저절로 알게 된 노래다. 언니

네 학교에는 유명한 바리톤 가수가 음악 선생이었는데 그 음악 선생은 노래를
부를 때 전혀 무슨 노래인지 모르게 부른다는 것이다. 〈뚜나〉 이 노래도 한
참 듣고 있어야 〈뚜나〉를 부르는 거로구나 하도록 떨리는 음이 매우 불안정
하다는 것이다.

　모퉁이를 돌아서자 군악대들은, 나와는 반대 방향으로 멀어져 갔다. 애석
했지만 할 수 없는 일이었다. 이럴 때 애석함을 전혀 얼굴에 나타내지 않는
방법은 없을까. 내 마음과 전혀 딴 방향의 얼굴을 짓고, 딴 방향의 말을 할 수
는 없는 걸까. 마음속 문에 빗장을 질러 놓아 아무도 그것을 엿볼 수 없게 할
수는 없을까. 내 친구들은 그 문을 마음대로 열어 내 모든 것을 다 봐 버렸다.
나는 내 모든 것을 들켜 버렸다. 도망갈 곳이 없어졌다. 막다른 골목에 이르
렀다. 하여 나는 나에게서 벗어 나오지 않으면 안 될 필연에 이른 것이다.

　내 성격이 부서지기 시작하는 걸까. 나는 친구들의 말도 함부로 가로채고,
남이 얘기하고 있는 도중에 벌떡 일어나기도 하며, 혹은 다방에서 들려 오는
노랫소리에 발로 장단을 맞추며, 이 노래 참 좋지? 좋지? 들어 봐, 강요하기
도 한다. 나오는 노래마다 좋다고 하기 때문에 상대방은 내 강요에 못 이겨
귀를 기울이다가도 곧 싫증을 내버리곤, 하루종일 집에서 라디오만 듣니? 라
고 나를 나무란다.

　그러나 어찌하면 좋은가. 나는 전축도 라디오도 갖고 있지 않다. 작은 카
세트 녹음기가 한 대 있었지만 그것은 언니가 퍽 아끼던 물건이어서 언니의
무덤 속에 함께 넣어 주었다. 자주 외출도 하지 않으니 다방에서 유행가도 들
을 기회가 별로 없다. 나는 정말 음(音)과는 먼 곳에 살고 있다. 아마 음과는
먼 곳에서 살고 있기 때문에 조그만 음에도 민감하여 세상의 모든 노래를 많
이 알고 있는지 모른다. 또한 나는 친구 애인들 사이에 눈치없이 끼어 앉아
있기도 한다. 눈치가 없어서가 아니다. 지금 내가 이 자리에 필요한가 아닌
가 하는 데에 잔신경 쓰기가 귀찮아서다. 아니, 사실 나는 아주 소심한 사람
이다. 조그만 일에도 잔신경을 몹시 쓴다. 그럴수록 그렇게 자신을 아끼노라
바들거리는 것이 피곤해져, 함부로 나를 굴리기 시작하고, 그러한 자신에 대

해 스스로 가슴이 아파 쩔쩔매게끔 되어 버렸다.

처음, 나는 나의 이러한 행동을 — 남의 말을 가로챈다든가, 남의 얘기 도중 일어난다든가, 자신이 환영받지 못하는 자리에 앉아 있다든가를 — 충분히 의식하면서 하는 행동들이므로 마음만 먹으면 그러지 않을 수 있으려니 생각했다. 그러나 그것은 오산이었다. 나는 이제 아무리 의식이 갖는 미덕의 세계로 들어가려 해도 들어가지지 않는다. 자신을 한 겹씩 여미는 일, 부수어 그 파편들을 드러내어 놓지 않고 감싸는 일, 소중히 잘 가꾸어 보는 일, 이런 것들이 얼마나 어려운가를 차츰 깨닫게 되었다.

가령 〈전원〉을 틀어 놓고 상 위에는 꽃을 한 송이 꽂아 놓고 식사를 한다든가 — 지금의 내 밥상은 어떠한가. 언젠가 친구가 자기는 이 세상에서 가장 황량하고 고적(孤寂)한[1] 곳으로 가고 싶다고 말했을 때, 나는 내 밥상을 떠올렸다. 행주질을 했음에도 고춧가루가 덜 문대어진 상 위에다 먹다 남은 반찬들을 찬장에서 도로 꺼내 늘어놓으면, 그것은 어제의 아침인지 오늘의 점심인지 내일의 저녁인지 모르는 것이다 — 밤에 잘 때는 꼭 잠옷으로 갈아입고 밤화장을 다시 한 후, 깨끗이 정리된 이불 속으로 들어간다든가, 손님이 왔을 경우 문간에서 누구냐고 함부로 소리치지 않고 정중히 물을 수 있으며, 타인의 얘기에 조심스러이 귀를 기울이고, 마음속에 아무리 우울과 통증이 쌓이더라도 남에게 털어놓지 않는, 그런 세계를 나는 이제 간절히 동경하는 것이다.

나는 혹 내가 친구들에게 그들이 잠을 자고 있는 시간에 함부로 전화를 걸어 긴 시간 쓸데없는 말을 주절거리지 않을까, 그들이 일하고 있는 직장으로 찾아가 우정을 내세워 돈을 빌리지 않을까 아찔해지기도 한다. 그러나 아직 그러지는 않았다. 겉으로는 무사했다. 그럴 수도 있다는 착각 속에만 빠져 있다.

정말 그런가.

솔직히 고백하자면 어제 저녁 친구들을 내 방에 불렀으나 단 한 사람도 오지 않았다. 그동안 내가 판 전각(篆刻)[2]을 보여 주기 위해서였다. 그들에게

---

1) 고적한 : 외롭고 쓸쓸한.
2) 전각 : 목석·금옥 따위에 인을 새김.

미리 말하지는 않았지만 나는 친구들 이름을 하나씩 내가 깎은 나무 뿌리에
새겨 놓았다. 그것들을 각자에게 선물로 줄 생각이었다. 그리고 또 책상이고
의자고 밥상이고 연필통이고간에 어디라 없이 칼이 들어갈 만한 곳에 새긴 여
러 가지 형태의 전각들을 보여 주고 싶었다. 그러나 단 한 사람도 오지 않았
다. 나는 그로 인해 완전히 의기소침해져 버렸다. 친구들이 다 떠나갔음을
시인하지 않을 수 없었다. 그들은 왜 약속이나 한 듯이 한 사람도 그림자조차
얼씬거리지 않았을까. 그들은 서로 나를 내어놓고 자기들끼리 통했던가. 이
친구에게 저 친구 말을 하고 저 친구에게 또 다른 친구의 말을 한 것이 들통
이 난 것일까. 아니, 그럴 리는 없다. 나는 마음속에서만 말을 옮기고 다녔지
실지 입 밖에 내어 말한 일은 없다. 아무리 생각해도 없다. 나는 아무 말도
않는 나의 이 굳은 입, 계산된 입이 싫다.

　모퉁이를 돌아서자 개천이 하나 나왔는데 개천은 모든 것은 흘러간다는 것
을 내게 일깨워 주기 위해 거기에 갑자기 나타난 것 같았다.

　나는 담배 생각이 간절했으므로 다리 위 난간에 기대어 담배를 피워 물었다.
담배를 피우며 친구들이 내게 해주었던 충고들을 떠올렸다. 치과에 가서 뻐드
렁니를 집어넣으라고 한 친구는 간곡히 말했다. 나는 사는 데 별 불편이 없으
므로 그대로 살아 보겠다고 대답했다. 또 다른 한 친구는 내게 있어서 아주 재
미있는 면이 바로 그런 면이라고 치켜 올려 주며 그러나 머리를 그렇게 짧게
깎아 붙이는 것은 별로 어울리지 않으니 이제는 좀 머리를 길러 보라고 했다.
그래, 그럼 길러 볼까? 이렇게 말하면서도 나는 아직 한 번도 머리를 길러 보
지 않고 있다. 또 어떤 친구는 안경을 벗고 콘택트 렌즈를 써보라고 한다. 콘
택트 렌즈는 지금도 내 방 서랍에 들어 있으나 끼지 않는다. 렌즈가 내 눈에
맞지 않는 모양인지 끼기만 하면 눈알이 빨개지고 눈물이 줄줄 나기 때문에 어
쩔 수 없다. 돌아다 보면 눈은 내 얼굴 중에서 가장 자랑할 만하였다. 초롱별
두 개가 떠 있는 것 같다고 사람들은 안경을 쓰기 전 말하였다. 또 이빨을 갈
기 전에는 예쁜 치아가 가지런히 나 있었고, 야구공을 맞지 않았던 때의 내 코
는 얼굴 한가운데 귀엽게 올려 붙어 있었다. 그런데 어느 날 운이 나쁘게도 길

을 지나가다 학교 운동장에서 튀어나온 빗나간 야구공을 잘못 맞아서 그만 코뼈가 부러졌다. 코가 주저앉았고 보기에 따라서 약간 비뚤기도 하다. 어린시절의 나는 예쁜 아이로 통했었다. 애, 애, 이리 와봐, 쟤가 웃는다, 웃는 거 봐라. 동네에 나가면 이런 소리가 여기저기서 들렸다. 담배 연기를 훅 내뿜는데 왠지 눈물이 흘렀으므로 나는 안경을 벗고 눈물을 훔쳤다. 나는 친구들이 그리웠다. 그 길로 치과에 달려가서 앞니 두 개를 뽑고 플라스틱 이빨을 해넣을까 생각해 봤다. 눈이 아프더라도 콘택트 렌즈를 끼는 게 어떨까. 진심으로 충고해 주는 친구들에게 그만한 성의는 보여야 하지 않았을까.

그런데 친구들은 과연 진심이었을까. 진심으로 남을 생각하여 충고한 것일까. 만약 그들의 말이 진심이라면, 그렇다면 나는 다른 사람과 아주 다른 구조로 생겨져 있는 걸까. 남을 진심으로 생각한다는 것이 내게는 있을 수 없기 때문이다. 나는 친구들이 나를 걱정해 줄 때마다 그 저의(底意)3)를 캐기에 골몰한다.

내 옆에 누군가 서 있는 것 같아 흘낏 옆으로 눈을 돌렸다. 초록색 모자를 쓴 낯이 익은 듯한 남자가 서 있었다.

"담뱃불 좀 빌려 주시겠습니까?"

남자는 목을 빼고 내 담뱃불에 거진 담배를 들이대고 있었으므로 나는 손가락에 끼운 담배를 그냥 그 자리에 정지시키면 되었다.

그는 담뱃불을 붙여 물더니 훅 연기를 내뿜었는데 그 모양이 서툴러서 혹시 이 사람도 나처럼 분장을 한 것이 아닌가 자세히 살폈다. 그러나 턱에 가뭇가뭇 내비친 수염은 살갗 속에서부터 밖으로 찔려 나와 있는 것이 분명했다.

"고맙습니다."

남자는 머리에 쓴 초록색 모자를 약간 들었다가 놓으며 다리 저쪽으로 사라졌다. 나는 남자가 안 보일 때까지 뒷모습을 바라보았다. 남자는 내게 무엇인가 떨구고 간 것 같았다. 흘낏 한 자락 바람 같은 불안이 스쳤다. 무엇일까. 나는 한참 동안 다리 위에 머물러, 더러운 개천물이 흘러가는 것을 내려

---

3) 저의 : 속뜻.

다보았다. 그러다가 갑자기 갈 곳이 생각났으므로 버스 정류소를 향해 발걸음을 떼어놓았다.

버스에서 내려서, 리어카 위에 놓고 파는 바나나 두 개를 샀다. 아직 설익어 푸른기가 많은 것과 너무 오래되어 검은 색이 도는 것 중에서 그런대로 생생한 것 두 개를 골라내어 신문지에 싸 받았다. 그리곤 가게에서 요구르트도 한 병 샀다.

몇 걸음 가지 않아 사 층 건물이 나섰다. 나는 익숙하게 그곳 수위에게 눈인사를 보내며 층계를 오르기 시작했다. 그런데 수위가 층계 밑까지 달려와 내 바바리를 잡아다닐 듯이 어디로 가느냐고 물었다. 나는 망설이다가 내가 시인이노라고 대답했다. 그는 잘못 알아듣고 시인 누구를 찾느냐고 물었다. 김호라는 내 예명을 대어 주자 그제서야 돌아섰다. 얼굴 쪽으로 피가 몰려 내 얼굴이 아주 붉어진 것을 느낄 수 있었다.

나는 내가 시를 쓰노라고 누구에게 말해 본 일이 없다. 친구들 아무도 모른다. 시를 쓴다고 말하는 일이 어쩐지 가장 부끄럽다. 아니, 실은 그렇지도 않다. 그것만이 지금의 나를 살리고 있는 유일한 일임을 잘 안다. 그럼에도 누구에게든 시를 쓰노라고 떳떳이 말할 수 없는 것은 내 눈으로서가 아니라 세상 사람들의 눈으로 시인을 보기 때문이다. 그러고 보니 언젠가 여행길에서 만난 어떤 청년에게 앞으로 시를 써보고 싶다고 고백 비슷이 말한 일이 꼭 한 번 있다. 그러자 청년은, 아하! 참, 시를 써 보고 싶다고요? 시도 좋지요, 네. 내 친구 중에도 시를 쓰는 놈이 한 놈 있지요. 그 친구는 보통말도 다 시적으로 하지요. 집에 가자는 말도 갈까나, 집에, 이러지요. 바로 그런 사람들의 눈으로 시인을 보기 때문이다.

삼 층 잡지사 앞에서 잠깐 호흡을 다듬고는 노크를 세 번 했다. 대개 노크를 두 번 하게 되는데 어느 책엔가 노크는 세 번을 두드려야 예의 바르다고 씌어져 있던 걸 생각하고는 그렇게 해보았다. 안에서 네, 소리가 들렸다. 나는 문을 열고 들어갔다. 마침 점심 시간이어서인지 사무실은 텅 비고 여사무원이 혼자 앉아 책을 읽고 있었다. 나를 보자 까딱 하고 아는 체를 했다. 안 녕하십니까, 말하며 어쩐지 그 여자가 나를 지켜워하는 듯 느껴져 얼른 싸들 고 간 바나나를 여자의 책상 위에 내놓았다. 그리고 호주머니에서 요구르트 도 한 병 꺼내어 놓았다. 여자는 그런 것은 거들떠보지도 않고, 아직 심사위 원 선생님들에게서 연락이 없는데요, 연락이 있는 대로 곧 우편으로 알려 드 리겠어요, 했다. 그 말투에는 이제 더 찾아오지 말라는 기색이 역력했다.

내가 처음 나의 시 〈비조의 노래〉와 〈은하수를 건너〉를 들고 이 잡지 사를 찾아왔을 때 바로 이 여사무원이 그 시를 대충 읽어 보았다. 모 기관에 걸릴, 민중을 선동하는 듯한 구절이 없는가, 또 특정 지역에 걸릴 말이 없는가 를 우선 검토한 뒤, 그렇지 않다고 판단했음인지 두고 가면 나중에 우편으로 결과를 알리겠다고 말했다. 그도 그럴 것이 내 시정신이란 오로지 내 목소리 를 뽑아내는 일이었으니까. 나는 전쟁이라든가 혁명, 사회 등에 남다른 특별 한 분노나 사명감을 느끼지는 못하니까.

그 후 나는 두 번 더 찾아갔다. 물론 언제나 남장이었으며, 이름도 김호라 는 예명을 쓰고 있었다. 나는 시인이 되는 등용문 중의 하나인 잡지사를 통한 시 추천을 받으려 한 것이다.

여기서 한 가지 말해 둘 것은 몇 년 전 급성 기관지염과 열병을 겹쳐 앓고 난 후, 성대를 잃어서 내 목소리는 여자의 것도 남자의 것도 아닌 특이하게 가 늘고 쉰 소리가 난다. 그러므로 내가 남장을 했어도 여자의 목소리로서 의심 받을 염려는 없다는 점이다.

이것을 잡수십시오, 나는 말했다. 말하며 실지 내 속까지 조그만 어떤 남 자가 되어 있음을 느꼈다. 어떤 남자란 남들이 싫어하는, 즉 돈이 없고 그렇 다고 달리 내세울 것도 없는, 그래서 비루한 웃음을 자주 입가에 내비치는 그 런 사람을 뜻한다. 나에게 바나나를 한 뭉치 살 돈이 지금 없는 것은 확실하 다. 그렇다고 이렇게 가닥가닥 떨어진 조그맣게 시들은 바나나 두 개를 사야 만 했을까. 작은 것으로라도 좀더 괜찮은, 일테면 껌 같은 것을 살 수도 있었 고, 초콜릿 한 개를 쓱 주머니에서 꺼내줄 수도 있지 않은가. 그 편이 얼마나 더 신선하고 깨끗해 보일까. 나는 누구에게선가 들었던 어떤 인간형, 혹은 내가 실지 눈으로 보았던 어떤 인간형을 연기하고 있지 않은가 하는 의문이 다시 들었다.

"저, 시 때문에 들른 것은 아닙니다. 그저 이곳을 지나가다 들렀을 뿐입니다."

여자는 알았으니 이제 가보라는 식의 고개를 숙이고 다시 책을 읽기 시작했다. 나는 다가가서 바나나와 요구르트를 조금 더 여자 가까이에 들이밀어 놓았다. 여자는 여전히 책 위에 시선을 둔 채 눈을 글자가 보이지 않을 정도로 깜박거렸다. 그때 문이 열리고 나도 구면인 남자 편집사원 둘이 기세 좋게 들어왔다. 나는 왠지 찔려서 그들에게 인사를 한 후 조용히 뒷걸음쳐서 나왔다. 문을 닫는데 등 뒤에서,

"아유, 혼자 있는데 무서워서 혼났어요."

"저 사람 정신이 약간 이상한 것 같다고 했지? 설혹 시가 좋다고 해도 저런 사람을 문단에 등단시킬 수야 없지. 다른 시인들이 공연히 피해를 보게 되는 경우가 있으니까."

이런 소리가 들려 왔다. 나는 조용히 눈을 감고 아래층으로 내리딛기 시작했다. 그러나 실지 몸은 다시 도어를 열고 그들 앞에 나타났다. 그들은 모두 굳은 자세로 선 채 여섯 개의 눈동자를 내 뺨에 쏘아 박았다. 사무실 창으로 흰 구름 한 덩어리가 흘러들고 있었다. 내 자취방으로도 구름은 곧잘 흘러든다. 나는 여사무원에게 주춤주춤 다가가서,

"저 부탁이 있습니다. 저의 마지막 소원이지요. 꼭 들어주십시오. 제가 죽거든 화장을 시켜서 그 뼈를 당신께서 몸소 한강 상류, 비교적 물이 깨끗한 곳에다 뿌려 주십시오."

이렇게 말한 후 문을 박차고 나와 층계를 둘셋씩 막 내리디뎠다. 거리에 나오자 비로소 정신을 차린 듯 몸을 한 번 가다듬고는 아무 일도 없었던 사람처럼 걸어가기 시작했다. 그러나 속으로는 가슴이 뛰고 속이 메스꺼워 구역질이 나려고 했다.

나는 어쩌다가 이렇게까지 자기를 몰고 와 버렸을까. 나는 치유가 될 수

없는 병에 걸려 버린 걸까. 모든 것을 의식한다고 해서 거기서 벗어 나올 수 있다는 것은 정말 잘못된 생각인 게다. 나는 도대체 누구를 연기하고 있는 걸까. 그 마지막 내가 한 말은 어디선가 그대로 들었던 말 같다. 누군가가 내게 그렇게 말했었다.

"기정 씨, 저는 기정 씨 언니를 만나러 지금 온 것이 아닙니다. 저는 기정 씨를 만나려고 새벽부터 담 모퉁이에서 기다리고 있었지요. 마지막 부탁을 하려고지요. 제가 죽으면 화장을 시켜서 한강 상류에 뿌려 주십시오. 꼭 기정 씨께서 손수……."

언니를 사모하는 남자였다. 언니도 처음에는 열렬한 그에게 약간 동요하였다. 그 남자는 우리 형제가 자취하는 집 앞 쓰레기통 위에서 밤을 새운 적도 있다. 그런데 차츰 그가 누구에게도 지긋지긋하다는 생각이 들게끔 행동하는 사람임을 알아차렸다. 그는 주인집 아주머니에게 거의 매일 찾아와서는 언니가 자기의 편지를 보던가, 자기가 보낸 소포를 끌러 보던가를 물었다. 아주머니는, 예, 별로 시큰둥한 표정이더군요. 이렇게 처음에는 대답하다가 나중에는, 아니오, 그냥 불에다가 태웁디다. 끌러 보지도 않고요,라고 대답했다. 그러면 그 남자는 눈알이 노래져서 이런 것 이런 것도 그냥 불에 넣었습니까? 네모진 것, 이만큼 두꺼운 것 말입니까? 아아, 하고 신음소리를 냈다. 점점 그 남자가 나타나면 주인집 아주머니도 언니도 나도 무서워 숨게 되었다. 그는 언니를 사랑하는 것이 아니라 그가 필요한 어떤 대상이 우연히 언니가 되었고, 그 대상을 향하여 열심히 자신의 정열을 붓고만 있는 것이었다.

기정 씨, 아시겠지요. 꼭 기정 씨께서 저의 뼛가루를……. 그렇게 말하고는 다시 나타나지 않았는데 그 후 얼마 되지 않아 어떤 여자와 팔짱을 끼고 종로 거리를 활보하는 그의 모습을 볼 수 있었다.

그렇다, 바로 그 남자의 소리를 그대로 본떠서 나는 눈알까지 노래지는 표정을 쓰며 말을 하였다. 가장 난처한 순간에 가장 지긋지긋했던 어떤 목소리를 대신하다니.

내 성격을 형성하는 데에 많은 영향을 끼친 언니에 대해 잠시 얘기할 필요를 느낀다.

언니는 아주 빼어난 아름다운 용모를 가진 여자로 죽을 때까지 순결했다. 어렸을 때는 쌍둥이라고 불릴 만큼 한 살 차이인 언니와 내가 비슷하게 생겼다. 앞에서도 말했지만 어렸을 때의 나는 동네에서도 이쁜 애로 통했다. 그런데 언제부터인가 나누이기 시작했다. 언니는 이를 갈 때 가지런히 났고 야구공을 맞지도 않았고 눈이 나빠지지도 않았다. 더구나 키도 훨씬 크게 발레리나처럼 목이 가슴속에서 빠져 나왔고, 열병 같은 것을 앓아서 목소리가 변하지도 않았다. 성장한다는 것은 바로 그래야 하지 않을까 싶게 언니는 날이 갈수록 아름답게 자랐다. 언니의 그 들여다볼수록 무슨 흰 그림자가 그늘져 있는 듯한 피부를 보면 나는 아름다움에의 신비에 소름 같은 것이 돋곤 했다.

그런데 언니는 단 한 가지, 손가락 한 개가 없었다. 우리 집은 제재소를 했었는데 잘못 나무를 써는 기계에 언니의 어린 가운뎃손가락이 나무와 함께 썰렸던 것이다. 여학교에 들어가면서부터 언니는 손가락을 가리기 위해 예쁜 손수건을 가졌다. 손수건을 적당히 손가락에다 말아서 쥐면 아무도 그것을 알아채지 못했다. 언니와 가장 가까웠다고 하는 친구마저 언니의 죽음 뒤에 그것을 알았다면 그 노력이 어느 정도였는지 짐작할 수 있을 만하다. 언니는 누구와도 가까이 사귀질 않았고 조금 먼 곳에서 아리송한 안개 속에 싸여 있기를 즐겼다. 식사할 때는 상 위에 꽃을 꽂아 놓았다. 테이프에 녹음된 〈전원〉을 틀어 놓고 밥을 먹기 시작했다. 잠자리에 들기 전에는 머리를 다시 빗고 밤화장을 했다. 나는 언니가 자기의 고민을 말하는 걸 들어 본 적이 없다.

"애들은 다 삼각 빤쓰를 입었는데 나 혼자 고무줄 끼운 커다란 빤쓰가 타이츠 밑에 비치잖아. 변소에 가서 삼각 빤쓰처럼 접어넣어서 입어도 움직이다가 보면 접친 것이 나와 있고, 그러면 또 변소에 가서 넣어 입어도 금방 도로 나오고, 선생님이 내 머리를 탁 때리면서 왜 무용은 안 하고 아까부터 자꾸만 우물거리고 있어. 그러던 것이 생각나."

언니가 무용소에 다니던 어린 시절의 얘기를 큰 후에 들려준 것인데, 언니의 심중을 말하는 일이란 대체로 그 정도였다. 그 대신 언니에겐 유머가 많아

서, 〈뚜나〉를 부르는 음악 선생의 애기도 난 참 재미있게 들었다. 무슨 노래
인지 한참 귀를 기울여야 알아들을 수 있다는 사람이 음악 선생인데다가 더구
나 우리 나라에서 유명한 바리톤 가수라지 않은가. 그런 면이 언니를 무척 정
다이 여기게 해준다. 그렇지 않아도 우리는 고아였기 때문에 정다울 수밖에
없었다. 여학교에 들어가던 무렵 부모님들이 차례로 돌아가셨다. 남겨 놓은
제재소는 삼촌들이 하다가 망해 버렸다. 언니와 나는 생전의 아버지에게서
신세를 입었던 아버지 친구분이 대어 주는 돈으로 간신히 고등학교까지 마쳤
다. 언니가 첫번째 약을 먹었을 때 언니를 들쳐업고 병원으로 달리며 나는 언
니 대신 내가 죽기를 진심으로 바랐다. 언니는 위를 세척해 낸 뒤에 의식을
회복했다. 두 번째 약을 먹은 것은 그 후 이 년 뒤다. 그리고 다시 또 한 번,
세 번째는 깨어나지 못했다. 언니가 세 번째 약 먹은 것을 알았을 때 노여움
이 치솟는 자신을 걷잡을 수 없었다. 언니는 내게 죄스럽지도 않은가, 그런
용모를 타고 나서 자신이 조금만 타협을 하면 사랑도 얻을 수가 있을 텐데 그
까짓 손가락 하나 때문에 생을 버리다니. 아니, 그것을 내가 이해 못하는 바
는 아니다.

　모두 다 삼각 빤쓰를 입었는데 나 혼자만 고무줄을 넣은 큰 빤쓰를 입고…….
그 말을 언니가 죽고 난 뒤에 가끔씩 떠올리고 혼자 미소한다. 아마 모두
다 삼각 팬티를 입지는 않았으리라고 나는 추측한다. 그 시절의 아이들은 대
부분 운동복 같은, 다리에 고무줄을 끼운 커다란 팬티를 입었다. 그중에 한두
아이만이, 어머니가 유달리 젊고 신식인 그런 한두 아이만이 삼각 팬티를 입
었으리라. 그런데 언니에게는 모두 다와 한둘은 마찬가지였다. 즉 언니에게
는 제일이냐 꼴찌냐였지 중간이 허용되지 않았던 것이다. 그녀의 꿈조차 성
취냐 포기냐 둘 중의 하나였던 것이리라. 그리고 손가락 한 개가 없는 손은
그녀의 꿈을 포기쪽으로 이끌고 갔던 것이리라. 거기에는 아마 내가 모를 아
름다운 여자들만이 갖는 어떤 성벽(性癖)4)이 크게 작용했으리라. 때문에 나
는 아름다운 여자들을 싫어한다. 향수5)하면서도 싫어한다. 내가 굳이 나의

---

4) 성벽 : 심신에 밴 습관.

이빨을 고치지 않으려는 것도, 콘택트 렌즈를 끼지 않으려는 것도 따지고 보면 그런 데서 나온 어떤 의지의 작용이리라.

그렇다고는 해도, 즉 모든 안개를 거두어 버리고 있는 그대로의 적나라함을 내가 언니에 대한 반발로 지향해 왔다고는 해도 어떻게 이렇게까지 나 자신 수습할 수 없는 상태에까지 이끌고 와버린 것일까.

나는 이런 생각들을 골똘히 하며 시장 입구 쪽으로 걸어갔다. 한 조그만 남자가 길바닥 위에 모포를 깔아 놓고 인형극을 벌이고 있었다. 그 남자는 혼자서 열 손가락을 놀려 원시적으로 극을 꾸몄다. 막 뒤의 장치 같은 것이 전혀 없이 두 남녀를 모포 위에 세워 놓고 사람들이 보는 앞에서 손으로 움직이며 말했다.

여보, 된장 맛이 어때? 좋지. 간장 맛은? 좋아, 좋아, 좋아 조오치.

리듬있게 목소리를 남녀로 바꾸어 가며 뽑아내고선 무대 밖, 즉 모포 밖으로 두 남녀를 집어 내놓았다. 그런데 그 낡은 인형들의 표정이나 옷이 재미있어서 어디에선가 노랫소리가 들려 오는 듯한 시원함을 주었다. 이번에는 군인이 등장할 차례인가 보다. 시장 거리 저쪽은 복작거리는데 그 약장수 앞에는 조무래기들과 어른 두서넛이 서 있을 뿐이다.

어떤 줄이 있는지도 몰라……. 나는 발길을 돌리며 중얼거렸다.

누군가 나를 뒤에서 조종하고 있는지 몰라. 조종되는 저 인형들처럼, 내 의지와는 관계 없이…….

앞에 와서 멈춘 버스에 나는 올랐다. 버스는 대낮인데도 사람이 많았다. 사람들 어깨 사이로 가로수의 마른 나뭇잎들이 보였다. 잎사귀는 나뭇가지들 사이로 가끔씩 떨어져 내렸다. 가을이구나, 나는 흐느꼈다.

어디로 가서 영화라도 볼까. 참, 일 초에 지구를 일곱 바퀴 반 도는 무슨 슈퍼맨이 있다지. 그는 밤에만 슈퍼 인간으로 변해 하늘을 날아다니며 지구 위의 온갖 불의를 쳐부순대지. 주인집 아주머니가 어제 아이들한테 끌려 극장에 갔다가 와서 얘기했었다. 슈퍼맨이 마음속으로만 사랑하던 여자가 지진

---

5) 향수 : 예술상의 미감(美感) 등을 음미하고 즐김.

으로 깔려 죽자, 이이익 하는 큰 분노로 시간을 다시 되돌린다는 대목은 정말 통쾌하다. 슈퍼맨인들 이미 죽은 사람이야 어떻게 하겠는가. 그는 지진이 일어나기 전으로 시간을 되돌려 그 여자를 살려낸다.

"꼭 한번 가보라구. 슈퍼맨이 아름다운 음악이 흐르는 밤하늘을 유유히 나는 걸 생각해 봐. 나두 애들 때문에 오랜만에 아주 별나라에라도 가서 앉아 있다가 온 기분이라니까."

주인집 아주머니는 극력6) 가서 보라고 권했다. 남이 그렇게 성의 있게 권하는 것은 보아야 하지 않을까. 더구나 슈퍼맨이, 이이익, 하고 시간을 다시 되돌린다는 대목은 통쾌한 것을 넘어서 내 분노와 일치시킬 수도 있을 것 같다. 이이익, 하고 나도 한번 분노를 터뜨려 보아야 한다.

언니는 성취냐 포기냐이지만 나는 그렇지는 않다. 어떤 최악의 경우라도 죽는 것보다는 살아가는 것이 낫다. 낫다기보다는 그래야만 할 거다. 죽음 쪽에서 바라본다면 하다못해 유행가에 귀기울여 보는 작은 기쁨 하나라도 목숨과 되바꿀 만하지 않을까.

차는 시장 바닥을 가로질러 혼잡한 거리를 달렸다. 가을 햇빛이 차창에 어른거렸다.

갑자기 누군가 쓰리를 당했다고 외쳐댔다. 좁은 버스 안은 삽시간에 혼란스러워졌다.

"쓰리야, 쓰리야, 쓰리 맞았어. 어이, 운전사 양반, 이 버스를 그대로 파출소까지 가서 대어 주시오. 빨리!"

샐러리맨형의 삼십대 남자가 얼굴이 하얘지며 운전석으로 밀치고 갔다. 그는 회사의 공금 삼십만 원을 쓰리당했다고 이성을 잃고 소리 지르고 있었다. 눈 깜짝할 사이 버스는 정류소를 지나 그대로 인근 파출소에 대어졌다. 운전사가 손님들에게 양해를 구한 뒤 한 사람씩 내리게 했다. 나는 몹시 불안했다. 수염을 뗄까 생각했지만 이미 내 옆의 사람들은 나를 보았을 것이고, 그냥 무심히 지나쳐 보았으므로 수염을 떼도 아무도 눈치 채지는 못했다고 해도

---

6) 극력 : 있는 힘을 다함.

이제 와서 그 좁은 버스에서 수염을 뗀다는 것이 어쩐지 손이 수염까지 올라가지지 않았다.

내가 내릴 차례가 되어 있었다. 순경은 양손을 올리게 하고 주머니를 뒤졌다. 그런데 내 바지 주머니에서 미처 깨닫지 못했던 도장이 나왔다. 보통 도장보다 훨씬 큰 크기의 것으로 거기에는 우리 나라 고위층의 어떤 이름이 새겨져 있었다. 순경은 아무 말도 묻지 않고 나를 파출소로 데려갔다. 내 가슴은 주체할 수 없이 뛰었고, 손과 발은 바들바들 떨렸다. 그들은 주민등록증을 조사했다.

삼십 세 · 여 · 김기정.

"이 사람, 여자야 남자야?"

그들이 만약 성별을 판별하기 위해 내 옷을 벗으라고 하면, 원래 옷 속에는 누구나 다 발가벗고 있습니다, 말하려 나는 벼렀다. 그것은 참말 스스로 생각해도 위트 있는 답변이었다. 갑자기 순경이 내 따귀를 한 대 올려붙였다. 기다리고 있은 듯 코피가 터지며 수염이 떨어져 나갔고 안경은 벗겨져 땅에 굴렀다. 나는 완전히 해괴한 의문의 대상이 되어 버렸다. 그들은 내게 발길질을 했다. 마치 나를 남자로 취급하고 있었다. 내가 여자였으면 발길질까지는 하지 않았을 것이다.

"당신 뭣하는 사람이야? 이게 어디 정신병원에서 도망한 사람 아니야?"

이렇게 말하면서도 내 뒤를 캐면 무슨 사건의 실마리가 풀리려니 기대하는 표정들이었다.

도장 파는 일은 나의 유일한 취미이자 부업이라고 나는 설명했다. 그리고 이 도장은 내 친구의 남편이 부탁한 것이라고 말했다. 그 사람은 고위층의 한 인물에게 선사하기 위해 중국에 갔을 때 사온 희귀한 대리석 재료에다 이름을 파 달라고 부탁했던 것이다. 그런데 며칠 전 밤을 새워 판 후 친구에게 가져다 줄 생각으로 외출복 바지에 넣어두었던 것인데 마음이 변하여 그날 외출을 하지 않았다. 그리고 오늘은 전혀 즉흥적이었으므로 도장일은 까맣게 잊고 있었다. 부탁해 오는 여러 사람들의 도장을 파주고 있긴 하지만 실지 내가 하고자 하는 전각의 세계가 얼마나 깊고 넓은, 시와 통하는 세계인지를 그들이 알 리 없다.

"거짓말로 꾸며 대는 거 아니야? 친구 남편이란 자가 누구요?"

"그건……말할 수 없습니다."

그들은 두 명이나 달려들어 나를 함부로 때렸다. 내가 그 사람의 이름을 댈 때까지 무서운 기세로 때렸다. 잠시 멎었던 코피가 다시 흘렀다. 파출소 창으로 흰 구름이 흘러 들었다. 구름은 시원하게 내 눈 속으로 스며 들어왔다.

내가 매에 못 이겨 대어 준 전화번호에 전화를 걸고 난 뒤에야 그들은 누그러졌다. 왜 진작 대지 않고 매를 얻어맞았는지 이상히 여기는 눈치였다. 앞에서도 얘기한 바와 같이 남의 말을 옮기는 것을 나는 꺼리다 못해 두려워한다. 쉽게 이야기하고 싶을수록 더더욱 안 하는 굳은 입, 계산된 입을 나는 가졌다. 친구의 남편은 아마도 비밀리에 도장을 파서 높은 사람에게 아부하고 싶었던 것이리라. 아부라는 말이 좀 지나칠지 모르지만 순수한 인간관계에서 우러나온 행동은 아니리라. 그러므로 그러한 일을 가벼이 입 밖에 낸다는 것이 나로선 무척 주저스럽게 여겨졌던 것이다. 그들은 도장에 대해 해명이 된 뒤에도 내 남장을 조소하며 그것까지 캐묻지는 않겠다고 이상한 웃음을 짓기도 했다.

파출소에서 풀려 난 것은 저녁이 훨씬 지난 뒤였다. 어둠이 먼지 낀 거리에 내리덮이고 있었다. 아스팔트 위로 낙엽들이 흐트러졌다. 다리에 힘을 잃어 중심이 자꾸 뒤바뀌려 했다. 그대로 주저앉고 싶었다. 그러나 한 걸음이라도 빨리 파출소로부터 멀어져야 했다. 배가 고프고 코피를 많이 흘린 탓인지 심한 현기증이 일었다. 어디로 갈까. 어느 쪽으로 걸어야 집과 가까운 방향일까. 사람들이, 차들이 나를 스치고 끝없이 지나간다.

어디로 어떻게 헤매인 것인지 한참 만에 아침의 그 다리 위에 나는 서 있었다. 어쩌면 그 다리가 아닌 전혀 딴 곳인지 모른다. 난간에 서서 다리 아래를 내려다보았다. 짧게 깎아 붙인 민머리에 안경도 안 낀 부은 얼굴이 가로등불과 함께 흐르는 개천물에 비추이고 있다. 안경과 모자와 수염을 파출소에 떨어뜨리고 온 모양이지만 다시 찾으러 갈 생각은 추호도 없다. 걷기를 멈추니, 맞은 데들이 참을 수 없이 아파 왔다. 좀 쉬려고 난간 옆에 쭈그리고 앉아 등을 기대었다. 조개구름이 가득 끼어 있는 하늘에 뭇 별들은 떠 있지 않았다. 조개구름이 살짝 걷히면 마침 그곳을 날고 있던 슈퍼맨이 보이지 않을까. 나는 감상에 젖었다. 콧구멍을 틀어막은 솜뭉치가 저절로 빠져 나가자 콧속에 싸늘한 가을 바람이 후비쳐들었다. 나는 콧구멍을 한껏 벌려 정신이 띵하도록 바람을 들이마셨다. 어떤 기억이 굽이쳐 돌았다. 그 기억이 꽤 강하게 자리함을 느낄 수 있었다.

언니의 손가락이 잘려 나가던 국민학교 삼학년 때다. 손의 상처가 덧나서 오랫동안 병원에 다녔다. 처음에는 어머니가 데리고 다녔지만 오래 다니는 사이 병원에 익숙해지고 의사랑 간호부들도 잘 알게 되어 차차 언니와 나만 다녔다. 그 병원은 국립종합병원으로 여러 채의 커다란 건물이 띄엄띄엄 서 있으며 정원은 큰 공원만 하였다. 아픈 사람들이 잠옷바람으로 들것에 실려, 혹은 간호원의 부축을 받아 정원을 가로질러 이 건물에서 저 건물로 가는 것이 보인다. 휠체어를 타고 정원에 나와 앉아 햇볕을 쏘이는 환자들도 있다.

나무가 많고, 장미 넝쿨 등 넝쿨이 아치형으로 올라간 곳이 있다. 또 토끼나 개들이 네모진 철조망으로 된 상자 안에서 컹컹 짖어대는 무서운 곳도 있다. 그곳에 있는 토끼나 개들은 예쁘다기보다 무서움을 주었다. 또한 먼데서도 눈을 주기조차 싫은 시체실이 건물들 맨 뒤쪽에 따로 떨어져 있다.

그 당시의 어느 겨울날 언니와 나는 병원으로 갔다. 몹시 추웠기 때문에 어머니는 우리에게 모자를 단단히 매어 주었다. 모자의 모양은 백설공주에 나오는 일곱 난쟁이가 쓴 카프가 달려 끈으로 매는 그런 것이었다. 언니는 초록색이고 내 것은 자주색이었다. 그 당시 언니의 옷은 대부분 초록색이고 내 옷은 자주색이었다. 아마 은연중에 우리의 옷 색깔은 그렇게 정해져 버린 것 같다.

붉은 벽돌로 지어진 외과 병동 건물은 마른 담쟁이 덩굴이 엉켜 붙어 있다.

우리는 낯익은 그 건물 안으로 들어갔다. 언니는 높다란 의자에 앉아 강한 태양등을 상처 난 손가락 부분에 장시간 동안 쏘였다. 그리고는 여느 날처럼 병원의 공원 같은 정원 — 겨울이라서 앙상한 나뭇가지만 뻗쳐 있는, 사철나무들도 추위로 한껏 웅크린 — 그런 정원을 지나 집으로 돌아왔다. 어머니가 대문에 들어서는 우리를 보자 언니에게 모자를 어떻게 했느냐고 물었다. 나는 그때까지 언니의 모자가 없어진 것을 모르고 있었는지 지금 잘 기억되지 않는다. 언니는 바람에 불려 갔다고 말했다. 어머니는 바람에 불려 가는 것을 쫓아가서 잡지 못했느냐고 했다. 아마 언니는 치료가 끝난 후 의사와 간호부가 어려워서 모자를 매지 않고 그냥 밖으로 나와서는 그대로 잊어버리고 걸었는데 겨울 바람이 세서 모자를 후딱 벗겨 가버린 모양이라고 나대로 추측했다. 그런데 어찌된 것이, 언니는 치료를 받을 때 높다란 의자에 앉아서 자기의 초록색 모자가 야트막한 사철나무 가지에 걸려 있는 것을 창으로 보았다고 며칠 후 내게 번복하여 말했다. 초록색 모자는 바람에 불려 땅에 떨어지고 조금 쓸려 갔는데 지나가던 어떤 남자가 그것을 줍더라고 했다. 그것이 내 모자라고 왜 말을 못했니, 창문으로 보았을 때 나한테 말했으면 내가 뛰어가서 찾아올 텐데.

나는 지금 그 모자의 색감, 그리고 헝겊의 질 — 탄력성이 있으며 비단처럼 약간의 광택이 있고 헝겊 자체에 같은 색깔의 무늬가 보일 듯 말 듯 찍혀 있다 — 같은 것을 생생하게 떠올릴 수 있다. 기억이란 그것뿐이다.

모자는 바람에 불려서 날려갔고, 날려간 모자는 어느 사철나무 가지에 앉았다가 다시 바람에 쓸려 땅에 떨어졌으며 땅에 떨어진 모자를 어떤 남자가 주워 갔다. 그런데 지금 나는 그 기억에서 언니와 내 인생의 어떤 암시를 보는 듯 여겨진다. 그것은 어떻게 우리의 손이 가 닿지 않은 불가사의한 일로 생각되었다. 모자는 왜 바람에 불리어 낯선 남자가 주워 가게 되었을까. 아니, 그보다 언니가 얘기하는, 어쩐지 해득할 수 없는 겨울날의 그 환상적인 분위기는 무엇일까. 언니의 죽음은 언니의 손가락에서 온 것이 아니라 벌써 그 이전 우리의 손이 닿지 못할 그 어떤 것에서부터 온 것이 아닐까. 그리고 지금의

나에게서 헤어 나올 수 없는 이 나 또한. 우리는 다만 운명이 조종하는 줄대
로 살아 주고 있음이 분명한 게 아닐까.

　문을 굳게 닫은 거리의 상점들은 가로등불에 긴 그물 같은 그림자를 던지
고 있다. 바람이 빈 거리를 훑으며 지나갔다. 통금이 되기 전에 이제 집으로
돌아가야 했다. 나는 겨우 몸을 일으켰다. 이마에는 덥지도 않은데 땀이 흘
렀다. 다시 개천을 내려다보았다. 나는 무의식적으로 바바리 속 양 어깨에
분장하기 위해 달아 입었던 두 개의 머플러를 꺼냈다. 대강 접어서 핀으로 달
았던 것이다. 우연히도 그것의 색깔들은 하나는 초록이 주조를 이루고 하나
는 자주 계통의 무늬가 진 것이었다. 잠깐 망설이다가 그것들을 개천에 떨어
뜨렸다. 두 개의 머플러는 살포시 무게도 없이 떨어져 더러운 물에 얹혀서 흘
러 내려갔다.

　나는 미련 없이 다리 난간에서 물러섰다. 걷기 시작하자 군악대의 소리가
내 속에서부터 울렸다. 오 내 나이 어릴 때 내 입은 가볍고……전력이 약해진
녹음 테이프처럼 음은 불안정하게 내 마음벽 사방에 부딪혔다. 나는 걸레처
럼 후줄그레해진 몸을 이끌고 그래도 있는 힘껏 발을 크게 떼어 놓으려고 애
썼다. 그때 문득 다리 끝에 초록색 모자를 쓴 아까 낮에 만난 남자가 보였다.
남자는 한 가닥 연기처럼 어둠 속에서 출렁이고 있었다. 바로 저것이다. 나
는 솟구쳐 오르는 주체할 수 없는 힘으로, 이이익, 혼신을 다 짜내어 외쳤다.

　끊어라, 저 줄을 끊어라.

작가소개　김채원 (1946~ 　)

경기도 덕소에서 출생했다. 1976년『현대문학』에 단편「먼 바다」등이 추천되어 문단에 나왔다. 주요작품으로「초록빛 모자」「나이아가라」「봄의 끝」「겨울의 환」「오후의 세계」등이 있다. 김채원의 작품은 여성 특유의 섬세한 감정과 심리적 변화를 세밀하게 그린다는 평가를 받는다. 그리고 감각적이고 독백적인 문체, 다양한 이미지즘 등이 그의 소설이 가진 큰 특징이다.

작품해설

1979년『현대문학』에 발표된「초록빛 모자」는 외부와 단절된 채 자기만의 삶을 살아가는 서른 살 독신녀의 우울한 내면적 삶을 감각적이고 상징적인 문체로 묘사하고 있다. 이 소설이 던지는 주제적 측면보다는 소설의 행간에 숨어 있는 서정적 분위기를 음미하며 읽어 보도록 하자.

읽고 나서

(1) 이 소설 주인공의 내면에 자리한 또 하나의 자아(또는 주인공의 성격에 가장 큰 영향을 끼친 인물)은 누구인가?
— 자살한 언니
(2) 초록빛 머플러가 상징하는 바는 무엇인가?
— 주인공이 현실과 타협하기 위해서 내어 던져야 할 껍질.

계절

송 영

　수업이 끝나자, 학생들이 복도로 우르르 몰려 나갔다. 중학교 일학년 아이들은 휴식 시간만 되면 마치 고삐에서 풀려난 놈들처럼 유달리 소란을 피워 댔다. 녀석들이 거의 자리를 떠난 다음에야 기요(基要)는 책과 백묵통을 들고 천천히 교단에서 내려왔다. 그는 방금 수업 시간중에 많이 떠들었고 유독 많은 판서(板書)를 했기 때문에 목이 칼칼하게 메말랐고 바른쪽 팔이 찌뿌듯이 저려 왔다. 그렇지만 교무실로 들어가서 사환 아이에게서 한 잔의 보리차를 얻어 마시고 담배 한 대를 피우고 나면 이까짓 증세는 곧 사라질 것이다. 그는 다음 시간에도 수업이 있었는데 역시 유독 많이 떠들 수밖에 없는 일학년 학급의 수업이었다.

　다음 시간에 수업이 있는 사람에게는 오 분의 휴식 시간이 아주 짧게 느껴졌다. 기요는 부리나케 교무실로 돌아와 먼저 사환 아이에게 보리차를 얻어 마신 다음에 곧 자기 자리에 가서 앉았다. 그는 다음 수업의 교재 준비를 제쳐놓고 우선 책상의 서랍 속에서 담배와 성냥을 꺼냈다. 교재를 간추리는 일은 천천히 담배를 피워 가면서 하여도 늦지 않은 것이다. 기요는 그렇게 해왔다. 그가 담배를 입에 물고 마악 성냥을 켜려고 했을 때 두 명의 남자가 교무실로 성큼성큼 들어왔다. 앞에 선 사람은 서른댓 살쯤 되어 보였고 뒤에 따라오는 사람은 스물댓 살쯤 되어 보였다. 성냥을 켜려다 말고 기요는 낯이 선 그 두 사람을 넌지시 지켜 보았다. 이때 앞에 선 사람의 눈길과 기요의 눈길이 잠깐 서로 마주쳤다. 그 사람은 손님치고는 다소 무례할 만큼 딱딱하게 굳은 표정으로 기요의 얼굴을 바라보았으나 기요는 별로 개의치 않고 한동안 그 사람을 마주 쳐다보았다. 교무실에는 각종의 직업에 종사하는 부형들의 낯선 얼굴들이 하루에도 몇 차례나 나타난다. 따라서 교사들은 이런 풍경에는 비교적 익숙했다.

어느 분이 김기요 선생입니까?

앞에 선 사람이 여전히 기요의 얼굴에서 눈길을 거두지 않은 채 마치 자기 아이의 담임 선생을 찾는 듯한 어조로 물었다.

제가 김입니다.

기요는 입에 물고 있던 담배를 얼른 책상 위에 내려놓고 자리에서 벌떡 일어섰다. 그는 흔히 그렇게 해왔듯이 선 자리에서 허리를 약간 굽히면서 매우 부드러운 어조로 그 사람에게 물었다.

실례지만 누구의 부형 되십니까?

앞에 선 사람은 기요의 물음에는 대답하지 않은 채 다시 기요에게 물었다.

당신이 김기요입니까?

그렇습니다. 제가…….

그렇다면 이쪽으로 좀 나와 주십시오.

기요의 대답이 끝나기도 전에 그가 교무실 바깥을 손으로 가리키며 재빨리 말했다. 기요는 무심코 그 사람의 말에 따랐다. 교무실로 처음 찾아온 부형들 중에는 성격이 몹시 괴팍스런 사람이 있었다. 어떤 사람은 자기 부하를 다루듯이 자기 아이의 선생을 다루었고 어떤 사람은 질이 나쁜 세리(稅吏)[1]를 바라보듯이 아주 불쾌한 표정으로 선생을 보았다. 그들이 복도로 나왔을 때 복도에는 왁자지껄 떠들어대는 아이들이 한참 붐비고 있었다. 세 사람은 한동안 거기에 멈춰 서서 머뭇거렸다.

여기서 제일 조용한 방이 어딥니까?

역시 나이가 많은 남자가 기요를 돌아다보며 물었다.

---

1) 세리 : 세금을 받는 관리.

교장실이지요.

기요는 무심코 대답했다.

마침 잘되었군. 우리는 그분도 만나 뵈어야 하니까.

그 남자는 교장실로 자기들을 안내하라는 듯이 기요를 쳐다보았다. 기요는 잠깐 망설였으나 이내 그들을 교장실로 데리고 갔다. 기요는 그 남자가 하필이면 '가장 조용한 방'을 찾은 것이 언뜻 의아스러웠지만 왜 그런 곳을 찾느냐고 묻지는 않았다. 교장실에는 마침 방의 임자가 잠깐 자리를 비우고 있었다.

기요는 우선 그들에게 소파의 자리를 권했다.

괜찮아요. 우리는…….

나이가 많은 남자가 손을 휘저으며 사양했고 한편으로는 안 호주머니에 손을 넣어 조그만 수첩을 꺼냈다. 그는 수첩을 펼치며 기요의 코밑으로 바짝 내어 밀면서 말했다.

우리는 여기서 왔습니다.

기요는 그 남자가 내미는 수첩을 언뜻 보았으나 졸지간에 눈이 어찔어찔해서 그것이 무엇인지 확실히 알아내지 못했다. 젊은 남자는 자기 선임자의 뒤켠에 우두커니 서서 기요의 일거일동을 자세히 지켜 보고 있었다.

이제 알겠소?

나이가 많은 남자가 수첩을 거둬들이면서 넌지시 물었다. 기요는 그의 수첩을 분명하게 확인하지는 않았으나 가만히 고개를 끄덕였다. 그는 잠시 동안 꼿꼿하게 서서 창 바깥을 바라보았다. 교장실 창 바깥에는 조그만 화단이 있었고 그 화단에는 지금 초여름 오후 뜨거운 햇살이 한참 내리쬐고 있었다. 작은 완상목(玩賞木)[2]들과 꽃나무들은 요즈음 자라는 속도가 더욱 빨라지고 있었다. 이맘때에는 누구든지 자기의 일을 새롭게 시작하려는 의욕을 느끼는 것이라고 기요는 문득 생각했다. 벌써 수업이 시작되었는지 교사 주위가 조용했다. 그는 얼떨결에 수업 시간을 알리는 종소리도 듣지 못하고 있었다. 이미 수업이 시작되었다면 서둘러서 담당한 교실로 돌아가야지. 버릇처럼 이

---

2) 완상목 : 취미로 구경하기 위해 기르는 나무.

런 조바심이 고개를 쳐들었지만 기요는 서 있는 자리에서 한 발자국도 움직이지 않았다.

김 선생님, 어디 계십니까?

사환 아이가 서무실로 들어와서 그를 부르는 소리가 들려 왔다.

수업이 시작되었는데 어디로 가셨지?

대답소리가 없자 답답한 듯 이렇게 혼자서 중얼거렸다.

제가 나가서 말해 주고 오겠어요.

선임자를 향해 이렇게 말하면서 기요가 마악 걸음을 옮기려고 하자, 뒤에 서 있던 남자가 갑자기 기요 앞을 가로막았다. 그는 그의 선임자보다 한층 긴장된 표정으로 기요를 쏘아보며 몹시 거칠게 말했다.

지금부터 당신은 우리 허락 없이 꼼짝도 하면 안 된다구.

그렇지만 다른 사람이라도 수업에 들여보내야 할 게 아닙니까?

기요는 억지로 웃어 보이며 나이가 많은 남자에게 말했다. 그 남자는 기요의 말에는 아무런 대꾸도 하지 않고 자기 동료를 돌아다보며 말했다.

역시 이 기관의 책임자에게 얘기는 하고 가야겠지?

교장이 지금 없는데 어떻게 기다리죠? 상사님, 까짓거 그냥 갑시다요.

아냐, 얘기는 해두는 게 뒤에 탈이 없다구. 교장 선생은 어디 가셨수?

상사라고 불린 남자가 기요를 쳐다보았다.

확실히 모르겠는데요. 그러나 바쁘시다면 서무과에 애길 해도 괜찮겠지요.

그럼 내가 서무과에 갔다오겠으니 넌 여기서 기다리고 있어.

상사는 젊은이에게 당부하고 교장실과 이웃하여 있는 서무실로 갔다. 그가 자리를 비운 사이에 두 사람은 한마디도 나누지 않고 묵묵히 서 있었다. 이 분쯤 지난 뒤에야 상사가 서무계 서기와 함께 다시 나타났다. 서무계 서기는 매우 마땅치 않은 듯한 표정으로 기요에게 대뜸 물었다.

아니, 이분들이 왜 김 선생님을 데리고 가는 겁니까?

이분이 방금 말씀하지 않았는가요?

상사를 눈으로 가리키며 기요가 말했다.

이분 이야기는 데리고 가야겠다, 단지 그 말뿐인데요.

그럼 선생이 간단히 말해 주시오.

상사가 기요에게 퉁명스럽게 말했다.

기요는 그러나 아무런 얘기도 할 수가 없다. 그는 갑자기 벙어리가 되어 버린 사람처럼 멍청한 표정으로 늙은 서무계 서기를 바라보고 있었다. 잠깐 사이에 기요의 이마에는 식은땀이 배어났다. 그는 서무계 서기를 속일 생각은 털끝만큼도 없었으나 장소가 장소이고 그리고 이 늙은 서기가 이 상태에 관해서 아무것도 모르고 있었기 때문에 돌연하게 그 얘기를 꺼내기가 어려웠다.

하여튼 제가 갔다와서 말씀드리죠.

기요가 간신히 이렇게 말하자, 눈치가 빠른 서기는 금방 기요의 심중을 알아차렸다.

그럼 잘 다녀오십시오. 제가 교장 선생님께도 말씀드리지요.

서기는 일에 쫓기고 있다는 듯 곧 서무실로 돌아가 버렸다.

상사님, 이제 갑시다.

젊은 남자가 뒷주머니에서 수갑을 꺼내면서 서둘러 댔다. 그가 들고 있는 수갑은 유리창을 통해 비껴드는 햇살에 비치어 허옇게 번쩍거렸다. 그 강철의 수갑을 쳐다보면서 기요가 떠듬떠듬 말했다.

절대로 도주하지는 않을 테니까 그냥 이대로 가십시다.

상사가 화가 난 얼굴로 기요를 쏘아보았다.

누구 맘대로 그렇게 하겠다는 거야? 오 년이나 도주하고 다닌 사람 말에 우리가 속을 줄 알고?

그는 큰 웃음을 치면서 빨리 수갑을 채우라고 눈짓했다.

우리가 이 정도로 대우하는 것을 고맙게 아쇼, 응. 우리는 선생에게 신사적으로 하고 있는 거요.

젊은이가 기요의 앞으로 다가와서 수갑을 내밀며 말했다. 기요는 순식간에 머리가 뜨겁게 달아올랐다.

아이들 앞에서 내 꼴이 뭐가 됩니까? 학교를 벗어난 다음에 채워 주시오.

146 중학생을 위한 소설 30선 (下)

기요는 남자를 바라보며 부르짖듯이 말했다.

흥, 체면은 알고 있는 친구로구먼. 그러니까 제자들 앞에서는 곤란하다 이 말씀인가.

상사가 몹시 당황하고 있는 기요를 쳐다보며 빈정거렸다.

우리가 특별히 당신에게 가혹하게 구는 것이 아니고 이제는 누구라도 마찬가지요. 절대 당신 편할 대로 해줄 수 없어요.

절대 도주하지 않을 거요. 나는 전부터 이미 각오하고 있었다구요. 오 년 동안 도주하고 다녔다고 말하지만, 나는 한 번도 스스로 피해 본 일은 없어요. 당신들이 나를 찾아내지 못했을 뿐이지.

기요는 흥분을 가라앉히면서 나직하게 말했다.

그러면 우리가 당신 사정을 특별히 봐주겠소. 일단 학교를 벗어날 때까지는 수갑을 채우지 않겠소. 그러나 혹 엉뚱한 생각일랑 아예 하지 마소.

상사가 이렇게 말하고 먼저 교장실 밖으로 걸어 나갔다. 세 사람이 복도로 나왔을 때 복도에는 사람이 하나도 보이지 않았다. 그들은 긴 복도를 지나서 현관으로 나왔다. 그들이 현관 바깥으로 마악 나오려고 했을 때 뒤에서 수업계 담당 교사가 헐떡이며 쫓아 나왔다.

김 선생, 오후에 두 시간이 더 있는데 어떻게 하시겠소? 금방 돌아오신다면 그대로 두겠지만, 그렇지 않으면 대책을 세워야 하니까요.

오늘은 수업하기 어렵겠는데요.

기요는 웃어 보이며 수업계 담당 교사에게 말했다.

졸지간에 손님이 오셨기 때문에 딱하게 되었군요.

그러나 한 시간 정도면 돌아오실 수 있지 않겠어요? 무슨 그렇게 긴 얘기가 있습니까?

도수 높은 안경을 쓰고 있는 수업계 담당 교사가 옆에 서 있는 두 사람을 힐끗 쳐다보았다.

하여튼 제가 가급적 빨리 돌아오도록 노력하지요. 그럼 수고 좀 하십시오.

기요는 서둘러서 말끝을 맺었다.

교문을 빠져 나오자, 기요는 한층 흥분이 가라앉았다. 길을 걸을 때는 상사와 젊은이가 기요의 양편에 나란히 서서 걸었다. 그들은 한 발자국도 앞서거나 뒤로 처지지 않고 매우 신중하게 기요의 옆에 붙어서 걸어갔다.

버스로 갈까요? 상사님.

젊은이가 상사에게 물었다.

가만 있어. 우선 어디서 수갑을 채우고 가야지.

상사는 주위를 두리번거리며 말했다. 그들은 이미 번잡한 거리로 나와 있었기 때문에 수갑을 채우는 데 마땅한 장소가 언뜻 눈에 뜨이지 않았다.

이 근처에 파출소가 있으면 좋겠는데.

이 근처에 파출소가 없습니까?

여기서 이백 미터쯤 걸어가면 있지요.

기요가 행길 저쪽을 턱으로 가리키며 대답했다.

갑시다, 거기로.

상사가 말하고 다시 걷기 시작했다. 두 사람은 여전히 기요의 양쪽에 꼭 붙어서 걸었다. 그들은 이렇게 신중한 동작이 이미 몸에 배어 있는 것처럼 보였다.

그런데 그동안 쭈욱 어디에 숨어 있었소?

상사가 약간 부드러운 말투로 기요한테 물었다.

나는 특별히 내가 숨어 있었다고 생각하지는 않습니다. 다만 당신들이 나를 찾아내지 못했을 뿐이지요.

하하, 이 친구 뱃심이 보기와는 다르구먼. 그러니까 내가 떳떳하게 돌아다녀도 너희들이 감히 나를 찾아내겠냐 이 말이군. 이거 보쇼. 우리가 오 년 동안 당신을 줄곧 찾고 있었다는 사실을 알고 있소?

기요는 묵묵히 걷고만 있다가 한참 만에 힘없이 말했다.

그 기간은 내게도 아주 지루했지요. 언제쯤 이런 때가 올 줄은 알고 있었지요. 이제 그때가 왔으니까 차라리 마음이 편하군요.

당신은 왜 군대를 걷어차고 나가 버렸소? 더구나 장교 신분을 가졌던 사람이. 군인이 싫어졌소? 싫어졌다면 정당하게 나가는 길도 있었지 않소.

그때 상황으로는 어쩔 수가 없었죠. 군인이 싫다거나 좋다는 그런 이유 때문이었다면 정당하게 빠져 나올 기회도 있었겠지요. 그러나 그때 내가 튀어 나오게 된 것은, 아니 이야기가 길어지니까 관두겠소.

그럼 그 이야기는 두었다가 검찰관 앞에 가서 하쇼. 우리는 당신을 데리고 가는 것이 임무니까.

파출소 앞에까지 와서 그들은 멈춰 섰다. 상사가 먼저 파출소 안으로 뚜벅뚜벅 걸어 들어갔다. 경관 한 사람이 사무실 입구에 앉아서 무엇인가 끄적이고 있다가 머리를 들고 상사를 쳐다보았다. 상사는 안 호주머니에서 조금 전에 기요에게 보여 줬던 수첩을 꺼내서 경관에게 살짝 보여 주며 뭐라고 간략하게 말했다. 경관은 잘 알겠다는 듯이 곧 머리를 끄덕였다. 상사가 뒤를 돌아다보며 파출소 안으로 들어오라고 손짓했다. 이때 젊은 남자가 갑자기 기요의 한쪽 팔을 붙잡고 파출소 안으로 떠밀고 갔다. 혼자서 파출소를 지키고 있던 경관은 별다른 흥미도 없다는 듯이 매우 덤덤한 눈길로 그들의 거동을 지켜 보았다. 기요는 얼떨결에 두 손을 모아서 앞으로 내밀었는데 젊은 남자가 기요에게 바른쪽 팔은 필요하지 않다고 말했다. 젊은 남자는 뒷호주머니에서 수갑을 꺼내더니 한쪽은 기요의 왼쪽 팔에 채우고 한쪽은 자기의 오른쪽 팔에 채웠다. 그때 기요는 자기의 왼쪽 손가락에 아직까지 백묵가루가 허옇게 묻어 있는 것을 보았다. 그는 미처 손을 씻고 나올 겨를도 없었던 것이다.

훈장은 역시 별수가 없군.

백묵가루가 묻어 있는 그 손을 보고 상사가 말했다. 젊은 남자도 기요의 왼쪽 손을 한번 힐끗 쳐다보고 다시 기요의 얼굴을 쳐다보았다. 그는 기요에게 무슨 말을 할 듯하다가 곧 입을 닫아 버렸다. 그들은 파출소에서 나와서 다시 행길을 천천히 걸었다. 이제 상사는 기요의 옆에 바짝 붙어서 걸을 필요가 없었다. 상사는 두어 발자국 앞서 걸어갔고 젊은 남자만이 어쩌는 도리없이 기요와 나란히 걸어갔다. 그 남자는 행인들의 시선으로부터 두 사람의 팔목에 채워진 수갑을 감추느라고 기요에게 더욱 가깝게 붙어서 걸었다. 특별히 주의를 기울여 보지 않는다면 그들 두 사람이 사슬로 연결되어 있다는 것을 쉽게 알아차릴 수는 없었다.

남자라면 이런 경험도 한 번쯤 있어야지요.

바짝 옆에 붙어서 걷고 있는 젊은이가 어색하게 웃어 보이며 말했다. 그는 이제 상대방이 도주할 염려가 없어졌기 때문에 마음이 놓이는 모양이었다. 기요는 그가 위로 삼아 하는 말에 아무런 대꾸도 하지 않았다.

교원 생활을 오래 했소?

젊은이가 나지막한 소리로 다시 기요에게 물었다.

몇 년 되지요.

기요는 덤덤하게 대답했다. 표정이 몹시 딱딱하던 그 젊은 남자는 한결 부드러운 눈초리로 기요를 돌아다보았다.

아까는 사실 나도 혼났수다. 이 생활이 벌써 몇 년째이지만 그런 경우는 처음이었다구요.

어떤 경우 말인가요?

나도 고등학교 나온 지 몇 년 안 되거든요. 아까 복도에서 수업 끝나기를 기다릴 때는 참 난처했지요. 그것 참 못할 짓이던데요.

앞서가던 상사가 뒤돌아보며 젊은 남자에게 물었다.

야, 김 병장. 너 여기서 파견대까지 몇 킬로미터쯤 되는지 알아?

글쎄요. 직코스로 가면 십 킬로미터쯤 되겠지요.

그럼 택시로 가자.

상사는 마침, 그들의 옆에 와서 손님을 내려놓고 곧 떠나려고 하던 택시를 잡아 세웠다. 김 병장과 기요가 먼저 뒷좌석으로 올랐다. 기요는 가운데에 앉았고 상사와 병장이 기요의 양쪽에 각각 앉았다.

운전사 양반, 대방동까지 직코스로 가는데 말이지, 한번 최고 속도로 뽑아보쇼.

상사가 마치 부하에게 지시하는 것처럼 운전사에게 말했다.

속도 위반에 걸리면 댁에서 책임지실 거요?

운전사가 돌아다보지도 않고 볼멘 소리로 투덜거렸다.

그러면 우리가 시방 드라이브나 하는 사람들같이 보이우?

상사가 짓궂게 다시 말했으나 운전사는 더 대꾸하지 않고 차를 몰았다. 택시는 수색 정거장 광장을 지나서 새로 포장된 널따란 도로로 들어섰다. 이 도로는 신촌 방향으로 뻗어 있었다. 시가지를 벗어나면서부터 차의 속도가 빨라지자 반쯤 열어둔 차창을 통해 시원한 바람이 비껴 들어왔다. 그들은 잠깐 동안 도로 주변에 새로 조성되는 주택지구를 바라보느라고 말이 없었으나 병장이 곧 그 침묵을 깨뜨렸다.

학교로 다시 돌아갈 수는 없을 텐데 어떻게 할 참이오?

그는 정말 딱하다는 표정으로 기요를 돌아다봤다.

나도 알고 있어요. 그러나 불가능하다는 것을 알고 있지만 만약 돌아갈 수가 있다면 꼭 돌아가고 싶은데요.

기요는 똑바로 앞을 보면서 헛소리처럼 중얼거렸다.

당신 얘길 듣고 보니까 우리들이 영락없이 악당들이 되었는데.

상사가 한숨을 쉬고 나서 말을 계속했다.

하기야 우리들이 찾아내지 못했다면 당신은 당분간 무사하게 교육자 노릇을 할 수가 있었겠지. 그러나 우리는 이것이 직업이고 잘못은 우리보다 당신에게 더 많은 거요. 당신은 좌우간 군대의 법을 어겼으니까.

꼭 불가능하다고만 말할 수는 없죠.

병장이 다시 기요에게 말했다.

나중에 재판받을 때 검찰관이나 심판관에게 잘 말해 보쇼. 혹시 아우? 정상 참작[3]이란 것도 있으니까.

야, 임마. 금년부터는 군기가 더 엄해져서 그런 것 없다구.

상사가 병장의 억측을 한마디로 부정했다.

오랫동안 무사했지만 결론적으로 당신은 운수가 좋지 않은 사람이라구. 하필이면 금년에 와서 붙잡힐 건 또 뭐야. 정말 금년부터 군기가 훨씬 엄해졌다

---

3) 정상 참작 : 법관이 범행동기 기타 정상을 참작하여 형벌을 경감함.

이 말이오. 작년에만 붙잡혔어도 혹 모를 텐데. 거기 가보면 내 말이 사실인지 아닌지 곧 알 거요.

상사는 몇 번이나 혀를 차면서 안타까운 표정을 지어 보였다.

사실은 나도 입대했던 첫해에 도망친 일이 있었죠. 두 번씩이나 부대에서 이탈했다가 붙잡혀 가지고 되게 혼이 났죠.

병장이 무슨 자랑처럼 그의 경험담을 털어놓았다.

정말 그때는 선임자들 등쌀에 하루도 배겨내지 못할 것만 같았다구요. 에라 될 대로 되어라. 어디 가서 술이나 잔뜩 마셔 버릴까 부다. 하루에도 수십 번 이런 생각이 솟구쳤지 뭐요.

야, 임마. 말도 마라. 너 따위는 인제 겨우 시작이야. 나는 이 생활이 십 년째야. 입에서 썩은 냄새가 풀풀 나오는 지경이라구.

상사가 가소롭다는 표정으로 병장을 건너다 보았다.

누구나 좋아서 하는 놈은 없다 이거야. 너나 나나 그리고 이 양반까지도. 이 양반은 싫다고 걷어차고 나가 버렸지만 그러나 이 양반도 비록 본의는 아니겠지만 다시 돌아오고 있으니까 마찬가지 입장이지.

어때, 교원 생활은 재미가 좋았소?

상사는 담배를 꺼내 입에 물고 나서 기요에게도 담배를 권했다. 기요가 한 대의 궐련을 받아 입에 물자, 그가 라이터를 꺼내 불을 붙여 주었다. 기요는 담배를 한 모금 태우고 난 뒤에 말했다.

사실은 가르치는 일도 매일 되풀이하다 보면 지독한 고역이죠. 그러나 지금 생각은 그렇지만은 않은데요.

알 만하겠소.

상사가 기요의 얼굴을 힐끗 돌아다봤다.

나도 중학교 다니는 놈이 하나 있다우. 선생은 담당 과목이 뭣이었소?

영어요.

영어? 우리 집 그놈은 그런데 영어를 지독하게 못한단 말야. 이놈이 수학은 어지간히 하는데 말이지. 영어 공부는 어떻게 시키면 되우?

특별한 방법이 없지요. 집에서 보게시리 좋은 참고서나 한 권 사주시오.

아이구, 말 마쇼. 내가 사준 책이 열 권도 더 될 거라구. 하여튼 난 사 달라는 대로 죄다 사줬으니까.

그렇게 많이 사주면 더 공부를 안 하게 되죠. 참고서는 딱 한 권이면 충분합니다.

그런가요? 무얼 알아야 면장을 해먹지.

택시가 합정동 로터리에서 강변 도로로 접어들자, 차창을 통해 마포 강변이 펼쳐졌고 강변 저쪽 건너편으로 영등포 공장 지대의 우뚝우뚝 솟아오른 굴뚝들이 멀리 바라다보였다. 그들은 목적지가 가까워졌다는 것을 깨닫고 갑자기 부질없는 사담(私談)을 뚝 그쳤다. 특히 기요의 양쪽에 앉아 있는 상사와 병장은 가운데 앉아 있는 사람과 그들 자신과의 관계를 새삼스럽게 깨닫고 금방 표정이 굳어져 버렸다. 이때 기요는 팔목의 시계를 보았다. 벌써 오후의 두 번째 수업이 끝났을 시간이었다. 누가 나의 대리(代理)로 수업에 들어갔을까? 내가 돌연 수업에 나오지 않은 것을 알게 된 아이들의 반응이 어땠을까? 그는 비로소 그 학교의 교실과 아이들을 떠올려 보았다. 그러나 그 아이들은 아직 아무것도 모르고 있을 것이다. 시간이 더 지난 뒤에도 그 아이들은 모르고 있을 것이다. 그 아이들에게 알려질 필요는 없다. 기요는 이렇게 생각했다.

대방동 어디라고 하셨죠?

제이한강교를 지나면서 운전사가 물어왔다.

○○파견대가 있는 곳을 아오?

병장이 운전사에게 다시 물었다.

네, 압니다.

그럼 됐소. 목적지는 거기요.

병장이 퉁명스럽게 말했다.

상사의 지시에 따라 택시는 파견대의 정문이 멀리 바라다보이는 지점에서 정차했다. 차에서 내린 그들은 그 길로 곧장 파견대로 향하지 않고 근처의 식당으로 들어갔다.

우리는 여태 점심도 거른 채 돌아다녔지 뭐요. 이 직업이 원래 그런 직업
이라구.

맨 먼저 식당 앞으로 들어서던 상사가 기요를 돌아다보며 이렇게 투덜거렸
다. 그들은 이 식당에서 제일 조용한 방이라고 생각되는 맨 구석방으로 들어
가 자리를 잡고 앉았다.

우리 두 사람은 간단하게 우동으로 하겠는데 댁은 뭘 드실라우?

상사가 여전히 딱딱하게 굳은 표정으로 기요를 보면서 물었다. 기요가 머
리를 옆으로 흔들자, 상사가 다시 말했다.

먹기 싫어도 무어든 시키쇼. 이거는 사회에서 마지막 식사가 될 테니까.
무어든 기름기 있는 걸로 시키쇼. 사실 우리는 구내 식당에 가면 더 싸게 먹
을 수 있지만 일부러 여기 온 거요. 내 말뜻 알겠소? 그러나 요금은 각자 부
담이니까 그런 줄 아쇼.

기요는 상사의 권유를 따르기로 했다. 그가 상사에게 말했다.

그러면 나는 곰탕으로 시키겠소. 두 분도 기왕이면 기름기 있는 걸로 시키
십시오. 요금은 내가 지불하죠.

이번에는 상사가 기요의 제의를 완강하게 거절했다. 그럴 필요 없어요.
우리 거는 우리가 지불할 거니까.

별다른 뜻은 없으니 오해하지 마십시오. 다만 내 호주머니에 지금 몇 푼
있는데, 이것은 앞으로 별로 필요하지도 않을 것 같고, 그리고 동기야 무엇이
든 두 분이 오늘 나 때문에 수고하셨으니까.

기요의 옆에 앉아 있던 병장이 기요의 말을 가로막았다.

그 점에 대해서는 걱정하지 마쇼. 우리는 오늘 실적으로 우동값 정도는 보
상을 받으니까요.

그러나 우리는 오늘 처음 만났고 또 헤어질 텐데 야박하게도 음식값을 지
불하는 문제로 왈가왈부할 필요가 있습니까?

그거는 이 양반 얘기가 옳다. 그럼 우리도 곰탕을 시키자구.

상사가 수월하게 결론을 내렸다. 그들은 식사가 끝낸 뒤에 각각 담배를 꺼내서 입에 물었다. 이번에도 상사가 기요가 물고 있는 궐련에 불을 붙여 주었다.

부인은 있소?

병장이 갑자기 생각난 듯 기요에게 물었다.

만약에 나에게 부인이 있다면 내일쯤에는 아주 비극적인 장면이 벌어지겠지만 유감스럽게도 나는 미혼입니다.

그거 다행이로군.

상사가 혼잣말로 중얼거렸다.

그러면 애인은 있을 거 아니오? 애인도 없소?

젊은 병장이 호기심이 가득 찬 눈초리로 기요를 쳐다보았다.

애인이 있다면 더욱 비극적이게요?

기요가 빙긋이 웃어 보이며 병장에게 반문했다.

애인이 없다는 사람은 나는 또 처음 보는데?

병장은 기요의 말이 쉽사리 믿어지지 않는 모양이었다. 이때 상사가 헛기침을 두어 번 하고 나더니 자못 엄숙한 표정으로 기요를 똑바로 쳐다보았다.

이것은 어디까지나 가정이지만, 만약에 우리가 임의(任意)대로 하려고 한다면 여기서 당신을 돌려보낼 수도 있소. 아직 신고를 하지 않았으니까. 그렇게 하려면 지금이 마지막 기회지요. 하필 지금 와서 내가 왜 그 이야기를 꺼내는지, 그 이유를 나 자신도 모르겠으나 나는 처음부터 주욱 그런 충동을 느껴 왔던 게 사실이오. 택시 안에서도 나는 줄창 그 생각만 하고 있었소. 당신을 우리 임의대로 돌려보낸다면 물론 우리는 군법을 어기는 것이지만 그거야 저놈하고 나하고 두 사람이 입만 꾹 다물고 있으면 무사하게 넘어갈 수도 있지요. 택시 안에서 내가 생각한 것은 이거요. 당신은 교사로서 국가에 훌륭하게 봉사하고 있다 이 말이오. 그런데 그런 사람을 붙잡아다 놓으면 군기는 약간 세워지겠지만 결과적으로 국가에 이득이 있는 일이냐? 이 점을 생각했던 것이오. 나는 어디까지나 호송인이니까.

상사님, 너무 늦었지 않습니까?

병장이 팔목의 시계를 들여다보며 상사에게 말했다.

음, 알았어. 덕분에 잘 먹었수다. 이 다음에 언제 좋은 때가 오면 그때는 내가 한턱 내겠수다.

자리를 털고 일어서며 상사가 기요에게 말했다.

파견대의 정문을 지키고 있던 위병은 세 사람이 정문을 통과할 때 그들을 거들떠보지도 않았다. 물론 두 사람에 관해서는 낯이 익었겠지만 위병은 새 손님에게조차 전혀 흥미가 없는 듯한 표정이었다. 일행이 들어간 방은 녹색 단층 건물의 어둑어둑한 방이었다. 대위 한 사람이 방 가운데에 놓여 있는 책상 앞에 앉아서 옆자리의 사병과 큰 소리로 잡담을 나누고 있다가 문을 열고 들어서는 세 사람을 쳐다보았다. 상사가 그 대위 앞으로 뚜벅뚜벅 걸어가더니 거수 경례를 붙이고 절도 있는 어조로 말했다.

한 놈 붙잡아 왔습니다.

누구 말이야? 이리 데리고 와 봐.

대위가 매우 번거롭다는 듯이 미간을 잔뜩 찌푸리며 말했다. 상사가 다시 뒤로 돌아와서 병장더러 잠깐 기요의 팔목에서 수갑을 풀라고 말했다. 수갑에서 풀려난 기요는 대위 앞으로 끌려갔다.

이름이 뭐지?

기요의 얼굴을 힐끗 쳐다보고 나서 대위가 물었다.

김기요입니다.

이 자가 우리 기록으로 넘어온 게 언제부터지?

대위가 이번에는 상사에게 물었다.

오 년쯤 되었습니다.

오 년이라구? 그럼 징역을 오 년은 살아야겠군. 데리고 가라.

대위는 더 묻기가 귀찮은지 다시 옆자리의 잡담 상대자 쪽으로 돌아앉아 버렸다. 신고는 이렇게 간단하게 끝났다. 왼편 팔목에 다시 수갑이 채워진 기요는 그 어둑어둑한 파견 대장실에서 곧 바깥으로 끌려 나왔다. 현관 앞에서 한 대의 군용 스리쿼터[4]가 시동을 걸어 놓고 그들을 기다리고 있었다. 이 차야말로 기요를 마지막 지점으로 데려다 줄 호송차였다.

자, 나는 여기서 작별이오. 그쪽에 가면 우선 답변을 잘해야 됩니다.

현관에 우두커니 서 있는 기요의 잔등을 상사가 손바닥으로 두어 번 두드려 주며 말했다. 기요는 상사에게 웃어 보이면서 고개를 끄덕였다. 상사는 차가 출발하기도 전에 돌아서서 금방 건물 안으로 사라져 버렸다.

병장과 기요, 단지 두 사람만을 적재함 위에 태운 스리쿼터는 파견대의 정문을 빠져 나와 행길을 달리기 시작했다. 기요는 팔목의 시계를 다시 보았다. 이미 그 학교의 아이들은 오후의 수업마저를 끝내고 집으로 돌아갈 시간이었다.

미결감[5]에 있는 동안이 제일 어렵다오. 건강에 제일 힘써야 할 거요.

기요와 나란히 앉아 있던 병장이 말했다. 그는 기요와 서로 수갑을 나누어 차고 있었으므로 언뜻 보면 병장 자신도 흡사 호송(護送)되어 가는 죄수처럼 보였다.

여기서 그곳까지 얼마나 걸립니까?

기요가 병장에게 물었다.

십오 분 뒤면 거기 도착할 거요.

그러면 부탁이 있는데 들어 주시겠소?

무어요? 무어든 말해 보슈.

당신이 보았다시피 나는 아무에게도 알리지 못하고 와버렸소. 나의 어머니하고 친구 몇 사람에게 연락 좀 해주겠소?

그것은 사실 금지 사항인데 그러나 내가 연락해 드리겠소. 시간이 없으니까 빨리 주소를 적어 주쇼.

기요는 조그만 종잇조각에다 주소와 전화번호를 적어서 병장에게 건네 주었다.

이것뿐이오? 애인이 있으면 말하쇼. 나중에는 기회가 없다구요. 지금 말

---

4) 스리쿼터 : 지프와 트럭의 중간형 자동차 (적재량 ¾ 톤)
5) 미결감 : 미결수를 가두어 두는 감방.

해 주면 죄다 전해 주리다.

쪽지를 받아 들고 병장이 빙긋이 웃어 보이면서 말했다.

내가 애인이 없다고 아까 말하지 않았소? 만약에 애인이 있다고 해도 나는 지금 그 여자에게 연락하지 않을 거요.

하하, 이 양반은 그 여자가 변심할까 봐 겁이 나는 모양이군. 그렇지만 사실이 그렇다면 그건 잘못 생각하는 거라구요. 내가 작년 여름에 잡아 온 놈 이야기를 할까요. 그 녀석이 지독하게 좋아하는 여자가 있었는데 이 여자가 평소에는 그 녀석을 지독하게 싫어하다가 막상 그 녀석이 덜컥 수감되니까 교도소 문턱이 닳아지게 면회를 왔다구요.

그러니까 애인이 있다면 서슴지 말고 얘기하쇼. 나는 어디까지나 형씨에게 좋은 일하고 싶어서 그러는 거요. 나도 이제 석 달만 있으면 제대할 텐데 그때는 이 생활도 끝이지요. 우리 상사님은 이 생활에 취미가 붙어 버린 모양이지만 난 그렇지가 못해요.

그렇다면 내가 한 가지 더 부탁하겠는데 들어 주겠소?

무어요? 뭐 별로 어렵지 않은 부탁이라면 힘써 보지요.

기요는 잠시 동안 침묵을 지키고 있다가 가까스로 입을 열었다.

식당에서 그 상사가 왜 나에게 그런 얘기를 하였는지 당신은 그 이유를 내게 말해 줄 수 있소?

그게 지금 말한 부탁이라는 거요?

병장이 난처한 표정으로 기요에게 물었다.

그렇습니다.

그것 참 어려운 부탁이군. 그러나 내가 일단 약속을 했으니까 대답을 하지요. 상사님은 언제나 신고하기 직전에 그 비슷한 얘기를 상대방에게 한다구요. 어떤 때는 정말 곧 돌려보낼 듯이 말하는 바람에 옆에 앉아 있는 나까지도 깜짝 놀랄 때가 있죠. 하지만 나도 이젠 상사님 얘기에는 면역이 되었다구요. 어때, 이만하면 대답이 되겠죠?

기요는 고개를 끄덕였다. 그들이 얘기를 나누는 동안에 사람을 태운 호송

차는 계속해서 차도 위를 달려갔다. 이미 저녁 나절이 되어 거리에는 귀성객들의 행렬이 잔뜩 붐비고 있었다. 인도로 걸어가는 행인들이나 혹은 지나가는 버스 안의 승객들이 이 낡은 군용차의 적재함 위에 나란히 앉아 있는 두 사람을 자주 쳐다보았다. 그들은 두 사람이 무엇인가 얘기를 주고받는 모습에 더욱 흥미를 느꼈으며 특히 두 사람이 수갑을 서로 나누어 차고 있는 것을 발견한 사람은 마치 흉악범의 얼굴이 어떻게 생겼는지 알고 싶은 사람처럼 두 사람의 얼굴을 몇 차례나 거듭거듭 쳐다보았다.

작가소개 송 영 (1940~   )

전남 영광에서 출생했다. 1967년 『창작과 비평』에 「투계」를 발표하면서 문단에
나왔다. 주요 작품으로 「선생과 황태자」 「중앙선 기차」 「지붕 위의 사진사」
「달리는 황제」 「땅콩 껍질 속의 연가」 등이 있다. 그의 작품은 등장인물의 대
화에 인용부호를 전혀 붙이지 않는다는 기법적 특징을 보여 준다. 대부분 그의
소설은 폐쇄된 공간, 즉 상식이 통하지 않는 세계를 객관적 관찰자의 시점으로
들여다보는 데 관심을 기울인다. 「선생과 황태자」의 감옥이나, 「계절」의 군대
교도소, 「중앙선 기차」의 만원 열차 안 등이 그런 공간이다. 그런 폐쇄된 공간
에 갇힌 근원적인 존재로서의 인간의 의미를 송영은 줄기차게 캐묻는다.

작품해설

1974년 『세대』에 발표된 「계절」은 군대를 탈영하여 도피 생활을 하던 중학교
영어 교사 기요가 상사와 병장에게 체포되는 과정을 그린 단편소설이다. 주인
공이 처한 상황은 이렇듯 절박하고 심각하기 그지없는 것인데도 작가는 인물
들의 행동을 냉정할 정도로 객관적으로 바라보면서 담담하게 묘사하고 있다.
송영 소설의 특징을 잘 보여 주는 작품이다.

읽고 나서

(1) 이 글의 소재는 무엇인가?
—기요의 군 이탈과 체포되어 연행되는 과정
(2) 이 글의 가장 큰 특징은 무엇이며 그렇게 쓴 작가의 의도는 무엇인가?
— 특징 : 대화에 인용부호(따옴표)를 사용하지 않음.
　　의도 : 비정상적인 세계 상태에 대해 관찰자적인 시각만을 고수함

관촌수필

이 문 구

일락서산(日落西山)

시골엘 다녀오되 성묘를 볼일로 한 고향길이긴 근년으로 드문 일이었다. 더욱이 양력 정초에 몸소 그런 예모를 가려 스스로 치름은 낳고 첫 겪음이기도 했다. 물론 귀성 열차를 끊어 앉고부터 "숭헌, 뉘라 양력 슬두 슬이라 이른다더냐, 상것들이나 왜놈 세력(歲曆)을 아는 뱁여……." 세모가 되면 한두 군데서 들오던 세찬을 놓고 으레 꾸중이시던 할아버지 말씀이 자주 되살아나 마음 한켠이 걸리지 않은 바도 아니었지만, 시절이 이런 시절이매 신정 연휴를 빌미할 수밖에 없음을 달리 어쩌랴 하며 견딘 거였다. 그러나 할아버지한테 결례(불효)를 저지르고 있다는 느낌을 나 자신에게까지 속일 순 없었다. 아주 어려서 입때에 이르기까지, 나에게 있은, 우리 가문을 지킨 모든 선인 조상들의 이미지는 오로지 단 한 분, 할아버지 그분의 인상밖엔 없었기 때문이었다. 좀 야한 말로 다시 말하면, 내가 그리워해 온 선대인은 어머니나 아버지, 그리고 동기간들이 아니었다는 뜻이기도 하다. 고색 창연한 이조인(李朝人)이었던 할아버지, 오직 그 한분만이 진실로 육친이요 조상의 얼이란 느낌을 지워 버릴 수 없는 거였고, 또 앞으로도 길래 그럴 것만 같이 여겨진다는 이야기다. 받은 사랑이며 가는 정으로야 어찌 어머니 위에 다시 있다 감히 장담할 수 있으랴만, 함에도 삼가 할아버지 한분만으로 조상의 넋을 가늠하되,

당시로 받은 가르침이며 후제에 이르러 깨달음을 진실로 받들고 싶도록 값지게 여겨지는 바엔, 거듭 할아버지의 존재와 그 추억의 편린(片鱗)들을 가재(家財)의 으뜸으로 다룰 수밖에 없으리라 싶은 것이다. 초사흗날, 그중 붐비잖을 듯싶던 열차로 가려 탄 게 불찰이라 하게 피곤하고도 고달픈 고향길이었다. 한내읍에 닿았을 땐 이미 세 시도 겨워, 머잖아 해거름을 만나게 될 그런 어름이었다. 열차가 한내읍 머리맡이기도 한 갈머리[冠村部落] 모퉁이를 돌아설 즈음의 차창은 빗방울까지 그어 대고 있었다. 예년에 없은 푹한 날씨에 눈을 눅여 비로 뿌리던가 보았다. 겨울비를 맞으며 고향을 찾아보기도 난생 처음인데다 언제나 그랬듯, 정 두고 떠났던 옛 산천들이 두루 돌아보이매, 나는 설레기 시작한 가슴을 부접할¹⁾ 길이 없다는, 스스로 터득된 안타까움으로 몹시 안절부절 못했던 종점이기도 했다. 나는 한동안 두 눈을 지릅뜨고²⁾ 빗발 무늬가 잦아가던 창가에 서서, 뒷동산 부엉재를 감싸며 돌아가는 갈머리 부락을 지켜보고 있었다. 마음이 들뜬 것과는 별도로 정말 썰렁하고 울적한 기분이었다. 내 살과 뼈가 여문 마을이었건만, 옛모습을 제대로 지키고 있는 것이라곤 찾아볼래야 없던 것이다. 옛모습으로 남아난 게 저다지도 귀할 수 있는 것일까. 불과 십삼 년이란 세월밖에 흐르지 않았는데도…….

그중에서도 맨 먼저 가슴을 후려친 건 왕소나무가 사라져 버린 사실이었다. 분명 왕소나무가 서 있던 자리엔 외양간만한 슬레이트 지붕의 구멍가게 굴뚝만이 꼴불견으로 뻗질러 서 있던 것이다.

그 왕소나무 솔순에 누렁물이 들자 가지에 삭정이가 끼는 걸 보며 고향을 뜨고 십삼 년이니 필경 그럴 만도 하겠다 싶긴 했지만, 언제 베어다 켜 썼는지 흔적조차 남아 있잖은 현장을 목격하니 오장에서 부레가 끓어 오르지 않을 수 없었던 것이다. 사백여 년에 걸친 그 허구한 만고 풍상을 다 부대껴 내고도 어느 솔보다 푸르던, 십장생의 으뜸이며 영물다운 풍모로 마을을 지켜 온 왕소나무였던 것을. 내가 일곱 살 나 천자문을 떼고 책씻이도 마친 어느 여름날

1) 부접할 : 남에게 의지할.
2) 지릅뜨고 : 고개를 숙이고 눈을 치올려 뜨고.

헤설픈 석양 무렵으로 잊지 않고 있지만, 나는 갯가 제방둑까지 할아버지를 모시고 나와 온 마을을 쓸어 삼킬 듯 쳐들오던 바다 밀물을 구경한 적이 있다. 민댕기물뗴새와 갈매기들의 울음소리가 황혼의 파도 위에 가득 떠 있던 시뻘 건 바다를 구경했던 것이다. 방파제 곁으론 장항선 철로가 끝간 데 없고 철로 와 나란히 자갈마다 뽀얀 신작로는 고개를 넘었는데, 그 왕소나무는 철로와 신작로가 가장 가까이로 다가선, 잡목 한 그루 없이 잔디만이 펼쳐진 펑퍼짐 한 버덩[3] 위에서 사백여 년이나 버티어 왔던 것이다.

그날 할아버지는 장정 두 팔로 꼭 네 아름이라던 왕소나무 밑동을 조심스 레 어루 만지면서,

"애야, 이 왕솔은 저어 이전, 토정(土亭) 할아버지께서 짚고 가시던 지팽이 를 꽂어 놓으신 게 이냥 자란 게란다. 그쩍에 그 할아버지 말씀은, 요 지팽이 앞으루 철마(鐵馬)가 지나가거들랑 우리 한산 이씨 자손들은 이 고을에서 뜨 야 허리라구 허셨다는 게여…… 그 말씀을 새겨들어 진작 타관살이를 했더 라면, 요로큼 망헌 세상은 안 만났을지두 모르는 것을……"

하던 말을 나는 여지껏, 기억하고 있는 것이다. 그것은 내가 왕소나무의 내력 에 대해서 최초로 얻어들은 지식이었다. 짚고 다니던 지팡이가 왕소나무로 되다니. 토정이 기인이며 이행(異行)을 많이 했었다더란 건, 토정비결을 보는 자리 옆에서 이따금 들어, 할아버지가 외경스러워하던 모습이나 자탄(自嘆)이 무엇을 뜻하는지 알 듯도 했지만, 그러나 솔직히 말해 그런 구전된 전설 따위 는 곧이듣고 싶진 않았던 게 사실이었다. 하여간 그 왕소나무는 군(郡)내에선 겨룰 데가 없이 으뜸으로 큰 소나무였고, 그 나무는 이제 자취도 없이 사라져 버렸으며 나는 우리 가문의 선조 한분이 그토록 우려하고 경계했다던, 그러나 이미 사십여 년 전부터 장항선 철로를 핥아 온 철마를 탄 몸으로 창가에 서서, 지호지간인 바로 그 유적지를 비켜 가고 있었던 것이다.

이젠 완전히 타락한 동네구나, 나는 은연중 그렇게 중얼거리고 있는 자신을 발견하였다. 마을의 주인(왕소나무)이 세상을 떴으니 오죽해졌으랴 싶던 것

---

3) 버덩 : 높고 평평하며 잡풀만 많은 거친 들.

이다. 하루에도 몇 차례씩, 더욱이 피서지로 한몫을 해온 탓에, 해수욕장이
개장된 여름이면 밤낮 기적소리가 잘 틈 없던 철로가에 서서, 그 숱한 소음과
매연을 마시다 지쳐 영물의 예우도 내던지고 고사해 버린 왕소나무의 운명은,
되새기면 되새길수록 가슴이 쓰리고 아파 참을 수가 없었다. 물론 왕소나무
의 비운에 대한 조상(弔喪)만으로 비감에 젖어 있었다고는 말할 수 없겠지만.
사실이 그랬다. 내가 살았던 옛집의 추연한 모습을 발견하곤 한결 더 가슴이
미어지는 비감에 빠져려 하고 있었으니까. 비록 얼른 지나치는 차창 너머로
언뜻 눈에 온 것이긴 했지만, 간사리4) 넉넉한 열다섯 칸짜리 ㄷ자집의 풍채는,
읍내 어디서라도 갈머리 쪽을 바라볼 적마다 온 마을의 종가나 되는 양 한눈
에 알아보겠던 집이 그렇게 변모해 버릴 순 없으리라 싶던 것이다. 그것은 왕
소나무의 비운에 버금가게 가슴을 저미는 아픔이었다. 이젠 가로 세로 들쑹
날쑹, 꼴값하러 난봉난 오죽잖은5) 집들이 들어차며 마을을 어질러 놓아 겨우
초가 안채·용마루만이 그럴 듯할 뿐이었으며, 좌우에서 하늘자락을 치켜들며
뻗었던 함석 지붕 날개와 담장을 뒤덮은 담쟁이덩굴, 사철 푸르게 밭마당의
방풍림으로 늘어섰던 들충나무의 가지런한 맵시 따위는 찾아볼 엄두도 못 내
게 구차스런 동네로 변해 버렸던 것이다.

실향민. 나는 어느덧 실향민이 돼버리고 말았다는 느낌을 덜어 버릴 수가
없었다. 고향이랬자 무덤들밖엔 남겨둔 게 없던 터라 어차피 무심하게 여겨
온 고향이긴 했지만, 막상 퇴락해 버린 고향 풍경을 대하니, 나 자신이 그토록
추렷하고 허핍하며 외로울 수가 없던 거였다.

나는 맨 먼저 할아버지 산소부터 성묘를 해야 예의이리라고 믿고 있었다.
할아버지 산소는 한내에서 사십여 리 밖인 고만(高巒)이란 갯마을 연해의 종
산(宗山) 한기슭에 외따로 모셔져 있었다. 하루 한 차례의 버스편마저 없는
곳이라 천상 걷기로만 해야 하되 오며 가며 한대도 하룻길이 벅찬 곳. 도착한
날은 도리없이 읍내에서 하룻밤을 묵지 않으면 안 되도록 돼 있었다. 비록 고

---

4) 간사리 : 칸살이.
5) 오죽잖은 : 보통도 못 되는.

향을 등진 지 오래되긴 했달지라도 하루 이틀쯤 묵는다기로 흉허물이 없을 집은 여러 군데나 있었다. 나는 읍내 지방 관청 관사에 사는 외척 가운데서 한 집을 유숙처로 내정해 버렸다. 그런 뒤로 해전6)을 뜻없이 보낼 일이 따분해, 갈머리를 찾기로 했던 건 아니었다.

내가 뛰놀며 성장했던 옛 터전들을 두루 살펴 가며, 그 시절의 냄새와 오늘에 이르는 안부를 알고 싶은 순수한 충동을 주체할 길이 없었기 때문이었다. 비단 엉뚱하고 생소하게 변해 버려 옛 냄새, 그 태깔은 찾을 길이 없달지라도 나는 어쩐지 기어코 답사하리란 마음만은 억누를 수가 없겠던 것이다. 변했으면 변한 그대로의 모양새만이라도 다시 한번 눈여겨 둠으로써, 몸은 객지에서 떠돌아 세월한다더라도 마음만은 고향 잃은 설움을 갖고 싶지 않았던 것인지도 모른다.

나는 정거장 광장에 나서자마자 비닐 우산부터 한 자루 사 펴야 했다. 우둑우두둑, 우산 위에서 들린 빗낱 듣던 소리는, 점심마저 굶고 있은 내 텅 비워져 허황한 가슴속을, 시간이 가면 갈수록 더욱더 분명한 소리로 두들겨 주고 있었다.

갈머리는 일테면 한내읍 교외인 셈이었으며 읍 복판인 역광장에서 보통 걸음으로도 십 분이면 충분히 닿을 수 있는 가까운 거리였다. 마을 동구 앞에는 조갑지 같은 초가 세 채가 신작로를 가운데로 하여 따로 떨어져 있었다. 한 채는 눈깔사탕이며 엿, 성냥, 막과자 나부랭이를 팔던 송방(松房)으로 불린 구멍가게며 주인은 술장수 퇴물인 최씨네 부부였다. 맞은편 집은 사철 풀무질이 바쁘던 권 선달네 대장간이었으며, 그 집 옆으로 저만치 물러나 있던, 대낮에도 볕살이 추녀 끝에서만 머물다 어둡곤 하던 옴팡간은, 차중철이네가 주막을 벌이고 있었다. 부엌은 도가술에 물 타 느루 팔던 술청이었고, 손바닥만한, 명색 마당 구석이란 데는 이발 기계와 면도칼 한 자루로 깎고 도스리던, 장꾼 상대의 노천 무허가 이발소였다. 그리고 대장간과 주막집 새 중간 전봇대 밑엔 사철 시커멓게 그슬린 드럼통 솥이 걸린 채, 장날마다 싸잡이 비나무를

---

6) 해전 : 해가 지기 전. 낮 동안의 시간.

때어 끓이면서 장으로 들어가던 입던 옷가지나 바랜 이불잇 따위를 염색하여 주던, 검정 염색소가 시커멓게 웅크리고 있게 마련이었었다.

그러나 이젠 그 어느 한 가지도 옛모습 그대로 남아 있는 건 없었다. 송방은 털고 새로 들인 밝고 시원한 이발소로 변해 처마엔 '관촌 이발소'란 문짝만 한 간판이 붙어 있었고, 권 선달네 성냥간 자리엔 붉은 기와의 오죽잖은 블록 가옥이 대신 들어섰는데, 아마 국민학교 선생이나 군청 주사쯤 된 사람이 계라도 타서 지어 사는 살림집인 모양이었다. 차중철이네 움막도 지붕을 슬레이트로 개량했고, 판자 울타리는 시퍼런 페인트를 바른 시늉만 낸 채 '반공 방첩' 표찰과 분식(粉食) 장려의 담화문이 붙어 있었으며, 곁들여 인두판만치 기름한 널조각에 되다 만 먹글씨로 쓴 '천일 양조장 제13구역 탁주 위탁 판매소'란 상호를 내걸고 있었다. 이발소 유리문을 뚫고 나온 난로 함석 연통에선 보얀 연탄 가스가 김 속에 섞여 부실거렸고, 유리문 그쪽에선 낯선 얼굴 두엇이 무심찮은 눈으로 나를 내다보며 서성거리고 있었지만, 내가 알아볼 만한 얼굴은 단 한 사람도 눈에 띄지 않고 있었다. 온 동네를 바깥 마당으로 여기며 십칠 년 동안이나 살았던 토박이가 이토록 나그네 같은 서툰 몸짓밖에 취할 수가 없다니……서글프다는 말로밖에 하소할 수가 없을 심경이었다.

나는 이윽고 신작로가 나뉘면서 검붉은 황토를 드러낸 좁다란 골목길로 들어섰다. 몇 걸음 안 가 이내 과수원이 나왔다. 이제 과수원 탱자나무 울타리만 돌아 나면 철철이 부모의 손길이 닿아졌고, 육이오 사변 이듬해부터는 여러 가지 푸성귀와 그루갈이를 내 손으로 직접 거뤄 먹다 집과 함께 모개[7] 홍정으로 처분해 버리고 떠났던, 팔백여 평의 터알[8]이 나타나게끔 된 낯익은 길목이었다. 내린 비로 터질 듯이 부풀어 얼었던 거죽이 풀린 길은 신창이 빠지게 질벅거렸다. 해토(解土)머리[9]가 다 된 게 아닐까 하는 착각이 일 정도로 질었다. 그러나 옛길을 되밟고 있다는 감상(感傷) 따위는 우러나지 않았다. 소나기가 두어 줄금만 내려도 산에서 쏟아지는 맑은 물이 흐르던 길가 개랑은

---

7) 모개 : 이것 저것 모아서
8) 터알 : 집의 울 안에 있는 작은 밭.
9) 해토머리 : 눈이 녹기 시작한 때.

수채만이나 하게 좁아진 반면, 그 구거지(溝渠地)엔 지질한 불록집들이 잇대어 서 있어, 등산객의 발걸음이 잦은 서울 교외의 어느 한적한 마을과 다를 게 없는 느낌이던 것이다. 탱자나무 울타리가 끝나면서부터는 바로 그 터앝머리였다. 나는 다그친 걸음으로 보리싹이 푸릇거리는 밭두둑으로 뛰어들었는데, 그 찰나, 가슴을 냅다 쥐어질린 듯한 충격과 함께 그 자리에 멈춰 서며 굳어 버리고 말았다.

지팡이에 굽은 허리를 의지한 할아버지가 당신의 헛묘[假墳墓]를 굽어보고 서 있었던 것이다. 항용 아끼시던, 손때가 자르르 흐르는 마가목 지팡이를 짚은 할아버지는, 역시 망건 위에 탕건을 받쳐 쓰고 공단 마고자를 입었으며 허리춤에선 안경집이 대롱거리는데다 허연 수염을 바람결에 날리면서 구부정하게 서 있음이 천연하였다. 한참 만에야 순간적인 환상에 사로잡혀 잃어버린 지난날의 한 시절을 되살려 낸 착각으로 그렇게 오두망절해 서 있는 나 자신을 발견, 깊은 한숨을 내끄며 칠성 바위 쪽으로 다가갔던 것이지만.

그것은 분명 순간적인 환각이었으나 소년 시절엔 너무도 자주, 일상으로 목격하여 두고두고 잊혀지지 않게, 그 할아버지 아니고선 아무도 흉내낼 수 없을, 그분의 인상 중 가장 두드러진 기억임은 확연한 사실이었다.

나는 칠성 바위 중 맨 고섶10)에 있고, 참외를 따거나 수수목을 찔 때 흔히 올라앉아 쉬었던, 네모가 뚜렷한 바위에 걸터앉아 담배를 꺼내 물었다. 빗낱은 계속 성깃성깃하게 흩뿌리며 비닐 우산을 투덕거렸고, 암샅처럼 패어 버린 부엉재 고랑 아래 잔솔밭 밑 두어 채 초가 굴뚝에선 저녁 청솔가지 연기가 비거스렁이에 눌려 안개처럼 번져 나가고 있었다. 나는 앉자마자 칠성 바위들의 안부를 하나하나 살펴 가기 시작했다. 조금도 요동시킬 수 없이 된 바위들이라설까, 태고로부터 북두칠성과 똑같은 위치로 나눠 늘어앉았던 일곱 덩이의 바위는, 한결같이 옛날 그대로인 제자리들을 지키고 앉아 있었다. 동네 조무래기들이 그중 자주 오르내렸던, 길가에 나앉은 막내둥이의 지프차 같은 모습도 여전했으며, 댓 걸음 곁의 두꺼비 바위도 그 자

---

10) 고섶 : 물건을 넣어두는 그릇 같은 데의 가장 손쉽게 찾을 수 있는 곳.

리에 직수굿이[11] 웅크리고 앉아 있었다. 범이 누운 형상인 세 번째 범바위 역시 엉성해진 덤불을 들러리로 한 채 그 위엄스런 풍모를 타고난 그대로 간직하고 있었으며, 눈발이 희뜩대면 곧잘 콩새와 굴뚝새들이 날아들어 푸득대던 덤불도, 새밭 임자 연장 끝에 어지간히 시달렸으련만 두 그루의 옻나무와 찔레 덩굴, 그리고 까치밥과 개다래 넌출이 어우러져 연전 묏새들을 부르고 있었다.

바로 범바위 밑에 쓰였던 할아버지의 헛묘가 언제부터 그토록 묘갈[12]과 봉분의 잔디결도 곱게 씌워져 있었던 건지는 알아두질 못했었다. 다만 신후(身後)로, 궤연상에 차린 음식으로 조석 상식(上食)을 올리면 뭘 하며 초하루 보름에 삭망[13] 차례를 드린들 무슨 소용이랴고, 그 일이야말로 생전에 찾을 일이라며 십오 년 전부터 매월 초하루와 보름이면 아이들 생일날보다도 더 푸짐한 진짓상을 올리게 했던 아버지보다 앞서, 앞일이 다가오는 걸 내다본 할아버지 당신 스스로가 서둘러 만든 헛묘였으며, 평생 술 담배뿐 아니라 유생이나 선비의 소일감인 바둑이나 장기 따위 조용한 잡기마저 몰랐던 할아버지가, 해 길어 무료함이 지겨운 봄날이면 곧장 지팡이를 의지해 홀로 칠성 바위에 나셨고, 구부정한 허리를 두들기면서 장차 자신이 영원히 누울 유택[14]을 보살피며, 쥐구멍이나 쑥 같은 잡초가 자리를 못 잡도록 가다듬은 다음엔, 시간 가는 줄 모른 채 그윽한 눈길로 내려다보곤 하던 모습만을 자주 발견하고, 어린 마음에도 이내 숙연해진 기분으로 발걸음이 무거워지곤 했던 것만을, 이십 수 삼 년이 지난 오늘까지도 선명한 기억으로 간직해 왔던 것이다.

그 무렵 칠성 바위 언저리와 밭 가장자리엔 새봄마다 지장풀이 잘되었고, 특히 할아버지 헛묘의 묘갈과 봉분엔 달착지근하게 배동[15] 오른 삐기가 많아, 햇발 긴 마른 봄날이면 얼굴을 까맣게 태워 가며 소꿉장난으로 긴긴 해를 보

---

11) 직수굿이 : 항거함이 없이 풀기가 죽고 수그러져
12) 묘갈 : 묘 앞에 세우는 작은 돌비.
13) 삭망 : 음력 초하룻날과 보름날.
14) 유택 : 무덤.
15) 배동 : 벼가 알을 밸 때, 대가 불룩해지는 현상.

내곤 했었다. 그럴 적이면 할아버지도 지팡이를 앞세워 칠성 바위로 나왔고, 질경이와 광대 나물이 흔하던 바위 앞 보리밭에 나와 남보다 몇 갑절씩 들나물을 잘 뜯던 망아지만한 옹점이도 부살같이 손칼을 놀려 대며 나물 바구니를 채워 가곤 했었다.

옹점이는 마음씨가 여간 착하고 고운 애가 아니었다. 그녀는 삼천 석의 지주이기도 했고 한말 의정원의 나지막한 벼슬살이를 하다 인접 남포면 달밭[月田里]으로 낙향해 살던 외할아버지네 행랑아범의 외손녀로, 어머니가 시집올 때 교전비(轎前婢)로 데려왔었으나 이내 바람을 피워 황아 장수 여편네 꾐에 빠져 밤도 도망쳐 버렸고, 그리하여 술장수 여편네 데림추16)로 붙어 다닌 화류계 퇴물 팔매라는 외갓집 종이, 임자 없이 어느 옹기점 독 틈에 들어가 낳아 버린 사생아였다. 옹점이가 우리 집으로 오기는 일곱 살 때였다고 했다. 어머니가 친정에 갔다가, 친정 부엌에서 아기동자 아치로 자라던 것을 안저지 겸 허드레 심부름용으로 데려와 길렀다는 거였다. 마음씨갈은 비단결같이 고운데다 손속17)이 좋고, 눈썰미가 뛰어나며 인정과 동정심이 많은 점에서 어머니는 노상 칭찬이었다. 때문에 그녀는 동네에 떠들온 모든 비렁뱅이와 동냥중, 그리고 나병 환자들한테 인기가 있었고, 우리 집에 와 살다 간 머슴들은, 그녀의 마음씨에 녹아 남의 집 머슴보다도 몇 갑절은 자진해 부엌일까지 옆들며 돕곤 했던 것이다.

그녀 일을 어머니가 흉내내어 나를 자주 웃겼던 기억도 새삼 선명해진다. 맨 처음 그녀를 다잡아 놓고 안팎 범절과 행실이 바르도록 다스린 이도 역시 할아버지였다.

“네년은 몇 살이냐?” 하고 나이부터 물으니, 그녀는 “지 에미가 그러는디 작년이는 여섯 살이였대유.” 하더라고.

“그래 니 에민가 그 술고래는 시방 워떻게 산다더냐?”

“접때 달밭 대감댁(외갓집)에 왔는디 봉께 유똥치마럴 입구……힛싸시까미

---

16) 데림추 : 의견 없이 남에게 딸려 다니는 사람.
17) 손속 : 노름할 때 손 대는 대로 잘맞아 나오는 운수.

럴 허구……근사헌 우데마끼두 차구……업세 하잇카라던디유…….”

한말의 나지막한 벼슬살이를 내던진 뒤로도 ‘삼천석꾼’이란 굴지의 지주였던 외할아버지 덕분에 온갖 주색잡기로 재산 탕진에만 여념 없던 외삼촌한테까지도 ‘대감’이란 칭호로 그 집 언저리에 붙어 얻어먹고 살던 하대인들은 서슴없이 떠받들며 얼레발을 치고 있었기에 그녀가 대감댁이라 말한 것도 무리는 아니었다. 그러나 할아버지는 ‘페에엥’ 하며 잠시 말이 없었다고 한다. 사돈댁을 대감댁이라 한 게 마뜩찮았던 것이다. 한참 만에야 할아버지는 눌러 참고,

“그래 네년 이름은 뭐라느냐?”

“즈근 애유.”

“즈근 아이라, 아즉 이름이 없단 말이렷다.”

“…….”

“너를 즘촌(店村 – 질그릇 굽는 마을) 옹기트목에서 낳었다더구나. 재 이름을 옹젬(甕點)이라구 허거라. 옹젬이가 괜찮겄다.”

할아버지는 그렇게 즉흥적인 작명을 했던 건데 그 후 호적부에도 그대로 올라갔음은 두말할 나위 없는 일이었다.

옹점이는 어른 앞에선 소견이 넓었고 아이들에겐 인정이 남달리 많았다. 그릇을 잘 깨는 덜렁쇠였고 참새만치나 수다쟁이이기도 했다. 나물 바구니가 차도록 헛묘 앞에서 떠날 줄 모르던 할아버지를 볼 적마다 그녀는 그녀 깜냥대로 적당히 풀이하곤 했던가 보았다. 그때마다 그녀는 집에 들어오면 으레 나물 바구니를 뜰팡에다 내던지며,

“아씨, 나리만님두 봄을 타셔서 싱숭생숭허신개비데유.”

그 큰 목통으로 떠들어대던 것이다.

“조년……조 방정은 은제나 철들어 고쳐질꺼나.” 하며, 어머니는 그 수선에 혹시 어디 나들이 나셨다가 낙상이라도 했단 말인가 싶어 삼던 모시꾸리 광주리도 젖혀 놓고 미닫이를 내다보게 마련이었다.

“나리마님은 만님 헛뫼 써는 게 영 걸리시는 모냥이던디유.”

"또 저런다." 어머니는 안도의 한숨을 내쉬며 "게 바구리 것은 뭐라네?" 그 것이 시아버지가 즐겨 찾는 국거리 냉이 바구니인 줄 번연히 알면서도 짐짓 그렇게 묻곤 미닫이를 닫았다.

"나리만님 즐겨허시는 나숭개허구 소리쟁이유……참 해두 오라지게 질다 ……잇끼래두 사아도니 아노고오요데에……." 그녀는 귀동냥으로 남은 콧노 래를 불러 가며 아궁이 앞에서 나물 다듬기를 시작한다. 나이보다 숙성했던 그녀는 그때 이미 사춘기에 접어들고 있었던가 보았다.

"반평생을 뭥당뭥당 하셨는디 텃밭머리에 그런 자리가 있는 줄도 모르고 또박 십여 년이나 산을 찾어 댕기셨으니 여북허시겄네."

어머니는 할아버지를 이해하고 있었다. 정말 할아버지는 자신의 안식처를 찾기 위해 볼 줄 안다던 지관이란 지관은 모조리 수소문해 불러 모았고, 지관 을 앞세워 높고 먼 산 가림 없이 허다한 산을 뒤졌더라고 했다. 갈머리에서 읍 내를 질러 건너다 뵈는 성주산 옥마봉을 비롯, 청라 오서산, 공주 계룡산, 그 리고 당신의 선조인 토정(李芝函), 명공(李山甫), 아계(李山海), 삼숙질이 유택 을 같이한, 토정 자신이 찾아내어 스스로 무덤을 만듦으로써 종산이 된 오천 면 고만과 훨씬 선조인 목은(牧隱)이 묻힌 서천군 한산면의 여러 야산들까지 도 두루 살펴봤었지만, 결국 자신의 가분묘를 써둘 만한 자리는 당신이 쓰는 사랑에서 삼백여 미터 밖인 칠성 바위 중 범바위 앞 밭 가운데에서 찾아낸 셈 이었다.

한번은 헛묘 앞에서 마주친 할아버지한테 나는 무심찮게 물어보기까지 했다.
"할아버지, 요기가 무슨 뭥당이래유, 까시덤풀만 우거진 황토밭인디……."
눈보다 귀가 훨씬 더 가까웠던 할아버지는,
"조 바위를 보거라, 보매 보기루두 똑 북두칠성 형상 아니겠느냐."
"그렇다구 밭이다 모이(묘)를 써유, 할아버지는 돌아가시는 게 존 모양이네유."
"마찬가지여, 먹구 허릴없이 노는 게나, 예서 누워 잔디 찰방(察訪)[18] 허는 게나……."

---

18) 잔디 찰방 : '묘'의 또다른 표현.

"……."

"철없는 너허구 이런 소리 허는 내가 어리석다마는."

"그렇지만 해필이면 바위 밑이유, 넘덜은 산에다 모이를 쓰던디."

"나허구 이 바위덜허구는 사구일생(四俱一生)이니라."

"그게 무슨 말이걸래유."

"그럼 사귀일성이란 말은 더러 들어 보았더냐."

"아뉴."

"숭헌……글을 고만침 허구두 고만 것을 모른다면은 어쩌란 말이냐."

"……."

"애야, 너 그럼 목화 너근이 면화 한 근인 줄은 아느냐?"

"씨아루 잣어 씨 뺀 건 목화구 숨틀집서 탄 목화는 면화지유."

"행림들이 수삼 너 근이 건삼 한 근이라던 말두 못 들었더란 말이냐?"

"……."

"행림(杏林)이 으생(醫生)이란 것두 모르나 보구나……무얼 네 곱쟁이 합쳐
야 그것을 가공한 것 하나구 맞먹는다는 말인 게여."

"그럼 껏보리 너 말은 멥쌀 한 말이겠네유."

"페에엥."

'페에엥' 하는 소리는 '숭헌'이란 말과 함께 할아버지의 전용어였다. 화가
몹시 나 핀잔을 줄 때와 되다 만 소리, 되잖은 짓을 보면 꼴불견, 시끄럽다, 저
어리석은 것 등의 대용으로 할아버지만 쓰는 말이었다.

그 무렵만 해도 할아버지는 자신이 일컬었듯 문자 그대로 백수 풍진(百首
風塵) 속에 휘말린 채, 정자나무의 해묵은 뿌리마냥 간신히 견뎌내던 형편이
었다. 망백이 머잖은 여든아홉을 누린 탓에 인생 무상을 진국으로 느꼈고, 그
래서 장력(張力)은 잃었으되 매사에 자약(自若)할 수 있는, 소중한 것을 깨우
쳤던 건지도 몰랐다. 외람된 말이겠지만 바위들과 당신이 한몸임을 알았다면
바람이나 눈비 따위, 모든 자연계의 현상과 자신의 존재가 어떤 성질 혹은 체
질을 서로 나눴는지도 알았을 것이다.

나는 그 바위들이 무심 무태한 한갓 자연 물질로서 그치는 게 아닐 것 같았다. 할아버지의 의지와 얼이 굳어져 버린 영구 불변의 영혼이며, 아니면 최소한 그 상징일 것 같은, 신성하고 경건하게만 보이는 것이었다.

나는 바위에서 내려 김장해 들이고 비워 둔 밭고랑을 질러 할아버지 산소를 모셨던 범바위 앞으로 다가갔다. 눈발이 나부끼는 겨울철이면 꿩과 산비둘기가 유난히 자주 내리기도 하던 자리였다. 우리 집에서 내리 오 년 동안이나 머슴살이했던 박철호는 덫을 퇴비 속에 묻거나 약을 놓아 꿩과 산비둘기만 가만히 앉아서 쉽게 사냥해 들이곤 했었다. 항상 할아버지와 겸상이었던 나는 할아버지가 타이른, 귀가 싫도록 들었던 말도 덩달아 새삼스러워졌다.

"세상이 아무리 앞뒤가 없어졌더래두 가릴 건 가려야 쓰는 게여, 생치(生雉)[19]는 양반 반찬이구 비닭이[20]는 상것들이나 입에 대는 벱이니라."

혹시 비둘기 고기라도 먹을까 봐 미리 경계했던 건데, 어린 손자들을 일상으로 훈육해 온 김에 거듭 그랬던가 보았다.

범바위 앞, 서울로 이사하기 앞서 종산으로 면봉해 드린 다음 집과 함께 모개 홍정해 선로원 김씨에게 팔아 넘긴 산소 자리엔 고구마를 갈았다 가을 걷이해 들인 듯, 고구마 마른 덩굴이 우북더북한 밭고랑에 어지러이 흩어져 있었다. 빗낱은 언제 그쳤던가, 비거스렁이를 하느라고 바람이 몹시 매웠다. 좀더 저물고 추워지기 전에 서둘러 읍내로 들어가야 하리라. 그러나 나는 몇 가구의 하잘것없는 인가를 돌아 옛 동산으로 올라가고 있었다. 진작 면례를 해드린 게 얼마나 다행스런 일이랴. 칠성 바위 언저리엔 오죽잖은 블록집들이 무려 다섯 채나 지어져 있었다. 담장도 안 쳐 있고 쓰레기장과 닭 오리장이 너절하니 흩어져 있는 가옥들이었다. 장차 주택들이 들어차면 산소 관리하기에도 여간 애먹지 않으리라 싶어 종산으로 모셨던 것은 열번 잘한 일 같았다. 집집마다 하수도가 나 있지 않아 산소 자리와 칠성 바위 둘레는 온통 수챗구멍이나 다름없이 더럽혀져 있었고, 특히 다섯 가구

---

19) 생치 : 익히지 않은 꿩고기.
20) 비닭이 : 비둘기.

의 다섯 군데 변소는 악취를 제멋대로 풍기며 보기 흉한 꼴들을 하고 서 있던 거였다.

동산 등성이로 오를수록 내가 첫돌을 맞은 뒤로 십칠 년 동안이나 살았던 옛집의 전모가 조금씩 조금씩 드러나 보이기 시작했다. 대천읍 대천리 387번지. 할아버지가 말년을 나고, 어머니가 기울어진 가운(家運)에 끝까지 시달리다 지쳐 운명을 한, 그러나 사춘기를 맞은 내 손에 모든 게 청산되어 이젠 남의 집이 된 옛집. 대지 이백오십여 평에 건평 칠십여 평의 ㄷ자로 된 그 집은, 솔수펑이21) 기슭 잔디밭을 뒤껼 장독대로 하여 남향받이로 정좌한, 덩실하고 우아한 옛날의 풍모를 조금쯤은 간직하고 있는 듯도 했다. 밭마당을 둘러친 들충나무 울타리와 뒷담장을 겉으로 에워싼 열두 그루의 밤나무는 이젠 완연 늙어 버린 것 같았다. 새 주인이 닭장이 돼지 우리를 내 지어 약간 좁아진 듯한 대문 앞엔 여전 그 개오동 한 그루가 아름드리로 자라 서 있었고.

나는 울안 마당으로 시야를 옮겼다.

저것이 바로 그 모란과 매화일까. 그 매실나무며 치자나무도 여태 가꿔 오고 있단 말인가. 좀처럼 믿어지진 않았지만 그러리라고 믿을 수밖에 없었다. 사철 어머니 손에 가꿔졌던 울안 정원은 타래박 우물을 가운데로 하여 썰렁하고 어수선한 대로나마 심어진 그 자리에 남아 있음이 분명했다. 곳감을 여남은 꽤씩 켜내 썼던 배시나무와 그 곁의 대추나무도 지붕이 얕게 자라 있었고. 나는 발돋움을 해 뒤껼도 들여다보지 않을 수 없었다. 곁들여 울안의 온갖 실과나무와 관상목들을 대표했던, 가지가 휘어지게 감이 달려 겨우내 온 집안 식구들의 간식이 돼주곤 했던, 이젠 흔적마저 남지 않았을 그 죽은 감나무를 동시에 생각해 냈다. 언제 누가 심은 나무였는지는 몰랐다. 또 누가 정월 보름날 시집을 보내 줬는지도 알 수 없었다. 밑동에서부터 두 갈래로 갈라진 큰 가지 틈엔 도끼날보다 더 큰 돌이 깊숙이 박혀 있던 감나무였다. 그러나 그 감나무는 내 손에 찍혀 베어졌으며 내 손을 따라 아궁이로 들어가 한 삼태기

---

21) 솔수펑이 : 솔숲이 있는 곳.

의 재로 변해 버리고 만 거였다. 어머니는 반년 이상을 천식으로 몸져 앓으시다가 여름 방학을 맞은 팔월 초순, 내가 임종하는 앞에서 세상을 버렸던 것이다. 그 감나무가 죽은 것도 같은 순간이었으리라고 믿는다. 삼일장을 치르고 나서야 집안 식구와 대소가 및 마을 사람들은 사나흘 전까지도 잎이 시퍼렇고 대추알 만큼씩이나 자란 그 숱한 열매를 달고 있던 감나무가 갑자기 죽어 있음을 발견하게 됐던 것이다. 잎새들은 모조리 오가리²²⁾ 들듯 푸른빛 그대로 말라 가랑잎이 돼 있었고, 솔바람만 지나가도 쪼글쪼글해진 감들은 상달 초승께 밤나무라도 턴 듯 우수수 우수수 쏟아져 내리던 거였다. 장사 치르기에 경황이 없어 아무도 여겨보지 않았을 따름, 감나무가 갑자기 죽은 건 어머니의 운명과 거의 동시였으리란 게 많은 사람들이 같이한 의견이었다. 그 감나무는 어머니의 대소상을 치른 이듬해까지도 깨어나질 않았다. 아니 완전한 고사목으로 건드리면 부러지는 삭정이가 돼 있었다. 마을 사람들은 다시 입을 모아 그 감나무를 볼 적마다 고인이 생각난다고 했다. 보기 싫으니 베어 버리라는 충고였다. 나도 마찬가지였다. 어머니의 반생과 함께 모든 걸 함께 한 죽은 나무를 남겨둔 채 고향을 떠난다는 건 뭔지 모르게 서럽고 안타깝던 것이다. 그러나 무릇 울안의 나무란 함부로 심고 옮기며 베는 게 아닌 법, 나무를 벤 즉시 그 그루터기에다 낫이나 칼을 꽂아 두는 게 동티²³⁾를 예방하는 방법이라고도 했다. 나는 정말 남의 말을 무시하지 못했다. 그러나 지금도 기억에 짙게 남아 있는 건 그 벤 둥치와 가지를 장작개비로 패 쌓으면서 솟아나던 눈물을 걷잡지 못해 했던 일이다.

이제 그 감나무 자리엔 짚누리가 앉아 있었다. 장독대 위에 있는 앵두나무, 그 왼켠으로 들어서 있던 석류나무와 복숭아나무도 여전하게 제자리에 서서 담 너머 밖 산등성이에 처연히 서 있는 옛 주인을 무심하고 무표정하니 넘겨다보고 있었다.

가을이면 조석으로 쓸어 담아 내어도 땅이 안 보이게 낙엽이 쏟아져 쌓이

---

22) 오가리 : 식물의 잎이 병들고 말라 오글쪼글한 상태.
23) 동티 : 지신(地神)을 노하게 하여 받는 재앙.

곤 하던 정원이며 뒤란, 서너 칸이 넘던 대청 마루와 사랑 툇마루들, 쓸고 닦
기에 지겨워 아늑하고 좁은 집에서 살기를 그토록 원했던 내 신세는, 이젠 내
명의로 된 유일한 부동산이기도 한, 열한 평짜리 아파트 한 칸만을 달랑 지니
게 돼버리고 말았다. 대충 훑어보기에도 광과 헛간으로 썼던 서쪽 컨채는 방
과 부엌을 들이고 내어 셋방을 둔 듯했고, 사랑마루 앞으로 돌나물이 잘되고
매화와 장미, 백합과 난초가 고이 자랐으며 생지황이니 박하 따위 약초를 가
꿨던 화단터도, 상추나 쑥갓, 밋갓, 부추 등속의 푸성귀를 갈아 먹는 자리로
변한 지 오래된 모양이었다.

밭마당 밑뜸, 행랑채로 두었던 세 칸짜리 초가엔 그새 주인 또한 몇 차례나
갈리었을까. 이젠 제법 기와도 올린 알뜰한 주택으로 가꿔져 크막한 문패까
지 달고 있었다. 미나리꽝24)으로 쓴 마당 밑 박우물 아래 초입 논배미부터,
내리닫이로 신작로까지 늘어섰으려니 했던, 가뭄을 모르던 무논25)이어서 해
마다 올벼를 거둔 구렁찰논들은, 벌써 그런 흔적마저 찾아볼 수 없게 붉은 기
와나 슬레이트로 지붕한 헙스름한 집들만이 들쑹날쑹 제멋대로 들어차 있었
다. 원래는 우리 논이 끝난 곳이 신작로였고, 신작로를 건너 서면 이내 장항
선 철로가 가로지르고 있게 마련이었는데, 토정의 지팡이였다던 왕소나무는
흔적도 없어졌고 대신 그 자리엔 오죽잖은 블록집이, 노란 페인트로 뒤발한26)
'접도 구역'이란 돌말뚝과 함께 썰렁하고도 음산하게 도사리고 앉아 있었다.
철로 너머는 곧장 바다였다. 봄부터 가을까지, 동네 조무래기들과 벌거숭이
로 뒹굴며 놀았던 개펄이었다. 손꼽던 어항, 광천 독배와 웅천 무창포, 흑포,
그리고 지금은 소위 대천 해수욕장이라고 서해안 굴지의 피서지로 개발된 구
두리 어항에서 들온 중선과 동력선들이 사리 때마다 붐비던 어항이었다. 물
을 쓴 조금 때면 삼사십 리 밖의 수평선은 하늘과 한빛깔로 아물거렸고, 들물
이 들어차면 철둑과 연결된 방파제 위로 갯물이 넘실대던 바다. 갈매기와 해
오리가 하늘을 뒤덮으며 너울대고, 방파제 가장자리, 보뎅[鹽度計]27)을 신주단

---

24) 미나리꽝 : 미나리를 심는 논.
25) 무논 : 물논.
26) 뒤발한 : 온몸에 뒤집어써서 바른.

지처럼 위하던 소금막에서 청염을 못 다 닦은 갈통물로 육염 굽는 연기가 해무처럼 자욱했으며, 망둥이 낚시꾼들이 장마 걷은 방죽에 줄남생이 늘앉듯 들벅대었고, 안옷을 활짝 펼친 돛단배라도 들오는 날이면 뱃사공들의 뱃노래가 물새들의 그것보다 더욱 구성지게 울려 퍼지던 바다였었다. 그러나 그 바다도 이젠 가고 없었다. 개펄 대신 논다랭이들이 깔린 뭍이었고, 기름진 농경지대로 뒤바뀌어 있던 것이다. 상전벽해라고 듣던 말이 바로 그것이었다. 바다와 뭍을 경계하는 제방은 이십 리도 넘는다고 들었다. 그 제방 울안, 내 또래의 어린것들이 제 집 마당으로 알며 놀았던 개펄과 갈대밭은 구획도 제대로 된 논으로 변해 버려 염분이 성에처럼 서리고 말뚝망둥며 피조개가 발길에 채던 개펄 아닌 농로엔 리어카와 소달구지 자국으로 올고르게 누벼져 있던 것이다.

영원히 되찾을 수 없이 된 옛터를 굽어보며 어린 시절에 묻혔던 자신을 되찾고 나니, 어느덧 하늘엔 구름이 물러나고 온 마을 안팎과 들판이 온통 타는 놀에 젖어 있었다. 나는 등성이에서 내려올 채비를 했다. 기온이 점점 내려가기만 해 훨씬 더 추워졌던 것이다.

마을엔 아직 오랫동안 이웃해 살았던 낯익은 사람들도 여럿 남아 있을 터였다. 하지만 그네들을 방문하기엔 간단하잖은 입장이었다. 그전에도 장정이 되어 장가들을 들고 일가를 이뤘던, 맏형 또래나 그 동갑내기들한테도 으레 옛 버릇을 못 버려 '허우', '허소' 또는 시종 반말로만 대했던 내가, 이미 사오십의 중년이 된 그네들에게 옛 습성 그대론 대할 수 없는 일, 반면 새삼스레 존댓말만 쓸 수도 없을 것이었다. 고색 창연한, 아니 내성적이고도 소심한 내 성질 또는 비위를 다스릴 자신이 없는 점이었다. 그중에서도 가장 막연한 것은 그네들과 자리를 같이하고 난 뒤 그네들을 부르게 마련일 명칭의 마땅찮음이었다. 무슨 명칭을 부르며 대꾸해야 십상일까. 그것은 정말 따분한 노릇이 아닐 수 없었다. 결국 나는 마을을 돌지 않기로 작정했다. 아니 가급적이면 알 만한 사람과 마주쳐도 얼굴을 속이고 싶었다. 그리고 그렇게 하리란 다

---

27) 보멩 : 염도를 재는 기구.

짐으로 발걸음을 놓기 시작했던 것이다.

　마을을 아주 떠나던 날까지도 일가 손윗사람 아닌 이에겐 무슨 경어나 존칭을 써본 적이 없었다.　할아버지의 지시였고 곁에서 배운 버릇이었다.　나이가 직수굿한 어른들한테는 으레 김 서방, 최 서방 하며 성 밑에 서방이란 명칭을 붙여 불렀고, 어지간한 청장년들한테는 덮어놓고 아무개 아무개 하며 이름을 부르곤 했었다.　그것은 동네 아낙네들한테도 마찬가지였다.　아무개 어머니, 아무개 아줌마라는, 그 집 아이 이름을 빌려 그런 호칭을 썼던 것이다.　요즘 같으면 그처럼 아니꼬운 수작이 어디 있을까.　하나 그때는 그것이 제격인 듯했고, 하는 편이나 듣는 쪽에서 예사로운 일로 여겨졌던 것으로 안다.　안팎 동네 사람의 거지반이 행랑이나 아전붙이였으므로 하대(下待) 사람들에겐 그렇게 해야 마땅하다는 것이 할아버지의 지론이요 고집이었던 것이다.　그 결과는 안팎 삼 동네를 다 뒤져도 친구랄 만한 친구랄 게 있을 수 없었던 고적한 소년 시절이 비롯된 쏠쏠한 것이지만.　정말 친구가 생기지 않았었다.　친구 삼아 놀려고 애써도 아이들은 나와 어울려 주질 않던 것이다.　갈머리만 해도 한두 살을 아래위로 했거나 동갑내기들이 여남은 넘었지만, 아이들은 또 저희들 부모가 어려워한 것에 못잖게 할아버지를 두려워했던 것이다.　할아버지의 걱정을 무릅쓰고 몰래 숨어 다니며 썰매 타기와 자치기를 했고, 가오리 연을 만들며 팽이도 깎아 쥐고 아이들 뒤를 열심히 뒤쫓아 다녔었지만, 마을 아이들은 여간해서 속을 터놓으려 하질 않던 거였다.　그런데도 그런 기미를 할아버지에게 들킨 날은 밥맛을 잃었고 밤잠마저 설치게 마련이었다.　할아버지는 손수 회초리를 든 적이 한 번도 없었지만, "페엥, 못된 것, 내 애비한테 일러 매를 들게 하고 말리라……."　이 말이 그토록 두려울 수 없을 공갈이었던 것이다. 매우 꾸짖도록 아버지한테 지시한 적도 없으면서 그랬다.　외려 그런 것을 곧 잘 고자질한 건 나와 다시없이 잘 지내 온 옹점이의 장난이었다.

　내가 할아버지 앞으로 불려 가 꿇어앉아 안절부절 못하며 학질 떼는 것 구경하는 게 그녀는 무척이나 재미있어 하곤 했으니까.

　"숭헌, 그런 상것 자석덜허구 븟해 놀었더란 말이냐?　그리 그짓말을 허려면 글은 뭣허러 배웠더란 말이냐?"

"……."

"그저 틈만 있으면 밖으루만 내달으니 한심한 일이로고. 색거한처(索居閒處)요 산려소요(散慮消遙)라, 배웠이먼 배운 만침 알 만두 허련마는……."

"애덜이 대이구 놀자구 오넌디 워칙헌대유."

"그런 잡인 애덜허구 동무해 놀먼 사람 버리는 벱이여. 다 제가 사람 되라고 이르는 소린디, 페에엥."

사랑 미닫이 창호가 미어질 만큼 큰 음성이었고 호된 꾸지람을 피할 길은 없는 일이었다.

나는 부러 둘러댄 거짓말에 가책을 받았고, 그것은 또한 나를 무척 우울하고 소심하게 만드는 괴로운 일이었지만, 거짓말을 하지 않곤 못 배길 착잡한 형편이곤 했다.

나하고 놀고자 한 아이는 내가 중학을 졸업하고, 아니 그 이듬해 서울로 이사해 오기까지도 단 한 사람이 없었다. 피차가 어렸을 때는 아이들 부모가 할아버지 성미를 훤히 알고 있어 애써 함께 어울리지 않도록 자기네 아이들을 타일러 단속한 탓이었는데, 그것은 국민학교엘 들어간 뒤로도 이어져, 아이들은 학교 운동장에서나 다른 애들과 함께 어울린다든가, 상하학길에선[28] 우연히 만나 마지못해 동행하길 허락하곤 했을 따름이었다. 뿐만 아니다. 우리 집안의 엄한 어른들이 세상을 떠난 사오학년 이후론 줄곧 피차 그럴 까닭이 없었는데도 그런 어색스럽고 부드럽지 못한 관계는 풀리질 않았다. 언제나 아래윗물 돌듯, 답답하고도 쑥스러운 일이었다. 피차 굳어져 버린 습관을 스스로 깨어 버리지 못하는 탓이었다.

육이오 사변이 나기는 내가 이학년에 진급한 초엽이었다. 그 난리는 우리 집을 완전히 쑥밭으로 만들어 놓고 말았다. 한 고을의 어른을 잃은 애석함은 일가붙이가 아니라도 갈머리 사람이라면 마찬가지로 받아들이고 있었다. 인간의 영고 성쇠란 그처럼 무상한 일이란 걸 알게 된 동기도 그것이었고, 곁들

28) 상하학길에선 : 학교 공부를 가고 오는 길에선.

여 집안에 어른이 없는데도 동네 아이들이 나와 접촉하길 꺼리던 사실에서,
인생의 생사를 한갓 티끌에 견주던 전쟁이라는 막중한 참극을 겪고도 습관만
은 허술하게 허물어지지 않는다는 것도 아울러 깨우치게 되었다. 어쨌든 어
엿한 중학생이 된 뒤에도 마을 친구가 붙지 않는 것은 어느 모로든 적적하고
불편한 일이었다. 어머니한테 그런 사정을 하소연한 적까지 있은 정도로.

"너는 벨걸 다 걱정허더라, 동네 그까짓 것들을 다 동무라고 그러네? 니
가 얌전허구 공부 잘허기루 소문나 있으닌께, 너구 하냥 놀먼 즤들이 쩔리닌
께 피허는 것을……."

어머니는 오히려 당연한 일로 여기고 있었다. 아이들의 세계에서까지 케케
묵은 관습이 밑바닥에 깔려 있으랴 싶던가 보았다. 어머니의 말이 전혀 터무
니없는 게 아닐는지도 모르지만. 나는 학과 공부만은 늘 자신을 가지고 있
었던 것이다. 비록 읍내 바닥에 있는 중학교였지만, 전쟁 냄새가 채 가시지 않
았던 그 당시의 상황에 비춰 남에겐 없는 불리한 약점을 온통 한몸에 지녔음
에도 불구하고, 삼대 일이 넘는 경쟁률을 선두로 뚫고 합격한 흥분은 해포[29]
가까이나 계속되고 있었으니 말이다.

그러나 나는 나의 근본적인 고립이 할아버지가 범백사에 문벌을 찾아 간격
과 층하를 두어 행세했던 영향임을 스스로 알고 있었고, 때문에 비관을 한다거
나 안달하진 않았다. 그 어린 나이임에도 자라면서 부대꼈던 경험에 비추어
일단은 세태에 순응하는 길만이 가장 안전한 처신이라 단정하고 있었으니까.

볕이 지워져 가면서부터는 바람결도 한결 날카로워진데다 등성이는 바람맞
이였으므로 못 견디게 추워지고 있었다. 빗방울에 풀린 듯하던 발밑은 움직
이기만 해도 얼다 어석버석 깨어지는 소리가 들리고 있었다.

나는 서둘러 등성이를 내려왔다. 그러나 곧장 읍내로 향하기엔 어딘지 모
르게 개운찮았고 섭섭하였다. 황혼에 잠긴 옛집을 먼발로만 기웃거리다 말긴
너무도 서운했던 것이다. 나는 등성이 꼭대기 너머서부터 옛집 사랑 앞 마당
까지 나 있었던 가르마 같은 오솔길을 타고 내려가 보기로 했다.

---

29) 해포 : 한 해 가량 동안.

옛 주인의 발길에 닳았던 마당, 마당가의 물맛이 약수맛으로 소문난 박우물, 등멱하기 십상이던 우물가의 빨랫돌, 가옥과 전답을 매매할 때 장기(掌記)30)에까지 올랐던 개오동과 들충나무들. 그 무엇 한 가지도 옛 주인을 알아 반기는 건 없었다. 마당가의 돼지 우리가 좀 부산해지고 퇴비장을 후비던 서리병아리31) 몇 마리가 지축지축 비켜 갈 따름. 저녁 시간이 돼 있어 안에선 숟갈 달그랑거리는 소리나 이따금씩 새어 나올 뿐, 새 주인이 된 선로원의 가족은 한 사람도 얼씬 않고 있었다. 사랑마루 역시 그 마루였으나 마룻장 태깔은 보얀 빛 대신 땟국에 찌들고 쩔은 우중충한 빛깔이었고, 그 위엔 먼지가 부옇게 앉아 있었다. 마루 반자엔 쥐 오줌 자국이 구석구석으로 얼룩져 있고, 추녀 밑 서까래와 도리 안의 제비 집터엔 거미줄이 드레드레 늘어져 주인 잃은 지 오래임을 스스로 말하고 있었다. 할아버지 말을 따르자면 뒷산을 현무(玄武)로 치고 미나리꽝과 연못으로 쓰던 첫논배미를 주작(朱雀)으로 잡을 때, 좌청룡 우백호를 제대로 안고 기단을 앉힌 집이며, 재래로부터 꺼려온 공·시자(工·尸字)형을 피했고, 또 권장되어 온 일·월·구·길(日月口吉)자형에서 가장 알뜰한 것만을 골라 갖춘 구조 밑에 정초된 집으로, 기와로 개축하자면 암 숫키와 열눌[十訥]을 가져도 모자라리라던 너른 집이었다.

"좋은 집이니라, 풍광이 명미허구 수세(水勢)두 순조롭구, 내가 후제 잔디 찰방을 허더래두 부디 이 집을 잘 가꾸어야 허여……."

잔디 찰방이란 할아버지가 즐겨 일컫던 죽음을 뜻하는 말이었다.

"인제는 늙어 어두우니, 너르잖은 곳간에 어렴시수(魚鹽柴水)만 동나지 않는다면, 누워 읊고 앉어 오이니(외우니) 아무 걱정 없으련만, 시국이 이러니 늙마가 편칠 않구나……."

선대인이 벼슬살이를 버리고 낙향한 이후 줄곧 기울기만 해 퇴색해 버린 가문도 변명할 겸, 신수가 안온치 않음을 한탄하며 할아버지는 쓸쓸히 웃곤

---

30) 장기 : 물건이나 논밭 등의 매매에 관한 품목을 적은 글발.
31) 서리병아리 : 이른 가을에 깬 병아리.

하였다.

　나는 좀전의 칠성 바위, 그 중에서도 할아버지 산소가 있었던 범바위 앞에
서 깜뭇 그 허연 고인을 만났었지만, 사랑 마루 앞에 서 있으니 또다시 할아버
지의 환영이 어른거려 눈시울을 적시지 않곤 못 배겼다. 할아버지 신전(身前)
엔 밤낮으로 행보석(行步席)32)이 두 잎이나 깔려 있었고, 일찍이 할아버지가
소싯적에 써서 양각한 장강대필(長江大筆)의 '魚躍海中天'이란 현판 아래엔
철 지난 등토시와 미사리33)가 낡은 갈모와 고사리손 같아 장난감으로 놀기도
했던 대여의[竹如意]가 함께 걸려 있었고, 등귀틀 위에 서찰함으로 썼던 사방
탁자 곁으론 금사석(金絲石) 벼루가 든 연상(硯床)34) 위에 두어 자루의 까치선
[扇]이 놓여 있었곤 했다. 오동 삼층의 매장(梅欌)은 낡아 한구석에 치우쳐 두
었던 것, 장귀틀 앞엔 마가목 지팡이가 거리빗겨 놓여 있곤 했었다. 하나 이
제는 모두가 꿈이런가. 저무는 해거름 길에 들른 먼 길손처럼, 땅거미가 깃들이
는 추녀 밑에 선 나는 한동안 나 자신을 잃은 채 막연하게 서 있기만 했었다.

　얼마 동안을 그 모양으로 서 있던 나는 문득 마루와 사랑 부엌 사이에 비스
듬히 열려 있던 함실문 틈으로, 사랑에 군불을 때기 시작한 인기척을 발견하
면서 서 있던 자리에서 움직이기 시작했다. 함실문 안엔 가마솥이 걸린 널찍
한 사랑 부엌이 있었다. 소를 기른 일이 없었으므로 그 가마는 여물솥이 아니
라 허드레로 두고 군불 넣는 김에 물이나 데워 쓰다 안에서 일이 있을 때만
제구실을 하던 가마였다. 춘추로 장이나 젓국을 조리거나 두부와 청포묵 쑬
때, 그리고 엿을 골 때만 한몫 한 솥이던 것이다.

　내는 아궁이인지 연기가 밖으로 흩어지기 시작하자 나는 시방 아궁이에 무
엇이 타고 있는지 단박에 알아낼 수 있었다. 가을걷이한 지치러기인 콩깍지
와 메밀대를 때는 게 분명했다. 구수한 냄새가 그렇게 말해 주던 것이다. 십
삼 년 만에 맡아 보는 굴뚝 냄새에 나는 불현듯 콩깍지와 메밀대를 군불 아궁
이에 때어 볼 수 있은 옛날이 그리웠다. 그 무렵은 내 손으로 직접 농사를 지

---

32) 행보석 : 큰일이나 새서방·새각시를 맞을 때 마당에 까는 긴 돗자리.
33) 미사리 : 삿갓·방갓·전모의 밑에 대어 머리에 쓰게 된 둥근 테두리.
34) 연상 : 문방 제구를 벌여 놓아두는 작은 책상.

어야 했던 고생스런 청소년 시절이었음에도, 호의호식했던, 허리를 굽신대는 수염 허연 늙은이한테 도련님 도련님 하는 소릴 들은 철부지 적의 애애[35]한 기억보다도 훨씬 씨알이 여문 짙은 그리움이었다. 그러다가 문득 나는 사랑 부엌 가마솥에서 물릴 지경이 되도록 맡아댔던 여러 가지 냄새들을 새삼스럽게 되새기며 마당을 떠나고 있었다. 싱금싱금한 청포묵 앗는 냄새는 그리 자주 맡은 게 아니었지만, 간수를 칠 때마다 부얼부얼 엉기던 순두부 솥의 구수한 내음이며 엿밥을 애잇[36] 짜내고 조청으로 조릴 때 밥맛까지 잃도록 달착지근하게 풍기던 엿 고는 냄새만은 다시 한번 실컷 맛보고 싶은, 뼈끝에 스며 밴 추억의 체취들이었던 것이다. 매년 추수가 끝나면 고사를 지내고 나서 두 번째로 하게 되던 일이 엿 고는 일이었다. 정초나 할아버지 생신 잔치에 쓸 조청을 장만해야 하기도 했지만, 그보다는 술 담배를 못하던 할아버지의 야참이나 주전부릿감으로 강정 굽기, 그리고 단지에 담아 굳혀 두고 끌로 떼어 먹도록 하는 갯엿을 마련해 두기 위함이 목적이었다. 사실 할아버지가 쓰던 사랑 벽장은 언제나 손자들이 군침을 흘리던 곳이었다. 하룻밤도 거르잖고 자리끼 숭늉 대접이 머리맡 문갑 곁에 놓여야 하듯, 할아버지의 전용 벽장 속엔 노상 군입거리가 끊이질 않고 있는 거였다.

어머니는 원래 뛰어난 음식 솜씨를 자랑하고 있었고, 극노인이 있은 탓인지 시식(時食)과 절식(節食)에 남다른 유의를 하는 편이었다. 정초의 떡국은 으레 있는 것, 대보름엔 약식과 식혜와 갖가지 부럼, 해토머리부터 시작되는 칠미죽, 한식의 개피떡, 삼짇날의 화전, 단오엔 수리취떡을 잊지 않고 만들었으며, 복중엔 닭곰과 밀전병이었고 동지 팥죽과 납평날 고기구이까지 용케도 찾아 솜씨를 보이곤 했던 것이다. 할아버지가 자리를 뜨기만 하면 나는 몰래 벽장 속을 뒤져 대었고, 그때마다 욕심껏 훔쳐 먹곤 했었다. 벽장 속엔 꿀 용충을 비롯해 조청오링병, 엿단지, 인절미 모태 목판이 들어 있었고, 홍시, 대추 등의 과일이 곰팡이를 피우고 있었다. 춘추로는 주로 가조기 홍어포, 북

---

35) 애애 : 안개가 많이 낀 듯이 뿌연.
36) 애잇 : 애벌. 초벌.

어 등 건어물이 쌓여 있었다. 감초가 든 고리, 생강 소래기 따위 약재는 여름 철 입가심용이었고. 훔쳐 먹지 않더라도 할아버지는 곧잘 벽장 속의 음식들을 내게 먹이곤 했으나, 십 원이면 엿이 두 가락, 호박만한 참외가 두 개씩 하던 시절인데도, 먹으면 먹을수록 양양대게 마련인 게 주전부리라서 눈 어두운 노인의 음식을 훔쳐 내어 먹던 재미는 그것대로의 각별한 맛이 느껴진 까닭이었다. 미처 천자[千字文]를 배우기 전에만 해도 나는 곧잘 대청에 앉아 사랑문을 쳐다보며 칭얼칭얼 어머니만 볶아대기 일쑤였었다. 먹을 게 나오도록 하려는 잔꾀였었다. 그때마다 옹점이는 신들신들 웃어 가며 귓속말로 종알대었다.

"지왕이면 쬐끔만 더 크게 울어 봐."

그러면,

"왜 운다느냐, 뭐 먹은 게 얹혔다느냐?"

사랑에선 이내 할아버지의 걱정이 들려 오게 마련이었다. 이윽고,

"옹젬아, 예 청심환 가져가거라." 하는 소리. 그러면 나는 나도 모른 새 달아날 채비하기가 바쁘곤 했다. 약이라면 덮어놓고 질색이었으니까.

"나리맘님두 워디 편찮어서 울간디유, 먹을 것 나오라구 저러지유."

때는 왔다고 옹점이는 재빨리 시치미를 딱 떼곤 화통[37] 삶아 먹은 목통으로 일러바쳤다.

"이리 온, 이리 들온." 대뜸 페엥이나 숭헌 소리가 없으면 만사가 뜻대로 돼 간다는 징조였다. 한동안 주섬주섬한 뒤에 사랑으로 비슬비슬 들어가면 할아버지는 이미 갯엿을 주먹만하게 감아 들고 기다리고 있었다. 새까만 엿 뭉치 단지 속의 것을 힘들여 감아 국자마냥 휘어지던 하얀 은수저, 그것을 얄금얄금 베어 먹는 재미란 이제 와 돌이켜 생각해 봐도 역시 진미였었다. 벽장 속의 음식을 좀처럼 얻어먹기가 힘들게 된 것은 집에 어린애가 생기고부터였다. 할아버지가 증손자를 봤던 것이다.

조카 아이가 세 살 나던 해 나는 일곱 살이었고 천자를 떼고 동몽 선습을

---

37) 화통 : 기차·기선의 굴뚝. 〈속〉기관차.

배울 무렵이었다. 그러나 주전부리 구걸은 내가 천자를 배우기 시작하고부터 못하게 된 셈이었다. 조카 애가 대신 들어선 까닭임은 두말할 나위 없는 것. 그 뒤로부터는 좀더 악랄한 꾀를 쓸 수밖에 없었다. 조카 녀석을 충동질하거나 일부러 쥐어박아 울려서 먹을 걸 타내게 한 다음 조카 녀석이 얻은 걸 다시 알겨먹는38) 수법이었다. 그 가운데서도 무난한 방법, 조카 녀석이 해해거리며 웃고 나도 덩달아 즐겨 가며 실속 차리는 방법, 그것은 조카 녀석에게 못된 말을 가르쳐 할아버지 면전에서 재롱 삼아 떠들게 함으로써 꾸짖도 못하고 화도 못 내 결국은 달래어 내보내는 편이 그중 무난하다고 판단토록 한 짓이었다. 그리고 그것은 매번 내 의도가 적중했고 효과 만점인 거였다.

조카 녀석을 앞세워 사랑에 들어가면, 녀석은 시킨 대로, 커다란 목소리로, 때론 제물에 신명나 손뼉까지 쳐가며 그럴듯하게 연기를 해내었다. 할아버지 탕건 속에 오똑 솟아 있는 허연 상투를 손가락질하며 조롱하는 것이었다. 내 보기엔 더없이 기특한 재롱이었다.

"얼라리 꼴라리……할아버지 대가리는 잠지 달렸대……할아버지 대가리는 잠지 달렸대……."

할아버지는 마른기침을 두서너 번 거듭 하거나 의치(義齒)의 윗니틀이 쑥 빠져내릴 만큼 하품하는 척하면서 벽장 문을 열게 마련이었다. 하얀 은수저가 휘어져야 했고 엿단지는 날이 갈수록 줄어들어만 갔다. 너덧 번쯤 가르쳐 길을 들여 놓은 다음엔 조카 녀석 스스로 그런 꾀를 부릴 줄 알게 돼 나는 그야말로 굿이나 보며 어부지리(漁父之利)39)를 얻게 되었지만.

연기는 사랑 아궁이에서만 내는 게 아니란 걸, 나는 마당에서 벗어나 다시 한번 사랑 마루를 되돌아보고서야 깨달았다. 사랑 부엌에 이어져 있는 대문 달린 바깥채 굴뚝에서도 부연 연기가 미어지기 시작한 것이다.

그 연기 빛깔은 검불이나 등성이에서 칼퀴밥으로 모아진 북데기 타는 빛깔

---

38) 알겨먹는 : 약한 사람이 가진 적은 물건을 꾀어서 빼앗다.
39) 어부지리 : 쌍방이 다투는 틈을 타서 제3자가 애쓰지 않고 이득을 가로챔.

이었다. 원래 바깥채는 방 두 칸 외에도 두 칸짜리 대문이 나 있는 함석 지붕의 별채였었다. 문간방은 사철 잡곡 가마가 그득했던 머슴방이었고, 그 윗방, 사랑 부엌에 잇대어 있는 방엔 일상 창고처럼 쓰던 허드렛방이었다. 생전 불도 지피지 않고 밤으로도 전기를 넣는 날이 드물던 여벌방이었던 것이다.

그러나 이젠 그 방 굴뚝에서도 연기를 뿜고 있었다. 사람이 쓰는 게 분명했다. 세를 내준 모양이었다. 철도원 가족으로서 그렇게 많던 방을 다 쓸 까닭은 없을 테니까. 그 방에 세들어 사는 사람은 어떤 사람일까. 나는 항상 쓸고 닦아 정결한 장판방인데도 음침하고 스산했던 과거 그 방의 내력을 새삼스레 되새기면서 걷고 있었다. 나는 가급적이면 그 방 안을 들여다보지 않으려 했었고, 간혹 그 방문을 열고 들어가지 않으면 안 될 심부름을 받지 않기 위해 항상 손윗사람 눈치를 살피기에 부지런해야 했던 것이다. 때로 피치못해 방문을 열지 않곤 못 배길 경우엔 으레 코흘리개 조카 녀석이라도 달고 들어가야만 했었다. 그 방엔 여러 가지 물건들이 노상 그들먹하게40) 놓여 있었다. 약재밭에서 거둬들인 생지황 뿌리며 박하 다발, 시커먼 제상, 향탁(香卓) 교의(交椅)를 비롯한 각종 제기들, 그리고 그보다도 더 많은 분량으로 처쌓였던 족보를 비롯한 황권전적(黃卷典籍)이며 여러 무늬의 능화판들이 무슨 보물처럼 대접받으며 정돈되어 있었던 것이다. 그러나 그런 것들 때문에 그 방이 늘 음산하고 으슥한 건 아니었다. 방 아랫목에 정중하게 모셔져 있던 것. 그것은 베 보자기로 덮어둔 시커먼 관이었다. 그 관 위에는 역시 베 보자기에 꾸며진 이불더미만한 보따리가 얹혀 있었는데 그것은 일습을 갖춘 수의와 상제들이 입을 베 두건이며 베 중달 따위나 광목 깃옷들과 대소가붙이들이 쓸 건이며 행전 등 세·공·시의 상복이 쌓여 있다는 것이었다.

언제 어떤 일이 일어날지 모를 팔순이 넘은 극노인 할아버지를 위해 미리 마련해 둔 상수(喪需)41)들이었다. 옻칠을 했다는 시커먼 관이며 위 수의 보따리를 볼 적마다, 나는 문득 공포(功布)를 앞세우고 검은 테두리한 앙장(仰帳)을

---

40) 그들먹하게 : 거의 그득하게.
41) 상수 : 초상 치르는 데 드는 물건.

펄럭이며 집 앞 신작로로 드물잖게 지나가고 하던 상여를 연상하곤 했었다.

그러면서 나는 일쑤 공포감에 휩싸이며 그런 불길한 마음을 떨쳐 버리고자 진저리를 치곤 했었다. 그런 날이면 곤하게 자다가도 꿈을 꾸었고, 그렇게 꾸는 꿈은 흔히 높다란 산꼭대기에서 아스라하게 깊은 벼랑으로 굴러 떨어지거나 하늘을 훨훨 날아다니는 꿈이곤 했는데, 깨고 나면 까닭 모르게 불쾌했고 울적한 기분이 되게 마련이었다.

육이오가 난 해에 우리 집은 망했다. 전쟁의 참화를 우리처럼 혹독하게 입은 집도 드물리라 싶게 쑥밭으로 돼버린 거였다.

할아버지는 그해 섣달에 세상을 떠나셨다. 아들과 큰손자를 앞세우고 떠난 거였다. 사랑 마루엔 삼 년 동안 거적과 대지팡이가 놓여 있었고 베 중달은 목매단 시신처럼 맥없이 늘어져 걸려 있었다. 물론 내가 사용하는 것들이었다.

할아버지의 임종을 못한 건 가족 중에 나 혼자뿐이었다. 피난처에서 미처 귀가하기 전에 집에선 그런 큰일을 당한 거였다. 숙환이나 급환으로 돌아가신 건 아니었고, 말년에 참혹한 꼴만 거듭 당한 뒤여서 노쇠해진 정신을 가누지 못한 게 원인이었으리라 싶다. 향수(享壽)[42]는 구십. 사자(使者)를 맞아 마지막 숨을 거두며 남긴 유언은,

"부디 족보만은 잘 간수해야 하느니라……."

단 한마디뿐이었다고 했다. 족보. 그것은 완전히 망해 버린 가문을 최후까지 지켜보다 떠난 할아버지에겐 논문서나 집문서보다도 소중한 가산으로 여겨졌던 것 같다.

이젠 모든 것 다 잃고 열한 평짜리 아파트에 의지하고 사는 지금도 나는 수십 연래 증보(增補)도 안 된 채인 그 족보만은 어떤 물건보다 소중하게 간수하고 있지만.

그 세보(世譜)와 충간공파 계보 두 가지로 된 일곱 권의 족보를 시방도 할아버지가 생각날 때마다 꺼내 뒤적이곤 하는데, 그때마다 나는 책갈피 속에서

---

42) 향수 : 오래 사는 복을 누림.

어쩌면 할아버지의 체취라도 맡아 볼 수 있을 것 같은 막연한 착각에 사로잡히곤 한다.

할아버지께선 무슨 보학(譜學)에 조예가 깊었다거나 뼈를 자랑하는 고리타분한 취미로서 족보를 받들어 모신 게 아니었던 것만은 분명한 듯하다. 청백리가 속출한 건 아니지만 줄곧 사대부 가문이었다가 당신 대(代)에서 그치고 한갓 고고한 선비, 유생에 머물러 선대의 뒤를 못 댄 한으로 그랬으리라고 봄이 옳잖겠나 싶은 것이다. 그러나 사대부 가문의 후예라는 기개만은 대단한 것이었고 아울러 평생을 자랑으로 알며 살았던 것도 사실이었다.

오죽했으면 갈머리라는 원부락 이름이 관촌(冠村)으로 불리어지게 됐으랴 말이다. 양반골이란 뜻으로 그렇게 부르게 됐다고 한다. 지금도 그 지방 사람들은 원이름보다 관촌 부락이라 해야 얼른 알아듣는 거였다. 마치 그 지방을 원이름 그대로 한내라 하면 못 알아들어도 대천(大川)이라면 모를 사람이 없듯.

할아버지는 구십 평생 망건과 탕건을 벗은 적이 없었고, 오뉴월 삼복에도 버선 한 번 안 벗었었다. 어머니가 시아버님 두려워 농촌에선 더없이 편리한 작업복인 몸빼란 걸 고쟁이 같대서 못 입어 보고, 옹점이가 끝내 단발머리를 못 해본 것도 그 때문이었다 한다. 윗물이 맑아야 아랫물도 그럴 수밖에 없었다고나 할까.

할아버지의 자(字)는 긍우(肯宇), 호를 능하(陵河)라 했고 당호(堂號)는 청일(晴溢). 병오생이며 상주 목사의 아들이요, 강릉 부사의 손자로 태어났었다. 그러나 과거는 스스로 포기했다고 했다. 그 즈음엔 이미 선조들이 모두 벼슬살이를 반납하고 낙향해 버린 뒤였고, 공부를 중단해야 할 만큼 의기와 가산이 침체돼 그럭저럭 실기[43]해 버리고 만 것이라 했다. 때문에 벼슬 자리에 못 오른 건 시국 탓으로 돌렸고, 자신의 불운함을 한탄했으며 그러한 한이랄까 전조(前朝)에의 향수랄까, 하여간 그런 감상이 지나쳐, 종중에서 한창 명성을 얻었던 두 행렬이 손위인 월남[李商在]의 개명마저 늘 못마땅하게 여길 지

---

43) 실기해 : 적절한 때를 놓침.

경이었던 것이다. 그리고 보면 할아버지의 처신은 월남의 처세와 정반대였던 것으로 볼 수밖에 없을지도 모른다.

할아버지의 직함은 인접 청라면 서원말 옥계란 마을에 있는 유서 깊은 화암 서원의 직원(直員)이었다.

내가 태어났을 때만 해도 할아버지는 이미 팔순에 이르러 있었으므로 옛일은 자세히 알 수 없지만, 춘추 제향 때면 교군꾼[44]들이 가마를 메고 와서 서원으로 모셔 가던 걸 몇 차례나 본 기억을 가지고 있다. 그때까지도 할아버지는 서원의 제반 집무를 사랑에 앉아서 처리하였고 무슨 일이 있으면 서원말에선 이십 리 길도 머다 않고 하루에도 두서너 번씩 사람이 오며 가며 하고 있었다. 그러나 내가 향교가 뭘 하는 곳이란 걸 알 만했을 때는 할아버지도 고령임을 핑계하여 직원 자리를 사양한 셈이나 다름없었던 것 같다. 일제 시대엔 온갖 핍박과 굴욕을 견뎌내면서 굳건히 지켜낸 서원임에도, 고령도 고령이겠지만 그보다는 가운의 불황과 우왕좌왕 갈피 없이 된 시대엔 이미 적응할 수 없음을 스스로 자인하고 들앉아 은둔하기로 결심했던가 보았다. 할아버지가 서원을 관장했던 당시의 일에 대해서 내가 아는 건 이렇다 할 만한 게 없다. 공과나 기타 조그만한 후일담거리마저도 수집해 두지 않았던 것이다.

서원말 사람으로 우리 집엘 가장 자주 드나든 건 언제나 패랭이를 쓰고, 두루마기도 없이 감발[45]만 한 채 구럭[46]을 메고 다니던 환갑 늙은이로 기억된다. 그는 무시로 드나들어 나하고도 피차 얼굴이 익어 있었는데, 그는 동구 앞이나 신작로 가에서 놀던 나를 만나면 나보다도 먼저 허리를 굽신하면서 인사를 하곤 했다.

"되린님, 나리만님 지신감유."

그것이 그가 하는 인사말이었다.

"예, 시방 사랑에 기셔유."

나는 늘 그렇게 대답했던 건데, 한번은 앞서 나서서 사랑 앞에 이르러,

---

44) 교군꾼 : 가마를 메는 사람.
45) 감발 : 발감개를 한 차림새.
46) 구럭 : 새끼로 그물처럼 눈을 드물게 떠서 만든 물건. 망태기.

"할아버지 손님 왔슈."

"누구?"

"워떤 노인 양반유." 했다가 나중 할아버지한테 호된 꾸중을 듣기도 했었다. 할아버지는 그 패랭이 쓴 늙은이더러 늘,

"오냐, 수복이 왔느냐."

마치 어린아이들에게나 말하듯 해버리곤 했던 것이다. 그가 돌아간 뒤 할아버지는 나를 불러 놓고,

"숭헌……쇤님은 무어이며 뇌인냥반은 또 뭐이란 말이냐, 페에엥."

할아버지는 언성을 높여 매우 꾸중하던 거였다. 그 서슬에 나는 일언반구의 말대답도 못한 채 물러났었다. 그 패랭이 쓴 늙은이가 향교 교직이었다는 건 그로부터 한참이나 지난 뒤에 안 일이었다.

서원에서 온 젊은 사람한테도 할아버지는 "수복이 왔느냐. 게 있거라." 한데서 나는 비로소 '수복'이란 명칭에 의문을 가졌던 정도로 무심했었으니까. 향교를 지키며 사는 서원말 사람 이름은 모두 수복이란 말인가. 나는 천자로 배운 유식만큼의 수복이란 이름을 연상하고 있었다. '壽福, 秀福, 水福, 邃福, 洙福, 守福……' 그래도 의문은 풀리지 않았다. 내 경우에 미뤄 봐도 한 동네에 그토록 많은 이름은 있을 수 없겠기 때문이었다. 내 처음 이름은 성구, 다음엔 필구였는데 첫돌 전부터 동명의 아이가 한동네에 있어서 다시 민구라 지어 한동안은 민구로 불렸더라고 했다. 그러나 민구란 이름도 당내간에 둘이나 있어 일 년도 못 쓰고 고쳐야 했다고 들었다.

"엄니, 서원말서 온 사람 이름은 죄 수복인가?"

오랫동안의 의문을 물었을 때 어머니는 대수롭잖게 대답했다.

"그러믄 싀원을 지키는 동안은 수복이지, 지키는 종이닌께."

수복이는 사람 이름이 아니었던 것이다.

할아버지의 존재는 비단 수복이들에게만이 위엄과 고고(高孤)의 상징은 아니었다. 서원말 일대의 주민들에게도 추상 같은 권위자였으며 서원 안 대성전이나 동묘를 받들어 온 향반(鄕班) 토호(土豪)의 가문과 유림(儒林)에서도

함부로 근접할 수 없는 근엄한 선비의 기풍을 유감없이 발휘하고 있었던 것이다.

앞서 내가 태어났을 때 할아버지는 이미 팔순의 고령이었음을 밝힌 바 있다. 때문에 앞에서 말한 것들은 철부지의 어린 눈에 잠깐 동안 스친, 인생에서 은퇴하다시피 은둔 자적한 극노인의 조그마한 편모(片貌)[47]에 그칠 것임은 두말할 나위가 없다. 그런데도 그분은 내가 살아가는 동안엔 잠시도 잊을 수 없도록, 내 심신의 통치자로서 변함이 없으리라 믿어지는 것은 무엇에 연유하고 있다 할지 모르고 있다. 할아버지의 가훈을 받들고자 노력하다 만 유일한 손자였기 때문일까. 그 고색 창연했던 가훈들은, 내가 태어나기 그 훨씬 전부터 아버지가 이미 앞장서서 깨뜨리고 어겨, 전혀 반대 방향의 풍물을 받아들이고 있던 게 분명한 사실이었다. 두

아버지의 그런 사상은, 할아버지가 주장한 전근대적인 가풍에 반발하기 위한 건 물론 아니었다. 흔히 '죽으라면 그럴 시늉까지 할' 사람이란 칭송을 듣고 있었으니 말이다. 아버지의 노선은 자기 스스로 알아서 선택한 것이다.

아버지는 대대로 삼공 육경을 배출해 낸 사대부가의 후예임을 조금도 대견해 하지 않는 것 같았다. 다만 청백리가 몇 분 있었다는 기록만을 인정할 정도일 뿐. 따라서 양반 가계의 족보를 우려먹거나 선대로부터 물려받은 전장(田庄)[48]이 없음을 한하지도 않았다. 그러기는 할아버지도 마찬가지였으나 그것은 필경 할아버지 자신이 탕진해 버린 자책감에서 그랬을 것으로 여겨진다. 강릉 부사 시대부터 물림한 부동산들을 할아버지는 일제 때 군산 미두(米豆)[49] 시장에 맛들인 후로 조금씩 조금씩 올려 세우고 말았던 것이다. 그러나 내가 태어나기 수삼 년 전만 해도 사법대서를 개업했던 아버지는 미두로 기운 가세를 되살리기 위해 몇 척의 어선을 가진 선주였으며, 여러 두락[50]의 염전을 소유하여 상당한 수입을 보고 있었다. 그것만으로도 이재에 어둡잖은 사

---

47) 편모 : 단편적인 모습.
48) 전장 : 소유하는 논밭.
49) 미두 : 미곡의 시세를 이용하여 쌀을 걸고 행하는 투기의 일종.
50) 두락 : 논·밭 넓이의 단위. 마지기.

람이었음을 부인하지 못할 것이다. 그러나 해방을 전후해서, 아니 내가 태어
나던 그해부터, 아버지는 종래 회고조의 가풍이나 실속 없는 사상을 스스로
뒤집어 엎는 데에 서슴잖은 거였다. 사농공상의 서열을 망국적 퇴폐 풍조로
지적했고 '무산 계급의 옹호와 서민 대중의 사회적인 위치를 쟁취한다.'는 구
호와 함께 그것의 실천을 위해 앞장서서 주도하기 시작한 거였다. 아버지는
장날마다 한내천 모래사장에서 또는 쇠전이나 싸전 마당에서 강연회를 열었
고, 그것은 무능한 농민과 노동자들의 호감과 지지를 얻는 데에 조금도 부족
함이 없는 웅변이었다고 했다. 그것이 변형되며 남로당에 합세했던 건 다시
그로부터 많은 시일이 흐른 훨씬 뒤의 일이었지만. 그리고 그 결과는 뻔한 것
이 돼 버렸다. 그러나 할아버지는 아들과 당신 사이에 금이 벌기 시작하고 그
것이 점점 두꺼운 장벽으로 굳어가는 것을 나무라지 않았다고 한다. 스스로
이방인임을 자인하며 인간사에서의 은퇴와 함께 적요 속에 은신하지 않을 수
없이 변천하는 시대와 세월을 방관하기로 작정한 까닭이었으리라.

그렇게 세월하기 몇 해 만이었을까. 내가 할아버지한테 천자를 떼어 책씻
이[51]한 뒤, 이어 동몽 선습을 읽기 시작한 무렵은, 아버지는 집에서 가사를 돌
보기보다 구금돼 영어(囹圄)[52] 생활 하는 날이 더 많아졌고, 더불어 대서사도
선주도 아니었으며 토지 개혁으로 분배받은 상환 농지 몇 필지로 겨우 식량
걱정이나 안 할 정도의 가난한 농민이었다. 어린 내가 보고 느끼기에도 그 얼
마나 모순된 사랑방이었던가.

사랑채엔 커다란 장지틀을 가운데로 하여 널찍한 방이 둘이었다. 안방은
그 엿단지를 비롯한 온갖 군입거리들이 들어찬 벽장을 뒤로 하고 정좌한 할아
버지의 은둔처였다. 그 방엔 때를 가리지 않고 검버섯 속에 고색이 찌들어 가
는 시대의 고아 이조옹(李朝翁)들의 집산장으로, 난세 성토장 겸 소일터였으
며 윗방은 아버지의 응접실이었다. 안방은 이 군수 아우, 윤 참의 아들, 조 진
사, 홍 참봉, 도총관 조카 등등으로 불리던, 지팡이 없인 못 나들 갓 속의 상투

---

51) 책씻이 : 책 한 권을 다 익히고 난 뒤에 치르는 의식.
52) 영어 : 감옥에 갇힌 몸.

쟁이들이 초라한 행색인 채 늘 단골로 붐볐다. 노인들이 풍기는 특유한 체취로 하여 여간 사람 아니고선 코도 들이밀 수 없으리라고, 어머니는 빨래를 할 적마다 웃으며 말했다.

아버지가 쓰는 윗방 손님들은 안방의 노옹들 행색보다 훨씬 더 누추한 사람들이었다. 그리고 그들의 대부분은 할아버지로선 이름도 기억할 필요조차 없는 인근 마을 사람들이었다. 농사꾼들이 대부분이던 것이다. 그들은 저녁 밥만 먹으면 그 사랑으로 마을[53]을 왔었다. 나무 장수 창호, 대장간 풀무장이 권지랄, 뱃사공 하다가 장터서 새우젓 도가를 하는 소씨, 염간(鹽干)으로 늙은 쌍례 아버지, 목수 정당나귀, 땜장이 황가, 매갈잇간[54] 말먹이 최, 말감고 전가…… 그네들은 하루도 거르지 않던 단골 마을꾼이었다. 단골이 아닌 사람도 흔히 숙식을 하고 나갔다. 단지 집이 크다는 이유만으로 저물어 찾아와 하룻밤 머슴방 신세지기를 원하던 그 숱한 길손들, 날궂어 해가 짧은 날이면 도부[55] 나섰던 소금 장수며 엿모판을 진 엿장수, 사주 관상쟁이……이따금 총을 멘 순사나 형사들이 불시에 들이닥쳐 가택 수색만 하지 않는다면 문경 새재 따로 없이 온갖 둥우리 없는 인간들로 앉고 설 자리가 없었을 것이다.

흔히 찾아오던 단골들은 으레 서로를 '동지'라 일컫고 있었다. 그런 가운데서도 할아버지는 복고주의적인 향수를 버리지 못했는데, 내게 천자를 가르치기 시작한 것도 그런 향수를 못 이긴 자위책이 아니었던가 한다. 천자는, 할아버지가 소싯적 후제의 손자들을 위해 창호지에 써 매어 두었던, 땟국에 절은 얄팍한 책이었다. 처음엔 나 혼자만 앉혀 놓고 가르쳤었다. 그런데 진도가 없었다. 당연한 일이었다. 재미가 없어 좀처럼 머릿속에 글이 들어가질 않던 것이다. 그것을 딱하게 여긴 어머니가 동네 조무래기들 중에서 두엇만 골라 함께 배우도록 할 것을 건의했지만 할아버지는 그냥 무가내[56]였다.

"그 상것들 자식허구 워치기 한자리에 앉혀 놓고 읽힌단 말이냐, 페에엥."

---

53) 마을 : 이웃에 놀러 감.
54) 매갈잇간 : 벼를 매통에 갈아서 매조미쌀을 만드는 곳.
55) 도부 : 장사치가 물건을 팔러 다님.
56) 무가내 : 어찌할 수가 없이 됨.

그러나 내가 너무도 따분해 하고 힘쓰려 들지 않자 할아버지는 결국 동네에서 동갑짜리 아이들을 불러들이도록 했다. 준배와 진현이 그 아이들이었다. 아전 행랑붙이를 가려 고르자니, 타관에서 들어와 살던 집 아이로 지목할 수밖에 없었던 것이다.

공부 시간은 대강 열 시부터 열두 시, 그리고 두 시부터 다시 두어 시간, 매일 두 차례씩 익히도록 돼 있었다.

두 아이들은 장날 이야기 책전에서 산, 마분지에 석봉(石峰) 체본으로 인쇄된 얄팍한 천자문을 시멘트 부대 종이로 겉장을 얌전하게 싸서 겨드랑이에 끼고 왔었다. 책갈피 속엔 글자를 짚어내려가며 읽기 알맞은 자 가웃쯤 될 가는 시누대 토막이 끼워져 있었다.

그날부터 천자를 익혀 나가는 진도가 두드러지게 달라진 건 당연한 이치. 책읽기보다도 끝낸 뒤 함께 어울려 장난질 치기가 더욱 신바람났기 때문에, 하루의 일과를 전보다도 갑절씩은 빨리 해치우지 않을 수 없는 까닭이었다. 일과가 끝나면 우리들은 산으로 바다로 마냥 쏘다니며 날 저무는 게 한으로 뛰놀곤 했었다. 마당 위로는 잔솔 푸데기가 아담한 등성이였다. 풀숲이 우거진 들판과 논다랭이를 지나면 신작로와 철로, 그리고 이내 바다였으니 오죽했으랴 말이다. 하나 '잠깐 나가 바람들 쐬고 온' 하는 공부 도중의 휴식 시간엔 아무런 재미도 있을 리 없었다. 금방 아무개야 하고 윗니틀이 혀끝으로 떨어지도록 불러 모을 할아버지 음성이 고대[57] 귓전을 울릴 것 같은 초조와 불안이 우리들의 뇌리 속에서 떠나지 않기 때문이었다. 그래서 우리들은 몇 가지 꾀를 부리기 시작했는데, 공부하다가 우리 셋 중의 아무든,

"할아버지 오줌 좀 누고 올래유."

하고 별안간 허리띠 끄르는 시늉을 하는 거였다.

"웬 소변을 그리 자주 본단 말이냐, 페에엥."

"……."

"니열버텀은 짜게들 먹지 말거라. 뭘 그리 짜게 먹고 물을 킨단 말이냐."

---

57) 고대 : 지금 막.

"……."

"얼른 다녀온."

그러면 우리 셋은 한꺼번에 일어나 함께 나가 버리는 거였다. 할아버지는 시력이 시력답질 못했으므로 조심해서 기척만 안 내면 거뜬히 뜻을 이룰 수가 있었던 것이다. 더구나 할아버지는 일절 종아리를 때린 적이 없었다. 배우자고 와서 가르치는 게 아니라 당신 손자 위해 자청해 가르치기로 한 이상, 남의 귀한 자식들한테 그럴 수가 없다는 거였다.

할아버지는 아이들한테 글을 깨우치게 하는 일이 부담스럽잖은 소일거리요 보람을 느끼는 눈치였다. 온종일 결가부좌(結跏趺坐)하고 눈감은 채 앉아 소싯적에 읽은 글을 반추[58]하는 게 고작이었던 그 허구한 날에 비기면, 꾸짖다 어르고 달래며 함께 싸울 수 있는 상대가 셋이나 있다는 게 더없을 파적[59]거리며 소화제가 됐던 것이다.

나는 진도가 두드러지게 앞서고 두 아이, 진현이와 준배는 언제나 내 뒤를 따르기에 허덕대지 않을 수 없었다. 이유는 두 가지였다. 내가 며칠 먼저 시작했다는 것, 그러나 그것은 별게 아니었다. 교과서(천자책)가 다른 점이 문제였던 것이다.

내가 배우던 가전(家傳)의 천자엔 토(吐) 한 자 달려 있지 않았다. 물론 그때까지 우리들은 가갸 뒷다리도 모르던 판이었으며 토 아니라 글자 이름이 한글로 표기돼 있었대도 아무 소용이 없었겠지만 하나 진현이와 준배가 장터 책전에서 사가지고 다닌 천자엔 한글로 된 글자 이름이 곁들여져 있는 거였다. 진도의 차이는 바로 거기에 있었다. 그리고 그것은 집에 돌아가 복습을 할 때마다 나타나는 거였다. 나는 암기력 하나만으로 되풀이 짚어 읽는 자습이 고작이었지만, 두 아이는 부모가 한글로 된 글자 이름대로 복습을 시킨 거였다. 그것은 나와 걔네들 사이에, 다시 말하면 할아버지와 두 아이 부모들 사이에 발음상 무시 못할 필연적인 차질이 수반되게 마련이었다. 할아버지는 할아버

---

58) 반추 : 되풀이하여 음미하고 생각함.

59) 파적 : 심심풀이.

지 습관대로 구식 발음을 하였고 시장에 나도는 천자책엔 신식(?) 풀이로 표기돼 있는 거였다. 나는 할아버지가 가르쳐 준 대로 익히면 됐지만 두 아이는, 책에 표기된 대로 가르치는 국문 해득 정도의 부모들의 교수방법과 책은 쳐다보지 않고 가르쳐 온 할아버지의 발음 사이에 끼여 어느 쪽을 택해야 할지 어리둥절할 수밖에 없었던 것이다.

'하 위-할 위(爲), 화할 화-조화 화(化), 다사 오-다섯 오(五), 떳떳 상-항상 상(常), 허물 과-지날 과(過), 하고자 할 욕-욕심 욕(慾), 지아비 부-아버지 부(父), 마땅 당-마땅할 당(當), 마침 종-마지막 종(終), 즐거울 락-풍류 악(樂), 지아비 부-남편 부(夫), 지어미 부-며느리 부(婦), 지게 호-문호(戶), 쓸 사-베낄 사(寫), 수레 거-수레 차(車), 마루 종-근본 종(宗), 밭외-밖 외(外)……'

이러한 차이는 이루 헤아릴 수 없이 많았다. 전자는 할아버지의 발음이었고 후자는 두 아이의 교재에 표기된 풀이였다. 그러나 전부가 그 지경인 건 물론 아니었다. 특히 맨 마지막 장 마지막 구절에서 이르러,

"잇끼 언, 잇끼 재, 온 호, 잇끼 야(焉哉乎也), 언재호야라, 헌디 석 자는 잇끼인디 한 자만 '온 호' 아니냐, 그래서 아개 맞추느라고 '잇끼 호'라구두 허는 게여……"

두 아이들의 책엔 '온 호'라고만 표기돼 있었다.

그런대로 우리는 네댓 달 만에 읽기를 마쳤고 외우기로 들어갔다.

"천지현황하고 우주홍황이라, 일월영책하고 진숙열장이라……"

이어 야호재언은 자조어위요 하며 거꾸로 거슬러 외운 것도 어려운 일이 아니었다. 며칠 후, 셋은 나란히 동몽 선습으로 교재를 바꿨고 눈감고 읊는 할아버지의 구술에 따라 그 억양과 율조를 흉내내어 제법 의젓하고 청승맞은 목소리로 수월하게 읽어 내기 시작했다.

"天地之間 萬物之中에 唯人이 最貴하니……" 할아버지는 우리 수준에 알맞도록 문구를 풀어, 비근한 사례를 들어 가며 구수한 강의를 해주었고 우리는 우리들대로 무작정 암송만으로 끝내 버렸던 천자문 시절보다 한결 흥미를

갖고 배우게 되었다. 그러던 중 나는 차츰 어서 바삐 어른이 되고 싶은 성년기에 대한 막연스런 동경과 충동을 받기 시작했는데, 그것은 지금 생각해 봐도 나이 탓이 아니었던가 한다. 원인은 할아버지가 언행 일체를 주장하며 실천에 옮기지 않을 수 없도록 강요하기 까닭이었다. 배운 것은 실행해야 한다는 게 할아버지의 절대적인 교육 방침이었던 것이다. 천자를 떼자마자 할아버지는 내 하루의 일과를 짜놓았던 건데 그 일과표에서 도저히 헤어날 수 없는 자신임을 잘 알고 있은 게 불행한 일이었던 것이다. 나의 일과는 일 년이 하루같이, 마치 절대 불변을 원칙으로 하여 짜여진 것 같았다. 춘하추동 어느 절후를 물을 것 없이 나는 새벽 네 시에 잠에서 깨어야 했고, 짜여진 일과에 따라 언행을 구속받기 시작한 거였다.

새벽 네 시, 눈곱을 비벼 가며 냉수에(어려서부터 더운물을 사용하면 기개가 준다 하여 반드시 냉수를 사용토록 했다) 세수하고 사랑에 나간다. 할아버지께 문안을 드리고자 함이다. 나는 큰절을 하고 무릎을 꿇고 앉아 밤사이 무고하신가를 여쭙는다.

"오냐. 탈없이 잘 잤더냐."

이것은 할아버지의 한결 같은 첫마디였다. 이윽고 해야 할 일은 놋요강과 놋타구를 가시는 일이었다. 내가 그것을 시작하고부터 옹점이는 내게 더욱 친절히 굴었고 어려워했는데, 그것은 그녀가 가장 귀찮아하고 꺼리던 일에 내가 대신 들어섰기 까닭이었다. 요강을 부시는 일은 그리 어려울 게 없었다. 그러나 가래가 가득 담겨 있는 타구를 쏟고 수세미질해 닦는 일은, 조금만 비위가 약했더라도 해내지 못했으리만큼 여간 고역이 아니었다. 사랑방을 말끔히 걸레질하고 나면 먼동이 갠다. 이젠 해가 솟아오를 때까지, 무릎을 꿇고 앉아 전날 배운 것을 외워 내어야 했다. 그 시간은 사랑 아래윗방에서 묵은 손님이 몇이었건, 나는 그네들 좌중 한가운데에 꿇어앉아 막히지 않게 외워 내지 않으면 안 되었다. 좌중은 숨소리뿐이었고 나는 흥을 잡히지 않도록 기껏 조심했고 또한 곧잘 치러내곤 하였다.

"어떤가?"

할아버지는 일쑤 손님들한테 물었고, 손님들은 고개를 끄덕이며 나에 대한 칭찬을 아낌없이 던져 주곤 했다. 이제 생각해 봐도 우스운 일은 음식에 대하는 자세를 훈계받고 실행했던 일이다. 그것은 천자를 배울 때부터 이미 실천했던 일이기도 했다. 할아버지는 채중개강(菜重芥薑)을 설명하면서,

"흔히들 소채 반찬일수록 생각없이 만들고 맛 모른 채 먹느니라. 그러나 김생려수허고 옥출곤강여, 이전버텀 군자는 푸성귀일수록이 가려 먹으랬어, 부디 채중개강이란 말을 닞지 말 것이니, 푸성귀 속에 게자와 새양이 안 들어가먼 상것들 음석인 거여."

"예."

나는 덮어놓고 대답부터 하도록 배웠으매 저절로 나온 대답이었다.

"이후 워디를 가 혹 음석을 먹는 일이 있더래두 게자 새양이 안 든 음석일랑은 절대 입에 대지두 말으야 쓰느니라."

그로부터 나는 사오 년 동안이나 남의 집 김치며 나물 따위를 먹지 않으려고 무척이나 애썼던 것이다. 요즘도 이따금 채중개강이 문득문득 생각길 정도로 철저히 실행했던 것이다. 음식에 대한 할아버지의 자세는 그만큼 철저한 것이었다. 그 무렵만 해도 관촌부락에선 대사가 자주 있었다. 어느 해 늦가을엔 처녀 총각 해서 무려 다섯이나 혼인한 적도 있었다. 잔칫집에선 으레 큰상을 차려 오게 마련이었다. 마을의 최고 어른에 대한 인사 치레로서 그네들 스스로가 으레 그렇게 해야 되는 것으로 알고 있었던 것이다. 흔히 혼인집에서는 교잣상에 가득 차려 장정 둘이서 맞들고 오기가 예사였다. 그런 음식상은 물론 맨 먼저 사랑 마루에 놓여지게 됐다.

"뉘집서 가져온 게라느냐?"

할아버지는 우선 상을 들고 온 사람더러 그렇게 물었는데, 대답은 으레 그 곁에서 군침을 삼키고 있던 옹점이가 대신 나서곤 했다.

"저 근너 짐약국 망내딸이 시집간대유."

"이렇게 갖춰 보내느라고 애썼다 이르거라."

"예." 하고 대답하며 물러가는 건 상을 들고 온 사람이었다. 옹점이가 상보

를 걸으면 할아버지는 무엇 무엇이 올라 있는가를 옹점이한테 물었고, 옹점이
는, "두텁떡, 수정과, 송화다식……." 하며 남김없이 주워섬겼다.

　"오죽하겠느냐……."

　그러면서 할아버지는 대개 수정과나 식혜 그릇을 들어 한 모금 마셔 보는
건데, 그때는 언제나 예외 없이,

　"페에엥. 이것두 음석이라 가져왔다더냐, 네나 먹고 그릇 내어 주거라."

하며 매번 외면하기를 주저 않는 거였다.　언제나 입이 함지박만 해지는 건 옹
점이와 우리들이었다.　할아버지는 본래부터 일가집에서 온 음식 아닌 남의집
음식이면 일절 맛보기조차 싫어했던 것이다.

　그런 점에서 보면 아버지는 무던히도 대범한 사람이었다.　할아버지처럼 가
리고 찾는 게 없는 사람이었다.　뿐더러 할아버지를 닮아 점차 입이 짧아져 가
는 나의 편식도 나무라거나 걱정하지 않았다.　특히 삼강오륜(三綱五倫)을 배
우고 그중에서도 내가 철저하게 시행해 보였던 장유유서(長幼有序) 사고 방식
에 의한 생활면에서의 뒤처짐도 개의치 않았다기보다는 아예 무관심 일변도
였다.　나는 사실 내가 생각해 봐도 답답할 정도로 장유유서의 질서를 분명
하게 지키려고 했었다.　지금도 나는 무슨 일에든 앞에 나서질 못한다.　표면
상으로 나타나는 것조차도 꺼려하는 버릇이 있다.　그것은 그 무렵 어린 몸에
배어 들었던 그 장유유서의 질서 감각의 찌꺼기 탓일지도 모른다.　요즘에야
깨우친 일이지만 질서 감각은 열 번 생각해 봐도 아무런 이득이 없은 거였다.
이득은커녕 의미마저 무가치하게만 여겨지고 있다.　그것을 세상 탓으로만 돌
린다 하더라도 말이다.　남보다 으레 뒤처지게 마련이었고 생색을 못 낸 채 그
늘에 묻히기 십상인 질서였던 게 아니었을까 한다.　응분의 대가를 받지 못한
뒷바라지만 해야 한다면 얼마나 쓸쓸할 노릇이랴.　어차피 대로행(大路行) 해
야 할 군자가 못 된 바에는.　지금 생각에도 이상한 것은 아버지의 대범함에도
아무런 영향을 못 받았던 소년 시절의 아둔함이다.　앞서 말했듯이 아버지의
사상은 할아버지의 그것과 대각을 이뤘다 할 만큼 가문의 파격적인 것이었다.
매사가 매양 엇먹고[60] 옆도는 상태였다.　외출하는 길이라도 들에 두레[61]가

났으면 아버지는 으레 찾아가 막걸리값이라도 보태 주며 탁주 한두 잔쯤 사양하지 않았고, 새참 먹다가 부르는 농군이 있으면 아무리 바쁜 걸음이었대도 잠깐일망정 한자리에 어울려서 열무김치 맛이라도 봐주고 오는 성미였다. 할아버지와 아버지가 치가(治家)하는 데 있어 일치된 점이 있었다면, 기제(忌祭)와 다례(茶禮)를 성의로 모셔야 한다는 것, 그리고 어느 권속이건 예배당과 절간 왕래를 엄금시킨 일이며, 농가로서 그리고 왕년에 출어(出漁)시킬 때의 경험을 가진 선주 시절의 습관에 의해, 매년 맞는 상달 무수 말날에 무시루떡을 쪄놓고 고사 지내는 걸 행사로 아는, 정말 그 정도 외엔 신·구세대다운 현격한 대조를 이루고 있었던 것이다. 물론 그 외에도 자질구레한 일들에 뜻을 같이한 게 한두 가지가 아니었던 것도 사실이다. 사랑엔 일절 아녀자의 출입을 엄금시켰고, 사랑 식구와 안식구가 변소를 엄격히 구분해 쓰게 한 일, 남자라면 머슴만 제외하곤 절대 부엌 근처에도 얼씬 못하게 했으며, 아무리 무더위가 맹습하는 복중에도 손자들마저 러닝 셔츠나 파자마 비슷한 옷만 걸치곤 안방은 말할 것 없이 대청 마루에도 못 올라서게 통제한 소위 내외(內外)를 찾고, 동네 우물가에도 못 가게 하던 일 등등…….

아버지는 어떤 면에서 보면 할아버지보다도 더 완고한 구석이 없지 않았던가 싶다. 곁들여 할아버지는 부족한 외유 내강의 기품과 양을 헤아리기 어려운 도량이며 포용력을 갖춘 사람이었다. 그것은 지하조직을 전문으로 했던 당시로선 매우 적합한 처신책이며 처세술이었을 것이었다. 함에도 불구하고 그는 자식들에 대한 훈육만은 서슬이 퍼렇게 느껴질 정도로 냉엄했던 게 사실이다. 뿐만 아니라 반정부운동 지하조직에 밤낮 없이 신변이 위태로운 아슬아슬한 순간순간을 이어 나가는 사람답잖게, 매사에 지극히 침착 의연했으며 여유 있고 신중한 자세로 일관하고 있었다.

나는 그런 아버지를 늘 어려워하고 있었다. 두려워하고 있었다고 해야 옳을지도 모른다. 소문난 달변이면서도 집 안에선 늘 과묵한 성격이었고, 그런

---

60) 엇먹고 : 언행을 사리에 맞지 않게 비꼬고.
61) 두레 : 농사꾼들이 농번기에 협력하기 위해 이룬 모임.

과묵과 침착 냉정한 거동이 느껴질 때마다, 나는 인자함이나 너그러운 관용보다도 위엄과 투지를 발견하고 방구석의 재떨이마냥 움츠려들기만 했던 것이다. 어느 해였던가. 옹점이마저 시집간 뒤였던 것 같다. 무슨 사건이었는지 알 길은 없으나, 하여간 아버지가 달포 가까이나 예비 검속되어 읍내 경찰서 유치장에서 구금 생활을 한 적이 있다. 그런 일이 어찌 한두 차례였으랴만 그때 그 한 달 동안 나는 조석으로 어머니가 싸준 사식(私食)62)을 차입시키기 위해, 뜨겁고 무거운 찬합 보따리를 들고 경찰서 출입을 한 적이 있었다. 관식(官食)63)을 대어 주던 집은 경찰서 바로 곁에 있었고, 사식 차입이 불허될 경우엔 그 관식 납품업자에게 뇌물을 먹여, 식사에 불편이 없도록 부탁하게 마련이었지만, 이렇다 할 사건 없이 예비 검속될 경우, 사식 차입하는 데엔 별 난관이 없었던 것이다. 착검한 무장 경관 입회하에 도시락을 비워낼 때까지 기다렸다가 귀가하면 하루 해가 언제 졌는지도 모르게 저물기 일쑤였었다. 그런데 언제나 두렵게 느껴지는 건 그런 무장 경찰관이 아니었다. 오히려 잡범이나 파렴치범의 자식이 아니란 데에서 엉뚱한 자부심과 떳떳함을 느껴 주눅 든 적이 없을 지경이었다. 나는 굵은 철창 안에 태연하게 앉아서 담소하던 아버지가 두렵기만 하던 거였다. 툭하면 불려 가고 연행돼 가던 신분이었음에도 언제나 의기 왕성하며 투지 만만하던 그'얼굴이 두려운 것이었다. 다시 말하면 목숨을 내놓고 자신의 사상을 관철하고자 하던 그 굳건한 정신이 외경스러웠던 것이다. 한 달 동안 내가 배달한 식사로 건강을 유지했던 아버지가 출감하던 날, 아버지는 예상 밖으로 건강하고 젊은 표정을 보이며, 아직도 뜨거운 찬합 보따리가 들려진 내 손목을 짐짓 잡아 주고 한 첫마디 말은 "그새 할아버지 말씀 잘 들었니?" 그뿐이었다. 다시 말해 애썼다는 말 한마디가 없었던 것이다. 내가 아버지한테서 차갑고 무정한 거리감, 아니 공포감을 느끼기 시작한 결정적인 계기랄 게 있었다면 나는 서슴잖고 그때를 지적하는 데에 주저하지 않았다. 그것은 일상 아버지가 자식들을 훈육함에 있어 언제나 준엄하고도 분명했던

---

62) 사식 : 감옥에 갇혀 있는 사람에게 사비를 들여 주는 음식.
63) 관식 : 관청에서 주는 음식.

한 단면이기도 했는데, 그로부터 얼마 뒤에 다시 한번 그런 경황을 맞아 당황했던 나로선, 아버지에 대한 공포 의식을 보다 더 선명하게 가슴 깊이 새긴 결정적인 마무리가 되었다. 그것은 밖으로는 항상 뒷전으로만 돌고 뒤치다꺼리 밖엔 차례 못 받는 무능한 처신술이 싹트고, 안으로 모든 가사(家事)에 있어 식객(食客) 정도의 존재밖엔 가족적인 위치를 못 얻은 무력한 식구로 낙후하게 된, 지나온 생활에 있어 가장 중요한 동기가 돼버리고 만 것이기도 하다.

내가 두 번째로 당한 일은 앞서 말한 것 이외에도 잊어선 안 될 또 다른 의미를 가진 것이기도 하다. 그것은 내가 일생을 통해 아버지 앞에서 아버지로부터 직접 배운, 최초며 최후가 된 공부 시간이었다는 점이다. 시간으로 치면 약 한 시간 남짓이나 됐을까 싶다. 그날은 마침 여유가 있었던지 할아버지가 쓰시는 연상을 윗방에 옮겨 놓고 나를 불러 앉혔었다. 밖에선 오월의 신록을 살찌게 하는 조용한 부슬비가 부슬거리고 있었다. 열한 시쯤 된, 들앉아 공부하기엔 가장 알맞는 날씨였고 적당한 시간이었다.

아버지는 내게 먹부터 갈게 하였다. 먹은 더러 갈아 보아 무난하게 갈아낼 수 있어 다행이었다. 아버지는 먹 가는 요령을 다시 한번 설명해 준 다음이어 차례로, 집필에 있어서의 기본적인 자세와 운필하는 데에 가장 주의할 강약과 지속(遲速)[64], 그리고 필순 등을 설명해 주었다. 그처럼 무뚝뚝하고 간략한 설명은 그 후 다시는 없었다. 아버지는 하얀 서판(書板)을 뉘어 놓고 같은 획을 여남은 번씩이나 되풀이하여 거듭 그어 보도록 재촉하였다. 나는 이마에 맺히는 진땀을 훔쳐낼 겨를도 없이, 떨리는 손을 가누지 못한 채 열심히 반복하고 있었다. 귓전에 와닿는 아버지의 입김은, 그 먼저 경험한 바 있는, 박제한 호랑이의 콧수염이 볼에 스칠 때 섬찍했던 것과 똑같은 충격이었다. 그처럼 등골이 떨리는 한은 타고난 솜씨가 있었대도 붓끝을 가늠하진 못했으리라 싶다. 붓이 빗나거나 획이 중간에서 쳐질 때, 문득 끊어지거나 지렁이 지나간 자국처럼 비틀거렸을 때, 나는 눈앞이 아찔아찔해지는 순간을 몇 번이나 거듭 겪어야 했던지 몰랐다. 그러나 그것이 오래가진 않았다. 드디어

---

64) 지속 : 더딤과 빠름.

벼락이 내려친 것이다.관요

"원, 아이 손마디가 이렇게 무뎌서야……천상 연장 들고 생일헐 손이구나……."

아, 그 아뜩하던 순간을 어찌 잊으랴. 아버지는 단 한마디, 할아버지 귀에도 안 들렸을 만큼의 한탄 아닌 푸념을 했건만 나로선 뇌성 벽력이나 다름없던 거였다. 내가 내 정신을 되찾았을 때 아버지는 이미 자리를 뜨고 없었다. 밖에서 손님이 찾는 소리가 났던 것도 나는 못 알아들었던 것이다. 나는 그처럼 무색하고 무안할 수가 없었지만, 우선은 호구(虎口)[65]를 벗어난 듯한 안도감에 부랴부랴 안방으로 달아나 버렸었다. 그때 찾아왔던 그 낯선 손님 또한 두고두고 얼마나 고맙게 여겨지던지.

나는 남다른 재주를 못 타고난 자신이 죽고 싶도록 부끄럽고 원망스러웠다. 치욕이요, 망신이었다. 아버지는 그날 이후 두번 다시 내게 습자를 가르치고 싶지 않은 모양이었다. 그러나 나는 아무도 모르게 헌 신문지를 어두컴컴한 골방 구석에 쌓고 앉아 몇 날 며칠을 거듭거듭 연습했었다. 수치와 모멸을 만회해야만 살겠던 것이다. 그것도 얼마 안 가 다시는 그럴 기회마저 놓치고 말았지만 언제나 공포와 불안감이 에워싸고 있는 평탄치 못한 집안 형편이 그럴 만한 정신적 여유마저 허락하지 않았던 것이다. 어린 마음에도 얼마나 치열하게 붓과 싸웠던가. 이십 수삼 년이 지난 요즘에도 붓대만 잡으면 그런 기억이 새로워질 만큼 열심히 겨뤄 봤던 것이다.

그 덕택이랄지, 요즘도 내가 나가는 직장에서 무슨 행사가 있을 때면 오죽잖으나마 아쉬운 대로 옛날의 그 가락을 되살려 식순이니 회순 따위를 써 대중이 모인 앞에 붙여 놓기도 하고, 출판물의 삽화가 부족하면 즉흥적인 붓장난을 해 같잖은 그림이나마 만들어 쓰는 등, 가소로운 짓도 배짱 좋게 치르고 있는 것이다.

나는 읍내로 나간 과수원 탱자나무 울타리길 모퉁이를 돌 어름[66], 잠시 발걸음을 멈춰 다시 한번 옛집을 돌아다보았다. 어느덧 하루의 피곤이 짙게 물

든 해는 용마루 위 서산 마루로 드러눕는 중이었고, 굴뚝마다 쏟아져 나와 황
혼을 드리웠던 저녁 연기들은, 젖어드는 땅거미와 어울려 추녀 끝으로만 맴돌
고 있었다. 나는 이어 칠성 바위 앞으로 눈을 보냈는데 정작 기대했던 그 할
아버지의 환상은 언뜻하지도 않았다. 그런데도 할아버지의 넋만은 벌써 남의
땅이 되어 버린 칠성 바위 언저리에서 아직도 머물고 있을 것만 같았음은 웬
까닭이었을지 몰랐다. 잘 있어라 옛집, 마지막으로 그렇게 중얼거리며 다시
한번 옛집을 되돌아봤을 때, 그 너머 서산 마루엔 해가 지고 있었다. 지는 해
가 있었다.

작가소개 이문구 (1941~   )

충남 보령에서 출생했다. 1966년 현대문학에 단편 「다갈라 불망비」와 「백결」이 추천되어 문단에 나왔다. 그는 초기에 현실에 대한 강렬한 비판의식을 바탕으로 하여 현실의 부조리를 파헤치고, 그것을 폭로, 고발하는 저항소설을 주로 써 왔다. 그가 선택한 인물들은 한결같이 도시 저변층과 농민 등 소외된 인간들인데 그들은 한마디로 설 자리가 없는 가련한 인물들이다. 이 인물들은 정신적으로나 물질적으로 타락한 이 사회에서는 구제 받을 가능성이 없는 인간들에 속한다. 사회의 핵심으로부터 밀려난 이들 소외된 인간들의 생태를 면밀히 관찰하고 묘사함으로써 우리들의 역사가 내포하는 여러 가지 모순과 갈등의 구조를 분석적으로 들여다보고 제시하려는 데에 작가의 주안점이 놓여 있다. 주요 단편으로 「형제」「두더지」「덤으로 주고 받기」「그때는 옛날」「추야장」「장난감 풍선」 등이 있으며, 장편으로는 『장한몽』『산 너머 남촌』 등이 있다.

작품해설

「일락서산」은 『관촌수필』이라는 제목의 연작소설 8편 가운데 첫번째 발표작으로 작가의 종래 작업에서 약간 비껴 서 있는 작품이다. 작가는 억압 받고 무시 당하면서도 끈질기게 삶을 영위해가는 인물들을 그리는 대신에 할아버지와 아버지에 대한 추억을 되새기며 담담하게 자신의 집안을 그려내고 있다. 무너져 버린 세계에 대한 그리움, 그 세계를 형성하고 있던 구체적이고 세부적인 삶의 모습들을 작가는 애정 어린 눈으로 바라보며 치밀하게 묘사하고 있다.

읽고 나서

(1) 이 작품의 제목 '일락서산'이 상징하는 바는 무엇인가?
— 근대화, 도시화에 의하여 사라진 풍속과 정서, 인간에 대한 그리움
(2) 이 작가의 장점이라고 할 수 있는 '독특한 문체'에 대해 알아 보자.
— 순 우리말과 토속적인 어휘를 풍부하게 구사함

順伊삼촌

현 기 영

내가 그 얻기 어려운 이틀간의 휴가를 간신히 따내 가지고 고향을 찾아간 것은 음력 섣달 열여드레인 할아버지 제삿날에 때를 맞춘 것이었다. 할머니 탈상(脫喪)[1] 때 내려가 보고 지금까지이니 그동안 8년이란 세월이 흐른 것이 었다. 바쁜 직장 핑계 대고 조부모 제사에 한 번도 다녀오지 못했으니 큰아버 지나 사촌 길수형은 편지 글발에 내색하지는 않았지만 속으로 무던히도 욕을 하고 있을 터였다. 물론 일본에 있는 아버지가 제사때가 되면 잊지 않고 제수 감 마련에 쓰고도 남아 얼마간 가용에 보탬이 될 만큼 넉넉하게 큰집으로 송 금하는 모양이지만, 그렇다고 내가 선산을 못 돌아보고 기제사에 참례 못하는 죄스러움이 가벼워지는 것은 아니었다. 그러다가 요 며칠 전에 큰아버지의 부름을 받고 만 것이었다. 가족묘지 매입 문제로 상의할 일이 있으니 할아버 지 제사일에 맞춰 내려오라는 편지 내용이었다. 편지투로 보아 이번엔 기어 코 나를 내려오게 만들려는 당신의 속마음이 헤아려지고도 남음이 있었다.

그런데 8년 세월에 비하면 김포공항에서 단 오십분 만에 훌쩍 날아간 고향 은 참으로 가까운 곳이었다. 기내에 퍼져 틀틀거리는 엔진 폭음에 귀가 먹먹 해져서 잠시 멍한 방심상태에 몸을 맡기고 있는데 별안간 기체가 덜컹하길래 눈을 떠보니 제주공항이었다는 식으로 나는 고향에 닿았다. 정말 눈 깜짝할 새에 고향땅 한복판에 뚝 떨어진 거였다. 그건 흡사 나 자신이 고향을 찾은

[1] 탈상 : 어버이의 3년 상을 마침.

게 아니라 거꾸로 고향이 나를 찾아온 것처럼 어리둥절하고 낭패스러웠다. 뭐랄까, 아무 예비감정도 없이 고향과 맞닥뜨린 셈이랄까. 나는 비행기 안에서 좀 진지하게 생각하지 못하고 멍하니 허송한 오십 분이 못내 후회스러웠다. 괜히 비행기를 탔다 싶었다. 기차를 타고 배를 타야 하는 건데 8년 만의 귀향을 직장 통근시간에 불과한 단 오십분에 끝내다니.

내게 고향이란 무엇이었나. 나에게 깊은 우울증과 찌든 가난밖에 남겨 준 것이 없는 곳이었다. 관광지니 어쩌니 하지만 그것도 지역 나름이어서 나의 향리(鄕里)²⁾인 서촌은 이렇다 할 관광자원도 없고 하늬바람³⁾이 몰아쳐 귤농사도 안 되는 한촌이었다. 적어도 내 상상 속에서 나의 향리는 예나제나 죽은 마을이었다. 말하자면 삼십 년 전 군 소개(疏開)⁴⁾작전을 따라 소각된 잿더미 모습 그대로 머리에 떠오른 것이었다. 그래서 고향을 외면하여 살아오길 팔년, 그 유맹(流氓)⁵⁾의 십 년 전으로 되찾아가려면 아무래도 조심스럽게 주저주저하며 다가가야 하리라. 기차를 타도 완행을 타서 반도 끝까지 가 거기서 다시 배를 타고 밤을 지새우며 밤항해를 해야 하는 수륙 천오백 리 길. 차멀미, 배멀미에 시달리며 소주에 젖고 8년 만에 찾아가는 고향 생각에 젖어서 허위허위 찾아가야 할 고향이었다. 이것이 내가 평소에 고향을 지척에다 두고서도 지구 끝처럼 아득하게 여기던 이유였다.

그러나 휴가는 단 이틀이고 할아버지 제사가 바로 오늘인 걸 어떻게 하랴. 기차 타며 그렇게 여유작작하게 우회해서 고향에 갈 수는 없는 노릇이었다. 나는 마치 스튜어디스에게 등을 떠밀린 사람처럼 엉거주춤거리며 승강구 계단을 내려왔다.

하늘은 낮은 구름에 덮여 음울해 보였고 한라산 정상은 구름떼가 잔뜩 몰려 있었다. 낯익은 제주도 특유의 겨울 날씨였다. 그건 어린 시절의 겨울 하늘을 낮게 덮고 벗겨질 줄 모르던 바로 그 음울한 구름이었다. 흐린 날씨 때

---

2) 향리 : 나서 자라난 고향의 마을.
3) 하늬바람 : 서풍(西風). 농어촌에서 이르는 말.
4) 소개 : 공습·화재 등의 피해를 덜기 위해 한 곳에 집중된 주민·건조물을 분산시킴.
5) 유맹 : 떠돌아 다니는 어리석은 백성.

문에 돌담은 더 검고 딱딱해 보이고 한라산 기슭의 질펀한 목장에 덮인 눈빛은 침침했다. 하늬바람이 불어와 귓가에 달라붙어 떨어지지 않는 바람소리, 쉴 새 없이 고시랑거리는 앞 머리칼. 나는 불현듯 가슴이 답답해 왔다. 어린 시절의 그 음울한 겨울철로 돌아온 것이었다.

나는 동문 로터리에서 내 향리인 서촌을 경유하는 버스를 탔다. 시골행 차는 온통 고향 사투리로 와자지껄했다.

"할마니, 이거 뭐우꽈?" 하고 남자 차장이 통로에 부려놓은 대 구덕(바구니) 속의 옹기 허벅을 가리켰다.

"아따, 팥죽이라 팥죽. 팥죽 쑤언 삼양 동네에 고렴(조문)감서."

광목수건을 쓰고 눈이 진무른 할머니가 구덕에 달린 질빵을 쥔 채 대답했다.

참으로 오랜만에 듣는 고향 사투리였다. 내 입가에도 은연중에 고향 사투리가 떠올라 뱅뱅 맴돌았다.

버스는 계속 털털거리면서 해변 따라 일주도로를 타고 달려갔다. 일상생활에 노상 모래바람이 부는 어촌들. 헌 그물로 바람에 날아가지 않게 단도리해 놓은 초가집 추녀. 돌담 울타리 너머 바람에 부대끼는 빨간 열매 달린 사철나무들. 나는 내 눈이 육지서 온 관광객의 호기심 많은 눈이 안 되도록 조심하면서 이것저것 눈여겨보았다.

잿빛 바다 안으로 날카롭게 먹어들어간 시커먼 현무암의 갑(岬), 저걸 사투리로 '코지'라고 했지. 바닷가 넓은 '돌벌레'(암반)에 높직이 쌓여 있는 저 고동색 해초 더미는 '듬북눌'이겠고, 겨울바다에 포말처럼 둥둥 떠 있는 저것들은 해녀들의 '태왁'이다. 시커먼 현무암 바위 틈바구니에 붉게 타는 조짚 불, 뭍에 오른 해녀들이 불을 쬐는 저곳을 '불턱'이라고 했지. 나는 잊어먹고 있던 낱말들이 심층 의식 깊은 데서 하나하나 튀어나올 때마다 남모르는 쾌재를 불렀다. 이렇게 추억의 심부(深部)[6]로 들어가면 들어갈수록 내 머리 속은 고향의 풍물과 사투리로 그들먹해지는 것이었다.

그날은 하루에 두 집 제사라 큰당숙 댁에서 종조모 제사를 초저녁에 먼저

---

6) 주석 : 표면에서 깊은 곳.

치른 다음 모두 큰집에 모였다. 나는 누구보다도 길수형을 만나는 것이 반가웠다. 나와는 겨우 한 살 차이인데도 벗어진 이마 태깔이 벌써 중년티가 완연했다. 그는 요즘 귤밭을 하나 일구느라고 중학교에서 받는 봉급의 절반이 날아간다고 했다.

생각했던 대로 인사 올릴 만한 친척 어른들은 모두 참례하고 있어서 짧은 일정에 일일이 찾아다니는 번거로움을 피할 수 있어 좋았다. 제주시에 사는 고모 식구들은 밤 늦어 차편으로 도착했다. 부쩍 늙어 버린 친척 어른들의 얼굴을 대하자니 그동안 찾아뵙지 못한 8년이란 세월이 실감으로 가슴에 와 닿는 것이었다. 흰 머리칼에 대조되어 얼굴에 핀 검버섯이 더욱 뚜렷하게 돋보이는 큰아버지, 주름진 눈에 항시 눈물이 질퍽한 큰당숙어른. 나는 각오했던 대로 한참 고개를 숙이고 어른들의 책망을 다소곳이 들었다. 그러고 나서 서울서 아내 몰래 좀 무리해서 마련한 봉투 삼만 원짜리 석 장과 이만 원짜리 다섯 장을 내놓았다. 8년 만에 귀향하는 서울의 큰 회사의 부장에 대한 고향 친척들의 기대감을 도무지 저버릴 수가 없었던 것이다. 봉투를 내밀면서, 물건으로 사올까도 생각했지만 어떤 게 필요한 물건일지 몰라서 좀 뭣하지만 그냥 돈으로 드리니 양해해 달라는 말을 덧붙이기를 잊지 않았다. 그런데 다른 분들이야 현금이 귀한 농촌생활이라 돈 봉투는 충분히 생색이 나겠지만 도청 주사로 있으면서 밀감밭도 꽤 크게 갖고 있는 고모부에게마저 봉투를 내밀자니 좀 쑥스러운 느낌이 들었다. 아닌게아니라, 고모부는 한마디 능청떨어 내 얼굴을 화끈 달게 하기를 잊지 않았다.

"이게 뭐라? 욕을 그만해 달라고 와이로 씀이라? 하이고, 나도 이런저런 와이로 다 먹어봤쥬만 처조캐한테 와이로 얻어먹긴 이거 처음인디……."

고모부는 이 지방 사투리를 수월수월 잘도 말했다. 평안도 용강 사투리를 영 못 버리던 저분이 이젠 여축없이[7] 제주도 사람이 되었구나. 서북청년으로 입도해서 이제 삼십 년도 넘고 있으니 충분히 그럴 만도 하리라.

대개 초저녁에 잠자 버릇해서 제삿날이면 노상 꾸벅꾸벅 졸기를 잘하는 시

---

7) 여축없이 : 남김없이 완전하게.

골 어른들이었지만 그날은 나를 맞아 자정이 넘도록 이야기꽃을 피웠다.

가족장지 매입에 대한 의논을 끝내고 이 이야기 저 이야기 한담을 즐기고 있는데 불현듯 순이(順伊)삼촌 생각이 났다. 아까부터 그분이 보이지 않는 게 이상했다. 어릴 때 보면 큰집 제삿날마다 부주로 기주떡 구덕을 들고 오던 분이었다. 촌수는 멀어도 서너 집 건너 이웃에 살아서 큰집과는 서로 기제사에 왕래할 정도로 각별한 사이였던 것이다. 그래서 길수형과 나는 어려서부터 그분을 삼촌이라고 부르면서 무척 따랐다(고향에서는 촌수 따지기 어려운 먼 친척 어른을 남녀 구별 없이 흔히 삼촌이라 불러 가까이 지내는 풍습이 있다). 어서 삼촌을 찾아뵙고 인사를 드려야 할 텐데. 더구나 삼촌은 일 년 가까이 서울 우리 집에 올라와 밥을 해주며 고생하다가 불과 두 달 전에 내려오셨는데 그동안 어떻게 지내고 계신지 퍽 궁금했다. 혹시 몸이 편찮으신 게 아닐까? 나는 길수형에게 물어 보았다.

"형, 순이삼촌이 통 안 보염싱게(보이는데) 무슨 일이 이서?"

그런데 웬일인지 내 말에 사람들은 하던 말을 문득 멈추고 조용해졌다. 길수형의 얼굴에 난처한 기색이 역력하게 떠올랐다. 큰아버지도 나와 시선이 마주치자 입맛을 쩝쩝 다시며 얼굴을 돌렸다. 잠시 방 안은 안쓰런 침묵이 흘렀다. 왜들 이러실까? 나이 스물여섯에 홀어머니 되어 삼십 년이란 긴긴 세월을 수절해 오던 순이삼촌이 지금에 와서 개가라도 했단 말인가? 이윽고 큰아버지가 담뱃대를 화로 운두8)에 털면서 고개를 들어 나를 건너다보았다.

"겨를 없어 너한티는 못 알려져만은 그 삼춘은 며칠 전에 죽어부러시네."

"아니, 그게 무슨 말씀이우꽈? 순이삼촌이 돌아가셔서 마씸?"

그분이 돌아가시다니, 나는 어안이 벙벙할 따름이었다. 불과 두 달 전만 해도 잔병치레 없이 늘 정정하시던 분이 아니던가. 나는 도무지 믿기지 않아서 좌중을 휘 둘러보았다. 작은당숙이 나에게 가만히 고개를 끄덕여 보였다.

"나도 몰랐는디 형님, 무사 나헌티는 기별도 안 합디가?"

이렇게 고모부가 말해도 큰아버지는 담배만 풀썩풀썩 피워댈 뿐 도무지 입

---

8) 운두 : 그릇·신 같은 물건의 둘레의 높이.

을 열지 않았다. 평소에 친누이같이 지내던 사이인지라, 몹시 괴로운 모양이었다. 좌중은 한참 침묵이 흘렀다. 싸르락, 싸르락. 창호지 창에 싸락눈 흩뿌리는 소리가 들려왔다.

이윽고 큰아버지는 지그시 감았던 눈을 뜨고 나를 이윽히 바라보았다.

"그런 죽음은 몰라 좋은 거쥬만 일단 알았으니까 내일 서울 올라가기 전에 문상이나 해영 가라. 시(市)에 딸네 집에 위패 모셨져." 하고 잠시 말을 끊었던 큰아버지는 새로 피워 문 담배를 깊이 들이마시고는 다시 말을 이었다.

"허기사 이래 죽으나 저래 죽으나 죽기는 매한가지쥬만……."

이렇게 떠듬떠듬 시작한 큰아버지의 얘기는 대강 이러했다.

그분은 돌아가신 날짜도 분명치 않았다. 집을 나간 날이 곧 당신이 돌아가신 날이 되겠는데 그걸 아는 사람이 아무도 없었다. 그럴 수밖에 없는 것이, 하나 있는 딸자식을 시집 보낸 후 여러 해 홀몸으로 살아오던 터라 당신이 먼저 말하지 않으면 밥을 끓이는지 죽을 쑤는지 이웃에선 도무지 알 길이 없었다.

처음 며칠은 집이 덧문까지 닫혀 있는 걸 보고 시에 딸네집에 갔겠거니 하고 예사로 생각했었다. 그런데 딸네 집에 가도 자고 오는 법이 없이 그날로 돌아오곤 하던 분이 보름이 넘도록 보이지 않자 큰집에선 차차 불길스럽게 생각되었다. 또 서울 조카네 집(우리 집)에 갔나? 서울 가면 간다고 말할 텐데. 걱정된 나머지 큰집 식구들은 시에 있는 딸네 집에다 연락했다. 딸과 사위가 달려와 당신이 있을 만한 곳을 이곳저곳 찾아다녔다. 전에 신경쇠약으로 몇 개월 정양(靜養)⁹⁾했던 한라산 밑 절간에도 가보았다. 파래나 톳을 뜯으러 갔다가 무슨 횡액(橫厄)¹⁰⁾을 만났나 하고 바닷가 바위 틈서리도 뒤졌다.

그러다가 결국 당신은 국민학교 근처 일주도로변의 밭에서 시체로 발견되었는데 부패한 정도로 봐서 죽은 지 이십 일은 좋이 넘어 보였다. 그 밭이 일주도로에서 한 밭 건너에 있었음에도 이십 일이 넘도록 사람눈에 안 띈 것은 거기가 후미지고¹¹⁾ 옴팡진¹²⁾ 밭인데다 밭담으로 가리어 있었기 때문이다. 게

---

9) 정양 : 심신을 편하게 하여 피로나 병을 요양함.
10) 횡액 : 뜻밖에 닥쳐오는 재액.
11) 후미지고 : 무서우리만큼 호젓하고 깊숙한.

다가 흰 옷 아닌 밤색 두루마기를 입고 있어서 더더욱 눈에 안 띄었을 것이다. 서울 우리 집에 올라올 때 입었던 밤색 두루마기에 따뜻한 토끼털 목도리까지 두르고 자는 듯 모로 누워 있었다. 머리맡에는 먹다 남은 꿩약 사이나13)가 몇 알갱이 흩어져 있고……. 그렇게 발견된 것이 불과 여드레 전이라는 것이었다.

"나도 따라가 봤우다만, 거 참 이상헌 일도 다 있입디다. 그 사이 눈이 나련 보리밭이 사뭇 해영허게(하얗게) 눈이 덮였는디 말이우다, 참 이상허게시리 순이삼촌이 누운 자리만 눈이 녹안 있지 않여여 마씸."

하고 육촌 현모형이 말하자 큰아버지가 맞장구쳤다.

"발복(發福)헐14) 땅이여. 그 동생이 죽어도 자기가 드러누울 묘자리 하나는 잘 잡았쥬."

"발복해 봐사 무슨 자손이 있어야쥬. 외손편엔 몰라도……양자 들이라, 들이라, 경(그렇게) 말해도 노시(영) 말을 안 들엉게(듣더니만). 쯧쯧."

하고 큰당숙어른이 애석하다는 듯 혀를 찼다.

이야기를 듣고 있는 동안 내 등에는 남모르는 식은땀이 흘러내렸다. 얼마 동안 귀가 먹먹해지고 말소리가 들리지 않았다. 한평생 다 산 나이 쉰여섯에 끔찍하게도 스스로 목숨을 끊다니. 평생 일궈먹던 밭을 찾아가 양지바른 데를 골라 드러누워 버린 삼촌, 유서도 한 장 없이 죽었으니 그것은 표면상 아무 뚜렷한 이유가 없는 죽음이었다. 그렇다. 정신이 잘못되어 죽었다는 큰아버지의 판단이 옳을 것이다. 평소의 지병인 신경쇠약이 원인이 되었으리라. 그런데 신경쇠약은 왜 갑자기 악화되었을까? 거기에는 어떤 계기가 있을 것이다. 무엇이 삼촌을 죽음의 궁지로까지 몰아붙였나? 혹시 항상 원만치 못했던 일 년 동안의 서울 우리 집 생활에서 병이 악화된 게 아닐까? 아니, 그럴 리 없어. 여기 내려와서 무슨 충격적인 일을 당해도 당했을 테지. 그런데 친척 어른들의 얘기는 고향에 내려와서는 이렇다 할 사고가 없었다는 것이었다.

---

12) 옴팡진 : 옴폭하게 쏙 들어간.
13) 사이나 : 동물에 치명적인 독극물. 청산가리.
14) 발복헐 : 운이 틔어 복이 닥칠.

게다가 서울 우리 집에서 내려온 지 한 달도 채 못 되어 일어난 일이고…….
가책과 후회의 감정으로 나는 가슴이 오그라붙는 듯했다.

생각하면 순이삼촌이 우리 집에 와 있었던 지난 일 년은 당신이나 나나 내
아내나 모두 서로가 불편스럽고 원만치 못했던 게 사실이었다. 아내가 벌이
도 시원찮은 옷가게를 진작 걷어치웠더라면 삼촌이 올라오지 않아도 되었을
텐데. 그러나 하루 종일 아내가 의상실에 매달려 있는 형편이니 밥해 주는 사
람이 따로 있지 않으면 안되었다. 제작년 일 년 동안 밥하는 여자아이들이 서
너 차례 불나게 엇갈려 들락거리더니, 나중에는 그나마 구하기가 무척 어려워
졌다. 그래서 길수형에게 편지를 내어 고향에다 수소문해 봤던 것인데, 마침
순이삼촌이 서울 구경도 해볼 겸 우리 집에 한 일 년 와 있겠다고 나섰던 것
이었다.

순이삼촌이 손잡이가 망가진 옷가방을 질빵으로 짊어지고 우리 집에 온 지
열흘도 못 되어 언짢은 일이 발생했다. 아내가 가게에서 아직 돌아오지 않은
저녁때였다. 당신은 잔뜩 굳은 표정으로 내 방으로 건너왔다.

"조캐, 참말 이럴 수가 이싱가?"

삼촌의 눈에선 눈물마저 글썽거리고 있었다. 무슨 일일까?

나는 영문도 모르고 가슴이 섬찟했다.

"아니, 무슨 일이 있었어요? 여기 앉아서 자초지종을 얘기해 보세요."

평소에 순이삼촌 앞에서는 고향말을 써야지 하고 생각하던 터라 무의식중
에 툭 튀어나온 서울말이 무척 민망스러웠다.

"동네 사람들이 날 숭보암서라, 새로 온 민기네 집 식모는 밥 하영(많이) 먹
는 제주도 할망(할미)이엔 소문나서라."

나는 하도 말도 안 되는 말이라 어이가 없었다.

"아니, 누게가 그런 쓸데없는 소릴 헙디가?"

"허기사 고향서 궂은 일, 쌍일을 허멍(하면서) 보리밥 한사발 고봉으로 먹
던 버릇 따문에 아명(아무리) 밥을 적게 먹젱 해도 공기밥 먹는 조캐네들보다
사 하영(많이) 먹어지는 게 사실이쥬. 사실이 그렇댄 해도 밥 하영 먹는 식모

옌 사방팔방에 놈(남)한티 소문내는 벱이 어디 이시니?"

나는 순간 눈망울이 확 더워지면서 눈물이 핑 돌았다. 삼촌보고 밥 많이 먹는 식모라니, 이런 모욕적인 언사가 도대체 어디 있단 말인가. 나도 분통이 터져 견딜 수 없었다.

"누게가 그런 말을 헙디가? 어디서 들읍디가?"

그러나 삼촌은 치맛귀로 눈물을 찍어낼 뿐 통 대답을 하지 않았다.

"민기 어멍(엄마)이 그런 말을 헙디가? 어디 말해봅서. 요아래 희야네 가게서 그런 말을 헙디가? 꼭 밝혀내서 혼을 내사 허쿠다. 혼저(어서) 말해봅서."

그러나 삼촌은 여전히 대답을 하지 않았다. 그래도 내가 붉으락푸르락 화를 내는 것에 다소 위안을 얻었는지는 몰라도 삼촌은 더 이상 따져들지 않고 그만 물러갔다.

아내가 그런 말을 했나? 설마 하니 아내가 그런 희떠운[15] 언동을 할 경박한 여자일까? 혹시 민기놈이 희야네 가게에 군것질하러 갔다가 그런 못된 말을 했을지도 모른다. 아니, 다섯 살짜리 숫기도 없는 녀석이 어떻게 그런 당돌한 말을 해? 그러나 '밥 많이 먹는 제주도 식모'라고 말했을 리는 없지만 밥 많이 먹는다는 말을 누가 해도 했을 것이다. 이런 의심이 좀처럼 풀리지 않은 채 저녁 늦게 돌아온 아내를 맞고 보니 자연히 말다툼이 벌어졌다. 내가 전에 없이 치를 떨며 화를 내는 꼴을 보고 놀랐던지 아내는 결혼 후 처음으로 내 앞에서 눈물을 보였다. 나는 격앙된 어조로, 시부모 없어 시집살이를 면하더니 시댁 어른을 대하는 게 도무지 버릇없다고 질타했던 것이다. 하여간 아내가 그런 말을 했고 안 했고간에, 그날 밤 나는 아내가 순이삼촌 앞에서 어떻게 처신해야 할지를 내딴에는 톡톡히 보여준 셈이었다.

밥을 좀 많이 드신다고 해서, 누구나 건져내 버리는 배추국의 멸치를 잡수신다고 해서, 잘 통하지 않는 사투리를 쓴다고 해서 그게 어째 흉이 된단 말인가. 시골에 혼자 먹고 살 만큼은 농토도 있고 남을 빌려주고 온 오막살이지만 집도 있는 분이었다. 말 그대로 서울 구경할 겸해서 우리 집 일을 도우러 오

---

15) 희떠운 : 속은 텅텅 비었어도 겉으로는 호화로운.

신 분을 흉보다니. 아내의 태도가 우선 글러먹었다. 순이삼촌이 하는 사투리를 아내는 알아듣지 못했다. 이해해 보려고 애쓰는 것 같지도 않았다. 저게 무슨 말이냐는 듯이 고개를 돌려 나를 바라볼 때 나는 나 자신이 무시당한 것처럼 얼굴이 붉어지는 것을 느껴야만 했다. 그건 신혼 초에 아내가 무슨 일로 호적초본을 뗐다가 제 본적이 남편 본적인 제주도로 올라 있는 당연한 사실을 가지고 무척 놀란 표정을 지었을 때 내가 느낀 수치감과 비슷한 것이었다. 이렇게 사투리를 알아듣지 못하는 아내 앞에서 순이삼촌의 처신은 어떻게 해야 옳은가? 그저 말수를 줄이고 시키는 말만 고분고분 따르는 수동적인 입장을 취할 도리밖에 더 있는가.

그날 이후 나는 여태 막연히 기피증 현상으로만 나타나던 고향에 대한 선입견을 대폭 수정하기로 했다. 삼촌의 존재가 나에게 늘 고향을 의식하게 해준 셈이었다. 서울생활 십오 년 동안 한 번도 써보지 못하고 묵혀두었던 사투리도 쓰기 시작했다. 고향말은 주로 삼촌하고 얘기할 때만 썼지만 민기놈에게도 사투리를 꽤나 많이 가르쳐 주었다. 그렇다. 나는 내 아들이 허여멀끔한 아내를 닮아 빈틈없이 서울내기가 되어가는 것이 딱 질색이었다. 에미를 닮아선지, TV를 너무 봐선지, 다섯 살 나이에 벌써 안경을 써야 할 지경으로 눈이 나쁜 녀석, 아내는 피아노를 가르쳐 줄 계획이지만 나는 녀석에게 투박한 고향 사투리를 가르치고 싶었다. 아들놈마저 제 애비의 고향을 외면할 수는 없는 일이었다. 그렇다. 서울말 일변도의 내 언어생활이란 게 얼마나 가식적이고 억지춘향식이었던가. 그건 어디까지나 표절16)인생이지 나 자신의 인생은 아니었다.

그러나 순이삼촌은 그때 일로 퍽 상심했던지 좀처럼 밝은 표정으로 돌아오지 않았다. 거의 말도 하지 않았다. 그렇게 용서를 빌었는데도 삼촌은 삭이지 않고 내내 꼬불쳐두고 있는 모양이었다. 드디어 아내와 정면으로 맞부딪치고 말았다.

어느 날 회사일로 저녁 늦게 귀가해 보니 삼촌과 아내가 말다툼하고 있었

---

16) 표절 : 남의 작품을 본떠 자기의 것으로 발표함.

다. 삼촌은 나를 보자 울면서 부엌바닥에 주저앉아 버리는 것이었다. 나는 무슨 일이냐고 아내에게 눈을 부라렸다. 그러자 이번엔 아내가 눈물을 주르륵 흘리는 게 아닌가, 빌어먹을.

아내는 순이삼촌이 쌀이 다 떨어져서 사와야 한다는 말에 "쌀이 벌써 떨어졌어요?"라고 예사로 말을 던졌을 뿐이란다. 알았다는 뜻에서, 아, 그래요? 하듯이 가볍게 한 말을, 서울말의 억양에 익숙하지 못해서 그랬던지 "쌀이 벌써 다 떨어질 리가 있나요?" 하는 반문으로 잘못 오해했다는 것이다. 그래서 삼촌은, 내가 너무 밥을 많이 먹어서 쌀이 일찍 떨어진 줄 아느냐, 도둑년처럼 내가 쌀을 몰래 내다 팔았다는 말이냐, 하면서 우는 것이었다. 참 기가 찰 노릇이었다. 하도 어이없는 일이라 어디서 어떻게 수습해야 좋을지 몰랐다. 다만, 하잘것없는 일에 꼼짝없이 붙잡혀 상심하고 있는 삼촌을 보자 나 자신 눈시울이 뜨거워지는 것이었다.

그날 우리 내외는 오해를 풀어 안심시켜 드리려고 얼마나 애를 썼던가. 그러나 그게 아무 소용도 없었음이 그 뒤부터 노출된 삼촌의 야릇한 결벽증에서 판명되었다. 쌀이 일찍 떨어진 원인이 밥을 질게 하거나 눋게 한 데 있다고 그 나름대로 판단했던지 순이삼촌은 그 뒤부터 된밥을 지어내려고 무진 신경을 쓰는 눈치였다. 된밥을 만드는 일이 무슨 지독한 강박관념처럼 삼촌을 짓누르고 있었다. 때문에 위무력증세가 있어 진밥을 좋아하는 나였지만 쓰다 궂다 한마디 말도 할 수 없었다. 게다가 쌀 사온 지 열흘도 못 되어 그동안 얼마나 먹었는지 알아내려고 하루 종일 됫박질해 보는 모습은 정말 애처롭다 못해 섬찟한 느낌마저 주는 것이었다.

이렇게 비슷한 일을 두 번 겪고 난 다음부터는 또 순이삼촌의 오해를 살까봐 언동을 조심하느라고 거의 신경과민이 될 지경이었다. 내가 보기에도 아내의 삼촌에 대한 태도는 크게 달라져 있었다. 그러나 삼촌은 뚱하게 굳어진 표정이 풀릴 날이 없었다. 심지어는 나에게마저 말하기를 기피하는 눈치가 역력했다. 공원에 놀러가서 사진을 서너 장 찍어 드렸는데 사진값을 내겠다고 우기지를 않나, 토마토주스를 들면서 같이 들자고 권해도 "식모는 그런 고급은 먹엉 안 되는 거라." 하고 퉁명스럽게 거절하면서 자리를 피하곤 하는 것이었다.

또 하루 저녁은 늦은 저녁상을 혼자 받는데 삼촌이 상을 들여다놓고 얼른 부엌으로 쫓아가더니 석쇠를 들고 왔다. 웬일인가 했더니 삼촌은 그 생선 껍질이 늘어붙은 석쇠를 보이면서 밥상에 오른 구운 생선이 부스러진 이유를 해명하는 것이 아닌가. 생선이 석쇠에 들러붙어서 부서진 것이지 당신이 입질해서 그 모양이 된 게 아니라는 것이었다. 나도 하도 어이가 없어서 말이 안 나왔다. 왜 생선이 부서졌느냐고 누가 묻기라도 했단 말인가. 왜 묻지도 않았는데 그런 자격지심이 생겼을까? 당신의 결벽증은 정말 지독한 것이었다.

결국 나는 완전히 손들고 말았다. 오해를 풀어 드리려고 얼마나 진력을 다했던가. 그러나 순이삼촌은 완강한 패각(貝殼)[17]의 껍데기를 뒤집어쓰고 꼼짝도 않고 막무가내로 우리를 오해하는 것이었다. 그 오해는 증오와 같이 이글이글 타는 강렬한 감정이었다.

그동안 시골 딸에게서 편지가 두 번 온 모양인데, 두 번 다 아내가 몰래 훔쳐보니까, 외손주가 할머니를 찾는다고 어서 내려오라는 내용이었다. 그래서 나는 순이삼촌이 곧 내려가리라고는 생각하고 있었지만 그새 오해 풀리지 않아 무슨 원수처럼 헤어지게 되면 어쩌나 하고 걱정을 하게 되었다. 그러나 짐작과는 반대로 당신은 내려갈 의사를 전혀 비추지 않았다.

그러다가 시골서 사위가 올라왔다. 나보다 칠 년 연하인 사위 장씨는 농촌지도원으로 수원농촌진흥원에 출장 온 것이었다. 아니, 장모를 모셔갈 작정으로 남의 출장을 가로채 가지고 올라왔다고 했다. 의지할 데라곤 딸자식 하나밖에 없는 노인을 어떻게 객지생활을 하도록 놔두겠느냐는 것이었다. 무엇보다 남부끄러워 못 견디겠다고 했다. 삼촌은 서울 올라올 때, 혹시 못 가게 막을까 봐 딸네 집에 알리지 않고 몰래 올라왔던 모양이었다.

그러나 사위가 찾아와 같이 내려가재도 순이삼촌은 웬일인지 싫다고 고집을 세웠다. 애초에 마음먹은 대로 남의 집살이 일 년을 다 채우고 내려가겠노

---

17) 패각 : 조가비.

라고 했다. 우리 내외와 원만치 못하게 지내온 푼수18)로 봐서는 미련없이 훌훌 떠나 버릴 것 같은 분이 그냥 눌러 있겠다니 우리로선 참 고마운 생각이 들었다. 사람 구하기 어려운 때라 아쉬운 생각에서가 아니라, 우리를 그토록 오해했으면서도 딱 잘라 매정하게 돌아서 버리지 않는 그 마음씀이 더 없이 고맙게 여겨졌다. 아마 순이삼촌 자신도 시간을 두고 오해를 풀고 가야지 하고 생각하고 있을지 모를 일이었다.

그런데 모든 것은 사위 장씨의 입에서 밝혀졌다.

그날 밤 장씨는 내 권유에 못 이겨 우리 집에서 자고 갔는데, 내가 삼촌이 우리를 오해하게 된 여러 사례를 들려주자 그는 그럴 줄 알았다고 하며, 아무래도 장모를 두고 가는 것이 걱정이라고 했다. 그의 속삭이는 말로는 순이삼촌은 심한 신경쇠약 환자라는 것이었다. 게다가 환청(幻聽)19) 증세까지 있어 시골에 있을 때도, 한 적이 없는 말을 들었노라고, 보지도 않은 흉을 봤다고 따지고 들기를 잘했다는 것이었다. 그러니 '밥 많이 먹는 식모'라는 것도, 우리에게 품은 오해도 모두 환청 때문에 생긴 것이 틀림없다고 말했다. 역시 그랬었구나. 옆에서 얘기를 듣던 아내는 방정맞게 안도의 한숨까지 내쉬었다. 당신의 신경쇠약은 지독한 결벽증과도 서로 얽혀진 것인데 이런 증세는 꽤나 해묵은 것이라고 했다. 그건 4, 5년 전 콩 두 말을 훔쳤다는 억울한 누명을 썼을 때 얻은 병이었다. 하루는 이웃집에서 길에 멍석을 펴고 내다 넌 메주콩 두 말이 감쪽같이 없어졌는데 그 혐의를 평소에 사이가 안 좋던 순이삼촌에게 씌워 놓았다. 두 집은 서로 했느니 안 했느니 하면서 옥신각신 다투다가 그 집 여편네가 파출소에 가서 따지자고 당신의 팔을 잡아 끌었던 모양인데 파출소 가자는 말에 당신은 대번에 기가 죽으면서 거기는 못 간다고 주저앉아 버리더라는 것이었다. 그러니 자연히 당신이 콩을 훔친 것으로 소문나 버릴 밖에. 당신이 그전서부터 파출소를 피해 다니는 이상한 기피증이 있다는 걸 아는 사람은 알고 있었지만 그건 일단 씌워진 누명을 벗기는 데 별 도움이 되지

18) 푼수 : 정도. 비율.
19) 환청 : 실제로 존재하지 않는 소리가 들리는 현상.

않았다.

당신은 1949년에 있었던 마을 소각 때 깊은 정신적 상처를 입어, 불에 놀란 사람 부지깽이만 봐도 놀란다는 격으로 군인이나 순경을 먼 빛으로만 봐도 질겁하고 지레 피하던 신경증세가 진작부터 있어온 터였다. 하여간 당신은 그 콩 두 말 사건으로 심한 정신적 충격을 입었던 모양으로 절간에서 두어 달 정양까지 해야 했다. 그때부터 당신은 심한 결벽증에 사로잡혀 혹시 누가 뒤에서 흉보지 않나 하는 생각에 붙잡혀 늘 전전긍긍하게 되고, 나중엔 환청증세까지 겹쳐 하지 않은 말을 들었노라고 따지고 들곤 했다. 그리고 서울 우리 집에 올라올 무렵에는, 상군해녀이던 당신이 갑자기 물이 무서워져서 물질마저 그만두었다는 것이었다.

순이삼촌은 사위를 홀로 내려보낸 뒤 우리 집에서 석 달 가까이 더 지냈다. 그러나 우리의 기대와는 달리 당신은 오해를 풀어주기는커녕 오히려 새로운 오해를 자꾸 만들어 보태 가는 것이었다. 그러다가 당신은 끝내 일 년을 다 못 채우고 고향에 내려온 것인데 내려온 지 한 달도 못 되어 이 일이 발생했으니, 나로서는 일말의 가책을 안 느낄 도리가 없었다. 아니, 양심의 가책이라니, 내가 무슨 잘못이 있나. 나도 골치를 썩이며 당신에게 꽤 하느라고 하지 않았던가. 당신은 한마디로 불가항력이었다. 그럼에도 결과론으로 따져 순이삼촌의 서울생활이 여의치 못했으리라고 짐작하고 있을 친척 어른들을 마주 대하기가 참으로 면구스러웠다.

나는 이런저런 생각으로 머리가 지끈지끈 아파 바람벽에 머리를 기대고 눈을 감았다. 그래도 시원찮아 염치 불구하고 길수형 등뒤로 가 바람벽을 마주 보고 잠깐 누웠다. 문풍지를 푸르르 떨게 하며 창틈으로 들어오는 찬바람이 지끈거리는 이마를 식혀 주었다. 바람은 또 때때로 강하게 불어와 싸락눈을 창호지 창에 훅훅 뿌려 놓곤 했다. 그건 고양이가 앞발로 창을 긁어대는 소리처럼 을씨년스럽게 들렸다. 왜 고향엔 유별나게 싸락눈이 많을까? 바람 많이 부는 기상 때문일까? 아니다. 그건 언제나 고구마, 조팝을 상식(常食)하는 고향 사람들에게 내리는 산디쌀일 것이다. 모처럼 제삿날에나 먹어 보던 '곤

밥', 왜 '곤밥'이라고 했을까? '곤밥'은 '고운 밥'에서 왔을 것이고, 쌀밥은 빛깔이 고우니까, 어린 시절에도 파제 후[20] '곤밥'을 몇 순갈 얻어 먹어보려고 길수형과 나는 어른들 등뒤에서 이렇게 모로 누워 새우잠을 자곤 했다. 젯상마저 소각 때 태워 먹고 송진내 물씬 나는 날 송판때기 위에다 제물이라곤 마른 생선 하나에 메밀묵 한 쟁반, 고사리, 무우채 각각 한 보시기밖에 진설(陳設)[21]할 것이 없던 그 어려운 시절이었지만, 메는 꼭 산디쌀밥이었다. 자정이 넘어 큰아버지가 우리들을 깨워 세수하고 오라고 방 밖으로 떠밀었을 때 마당에 하얗게 깔려 있던 것도 싸락눈이었다. 그 시간이면 이집 저집에서 그 청승맞은 곡성이 터지고 거기에 맞춰 개짖는 소리가 밤하늘로 치솟아 오르곤 했다. 한날 한시에 이집 저집 제사가 시작되는 것이었다. 이 날 우리 집 할아버지 제사는 고모의 울음소리부터 시작되곤 했다. 이어 큰어머니가 부엌일을 보다 말고 나와 울음을 터뜨리면 당숙모가 그 뒤를 따랐다. 아, 한날 한시에 이집 저집에서 터져 나오던 곡성소리, 음력 섣달 열여드렛날, 낮에는 이곳 저곳에서 추렴 돼지가 먹구슬나무에 목매달려 죽는 소리에 온 마을이 시끌짝했고 5백위도 넘는 귀신들이 밥 먹으러 강신(降神)[22]하는 한밤중이면 슬픈 곡성이 터졌다. 그러나 철부지 우리 어린것들은 이 골목 저 골목 흔해진 죽은 돼지 오줌통을 가져다가 오줌 지린내를 참으며 보릿짚대로 바람을 탱탱하게 불어넣어 축구공삼아 신나게 차고 놀곤 했다. 우리는 한밤중의 그 지긋지긋한 곡성소리가 딱 질색이었다. 자정 넘어 제사 시간을 기다리며 듣던 소각 당시의 그 비참한 이야기도 싫었다. 하도 들어서 귀에 못이 박힌 이야기. 왜 어른들은 아직 아이인 우리에게 그런 끔찍한 이야기를 되풀이해서 들려주었을까?

그리고 파제 후 이집 저집 지붕 위에 던져 올린 퇴주 그릇의 세 순갈 밥을 먹으러 날 새자마자 날아드는 까마귀들도 기분 나빴다. 까마귀가 죽은 귀신의 혼령이라든가 저승 차사라고 하는 것 때문이 아니라, 그 광택 있는 검은 날개빛이 마을 어른들을 잡으러 오던 서청(西靑) 순경들의 옷빛하고 너무 흡사

---

20) 파제 후 : 제사가 파한 후.
21) 진설 : 제사·잔치 때에 상 위에 음식을 벌여 차림.
22) 강신 : 제사 때 초헌(제사 때 첫번으로 술을 올림)하기 전에 먼저 신이 내리게 함.

했기 때문이었다. 사람을 얕보던 까마귀들. 사람이 다가가도, 우여 우여 소리쳐도 달아날 줄을 몰랐다. 그것들은 시체가 널린 보리밭을 까맣게 뒤덮고 파먹다가 심심하면 겨울하늘로 떼지어 날아오르며 세찬 날갯짓으로 하늬바람 타기를 잘했다. 그 당시 일주도로변에 있는 순이삼촌네 밭처럼 옴팡진 밭 다섯 개에는 죽은 시체들이 허옇게 널려 있었다. 밭담에도, 지붕에도, 듬북눌에도, 먹구슬나무에도 어디에나 앉아 있던 까마귀들. 까마귀들만이 시체를 파먹은 게 아니었다. 마을 개들도 시체를 뜯어먹고 다리 토막을 입에 물고 다녔다. 사람 시체를 파먹어 미쳐 버린 이 개들은 나중에 경찰 총에 맞아 죽었지만, 그 많던 까마귀들은 모두 어디 갔을까? 아까 낮에 까마귀가 눈에 안 띄길래 길수형에게 물어 보았지만 그도 고개를 갸우뚱할 뿐이었다. 농작물에 큰 피해가 될 정도로 그렇게 번성하던 까마귀들이 사 오 년 전부터는 웬일인지 별로 보이지 않는다는 것이었다.

문득 큰당숙어른의 감기 쉰 목소리가 들려왔다. 나는 뉘었던 몸을 일으키고 바로 앉았다.

"순이아지망은 죽어도 발쎄 죽을 사름이여. 밭을 에워싸고 베락같이 총질해댔는디 그 아지망만 살 한점 안 상하고 살아났으니 참 신통한 일이랐쥬."

"아매도 사격 직전에 기절해연 쓰러진 모양입디다. 깨난 보니 자기 우에 죽은 사람이 여럿이 포개져 덮연 있었댄 허는 걸 보면……. 그때 발쎄 그 아지망은 정신이 어긋나 버린 거라마씸." 하고 작은당숙어른이 말을 받았다.

"해필 그 밭이 순이아지망네 밭이었으니."

"그 밭이서 죽은 사름들이 몽창몽창 썩어 거름 되연 이듬해엔 감저(고구마) 농사는 참 잘되어서. 감저가 목침 덩어리만썩 큼직큼직해시니까."

"그 핸 숭년이라, 보릿져 범벅 먹던 때랐지만 그 아지망네 밭에서 난 감저는 사름 죽은 밭엣 거라고 사름들이 사먹질 안 했쥬."

"그 아지망이 필경엔 바로 그 밭이서 죽고 말아시니, 쯧쯧."

어른들의 이런 이야기를 들으며 나는 야릇한 착각에 사로잡혔다. 순이삼촌은 한 달 보름 전에 죽은 게 아니라 이미 삼십 년 전 그날 그 밭에서 죽은 게 아닐까 하고.

이렇게 순이삼촌이 단서가 되어 이야기는 시작되었다. 그 흉물스럽던 까마귀들도 사라져 버리고, 세월이 삼십 년이니 이제 괴로운 기억을 잊고 지낼 만도 하건만 고향 어른들은 그렇지가 않았다. 오히려 잊힐까 봐 제삿날마다 모여 이렇게 이야기를 하며 그때 일을 명심해 두는 것이었다.

어린 시절 제사 때마다 귀에 못이 박힐 정도로 들었던 그 이야기들이 다시 머리 속에 무성하게 피어올랐다.

그 사건은 당시 일곱 살이던 내게도 큰 충격을 주었다. 사건 바로 전해에 폐병으로 시름시름 앓던 어머니가 돌아가시고 도피자라는 낙인을 받고 노상 마룻장 밑에 숨어 살던 아버지마저 일본으로 밀항해 가버려 졸지에 고아가 되어 버린 나는 큰집에 얹혀 살고 있었다. 죽은 어머니 생각에 걸핏하면 남몰래 눈물짓던 내가 그 울음을 졸업한 것은 음력 섣달 열여드렛날의 그 사건이 내 어린 가슴팍을 짓밟고 지나간 뒤였다. 말하자면 너무 놀란 나머지 울음이 뚝 떨어진 거였다. 그리고 일주도로변 옴팡진 밭마다 흔전만전 허옇게 널려 있던 시체를 직접 내 눈으로 보고 나자 나는 어머니의 죽음이 유독 나에게만 닥쳐온 불행이 아니고 그 숱한 죽음 중에 하나일 뿐이라고 생각되었다. 사실 어머니가 폐병으로 죽지 않고 살아 있었다 하더라도 그날 그 사건에 말려 어차피 죽고 말았을 것이다.

"그날 헛간에 앉안 메(먹어리)을 잣고 있는디 군인들이 완(와서) 연설 들으레 오랜 하지 안 해여."

큰당숙어른이 먼저 말을 꺼냈다.

음력 섣달 열여드렛날, 그날은 유달리 바람끝이 맵고 시린 날씨였다. 그래서 여편네들은 돈지코지 미역밭에 나가 물질할 엄두를 못내고 집에서 물레로 양말 짤 실을 잣거나, 텃밭의 배추포기에 오줌 거름을 주든지, 시아버지를 도와 지붕 이엉이 바람에 날아가지 않게 동여맬 동아줄을 띠풀로 꼬고 있었다. 그 무렵 젊은 축들은 공연히 도피자로 몰려 낮에는 마을에서 사오리 한라산 쪽으로 올라간 큰냇가 자연동굴에 숨어 있다가 밤에나 내려오는 박쥐 생활을 계속하고 있었다.

그날 아침 나절에 길수형과 나는 큰아버지를 도와 밭거름으로 쓰려고 밤 사이 갯가에 올라온 듬북이나 감태 따위 해초를 한군데 모아 놓는 일을 했다. 그러고는 집에 돌아와서 점심 요기로 할머니가 내준 식은 고구마 한 자루씩 받아먹고 있노라니까 별안간 밖에서 호루라기소리가 요란하고 고함소리가 들렸다.

"연설 들으러 나오시오! 한 사람도 빠짐없이 국민학교 운동장으로 모이시오!"

보통때 같으면 순경이나 대동청년단원 몇 사람이 다니면서 사람들을 불러 모았는데 이번엔 어쩐 일인지 철모에 총까지 든 군인들이 수십 명 퍼져 다니면서 득달같이 재촉하는 것이 뭔가 심상치 않았다. 심지어는 총검으로 창문을 열어젖히면서 병든 노인까지 내몰았다. 좀 불안한 생각이 없지도 않았지만, 그 전해 5·10선거 무렵에도 그렇게 득달같이[23] 사람들을 불러 모은 적이 있어서 그때처럼 무슨 중요한 연설이 있는가 보다라고만 생각했다.

길수형과 나는 할머니와 큰아버지 뒤를 따라 국민학교로 갔다. 먼저 온 동네 아이들 여남은 명이 벌써 조회대 밑에 진을 치고 있었다. 시국강연회는 아이들에게 퍽 인기가 있었다. 그 당시 연사들에게 유행하던 신파조의 웅변이 퍽 재미있고 맨 끝 순서로 부르는 "역적의 남로당을 때려부셔라"라는 씩씩한 노래와 우렁찬 만세 삼창은 정말 가슴 뛰게 하는 것이었다. 길수형과 나는 할머니 곁을 떠나 아이들 있는 데로 가 쪼그리고 앉았다. 운동장 흙은 진눈깨비가 녹은 다음이라 몹시 질척거렸는데 밑창 터진 고무신에 물이 새어들었다. 나는 발이 젖어 시렸지만 참고 기다렸다.

"그때 운동장에 뫼인 사람 수가 대강 얼매나 되어시까 마씸?" 하고 육촌 현모형이 물었다. 형은 당시 열댓 살 나이에 도피자로 몰려 피해 다녔으므로 요행히 그날 사건현장에는 없었다.

"겔쎄, 마을 홋수가 삼백호가 넘어시니까 한 천 명쯤 안 됐을까? 병든 할망들

---

23) 득달같이 : 잠시도 지체하지 않고

가장 부축해연 나오시니까." 하고 큰당숙어른이 말하자 큰아버지가 참견했다.

"아니, 그보다 많을 거여, 선흘리와 논흘리 쪽에서 소개해연 온 사람들도 건줌(거의) 백 명은 되어시니까."

잠시 후 돌과 흙으로 쌓아올린 조회대 위로 권총 찬 장교가 올라섰다. 그 장교의 지시에 따라 모두 질척거리는 땅에 쪼그리고 앉았다. 강연이 시작되나 보다 했는데, 웬걸 장교는 지서 박 주임과 이장 강씨를 단 위로 불러 세우더니 지금부터 군인가족을 골라내겠다고 큰 소리로 언명하지 않는가.

"군인 가족들은 앞으로 나오시오. 사돈에 팔촌까장 덮어놓고 나오디 말구 직계가족만 나오라요. 만일 군인 직계가족도 아닌데 나온 사람은 당장 엄벌에 텨하가시오."

단 밑에는 입산자 색출 때문에 종종 마을에 나타나던 함덕지서 순경 두 명과 창 끝이 검게 그을린 대창을 든 대동청년단 청년 예닐곱 명이 뻣뻣한 자세로 서 있고 그 뒤로 스무 명쯤 되어 보이는 무장군인들이 이열횡대로 늘어서 있었다. 그들의 한결같이 굳은 표정을 보자 사람들은 적이 불안을 느끼기 시작했다. 영문 모르는 그들은 옆사람을 바라보며 수군거리고 주위를 둘러보았다. 별안간에 무슨 일일까? 군인가족들에게 보리쌀 배급이라도 주려나? 막상 군인가족 당사자들도 나가야 좋을지 몰라 우물쭈물하고 있자, 장교는 빨리 나오라고 빽 고함을 질렀다. 군인가족들은 주뼛주뼛 눈치보면서 앞으로 나갔다. 그들은 단 앞으로 가 이장과 순경과 대동청년단 사람들의 심사를 받고 나서 단 뒤로 인솔되어 따로 앉혀졌다.

"아명해도(아무래도) 낌새가 이상해연 나도 어머님을 찾안뵈시고 군인가족들 틈에 섞연 나갔쥬. 매부가 군인이니 직계가족은 아니지만 다행히 이장 강씨가 눈감아주언 넘어갔쥬." 큰아버지의 말이었다.

"형님 그것 봅서. 누이동생을 나한티 팔아 무신 손핼 봅디까? 이북 것한티 시집간다고 결사반대허더니." 하고 고모부가 너털웃음을 웃었다.

그 다음에 순경가족이 나가고 이어서 공무원 가족이 나갈 즈음 뭔가 좋지 않은 낌새를 눈치챈 군중은 동요하기 시작했다. 공무원가족에 이어 마지막으로 대동청년단과 국민회 간부 차례가 왔을 때 사람들은 너도 나도 앞을 다투어 나아가 이장과 청년단 사람들에게 매달렸다.

"정숙이 아버지, 우리 친정 오래비가 작년에 병정간 거 무사(왜) 알지 않우꽈?"

"이장님 마씸, 우리 사촌동상이 금녕 지서에 순경으로 있우다. 김갑재라고 마씸."

"뒤로 물러갑서. 다들 직계가족이 아니라 아니 됩니다. 물러갑서."

이장은 손을 내저었다.

"직계가족이 뭐우꽈?"

"이장님, 날 좀 내보내줍서."

이런 북새통에 별안간 군중 속에서 날카로운 부르짖음 소리가 났다.

"불났져! 마을에 불났져!"

화들짝 놀란 사람들이 우르르 몰려가 학교 돌담 울타리를 기어올랐다.

"불이여, 불"

"불났져! 불났져!"

"아이고 아이고"

운동장 사방에서 울부짖는 소리가 회오리바람처럼 일어나 하늘을 찔렀다. 울타리까지 갈 것 없이 마을 동편 하늘에 까맣게 불티가 날고 있는 게 내 눈에도 역력히 보였다. 매캐한 연기 냄새도 차츰 바람에 밀려왔다. 그때 서편 울타리 돌담이 여기저기서 매달린 사람들의 체중에 못이겨 와르르 무너졌다. 사람들이 그 울타리 터진 데로 몰려 밖으로 나가려고 하자 지체없이 총소리가 울렸다. 사람들은 다시 운동장 복판으로 우르르 몰려 들었다. 무너진 돌담 위에 흰 무명적삼에 갈중의를 입은 노인이 한 사람 엎어져 죽은 모양인지 꼼짝하지 않았다. 군인 여남은 명이 빠른 동작으로 돌담 위로 뛰어오르더니 아래를 향해 총을 겨누었다. 그러자 조회대 뒤에 늘어서 있던 이십여 명의 군인들도 '앞에총' 자세로 잽싸게 뛰어나오더니 정면에서 사람들을 포위했다. 단상의 그 장교는 권총을 어깨 위로 빼들고 으름장을 놓았다. 그가 강하게 턱을 올려젖히자 철모가 햇빛에 번쩍 빛났다.

"잘 들으라요. 우리레 지금 작전 수행둥에 있소. 여러분의 집은 작전명령에 따라 소각되는 거이오. 우리의 다음 임무는 여러분을 모두 제주읍으로 소개하는 거니끼니 소개둥 만약 질서를 안 지키는 자가 있으문 아까와 같이 가차없이 총살할 거이니 명심하라요."

장교의 귀설은 이북 사투리가 겁 집어먹은 부락민들의 머리 위에 카랑카랑 울려 퍼졌다. 사람들은 제주읍으로 소개시킨다는 말에 반신반의하면서 군인들의 눈치를 살폈다. 지금 당장은 자기 집이 불타고 있다는 생각에만 완전히 넋 잃고 절망해야 할 사람들이 다른 무엇을 예감하고 두려워하는가? 마을 쪽에서 해풍을 타고 매캐한 연기 냄새가 더욱 심하게 밀려오고 불티가 까맣게 뜬 하늘에 불아지랭이가 어른거렸다. 게다가 이따금 총소리가 탕탕 울렸다.

"난 그날 섯(西)동네에 쇠(소) 흥정하레 갔다 오던 참이랐우다. 마악 빌레동산 잔솔밭에 당도해연 내려다 보난 묵은 구장네 집허구 종주네 집이 불붙어 있입디다. 잔솔밭이 숨어서 보난 군인들이 조짚뭇을 떼다 불붙여 들고 이 집 저집 옮겨댕기멍 추녀 끝뎅이에다 불을 당기고 이십디다."

군인들의 지시에 따라 사람들이 교문을 향해 늘어서기 시작했을 때, 별안간 "군인들이 우리를 죽이레 데려감쪄." 하는 말이 전류처럼 군중 속을 꿰뚫었다. 그러자 교문 가까이 선두에 섰던 사람들이 흩어지며 뒤로 우르르 몰려갔다. 단상의 장교가 권총을 휘두르며 뒤로 물러가는 자는 가차없이 총살하겠다고 고래고래 소리질렀다. 이 말에 사람들은 잠시 주춤했을 뿐 다시 뒷걸음치기 시작했다.

그때 큰아버지가 길게 한숨을 내쉬며 말했다.

"하이고, 난 그때 저 길수놈하고 상수녀석(나)을 얼마나 찾았는지 모르로고. 어머님하고 아명(아무리) 큰 소리로 불러도 이놈우 새끼들이 어디 가 박혀신지……."

할머니와 큰아버지가 번갈아 악쓰며 부르는 소리를 우리는 듣고 있었지만 갈팡질팡하는 사람들 틈에 섞여서 도무지 헤어나갈 수가 없었다. 우리는 둘다 고무신이 벗겨진 채 사람들에게 이리 쏠리고 저리 쏠리면서 울고 있었다.

우리들은 서로 손을 꼭 붙잡고 놓지 않았다. 서로 이름 부르며 가족을 찾는 소리와 군인들의 악에 바친 욕소리로 운동장은 온통 수라장이었다.

머리 위에서 한 발의 총성이 벼락같이 터진 것은 바로 그때였다. 사람들은 일제히 "아이고!" 소리를 지르며 서편 울타리 쪽으로 우르르 몰려가 붙었다. 운동장은 순식간 물 끼얹은 듯 조용해졌다. 사람들이 몰려가고 난 빈 자리에 한 여편네가 앞으로 엎어져 있고 옆에는 젖먹이 아기가 내팽개쳐져 있었다. 조용한 가운데 그 아기만 바락바락 악을 쓰며 울고 있었다.

"영배 각시 총 맞았겨!" 누군가 이렇게 속삭였다.

흰 적삼에 번진 붉은 선혈이 역력했다.

"두 살 난 그 아기가 바로 방앗간 허는 장식이여, 후제 외할망이 키웠쥬, 이젠 결혼도 하고 씨 멸족할 번한 집서서 아들 둘까지 낳았으니 죽은 어멍 복을 입을 것일 거라, 아매도." 작은 당숙의 말이었다.

죽은 사람을 보자 나는 더럭 겁이 났다. 사람들이 뒤로 물러나 앞이 트였지만 길수형과 나는 장교가 권총을 빼들고 서 있는 조회대 뒤로 달려갈 엄두가 도무지 나지 않았다. 저쪽으로 가다간 저 사람이 틀림없이 총을 쏠 테지. 우리는 어찌 할 바를 모르고 발을 동동 구르기만 했다.

사람들이 서편 울타리에 붙어 나올 생각을 하지 않자 군인들은 긴 장대 두 개를 들고 나왔다. 그건 교무실 앞 추녀 끝에 매달아두었던 것으로 학교 운동회 때마다 비둘기들을 넣은 대바구니 두 개를 맞붙여 얇은 종이를 발라 만든 큰 공을 높이 매달아 놓는 데 사용되던 거였다. 그것은 얼마나 신나는 경기였던가, 청백으로 나뉜 우리들이 모래 넣어 꿰맨 헝겊공(오제미)을 던져 상대편 바구니를 먼저 터뜨리는 순간 비둘기들이 날고 머리 위로 오색 테이프가 흘러내리고 색종이가 나부끼던 기분이란, 그런데 바구니공을 매달아 놓던 장대가 이런 엉뚱한 데 쓰일 줄이야. 장대 두 개는 이제 한쪽에 몰려 있는 사람들을 울타리에서 떼어내서 내모는 구실을 했다. 장대 양끝에 군인 한 사람씩 붙어서 군중 속으로 끌고 들어가 장대로 오십 명쯤을 뚝 떼어내어 교문 있는 데로

끌고 갔다. 그러면 집총한 군인들이 기다렸다가 에워싸고 교문 밖으로 내몰
아가는 것이었다.

이런 와중을 틈타 길수형과 나는 사람들 사이로 빠져 나와 할머니가 있는
조회대 뒤편으로 냅다 뛰어갔다. 청년단원들이 우리 다리를 겨냥해서 대창을
아래로 휘둘렀다. 그러나 용케 맞지 않았다. 우리가 쫓기며 조회대 뒤로 가
자 거기 모인 우익인사 가족들이 얼른 우리를 안으로 끌어넣어 주었다. 할머
니가 달려들어 치마를 벌리고 닭이 병아리 품듯이 우리를 싸서 숨겼다. 우리
뒤를 쫓던 청년단원 두 명이 우리를 포기한 것은 마침 우리 뒤미처 달려드는
다른 사람들 때문이었으리라. 아이들과 아낙네 열 명쯤이 달려들었다가 마구
내지르는 대창에 쫓겨갔다.

장대 두 개가 서로 번갈아가며 사람들을 몰아갔다. 장대가 머리 위로 떨어
질 때마다 사람들은 비명을 지르며 뒤로 나자빠지고 장대에 걸린 사람들은 빠
져 나오려고 허위적거렸다. 장대 뒤에서 빠져 나오려는 사람들에게 몽둥이를
휘두르고 공포를 쏘아대자 사람들은 장대에 떠밀려 주춤주춤 교문 밖으로 걸
어나갔다. 교문 밖에 맞바로 잇닿은 일주도로에 내몰린 사람들은 모두 한결
같이 길바닥에 주저앉아 울며불며 살려 달라고 애걸했다. 군인들의 바짓가랑
이를 붙잡고 울부짖는 할머니들, 총부리에 등을 찔려 앞으로 곤두박질치는 아
낙네들, 군인들은 총구로 찌르고 개머리판을 사정없이 휘둘렀다. 사람들은
휘둘러대는 총개머리판이 무서워 엉금엉금 기어갔다. 가면 죽는 줄 번연히
알면서 어떻게 제발로 서서 걸어가겠는가. 뒤처지는 사람들에게는 뒤꿈치에
다 대고 총을 쏘아댔다.

군인들이 이렇게 돼지 몰듯 사람들을 몰고 우리 시야 밖으로 사라지고 나
면 얼마없어 일제사격 총소리가 콩볶듯이 일어나곤 했다. 통곡소리가 천지를
진동했다. 할머니도 큰아버지도 길수형도 나도 울었다. 우익인사 가족들도
넋놓고 엉엉 울고 있었다. 우는 것은 사람만이 아니었다. 마을에서 외양간에
매인 채 불에 타죽는 소 울음소리와 말 울음소리도 처절하게 들려 왔다. 중낮
부터 시작된 이런 아수라장은 저물녘까지 지긋지긋하게 계속되었다. 길수형

이 말했다.

"그때 혼자 살아난 순이삼촌 허는 말을 들으난, 군인들이 일주도로변 옴팡진 밭에다가 사름들을 밀어붙였는디, 사름마다 밭이 안 들어가멘 밭담 우엔 엎디어젼 이마빡을 쪼사 피를 찰찰 흐리멍 살려달렌 하던 모양입디다."

"쯧쯧쯧, 운동장에 벗겨져 널려진 임자없는 고무신을 다 모아 놓으면 아매도 가매니로 하나는 실히 되었을 거여. 죽은 사람 몇백 명이나 되까?"

하고 작은당숙이 말하자 길수형은 낯을 모질게 찌푸리며 말을 씹어뱉었다.

"면에서는 이 집에 고구마 몇 가마 내고 저 집에 유채 몇 가마 소출냈는지는 알아도 그날 죽은 사람 수효는 이날 이때 한 번도 통계 잡아 보지 않으니, 내에참. 내 생각엔 오백 명은 넘은 것 같은디, 한 육백 명 안 되까마씸? 한번에 오륙십 명씩 열한 번에 몰아가시니까."

열한 번째로 끌려가던 사람들은 그야말로 운수 대통한 사람들이었다. 때마침 대대장 차가 도착하여 총살 중지명령을 내렸던 것이다. 이 불행한 사건에도 예외 없이 '만약'이란 가정이 따라왔다. 만약 대대장이 읍에서부터 타고 오던 찝차가 도중에 고장만 나지 않았더라면 한 시간 더 일찍 도착했을 터이고, 그렇게 되면 삼백 명이나 사백 명은 더 살렸을 것이다. 따라서 희생자는 백 명 내외로 줄어들 것이고, 또 적에게 오염됐다고 판단된 부락을 토벌해서 백 명 정도의 이적행위자를 사살했다면 그건 수긍할 만한 일이었을지 모른다. 그러나 피살자 육백 명이란 수효는 옥석을 가리지 않은 무차별 사격을 의미했다.

"고모부님, 대대장이 말한 차 고장은 핑계가 아니까마씸? 일개 중대장이 대대장도 모르게 어떻게 그렇게 엄청난 일을 저지를 수가 이서마씸?"

고모부는 그 당시 토벌군으로 애월면에 가 있었기 때문에 자세한 것은 알지 못할 터였다. 고모부는 한때 인근 부락인 함덕리에 주둔했던 서북 청년으로만 구성된 중대에 소속되어 있었는데 마침 사건 수개월 전에 애월로 이동해 갔던 것이었다. 신혼 초라 고모도 따라갔다.

"그 당시엔 중대장 즉결처분권이란 것이 있을 때랐쥬. 또 갸들이 전투사령부의 작전명령에 따라 행동했댄 해도 작전명령을 잘못 해석하였을 공산이 커.

난 졸병 군대생활해서 잘은 모르지만 아마 그것도 견벽청야 작전의 일부일 거라. 쉬운 말로 소개작전이란 거쥬. 견벽청야작전이란 것이 뭐냐믄 손자병법에서 따온 것이라는데, 공비를 소탕할 때 먼저 토벌군으로 벽을 쌓아 병풍을 만들고 그 후 들을 말끔히 청소하는 거라. 산간벽촌을 일일이 다 보호헐 수 없는 것 아니냔 말이여. 그러니 일정한 거점만 확보하고 나머지 지역은 인원과 물자를 비워 버려 공비가 발붙일 여지가 없게 하자는 궁리이였쥬. 그런디 인원과 물자를 비워 버리라는 대목에서 그만 잘못 일이 글러진 거라. 작전지역 내의 인원과 물자를 안전지역으로 후송하라는 뜻이 인원을 전원 총살하고 물자를 전부 소각하라는 것으로 둔갑하고 말았으니 말이여."

"아니, 고모부님도 참, 그 말을 곧이들엄수꽈? 그건 웃대가리들이 책임을 모면해 보젠 둘러대는 핑계라 마씸. 우리 부락처럼 떼죽음당한 곳이 한둘이 아니고 이 섬을 뺑 돌아가멍 수없이 많은데 그게 다 작전명령을 잘못 해석해서 일어난 사건이란 말이우꽈? 말도 안 되는 소리우다. 이 작전명령 자체가 작전지역의 민간인을 전부 총살하라는 게 틀림없어 마씸."

"겔쎄, 나도 중산간 부락민들을 해안지방으로 소개시키는데 참가했쥬만은……겔쎄 말이여, 일단 몇 날 몇 시까지 소개하라고 포고령이 내린 후제도 계속 작전지역에 남아 있는 자는 공비나 공비 동조자로 간주해서 노인, 아이 할거없이 전부 사살하라는 명령은 있었쥬. 사실 작전지역 내의 어떤 부락에 들어서민, 바로 전날에 두 집 건너서 하나씩 붙여와 둔 소개하라는 포고문이 발기발기 찢어진 바람에 펄럭펄럭하는디, 이건 틀림없이 공비 소굴이구나 하는 생각이 꽉 들어라. 그런디 이 부락 사건은 소개하라고 사전에 포고령도 없어시니……."

그러나 작전명령에 의해 소탕된 것은 거개가[24] 노인과 아녀자들이었다. 그러니 군경쪽에서 찾던 소위 도피자들도 못 되는 사람들이었다. 그런 사람들에게 총질을 하다니! 또 도피 생활을 하느라고 마침 마을을 떠나 있어서 화를 면했던 남정네들이 군경을 피해 다녔으니까 도피자가 틀림없겠지만 그

---

24) 거개가 : 거의가.

들도 공비는 아니었다. 사실 그들은 문자 그대로, 공비에게도 쫓기고 군경에게도 쫓겨 할 수 없이 이리저리 피해 도망다니는 도피자일 따름이었다.

그런데도 군경측에서는 왜 도피자를 공비와 동일시했던가? 아마 그건 한때 무식한 부락민들이 저지른 섣부른 과오 때문이었나 보다. 5·10선거 때 부락 출신 몇몇 공산주의 골수분자의 선동에 부화뇌동[25]하여 선거를 보이코트한 사건이 화근이 된 것이었다. 그것이 두고두고 군경측에 부락을 적색시하는 빌미가 될 줄이야. 부락민들이 아무리 개과천선하여 결백을 내보여도 소용이 없었다. 부락민들이 5·10선거 보이코트를 선동했던 주모자 한라산 입산 공비 김진배의 아내를 부락에서 추방하고, 그의 밭 한가운데를 모여들어 파헤쳐, 비오면 물차는 못을 만들면서까지 결백을 주장했으나, 군경의 오해는 막무가내였다.

밤에는 부락 출신 공비들이 나타나 입산하지 않는 자는 반동이라고 대창으로 찔러죽이고, 낮에는 함덕리의 순경들이 스리쿼터를 타고 와 도피자 검속을 하니, 결국 마을 남정들은 낮이나 밤이나 숨고 지낼 수밖에 없는 처지였다. 순경들이 도피라고 찾던 폐병쟁이 종철이형은 공비가 습격해 온 밤에 궤 뒤에 숨어 있다가 기침을 몹시 하는 바람에 발각되어 대창에 찔려 죽었고 헛간 명석 세워둔 틈에 숨어 있다가 역시 공비의 대창 맞고 죽은 완식이 아버지도 순경들이 찾던 도피자였다. 우리 종조부님도 사건 석 달 전에 부락 출신 공비의 대창에 찔려 돌아가셨다. 당시 1구 구장이던 종조부님은 밤중에 내려온 마을 출신 폭도들로부터 식량을 모아 달라는 요구에 고개를 흔들었던 것이다.

"그렇게는 못해여. 쌀을 모아도랜 허지 말앙 차라리 빼앗앙 가게. 자진해서 쌀 모아 주었다가 냉중에 경찰에서 알민 우린 어떵 되는가. 숭시가 나고말고. 그러니 제발 부탁햄시메 쌀을 모아도랜 말앙 억지로 빼앗앙 가게."

이렇게 협조 못하겠다는 말에 화가 난 폭도들은 그 자리에서 가슴팍에 대창을 내질렀던 것이었다. 같은 날 밤 용케 약탈을 면했던 철동이네 집은, 약탈당하지 않은 것으로 보아, 필시 공비와 내통함에 틀림없다는 엉뚱한 오해를

---

25) 부화뇌동 : 일정한 견식없이 남의 말에 찬성해 같이 행동함.

받아, 이튿날 경찰에게 화를 당했다.

나는 한밤중 밖에서 대창으로 창호지 창을 픽 찌르며 "모두 잠깨라. 우리가 왔다!" 하고 무섭게 속삭이던 목소리와 뒤미처 아버지의 겁먹은 얼굴 위에 쏟아지던 덴찌불을 생각하면 지금도 몸이 오싹해진다.

이렇게 안팎으로 혹독하게 부대낀 마을 남정들 중에는 아버지처럼 여러 달 전에 밤중에 통통배를 타고 일본으로 밀항해 버린 사람도 있고 육지 전라도 땅으로 피신하는 사람도 있었다. 어떤 집에서는 아무래도 불길한 예감이 들었던지 사내 아이들을 다른 마을로 보내기도 했다. 그것도 큰놈은 읍내 이모네 집에, 샛놈(가운데 아들)은 함덕 외삼촌한테, 막내놈은 또 어디에 하는 식으로 사방에 뿔뿔이 흩어놓았다. 그건 아마도 한군데 모여 있다가 몰살되어 씨멸족하면 종자 하나 추리지 못할까 봐 생각해 낸 궁리였으리라.

그러나 대부분의 남정네들은 마을에 그대로 눌러 있었는데, 이들은 폭도에 쫓기고 군경에 쫓겨 갈팡질팡하다가, 결국은 할 수 없이 한라산 아래의 목장으로 올라가 마른 냇가의 굴 속에 피난했다. 행방을 알 길 없는 남편 때문에 모진 고문을 당하던 순이삼촌도 따라 올라갔다. 이 섬은 워낙 화산지대라 곳곳에 동굴이 뚫려 있어서, 우리 부락처럼 폭도에도 쫓기고 군경에도 쫓긴 양민들이 몰래 숨어 있기 안성맞춤이었다.

솥도 져 나르고 이불도 가져갔다. 밥을 지을 때 연기가 나면 발각될까 봐 연기 안 나는 청미래덩굴로 불을 땠다. 청미래덩굴은 비에도 젖지 않아 땔감으로는 십상이었다. 잠은 밥짓고 난 잉경불 위에 굵은 나무때기를 얼기설기 얹어 침상처럼 만들고 그 위에서 잤다. 쌀은 아끼고 들판에 널려 까마귀밥이나 되고 있는 썩은 말고기를 주워다 먹었다. 겨울이 되어도 난리 때문에 미처 내리지 못한 소와 말이 목장에는 좀 남아 있었는데 그냥 놔두면 한라산 공비들의 양식이 된다고 토벌군이 총으로 쏘아 죽여, 쇠고기만 운반해 가고 말고기는 그대로 내버려두었던 것이다.

그러나 천장에서 물이 뚝뚝 떨어지는 혈거생활[26]은 고생이 말이 아니었다.

---

26) 혈거생활 : 인조 또는 자연의 동굴 속에 사는 생활.

이불이 점점 젖어들고 얼어죽는 사람이 생겼다. 삼 년 뒤 온 섬이 평정되어 할머니를 따라 목장에 고사리 꺾으러 갔다가 비를 만나 어느 동굴로 피해 들어갔을 때, 굴 속에 사람의 흰 뼈다귀와 흰 고무신을 보고 얼마나 놀랐는지 모른다.

하여튼 이렇게 남정네들이 마을을 비우자 군경측에서는 자연히 입산한 것으로 오해하게 되고 그러한 오해가 저 섣달 열여드레의 끔찍한 사건의 소지(素地)27)가 되었음은 말할 것도 없다. 그 사건은 마을 남정들이 그 냇가 동굴에서 혈거생활을 시작한 지 아흐레 만에 일어난 것이었다. 그런데 하필 그날 순이삼촌은 우리 할머니에게 맡겨두었던 오누이 자식을 데리러 내려와 있다가 그만 화를 당하고 만 것이었다.

문득 길수형의 열띤 목소리가 방 안을 울렸다.

"하여간에 이 사건은 그냥 넘어갈 수 없우다. 아명해도(아무래도) 밝혀 놔야 됩니다. 두번 다시 이런 일이 안 생기도록 경종을 울리는 뜻에서라도 꼭 밝혀두어야 합니다. 그 학살이 상부의 작전 명령이었는지 그 중대장의 독자적 행동이었는지 누구의 잘잘못인지 하여간 밝혀내야 합니다. 우린 그 중대장 이름도 모르는 형편 아니우꽈?"

이 말에 큰당숙어른이 고개를 절레절레 흔들었다.

"거 무신 쓸데없는 소리고! 이름은 알아 무싱거(무엇)허젠? 다 시국 탓이엔 생각하고 말지 공연시리 긁엉 부스럼 맹글 거 없져."

고모부도 맞장구쳤다.

"하여간 그 작자들이 아직 퍼렇게 살아 있는 동안은 아마 어려울 거여. 그것들이 우리가 그 문제를 들고 나오게 가만 놔둠직해여? 또 삼십 년 묵은 일이니 형법상 범죄 구성도 안 될 터이고."

그러나 길수형은 자기 주장을 꺾지 않았다.

"아니우다. 이대로 그냥 놔두민 이 사건은 영영 매장되고 말 거우다. 앞으로 일이십 년만 더 있어 봅서. 그땐 심판받을 당사자도 죽고 없고, 아버님이

---

27) 소지 : 요인이 되는 바탕.

나 당숙님같이 증언할 분도 돌아가시고 나민 다 허사가 아니우꽈? 마을 전설로는 남을지 몰라도."

길수형의 말에 갑자기 짜증이 났던지 고모부의 입에서 느닷없이 평안도 사투리가 튀어나왔다.

"기쎄, 조캐, 지나간 걸 개지구 자꾸 들춰내선 멀하간? 전쟁이란 다 기런 거이 아니가서?"

순간 오십줄 나이의 고모부 얼굴에서 삼십 년 전의 새파란 서북 청년의 모습을 힐끗 엿본 느낌이 들었다. 가슴이 섬찟했다. 야릇한 반발감이 뾰죽하게 일어났다.

내 아래 또래의 아이들에게 몰래 양과자를 주어 아버지나 형이 숨은 곳을 가리켜 달라고 꾀어내던 서청 출신의 순경들, 철모르는 아이들은 대밭에서, 마루 밑에서, 외양간 밑이나 조짚가리 밑을 판 굴에서 여러 번 제 아버지와 형을 가리켜냈다. 도피자 아들을 찾아내라고 여든 살 노인을 닦달하던 어떤 서청 순경은 대답 안 한다고 어린 손자를 총으로 위협해서 무릎꿇고 앉은 제 할아버지의 따귀를 때리도록 강요했다. 닭 잡아내라고 공포를 빵빵 쏘아대기도 했다. 그들은 또 여맹(女盟)이 뭣 하는지도 모르는 무식한 촌 처녀들을 붙잡아다가 공연히 여맹에 가입했다는 혐의를 뒤집어씌우고 발가벗겨 놓고 눈요기를 일삼았다. 순이삼촌도 그런 식으로 당했다. 지서에 붙들어다 놓고 남편의 행방을 대라는 닦달 끝에 옷을 벗겼다는 것이었다. 어이없게도 그건 간밤에 남편이 왔다 갔는지 알아본다는 핑계였는데, 남편이 왔다 갔으면 분명 그짓을 했을 것이고, 아직 거기엔 분명 그 흔적이 남아 있을 테니 들여다보자는 것이었다. 나는, 어느 날 마당에서 도리깨질하던 순이삼촌이 남편의 행방을 안 댄다고 빼앗긴 도리깨로 머리가 깨어지도록 얻어맞는 광경을 내 눈으로 직접 본 적이 있었다.

거기다가 이들은 밭에서 혼자 김매는 젊은 여자만 보면 무조건 냅다 덮친다는 소문이었으니 나이 찬 딸을 둔 집에서는 이래저래 여간 불안한 게 아니었다. 그러니 딸이 겁탈당하기를 기다리느니 미리 선수를 써서 서청 출신 군인에게 시집보낸 우리 할아버지의 처사는 백번 잘한 일이었다. 아직 스무 살 어린 나이에 별 분수를 모르던 고모부는 할아버지가 꾀로 얼르는 바람에 얼떨결에 결혼하고 만 것이었는데 고모는 고모부보다 두 살이 더 많았다.

하여간 그 당시 도피자 가족들 중에는 목숨을 부지해 보려는 방편으로 이런 정략 결혼이 성행했는데, 그것은 연대가 교체되어 육지로 떠남에 따라 거의 파경에 이르고 애비 없는 자식들만 서럽게 자라고 있었음은 물론이다. 그러나 우리 고모부는 역시 할아버지가 잘 보아 고른 사람이라 그랬는지 휴전과 더불어 처가를 다시 찾아 입도한 후 지금까지 삼십 년간 이 고장 사람이 되어 살아온 것이었다. 이러한 고모부가 방정맞게 갑자기 이북 사투리를 쓰다니. 고모부의 느닷없는 이북 사투리는 좌중의 다른 분들에게도 이런 것들을 일깨워 주었는지 잠시 침묵이 흘렀다.

벌써 메밥을 짓는지 부엌에서 마른 솔가지 태우는 매운 냄새가 마루를 건너 흘러 들어왔다. 고샅길28)로 지나다니는 사람들의 말소리가 두런두런 들려왔다. 아마 한 집 제사를 끝내고 다른 집으로 옮아가는 사람들이리라.

고모부는 다른 사람들 귀에 거슬리는 줄도 모르고 다시 이북 사투리로 말을 꺼냈다.

"도민들이 아직두 서청을 안 좋게 생각하구 있디만, 조캐네들 생각해 보라마. 서청이 와 부모형제를 니북에 놔둔 채 월남해 왔갔서? 하도 뻘갱이 등쌀에 못 니겨서 삼팔선을 넘은 거이야. 우린 뻘갱이라문 무조건 이를 갈았다. 서청의 존재 이유는 앳세 반공이 아니갔어. 우리레 무데기로 엘에스티(LST) 타구 입도한 건 남로당 천지인 이 섬에 반공전선을 구축하재는 목적이었다. 우리레 현지에서 입대해설라무니 순경두 되구 군인두 되었디. 기린디 말이야, 우리가 입대해 보니끼니 경찰이나 군대나 영 엉망이드랬어. 군기두 문란하구 남로당 뻘갱이들이 득실거리구 말이야. 전국적으로 안 그랜 향토부대가 없댔디만 특히 이 섬이 심하단 평판이 나 있드랬다. 이 섬 출신 젊은이를 주축으로 창설된 향토부대에 연대장 암살이 생기디 않나, 반란이 일어나 백여 명이

─────────────────────

28) 고샅길 : 촌락의 좁은 길.

한꺼번에 입산해설라무니 공비들과 합세해 버리디 않나……. 그 백여 명 빠져나간 공백을 우리 서청이 들어가 메꾸었다. 기래서 우린 첨버텀 섬사람에 대해서 아주 나쁜 선입견을 개지구 있댔어. 서청뿐만이가서? 야, 그땐 다 기랬어. 후에 교체해 개지구 들어온 다른 늑지향토부대두 매한가지래서. 사실 그때 늑지 사람 치구 이 섬 사람들을 도매금으로 몰아쳐 뻘갱이루다 보지 않는 사람이 없댔디. 4·3폭동이 일어나디, 5·10선거를 방해해설라무니 남한에서 유일하게 이 섬만 선거를 못 치렀디, 군대는 반란이 일어나디. 하이간 이런 북새통이었으니끼니……."

이때 큰아버지가 꿍 앓는 소릴 내며 고개를 돌려 외면해 버렸다. 눈썹이 발에 밟힌 송충이처럼 꿈틀거리는 것으로 보아 몹시 심기가 뒤틀린 모양이었다. 고모부도 그제서야 이북 사투리를 쓰고 있는 자신을 깨달았던지 흠칫 놀라며 말을 멈췄다. 큰당숙, 작은당숙어른도 못마땅한 표정으로 담배만 풀썩 풀썩 빨아댔다. 잠시 거북살스러운 침묵이 흘렀다. 그러나 언제나 반죽좋은[29] 고모부는 곧 섬사투리로 돌아와 다시 말을 꺼냈다.

"성님, 서청이 잘했다는 말이 절대 아니우다. 서청도 참말 욕먹을 건 먹어야 헙쥬. 그런디 이 섬 사람을 나쁘게 본 건 서청만이 아니랐우다. 육지 사람 치고 그 당시 그런 생각 안 가진 사람이 없어서마씸. 그렇지 않아도 육지 사람들이 이 섬 사람이랜 허민 앝이 보는 편견이 있는디다가 이런 오해가 생겨부러시니……내에 참."

"맞는 말이라, 그땐 왼 섬이 육지것들 독판이랐쥬." 하고 큰당숙어른이 혀를 찼다.

"그때 함덕 지서 주임이 본도 사람이 탔는디 부하들한티 명령없이 도피자를 총살 말랜 당부했는디도 그 육지것들이 자기 주임이 제주 사람이라고 앝이 보안 함부로 총질했쥬."

이 말에 작은당숙이 한손을 내저으며 이의를 달았다.

"박 주임이 참말 그런 말을 해서까 마씸? 아매도 죄없는 사람 죽인 책임을

---

29) 반죽좋은 : 언죽번죽하여 노염이나 부끄럼을 타는 일이 없는.

조금이라도 벗어보젠 변명허는 걸 기우다."

현모형도 한마디 거들었다.

"난 들으니까 박 주임 그 사람이 서청보다 되리어 더 악독하게 놀았댄 헙다."

고모부가 다시 말을 받았다.

"그것도 그럼직한 말이쥬. 그 당시 본도 출신 순경 중에는 자기네들이 서청헌티 빨갱이로 몰리카부댄 되리어 한술 더 떠서 과격한 행동으로 나간 사람들이 더러 있어시니까."

"아니라. 나도 잡혀가 취조받고 풀려 나온 인수 아방한티 들은 이야기쥬만, 박 주임은 잡아온 도피자를 여러 사람 몰래 놓아주었댄 해여. 악독한 것은 그 밑에 있는 육지것들이라."

사건 후에 이 년쯤 뒤에 박 주임은 한 번 부락에 왔다가 치도곤을 당한 일이 있었다. 마침 휴가중이라 군복 입고 있던 그 감나무집 청년은 "죽은 우리 아방, 우리 성을 살려내라, 이 사람백정놈아, 고리백정놈아!" 하고 부르짖으며 작대기를 휘둘렀던 것이다. 그 인구라는 청년은 현모형과 한날 한시에 입대한 해병대였다.

그 무렵 뒤늦게 초토작전을 반성하게 된 전투사령부는 선무공작을 펴서 한라산 밑 동굴에 숨은 도피자들을 상당수 귀순시켰는데 현모형도 그중에 끼어 있었던 것이다. 때마침 6 · 25가 터져 해병대 모병(募兵)이 있자 이 귀순자들은 너도나도 입대를 자원했다. 그야말로 빨갱이 누명을 벗을 수 있는 더없이 좋은 기회였다. 그래서 그들은 그대로 눌러 있다간 언제 개죽음당할지도 모르는 이 지긋지긋한 고향을 빠져 나갈 수 있었던 것이다. 그러니까 현모형은 인천상륙작전에 참가한 해병대 3기였다. '귀신잡는 해병'이라고 용맹을 떨쳤던 초창기 해병대는 이렇게 이 섬 출신 청년 3만 명을 주축으로 이룩된 것이었다. 그러나 그 용맹이란 과연 무엇일까? 그건 따지고 보면 결국 반대급부적인 행위30)가 아니었을까? 빨갱이란 누명을 뒤집어쓰고 몇 번씩이나 죽을

---

30) 반대급부적인 행위 : 빨갱이라는 누명을 벗고 싶어서 더욱더 용맹스럽게 전투를 벌이게 되었음을 말한다.

고비를 넘긴 그들인지라 한번 여봐라는 듯이 용맹을 떨쳐 누명을 벗어 보이고
싶었으리라. 아니, 그것만이 아니다. 어쩌면 거기엔 보복적인 감정이 짙게
깔려 있지 않았을까? 이북 사람에게 당한 것을 이북 사람에게 돌려준다는 식
으로 말이다. 섬 청년들이 6·25동란 때 보인 전사에 빛나는 그 용맹은, 한때
군경측에서 섬 주민이라면 무조건 좌익시하던 때려잡던 단세포적인 사고방식
이 얼마나 큰 오류를 저질렀나를 반증하는 것이 된다.

 이런 생각을 하자니 속에서 울화가 불끈 치밀어 올랐다. 기분 같아선 은연
중에 서청을 변호하는 고모부를 면박 주고 싶었지만 꾹 눌러 참았다. 그래도
내 말은 약간 서슬져서 나왔다.

 "고모부님, 고모분 당시 삼십만 도민 중에 진짜 빨갱이 얼마나 된다고 생각
햄수꽈?"

 "그것사 만 명쯤 되는 비무장공비 빼부리면 얼마 되여? 무장공비 한 3백
명쯤 되까?"

 이 말에 나도 모르게 발끈 성미가 났다.

 "도대체 비무장공비란 것이 뭐우꽈? 무장도 안 한 사람을 공비라고 할 수
이서마씀? 그 사람들은 중산간 부락 소각으로 갈 곳 잃어 한라산 밑 여기저
기 동굴에 숨어 살던 피난민이우다."

 나의 반박하는 말에 고모부는 의외라는 듯이 흠칫 나를 바라보았다.

 "그건 서울 조캐 말이 맞아. 나도 직접 내 눈으로 봤쥬. 목장지대서. 작전
중인디 아기 울음소리가 들리길래 덤불 속을 헤쳐 수색해 보난 동굴이 나왔는
디 그 속에 비무장공비 스무남은 명이 들어 있지 않애여."

 "비무장공비가 아니라 피난민이라마씀."

 나는 다시 한번 단호하게 고모부의 말을 수정했다.

 "맞아, 내가 말을 자꾸 실수해졈져. 그땐 산에 올라간 사람은 무조건 폭도
로 봤이니까. 하이간 굴 속에 있는 사람은 영 행색이 말이 아니라서. 굶언 피
골이 상접헌다가 한겨울에 젖은 미녕옷 한 벌로 몸을 가리고 떨고 있는디,
동상 걸려 발구락 모지라진 사람도 더러 있었쥬. 소위 비무장공비란 것이 이

모냥으로 동굴 속에서 비참한 꼴로 발견되니까 냉중엔 상부에서도 생각을 달리 쓰게 되어서. 구호물자를 준비한 갱생원 차려 놓고 선무공작을 썼쥬. 씨 파이브(C – 5) 연락기로 한라산 일대에 전단을 뿌련 투항을 권고하난 하루에도 수십 명씩 떼지어 귀순자들이 내려와서라."

"바로 그것입쥬. 선무공작은 왜 진작에 쓰지 못했느냐는 말이우다. 처음부터 선무공작을 했으면 인명피해가 그렇게 많이 나지 않았일 거라 마씸. 폭도도 무섭고 군경도 무서워서 산으로 피난간 양민들을 폭도로 간주했이니……."

"겔쎄 말이여. 대유격전이란 것이 본디 정치 7에 군사 3인데……. 이건 정치는 쥐뿔도 없고 무작정 군사행동만 했이니……. 창설 일 년도 못된 군대니 오죽할 것고……."

아, 떼죽음당한 마을이 어디 우리 마을뿐이던가. 이 섬 출신이거든 아무라도 붙잡고 물어 보라. 필시 그의 가족 중에 누구 한 사람이, 아니면 적어도 사촌까지 중에 누구 한 사람이 그 북새통에 죽었다고 말하리라. 군경 전사자 몇 백과 무장공비 몇 백을 빼고도 5만 명에 이르는 그 막대한 주검은 도대체 무엇인가? 대사를 치르려면 사기그릇 좀 깨지게 마련이라는 속담은 이 경우에도 적용되는가, 아니다. 어디 그게 사기그릇 좀 깨진 정도냐. 아, 멀리 육지에서 바다 건너와 그 자신 적잖은 희생을 치러가면서 폭동을 진압해 준 장본인들에게 오히려 원한을 품어야 하다니, 이 무슨 해괴한 인연인가.

그러나 누가 뭐래도 그건 명백한 죄악이었다. 그런데도 그 죄악은 30년 동안 여태 단 한 번도 고발되어 본 적이 없었다. 도대체가 그건 엄두도 안 나는 일이었다. 왜냐하면 당시의 군 지휘관이나 경찰간부가 아직도 권력 주변에 머문 채 아직 떨어져 나가지 않았으리라고 섬사람들은 믿고 있기 때문이었다. 섣불리 들고 나왔다간 빨갱이로 몰릴 것이 두려웠다. 고발할 용기는커녕 합동위령제 한번 떳떳이 지낼 뱃심조차 없었다. 하도 무섭게 당했던 그들인지라 지레 겁을 먹고 있는 것이었다. 그렇다. 그들이 원하는 것은 결코 고발이나 보복이 아니었다. 다만 합동위령제를 한번 떳떳하게 올리고 위령비를 세워 억울한 죽음들을 진혼하자는 것이었다. 그들은 가해자가 쉬쉬해서 30년 동안 각자의 어두운 가슴속에서만 갇힌 채 한 번도 떳떳하게 햇빛을 못 본 원혼들이 해코지[31]할까 봐 두려웠다.

섣달 열여드레 그날 해질녘이 다 되어서 군인들이 두 대의 스리쿼터에 분승해서 떠난 다음에도 마을 사람들은 그대로 운동장에 남아 있었다. 그들은 조회대 뒤 우익 가족이 있는 데로 몰려 살아남은 가족끼리 서로 붙안고서 마을에서 들려오는 타죽는 소울음보다 더 질긴 울음을 입에 물고 있었다. 내 입에서도 겁먹은 울음은 그치지 않았다. 땅거미가 내리기 시작한 운동장의 진창흙은 함부로 내달린 스리쿼터 바퀴자죽으로 여기저기 무섭게 패여 있고, 벗겨진 만월표 고무신짝들이 수없이 널려 있었다. 그 위로 불타는 마을의 불빛이 밀려와 땅거죽이 붉게 물들었다. 교실 창이 이내 벌개졌다. 그러나 마을 사람들은 하늘 가득히 붉은 노을처럼 번겨가는 불기운에 압도되어 더욱 서럽게 곡성을 올릴 뿐 누구 하나 울타리께로 가서 불타는 마을을 직접 내려다보려는 사람은 없었다.

날이 어두워짐에 따라 마을을 태우는 불빛은 어둠을 사르며 점점 사방으로 퍼져 나갔다. 이것이 일시적으로 확 붉었다가 꺼져 버리는 저녁놀이라면 얼마나 좋을까? 그러나 불빛은 오히려 어두워질수록 더욱더 큼직하게 군림하여 갔다. 낮에 드리운 구름떼는 불빛에 물들어 붉은 내장처럼 꿈틀거리고, 바다는 멀리 달려도섬까지 불빛이 벌겋게 번져나가 마치 들불이 타오르는 형국이었다. 운동장에 모인 사람들의 얼굴에도 더러운 피에 얼룩진 듯 불그림자가 너울거렸다. 마을 쪽에서는 집집마다 불붙은 고방의 쌀독들이 펑펑 터지는 소리가 계속 들려왔다.

할아버지 때문에 안절부절 못하던 큰아버지는 군인들이 마을에서 완전히 철수했다 싶자 변소 가는 척하고 몰래 학교를 빠져나갔다. 할아버지는 며칠 전 남의 집 소뿔에 찔린 허벅지 상처 때문에 기동 못하고 집에 남아 있었던 것이다. 큰아버지는 한참 후에야 맥없이 돌아왔는데 그의 축 늘어진 적삼 소

---

31) 해코지 : 남을 해치고자 하는 짓.

매에서는 연기 냄새가 지독하게 났다. 할머니가 먼저 울음을 터뜨리고 우리
도 따라 울었다. 할아버지는 짐작대로 총맞고 죽어 있었다. 그래도 다행스러
운 것은 시신에 화기가 미치지 않은 것이다. 할아버지는 아픈 몸을 이끌고 문
짝들을 떼어 텃밭으로 내던지고 난 다음 마지막으로 병풍을 들고 나오다가 감
나무 밑에서 총을 맞은 모양이었다.

그날 밤 사람들은 화기를 피해 모두 한 교실로 몰려 들어가 서로 붙안고 밤
을 지새웠는데, 밤중에 우리들은 두 번 호되게 놀랐다. 한번은 마을에서 대
밭이 타면서 마구 터지는 폭죽소리를 총소리로 잘못 알고 놀랐고, 또 한번은
죽은 줄만 알았던 순이삼촌이 살아 돌아와 밖에서 유리창을 두드렸을 때였다.
삼촌은 밤이 이슥해진 그때까지 시체 무더기 속에 파묻혀 까무라쳐 있었던 것
이다. 교실 안에 들어선 당신은 이상하게도 사람들에게 접근하려 들지 않았다.
길수형이 가서 소매를 잡고 끌어도 막무가내로 뿌리치고 저만치 홀로 떨어져
웅크리고 있었다. 다른 사람들처럼 울지도 않았다. 두 아이를 잃고도 울음이
나오지 않는 것은 공포로 완전히 오관이 봉쇄되어버린 때문이 아니었을까? 아
마 울음은 공포가 물러가는 며칠 후에야 둑이 터지듯 밀려나올 것이었다.

불은 이튿날 아침까지 탔다. 밤새 울음으로 탈진했던 사람들이 날이 새자
아연 활기를 띠었다. 해가 채 떠오르기도 전인데 우리들은 마을로 한꺼번에
몰려갔다. 갯바람에 밀려오는 자욱한 연기 때문에 맞바로 들어갈 수 없어서
멀찍이 우회해서 바닷가로 해서 마을로 들어갔다. 사람들의 눈은, 밤새 뜬 눈
으로 새우며 운데다 독한 연기를 쐬어서 토끼눈처럼 빨개 있었다. 아니, 살려
고 눈이 벌개 있었다는 표현이 더 옳으리라. 불타고 있는 집이 아직도 많아서
사람들은 불 꺼진 해변 쪽에 하얗게 몰렸다. 네 집, 내 집이 따로 없었다. 불
타 버린 집터 아무데나 들어가 타다 남은 좁쌀, 고구마를 퍼담았다. 고구마
중에도 탄 숯같이 되어 버린 것도 있었지만 먹기 좋게 익은 것도 있어서 사람
들은 그것으로 전날 점심과 저녁을 거른 고픈 배를 달랬다. 타죽은 소, 돼지
도 각을 내어 나누어 가졌다.

이렇게 사람마다 등짐 하나씩 만들어 지고 함덕으로 소개하였다. 밤새 울

음으로 탈진했던 사람들이 어디서 그런 기운이 났을까? 모두가 보통 때 두
배나 되는 짐을 지어 날랐다. 순이삼촌은 먹서리[32] 하나를 지고도 부족했던
지 몸빼 가랑이에다 탄 좁쌀을 채워 넣어가지고 함덕까지 시오 리 길을 걸어
갔던 것이었다. 수용소 시설도 없이 그냥 함덕에 내팽겨쳐진 우리 부락 사람
들은 우선 잠잘 곳이 문제였다. 용케 빈 방이나 온 가족이 다 떠나 버린 도피
자 집이 얻어걸린 경우는 다행이었지만, 그렇지 못한 식구들은 말방앗간이나
남의 집 헛간, 외양간을 빌어 써야만 했다. 하기는 빈 방을 구한 사람도 이불
없기는 매한가지라 방에다 보릿짚을 잔뜩 넣고 살았으니 헛간이나 외양간과
별로 다를 게 없었다.

　도피자 가족들은 함덕국민학교에 수용되어 취조를 받고 닷새 만에 풀려나
왔는데 순이삼촌도 그중에 끼어 있었다. 그 닷새 동안 할머니 심부름으로 길
수형과 내가 번갈아가며 차좁쌀 주먹밥을 매일 한 덩어리씩 차입[33]해 주었다.
마지막날엔 내가 주먹밥을 가지고 가다가 도중에 풀려 나오는 순이삼촌을 만
났는데 그 몰골은 차마 끔찍한 것이었다. 비녀가 빠져 나가 쪽이 풀리고 진흙
으로 뒤발[34]한 검정 몸빼에다 발은 맨발이었는데, 길가 돌담을 짚고 간신히
발짝을 떼며 허위허위 걸어오고 있었다.

　삼촌은 서울 우리 집에 있을 적에 궂은 날이면 허리뼈가 쑤셔 뜨거운 장판
에 지져대곤 했는데, 생각하면 그게 다 그때 얻은 골병임에 틀림없었다.

　함덕으로 온 지 두 달도 못 되어 양식이 떨어진 피난민들은 들나물과 갯가
의 파래나 톳을 삶아 멸치젓 국물에 찍어 먹으면서 간신히 두 달을 버텼는데
그제서야 소개령이 해제되어 향리로 돌아갈 수 있었다.

　부락민들이 마을에 돌아와서 맨 먼저 한 일은 시체를 처리하는 일이었다.
일주도로변 순이삼촌네 밭을 비롯한 네 개의 옴팡밭에 즐비하게 널려진 시체
를 제각기 찾아다가 토롱[35]을 만들어 가매장했다. 석 달 가까이 방치되었던

---

32) 먹서리 : 짚으로 날을 촘촘히 속으로 넣고 만든 그릇.
33) 차입 : 유치·구류된 사람에게 옷·음식·돈 따위를 들여 보냄.
34) 뒤발 : 온몸에 뒤집어써서 바르다.
35) 토롱 : 흙을 모아 쌓아서 만든 약식의 무덤.

시체들이라 까마귀밥이 되고 풍우에 썩어 흐물흐물 문드러져 탈골되었으니, 누구의 시체인지 알아내기가 쉽지 않았다. 겨우 옷가지를 보고 구별했는데 동(東)동네 누구는 제 아버지 시신을 찾아놓고 지고 갈 지게를 가지러 간 사이에 다른 사람이 잘못 알고 가져가 버린 일도 있었다. 애 어머니들은 대개 제 자식의 몸 위에 엎어져 죽어 있었는데 그건 죽는 순간에도 몸으로 총알을 막아 자식을 보호해 보려는 처절한 몸짓이었다.

그럭저럭 시체를 가매장하고 나서 밭에 나가 보리를 거둬 들였는데, 거둬 들일 시기를 놓친 뒤라 대궁이 썩은 보리들이 온 밭에 늘비하게 쓰러져 몽창몽창 썩고 있었다. 썩어 가는 보리이삭들은 퍼렇게 싹이 트고 들쥐들이 마구 설쳐댔다. 게다가 난리 때문에 한 번도 김을 못 매어 범이 새끼치게 잡초가 무성했으니 그해 보리농사란 게 한 짐에 먹서리로 하나가 고작이었다.

그 다음에 급히 서둘러 한 일은 움막 짓는 일이었다. 들에서 소나무와 억새를 베어다가 하루이틀 새에 움막을 세웠다. 칡덩굴로 서까래를 얽어매고 지붕도 벽도 억새를 엮어 둘러쳤다. 게다가 이불과 요를 태워먹고 없어 보릿짚을 잔뜩 움막 속에 처넣었으니 그건 영락없이 돼지 우리였다. 집 말고도 돼지와 똑같은 게 하나 더 있었는데 그건 똥이었다. 양식이 모자라 돼지사료로 쓰는 밀기울로 범벅해 먹고 파래밥, 톳밥을 해먹었으니 돼지똥과 사람똥이 구별될 리가 없었다.

밀기울 밥도 양껏 먹어본 적이 없었다. 작은 놋쇠 양푼 하나에 밥을 퍼놓고 네 식구가 둘러앉으면 밥 위에다 숟갈로 금을 그어 제 몫을 표시해 놓고 먹었다. 달려도섬 건너편 갈치밭에 배를 띄우면 그래도 국거리로 살찐 갈치가 꽤 잡힐 텐데, 곧 시작된 성 쌓는 일 때문에 주낙질[36]은 물론 잠녀의 물질도 일체 허락되지 않았다.

부락민들은 순경들의 감독을 받으며 아침부터 저녁까지 한눈 팔 새 없이 허기진 배를 안고 성을 쌓지 않으면 안 되었다. 말하자면 전략촌 건설이었다. 불탄 집터의 울담도 허물고 밭담도 허물어다가 성을 쌓았다. 그것도 모자라

---

36) 주낙질 : 낚싯줄에 여러 개의 낚시를 달아 고기를 잡는 행위.

묘지를 두른 산담까지 허물어다 날랐다. 순이삼촌도 임신한 몸으로 돌을 져 날랐다.

남정들이 출정해 버린 부락에 남은 건 노인과 아녀자들뿐이라 그 역사는 거의 두 달 가까이나 걸렸다. 전략촌을 두 바퀴 두르는 겹성이었다. 두 성 사이에는 실거리나무, 엄나무 따위 가시 많은 나무를 베어다 넣었다. 길수형과 나같은 어린 애도 동원된 그 일은 참으로 고되었다. 우선 배가 고파 견딜 수 없었다. 허기진 뱃심으로 돌덩이를 들다가 힘에 부쳐 놓치는 바람에 발등을 찍히는 사람들도 많았다. 겨우 성이 완성되자 낮이나마 주낙질과 물질이 허락되었다. 밤이 되면 성문이 닫혀 사람들은 일체 성밖 출입이 금지되고 순번제로 초소막 지키러 나가지 않으면 안 되었다.

국민학교 3, 4학년에서 일 년째 쉬고 있던 나와 길수형도 대창을 하나씩 들고 막을 지키러 나가곤 했다. 순이삼촌도 만삭의 몸인데도 우리 초소에 대창을 들고 막 지키러 나왔다. 사건날의 그 무서운 공포를 겪었는데도 아기는 떨어지지 않고 살아 있었던 것이다. 사건날 오누이를 한꺼번에 잃은 삼촌에게는 뱃속의 아기가 유일한 씨앗이었다.

어려운 시절에 아기를 가진 삼촌은 먹을 것을 구하느라고 그야말로 눈이 벌개 있었다. 만삭의 몸이라 물질은 못하고 하루 종일 땡볕에 갯가를 기어다니며 굴, 성게를 까먹고, 게, 보말(갯우렁이)따위를 잡았다. 밤에 초소막에 나올 때는 보말 삶은 것 한 채롱[37] 가득 삶아가지고 와서는 우리에게 먹어 보라는 말 한마디 없이 밤새도록 혼자서 걸귀처럼 까먹어대곤 했다. 여자가 아기를 배면 사정없이 먹어댄다는 걸 몰랐던 나는 순이삼촌이 걸신들려 실성하지 않았나 생각할 지경이었다.

이런 전략촌 생활은 거의 일 년 넘게 계속되었지만 그동안 한 번도 공비의 습격을 당한 적이 없었다. 한번은 밤중에 성문께에서 무언가 부스럭거리는 소리가 나서 모두 혼비백산한 적이 있었지만, 그건 나중에 알고 보니 낮에 들에서 놓친 누구 집 소가 밤에 제 발로 성까지 걸어와서 부스럭거리고 있었던

[37] 채롱 : 껍질 벗긴 싸릿개비로 함처럼 만든 채그릇.

것이었다. 결국 해안지방의 축성은 과잉조처라는 게 판명된 셈이었다. 이미 몇십 명으로 전력이 크게 줄어든 입산 폭도들은 해안지방을 약탈할 능력이 전혀 없었다.

부락민들은 일 년이 넘도록 한 번도 써먹어 본 일이 없는 무용지물의 성을 다시 허물고 제각기 제 집터로 돌아갔다. 성을 허문 돌을 날라다가 다시 울담과 벽을 쌓고 새로 집을 지었다. 집이라고 해야 방 하나에 부엌 딸린 두 칸짜리 함바집[38]이었다. 못이 없어서 대신 굵은 철사를 잘라 썼으니 오죽한 집이었을까? 순이삼촌도 우리 큰집에서 몸을 풀고 큰아버지의 도움을 받아 불탄 집터에다 조그만 오두막집을 지어 올렸다. 그러나 일가족이 전부 몰살되어 집을 세우지 못한 채 그대로 방치된 집터도 더러 있었다.

그 무렵 내 또래 아이들은 사람 죽은 일주도로변의 옴팡밭에서 탄피를 주워다 화약총을 만들기가 유행이었다. 아이들은 이제 옴팡밭의 비극을 까맣게 잊고 사람 죽인 탄피를 주워 모았다. 그렇다. 무럭무럭 자라는 데 도움 안 되는 것은 무엇이든 편리하게 잊어버리는 게 아이들의 특성이 아닌가. 그러나 어른들은 도무지 잊을 수 없었다. 아이들이 장난으로 팡팡 쏘아대는 화약 총소리에도 매번 가슴이 철렁 내려앉는 그들이었다. 어떤 아이는 어디서 났는지 불에 타서 엿가락처럼 휘어진 총신만 남은 구구식 총을 끌고 다니다가 제 아버지한테 얻어맞고 빼앗겼는데, 총의 그 푸르딩딩한 탄 쇠빛은 꼭 죽은 피빛깔을 연상시켜 주었다.

그러나 그 누구도 순이삼촌만큼 후유증이 깊은 사람은 없었으리라. 순이삼촌네 그 옴팡진 돌짝밭에는 끝까지 찾아가지 않는 시체가 둘 있었는데 큰아버지의 손을 빌어 치운 다음에야 고구마를 갈았다. 그해 고구마농사는 풍작이었다. 송장 거름을 먹은 고구마는 목침 덩어리만큼 큼직큼직했다.

더운 여름날 당신은 그 고구마밭에 아기구덕을 지고 가 김을 매었다. 옴팡진 밭이라 바람이 넘나들지 않았다. 고구마 잎줄기는 후줄근하게 늘어진 채 꼼짝도 하지 않았다. 바람 한 점 없는 대낮, 사위[39]는 언제나 조용했다. 두

---

38) 함바집 : 공사판 같은 곳에서 임시로 쓰기 위해 지은 일종의 가건물.

오누이가 묻힌 봉분의 뗏장이 더위먹어 독한 풀냄새를 내뿜었다. 돌담 그늘에는 구덕에 아기가 자고 있었다. 당신은 아기구덕에 까마귀가 날아들까 봐 힐끗힐끗 눈을 주면서 김을 매었다. 이랑을 타고 아기구덕에서 아득히 멀어졌다가 다시 이랑을 타고 돌아오곤 했다. 호미 끝에 때때로 흰 잔뼈가 튕겨나오고 녹슨 납탄환이 부딪쳤다. 조용한 대낮일수록 콩볶는 듯한 총소리의 환청은 자주 일어났다. 눈에 띄는 대로 주워냈건만 잔뼈와 납 탄환은 삼십 년 동안 끊임없이 출토되었다. 그것들을 밭담 밖의 자갈더미 속에다 묻었다.

그 옴팡밭에 붙박힌 인고(忍苦)의 삼십 년, 삼십 년이라면 그럭저럭 잊고 지낼 만한 세월이건만 순이삼촌은 그렇지를 못했다. 흰 뼈와 총알이 출토되는 그 옴팡밭에 발이 묶여 도무지 벗어날 수가 없었다. 당신이 딸네 모르게 서울 우리 집에 올라온 것도 당신을 붙잡고 놓지 않는 그 옴팡밭을 팽개쳐 보려는 마지막 안간힘이 아니었을까?

그러나 오누이가 묻혀 있는 그 옴팡밭은 당신의 숙명이었다. 깊은 소(沼) 물귀신에게 채여가듯 당신은 머리끄덩이를 잡혀 다시 그 밭으로 끌리어 갔다. 그렇다. 그 죽음은 한 달 전의 죽음이 아니라 이미 30년 전의 해묵은 죽음이었다. 당신은 그때 이미 죽은 사람이었다. 다만 30년 전 그 옴팡밭에서 구구식 총구에서 나간 총알이 30년의 우여곡절한 유예(猶豫)[40]를 보내고 오늘에야 당신의 가슴 한복판을 꿰뚫었을 뿐이었다.

이렇게 생각을 마무리짓고 나자 나는 문득 담배를 피우고 싶은 충동이 조바심치듯 일어났다. 좌중은 어느 틈에 나만 빼놓고 농사 얘기로 동아리져 있었다.

"올해는 제발 작년모냥 감저(고구마) 시세가 폭락하지 말았으면 좋을로고…… 빌어먹을, 그눔의 가을 장마는 뚱금없이 터져 가지고는 썰어 말리던 감저에 곰팽이 피어부렀이니……"

나는 밖으로 나와 마당귀에 있는 조짚가리에 등을 기대고 담배를 피워 물

<hr>

39) 사위 : 사방의 둘레.
40) 유예 : 망설여 결행하지 않음.

었다. 마당에 얇게 깔린 싸락눈이 바람에 이리저리 쏠리고 있었다. 음력 열
여드레 달은 구름 속에 가려 있었지만 주위는 희끄무레 밝았다. 고샅길로 지
나가는 사람들의 기척이 들려왔다. 아마 두어 집째 제사를 끝내고 마지막 집
으로 옮아가는 사람들이리라.

현기영 (1941~   )

제주에서 출생했다. 1975년 동아일보 신춘문예에 단편 「아버지」가 당선되어 문단에 등단하였다. 그의 작품세계는 데뷔 이후 줄곧 자신의 고향 제주도의 아픔(1948년 4·3사건을 전후한 닫힌 공간 안에서의 아픔)을 문학의 주제로 삼아왔다고 할 수 있다. 이런 고난을 어린 나이에 체험한 작가는 제주도라는 공간과 또 그럴 수밖에 없었던 이데올로기와의 갈등이 그 의식 속에 계속적으로 흘러내렸다. 그러면서 그 사건을 객관적으로 바라보고 검토하고 의문을 품고 남북분단을 떠올리고 제주도의 운명을 증오하는 것에 시간을 할애했다. 주요 작품으로 「순이삼촌」「초혼굿」「꽃샘바람」「아우에게」「어떤 철야」 등이 있으며, 장편으로는 『변방에 우짖는 새』 등이 있다

작품해설

「순이삼촌」은 「도령마루의 까마귀」「길」과 함께 제주도 역사상 최대의 비극이었던 4·3사건을 소재로 한 것으로 주인공이 삼십여 년 전의 그 사건으로 입은 깊은 정신적 외상으로 시달리다가 끝내 스스로의 죽음으로 내몰려가는 비극적 상황이 묘사되어 있다.

읽고 나서

> (1) 순이삼촌이 파출소를 피해 다니는 기피증이 생기게 된 직접적인 계기는 무엇인가?
> — 1949년에 있었던 마을 소각 때 깊은 정신적 상처를 입어 경찰이나 순경을 보면 질겁하고 지레 피하게 되었다.
> (2) 4·3사태라 불리기도 하는 4·3항쟁은 어떠한 사건인가?
> — 3·15 부정선거를 반대하여 1948년 제주도에서 일어났던 좌익세력을 포함한 제주도민의 무장봉기

산 란(山蘭)

김 성 동

종이 울렸다. 산사의 뜨락에는 일제히 가사(袈裟)빛 놀이 깔렸다. 길게 끌며 파문지는 종소리의 여운에 따라 엷은 무늬를 이루며 놀이 흔들렸다. 법당 위 산죽(山竹) 숲으로부터 새 한 마리가 날아올랐다. 그 새는 법당 지붕 위를 몇 바퀴 빙빙 돌더니 빠르게 지붕을 넘어 법당 앞의 헌식대(獻食臺)[1] 위에 앉았다.

종채를 놓은 동승이 불단 앞으로 다가가 목어(木魚)를 들었다. 다르르륵, 다르르륵, 두 번 채를 고르고 난 동승은 천천히 목어를 내렸다. 시나브로 가늘어지는 목어소리에 따라 불단 앞 정중앙 어간에 서 있는 노승과 노승 옆에 저만큼 떨어져 서 있는 여인의 허리가 깊숙이 숙여졌다. 다르르륵, 다시 한번 채를 고른 다음 동승은 길게 청을 뽑았다.

지이시이이임귀며어엉례(至心歸命禮) 삼계에도사사생자부우(三界導師四生慈夫) 시아본사아아서어어가아모니이이불(是我本師釋迦牟尼佛)……

제 머리통만한 목어를 두드리며 뽑아대는 동승의 염불은 제법 구성지게 가락이 잡히고 목소리 또한 여간 낭랑한 게 아니어서 절밥을 오래 먹은 올깨끼

---

1) 헌식대 : 영혼의 천도식을 마치고 마지막으로 문 밖에서 잡귀에게 음식을 베풀어 주며
  경문을 읽는 곳.

로 보였다.

천천히 목어를 내린 동승이 신중단을 향해 몸을 돌렸다. 부릅뜬 고리눈으로 부월(斧鉞)과 모검(矛劍)을 치켜들고 있는 화엄신장들을 향하여 동승과 여인의 허리가 깊숙이 숙여졌는데, 노승은 부동의 자세였다.

……관자재보살 행 심반야바라밀다시 조견 오온개공도 일체고액 사리자 색불이공 공불이색 색즉시공 공즉시색(觀自在菩薩 行 深般若波蘿蜜多時 照見 五蘊皆空度 一切苦厄 舍利子 色不異空 空不異色 色卽是空 空卽是色)……

일정한 간격을 두고 절도 있게 두드리는 동승의 목어소리에 맞춰 반야심경이 독송되었다. 분문(糞門)으로부터 밀어올리는 듯 우렁차고 장중한 노승의 염불소리에 용마루가 쩡쩡 울렸다. 입을 벌릴 때마다 관골에 굵은 힘줄이 돋는 노승의 등뼈는 꼿꼿했고 큰 키에 체격이 장대해서 망팔(望八)의 노비구(老比丘)라기보다는 천군을 질타하는 장수의 풍모였다. 청아하고 구성져서 차라리 안쓰러운 느낌이 드는 동승의 염불소리는 노승의 노도 같은 염불소리에 묻혀 들리지 않았고 여인은 아직 이백육십 자 반야심경을 못 외우는 듯 가만히 합장만 하고 있었다.

노승이 불단 위의 본존을 향해 반배한 다음 어간문을 나갔다. 동승은 본존 앞의 무인등(無人燈)에 불을 붙이고 여인은 각단(各壇)에 켜져 있는 촛불을 껐다.

헌식대 위에 앉아 있던 새가 허공으로 솟구쳐 올랐다. 그 새는 허공으로 힘차게 솟구쳐 올랐다가는 떨어지고 다시 또 솟구쳐 올랐다가는 떨어지기를 되풀이하며 토막토막 끊어지는 단음을 토해 냈는데, 영락없는 목어소리였다. 그 소리는 딱 딱 딱 딱……조금씩 조금씩 빨라지기 시작해서 딱딱딱딱……이윽고 숨 넘어가는 소리로 빠르게 내려지고 있었다.

"대방광불화엄경(大方廣佛華嚴經)"

신음처럼 중얼거리며 허공으로 치켜올랐던 고개를 내리는 노승의 눈에 저만큼 마당을 가로질러 다가오는 청년이 보였다. 그 청년은 빠른 걸음으로 헌식대 옆의 석계를 올라왔다. 협문으로 법당을 나오던 여인의 눈이 크게 벌어지면서 손에 들고 있던 염주가 가늘게 흔들렸다. 청년이 여인의 앞으로 다가갔다. 여인은 문득 노승 쪽으로 고개를 비틀며 뭔가를 호소하는 표정이 되었다. 노승이 늙은이답지 않게 정한 눈빛으로 청년을 바라보았다.

"시주는 뉘시오?"

청년이 눈을 가늘게 해가지고 노승의 시선을 받았다. 그는 양쪽 허리가 타진 신사복에 넥타이를 매고 끝이 뾰족한 구두를 신고 있었는데 세련된 대처의 멋쟁이로 보였다. 청년은 잠깐 여인에게 일별을 던진 다음,

"누님 되십니다."

하고 말했다. 노승이 고개를 끄덕였다. 청년은 희고 길쭉한 손가락으로 귀를 덮은 장발을 쓸어올리며 여인에게로 한 발 더 다가섰다.

"누님, 누님 찾느라고 한 달을 헤맸어요. 소식 한 장 없이 그럴 수 있습니까? 아이들 생각도 좀 하셔야죠."

노승이 여인을 바라보았다.

"젊은 시주가 보사(保寺)님의 아우 되시오?"

"……네."

여인의 고개를 숙이며 조그맣게 대답했다. 노승이 고개를 끄덕였다.

"관세음보살. 무단히 출분(出奔)을 하셨다 그 말이오. 산승의 눈이 어두웠소이다."

여인의 고개가 더욱 밑으로 숙여지며 목덜미가 붉게 물들었는데 모두의 얼굴이 놀에 비껴 붉었으므로 특별히 표가 나지는 않았다.

노승의 오른손 엄지에 밀려 느릿느릿 뒤로 제껴지고 있던 단주(短珠)가 갑자기 딱 소리와 함께 멎었다.

"이놈, 능선아!"

"네엣."

여인의 뒤에 서서 청년의 얼굴이며 옷차림을 바라보느라 정신을 놓고 있던 동승이 화들짝 놀라며 노승의 앞으로 달려갔다.

"고이헌 놈이로고."

엄하게 꾸짖는 목소리와는 달리 노승의 눈가에는 파뿌리 같은 잔주름이 모아지고 있었다.

"네……스님."

노승은 다시 느릿느릿 단주를 굴렸다.

"객이 오셨을 땐 어찌해야 되는고?"

동승의 두 손이 가슴께로 올려지면서 손바닥이 합쳐졌다.

"네, 우선 공양을 올리고……."

"그리고?"

"처소로 모셔야 하옵니다."

"연인즉슨……."

동승이 청년에게로 뛰어갔다. 여인은 여전히 고개를 숙인 채였는데 청년은 속삭이듯 낮은 목소리로 뭔가를 열심히 말하고 있었다.

"처사님, 저녁 공양 드셔야지요?"

청년이 손을 내저었다.

"아, 상관없다. 먹고 왔어."

동승이 뒤를 돌아보니 노승은 어느새 염화실로 가는 석계를 오르고 있었다. 걸어가면서 노승이 말했다.

"손님께 다(茶)공양을 올리도록 해라."

동승은 멀어져 가는 노승의 등을 향해 허리를 숙였다.

"네."

객실 쪽으로 겅중겅중 뛰어가는 동승의 옆구리에서 조갑지만한 쪽빛[2] 염낭이 간들간들 흔들렸다.

"늙은 중놈 눈빛 한번 고약하군."

동승의 뒤를 따라가며 청년이 중얼거렸다.

"미스터 박!"

---

2) 쪽빛 : 남색.

여인이 걸음을 멈추면서 낮게 소리쳤다. 청년은 빙글거리며 여인의 팔을 잡았다.

"오여사두 중 다 됐수."

객실의 문을 열어 주고 돌아서는 동승의 눈과 여인의 눈이 잠깐 마주쳤다. 여인이 무슨 말을 하려는 듯 입술을 달싹였는데 동승은 고개를 외로 꼬면서 팽그르르 한 바퀴 몸을 돌리더니 공양간 쪽으로 빠르게 뛰어갔다.

동승은 '三界唯心'이라고 쓰인 예서체 현판이 걸려 있는 방으로 들어갔다. 그 방에는 몇 점의 여자 옷가지와 아이용 승복이 벽에 걸려 있고 뒤창문 쪽으로는 낡고 때절은 조그만 서안(書案)이 놓여 있었다. 서안 위에는 웅혼한[3] 필체의 초발심자경문(初發心自驚文) 필사본[4]이 산죽 뿌리로 만든 서산대가 끼워진 채로 펼쳐져 있었다.

동승은 잠깐 벽에 걸려 있는 눈부시게 흰 원피스를 바라보다가 협실의 문을 밀었다. 유실과도 같이 이상한 향내음과 침중한 분위기가 감도는 그 방에는 주석 촛대며 향로, 다관, 다기, 옻칠이 벗겨져 희뜩거리는 목발우(木鉢盂), 크고 작은 여러 개의 항아리, 그리고 갖가지의 기명(器皿)이며 제구들이 가지런히 정돈되어 있었다. "……사바하." 동승은 입술을 오물거려 무슨 진언 같은 것을 외면서 얼른 다관과 다기를 목예반에 챙겨들고 작설(雀舌) 한 줌을 다기에 담은 다음 그 방을 나왔다.

수각은 공양간 뒤란에 있었다. 물에 비친 동승의 갸름한 얼굴은 투명하게 맑고 준수해서 언뜻 미모의 계집아이로 보일 만큼 어여뻤다. 수각 앞에 쪼그리고 앉아 물 속의 제 얼굴을 들여다보던 동승은 문득 입술을 홈통처럼 오므리더니 훅 하고 바람을 내뿜었다. 어여쁜 얼굴이 가늘게 경련하면서 이내 보기 흉하게 일그러졌다. 동승은 손으로 물을 휘저어 얼굴을 지웠다. 가까운 곳에서 부스럭거리는 소리가 났다. 조그만 산새 한 마리가 수각에 물을 떨어뜨려 주는 대나무 홈통 위에 앉아 물을 찍어먹고 있었다. 동승은 홈통 밑에

---

3) 웅혼한 : 시문 등이 웅대하여 막힘이 없음.
4) 필사본 : 베껴 쓴 글.

다관을 받쳤다. 산새가 포르르 날아오르더니 저만큼 떨어진 돌담 위에 앉아 이쪽을 바라보았다. 동승은 다관의 절반쯤 물을 받고 다기를 깨끗이 씻어가 지고 공양간으로 들어갔다.

서말들이 흑철솥에서는 뽀얀 김이 솟아오르고 있었다. 동승은 예반을 부뚜 막에 내려놓고 저고리 고름을 다시 맨 다음 합장을 했다. 벽에는 연기에 그을 리고 빛이 바래어서 주사의 흔적이 얼마 남지 않은 조왕대신(竈王大神)의 화 상이 걸려 있었다. 동승은 거기에 대고 허리를 굽힌 다음 부지깽이를 들고 아 궁이 앞에 쪼그리고 앉았다. 아궁이의 재를 헤치자 빨간 숯불이 나왔다. 동 승은 아궁이 앞으로 숯불을 끌어낸 다음 작설을 넣은 다관을 올려놓았다.

"부초심지인은 수원이악우하고 친근현선하야 수오계십계등(夫初心之人 誰遠離惡友 親近賢善 受五戒十戒)……."

부지깽이로 장단을 맞추면서 원효스님의 초심(初心)을 염불식으로 중얼거 리던 동승은 갑자기 부지깽이를 집어던졌다. 그리고 두 무릎을 오므려 가슴 에 붙이더니 두 손으로 무릎을 끌어안고 무릎 위에 턱을 올려놓았다. 물끄러 미 숯불을 바라보는 동승의 눈에 뿌연 안개가 서렸다.

"……."

"어인 수선인고?"

염화실에서 면벽좌선중이던 노승이 결가부좌를 튼 채로 고개만 돌렸다.

"저……."

아이는 입술을 비쭉이며 왼손을 내밀었다. 검지손가락을 칭칭 동여맨 잿빛 헝겊 위로 새빨간 선혈이 임리(淋漓)[5]하였다. 노승이 가부좌를 풀더니 아이 의 앞으로 다가와 쪼그리고 앉았다.

"목어도 십 년을 때려야 제 소리가 나는 법, 일호차착(一毫差錯)이 천지현 격(天地懸隔)이라 일렀거늘……. 하찮은 낯질에도 도(道)가 있다 안 하던고."

"그게 아니어요."

"아니면."

---

5) 임리 : 피, 땀, 물 따위가 흘러 떨어지는 모양.

아이는 아랫입술을 꼭 깨물었다.

"이제 풀베기 안 하겠어요."

노승이 깊은 눈길로 아이를 바라보았다.

"일일부작(一日不作)이면 일일불식(一日不食)이어늘, 일하지 않고 먹겠다 하느뇨?"

아이는 세차게 고개를 흔들었다.

"손가락이 아파요. 풀들은……얼마나 아프겠어요?"

노승의 흰 눈썹이 꿈틀하더니 눈이 크게 벌어졌다.

"호오, 선근(善根)이로다."

아이가 눈을 깜박였다.

"스님, 풀베기 안 해도 되어요?"

노승이 무릎을 치며 벌떡 일어났다.

"법기(法器)로다. 노랍(老衲)이 드디어 사자새끼를 얻었구나."

노승은 아이를 데리고 염화실 옆에 붙은 협실로 들어갔다.

"능선아."

"네."

"보고 싶은 사람이 있으렷다."

"네."

아이는 크게 고개를 끄덕였다. 노승은 뚫어져라 아이의 눈을 들여다보았다.

"시재(時在)에 제일로 그리운 사람이 누구인고?"

아이의 입술이 비틀리며 초롱초롱 빛나던 눈에 물기가 돌았다.

"……옴마."

노승이 고개를 끄덕였다.

"그러하리라."

노승은 벌떡 일어나 방을 나갔다. 잠시 후 노승은 큼지막한 목자배기를 들고 오더니 목침 한 개 없이 소조(蕭條)한[6] 백방(百房) 한구석에 놓았다.

---

6) 소조한 : 분위기가 매우 쓸쓸한.

"기다리거라."

아이는 입술을 빨며 고개를 끄덕였다. 방을 나간 노승은 협문을 잠갔다. 그리고 협실의 앞문을 닫아 걸고 철창을 질렀다.

"스님, 스님……."

방 안에 갇힌 아이가 울음을 터뜨렸다.

"능선아!"

노승이 소리쳐 아이를 불렀다.

"이잉."

"잘 보아라."

"……?"

노승은 염낭 속에서 소침(小針) 한 개를 꺼내더니 문에 대고 질렀다.

"보이느뇨?"

아이는 문에 붙어 있었으므로 창호지를 뚫고 들어오는 바늘을 보았다.

"이잉."

노승은 바늘을 뽑았다.

"그 구멍에 눈을 대어라."

아이는 바늘 구멍에 한쪽 눈을 붙였다. 노승이 소리쳤다.

"보이느뇨?"

아이의 눈에는 아무것도 보이지 않는다.

"안 보여잉. 아무것도 안 보여잉."

"그러렷다. 허나, 보일 것이야."

"뭐가잉?"

"능선아."

"이잉."

"제일로 그리운 사람이 누구라 하였던고?"

아이는 주먹으로 눈께를 문질렀다.

"옴마."

노승이 고개를 끄덕였다.

"어미라 하였것다."

"이잉."

"어미가 올 것이야."

아이의 눈이 반짝 빛났다.

"이잉?"

"어미는 소를 타고 올 것이야."

"소?"

"그러하니라. 누런 황소이니라. 어미는 그 누런 황소를 타고 올 것인즉……."

노승은 잠깐 말을 끊었다. 꼴깍 하고 아이의 목구멍으로 침 넘어가는 소리가 노승의 귀에 들렸다. 노승이 말을 이었다.

"잡아야 하느니라. 어미를 태우고 오는 소가 보이거든 그 소의 뿔을 꽉 잡아야 하느니라. 헌즉, 어미를 만날 것이야."

"정말?"

"알겠느뇨. 그 구멍으로 내다보고 있노라면 어미를 태운 황소가 오니, 그 황소의 뿔을 꽉 잡아야 하느니라."

아이는 그날부터 노승이 협문을 따고 디밀어주는 밥을 받아먹고 자배기에 대소변을 보는 시간 이외에는 바늘구멍에 눈을 붙이고 밖을 내다보았다. 엄마가 보고 싶다는 지극히 사무치게 그리운 마음으로 바늘구멍을 들여다보았다. 그러나 아무것도 보이지 않았다. 밤을 보았다. 깜깜한 어둠을 보았을 뿐이었다. 밤이 오면 무서워서 아이는 두 주먹을 옹송그려쥐고 협문을 두드렸는데 노승은 응구대첩이 없었다. 밥을 디밀어주고 자배기의 오물을 버리느라 문을 여닫을 때도 쏘는 듯 형형한 눈으로 쏘아보기만 할 뿐, 묵언[7]으로 일관했다. 지쳐 쓰러져 잠이 들었다가 눈을 뜨면 아이는 다시 바늘구멍에 눈을 붙이고 뚫어져라 밖을 내다보았는데, 어둠이었다. 해가 지고 놀이 죽고 그리하여 우우 우우 아우성치며 달려가는 바람소리와 먼 골짜기에서 들려오는 산짐

---

7) 묵언 : 잠자코 말하지 않음.

승들의 울부짖음에 흠칠흠칠 몸을 떨다가 아이는 지쳐 쓰러져 또 잠이 드는 것이었다. 잠이 들면 꿈을 꿨고 꿈을 꾸면 엄마를 만났다. 엄마의 얼굴에서는 독한 분내음이 났고 엄마의 젖가슴에서는 우르르 우르르 뜀박질하는 비릿한 피내음이 났다.

"아가."

"응."

"엄마가……엄마가 말야."

"옴마, 왜 그저?"

여인을 치어다보는 아이의 눈망울은 이슬방울처럼 영롱하다.

"아무것도 아냐."

절레절레 고개를 내젓는 여인의 속눈썹이 파르르 파르르 흔들린다.

"아가."

"응."

"엄마가…….."

"응."

"까까 사올게."

"까까. 까까 조아."

왈칵 아이를 끌어안는 여인의 눈이 붉게 충혈된다.

아이는 여인의 저고리섶을 헤치며 젖무덤에 얼굴을 묻는다.

"옴마, 조이여."

아이의 목소리가 점점 가늘어지더니 이내 고른 숨을 내쉰다. 여인은 아이를 자리에 눕히고 궁둥이를 몇 번 다독이고 이마에 입을 맞춘 다음 살그머니 일어나 문을 민다.

"차처(此處)는 노랍의 독살이외다. 대가람(大伽藍)으로 가시어 선지식을 찾으시오."

노승은 느릿느릿 단주를 굴렸다.

"하오나 스님……."

여인은 애소하는 눈빛으로 노승을 올려다본다. 딱 소리와 함께 단주가 멎었다.

"그 여이 입재(入齋)를 하시겠다 그 말이오."

"방황하는 영혼을 가엾이 여기소서."

"산승은 영가(靈駕)를 천도(薦度)할 법력이 없소이다."

"큰스님의 선성은 일찍부터……."

"허허. 진세(塵世)의 허명(虛名)은 삼악도(三惡道)의 노수(路需)로나 쓰일 일……."

여인이 똑바로 노승을 올려다보았다.

"진세의 중생들을 가엾게 여기어 슬픔을 함께 나누는 게 사문(沙門)의 도리가 아니온지?"

노승의 눈썹이 미미하게 경련했다. 노승이 껄껄 웃었다.

"고라니새끼가 어찌 사자의 흉내를 내겠소이까. 허나, 참으로 어려운 것은 성불이 아니라 진세에 묻혀 저자의 중생들과 우비희락(憂悲喜樂)을 함께 나누는 일일 것이오. 산승이 이를 모르는 바 아니나 사람에겐 제각기 그릇이 있는 법, 이를 모르고 어찌 동타지옥(同墮地獄)의 혀를 놀리리까. 일찍이 산승은 작심한 바 있소이다. 삼춘(三春)에 노래하는 앵무가 되기보다 천고에 말이 없는 바위가 되겠노라고."

노승은 잠시 말을 멈추더니 여인의 얼굴을 바라보았다. 여인의 눈에는 그렁그렁한 눈물이 맺혀 있었다.

노승이 한숨을 내쉬었다.

"허나, 단월(檀越)의 청이 하 곡진하시니 산승은 또 망축(亡祝)의 구업(口業)을 짓나 보외다."

여인의 허리가 깊숙이 숙여졌다.

"큰스님의 자비, 잊지 않겠습니다."

노승은 다시 천천히 단주를 굴리기 시작했다. 무슨 말인가를 하려는 듯 입술을 달싹이던 여인은,

"그럼 제수(祭需)장을……."

하더니 말을 잇지 못한 채 뛰듯이 산을 내려갔다.

엄마 생각이 날 때마다 아이는 법당 뒤로 달려갔다. 거기에는 나이를 알수 없는 늙은 보리수나무 한 그루가 서 있었는데 아이는 그 나무 아래서 몰래 몰래 우는 것이었다.

"능선아아!"

저를 찾는 노승의 목소리가 들려오면 아이는 얼른 눈물을 닦고, 저고리 고름으로 꼭꼭 찍어 눈물을 닦고, 그리고 웃으면서 달려갔다. 그러나 노승은 아이가 울었다는 것을 귀신처럼 알았다.

"이노옴, 또 망상을 피웠구나."

아이의 고개가 밑으로 떨어진다.

"어미가 보고 싶으면 관세음보살을 부르라 일렀거늘."

"관셈보살을 부르면 정말 옴말 만날 수 있어요?"

"허허. 미욱한 중생이로고. 일념으로 관세음보살을 부른즉 삼재(三災)가 불입하고 팔란(八難)이 능멸이며 삼십이응신(三十二應身)을 안 나투시는 곳이 없고 천수(千手)로 어루만지고 천안(千眼)으로 살펴보실 것이어늘, 항차 인간의 어미일까. 관세음보살."

노승은 뜻 모를 소리를 혼잣말처럼 중얼거리며 아이의 등을 법당 안으로 미는 것이었다.

법당 안은 무섭다. 개금(改金)을 한 지 오래되어 꺼멓게 금칠이 벗겨진 불상도 무섭고 울긋불긋한 탱화도 무섭고 개분(改紛)[8]을 안 해 거무죽죽한 십육 나한의 일그러진 얼굴이 무섭고 불단 위에 배설된 향로며 다기, 촛대, 그리고 바람이 불 때마다 미친 듯이 펄럭이는 탁자 밑의 붉은 휘장이 무섭고 지장보살이며 관세음보살의 차라리 슬픈 듯 아름다운 얼굴도 무섭다. 아이는 이를 옹송그려 물고 두 주먹을 불끈 쥐고 마룻바닥에 엎드린다. 우수수 우수수 흙덩이가 떨어지고 깨어지는 소리를 내면서 여닫히는 문짝, 저려오는 무릎을 꼼지락거릴 때마다 삐걱이는 마룻장, 울부짖는 산죽 숲, 객실 뒤 개오줌나무 숲

---

8) 개분 : 다시 덧칠함.

속에서 들려오는 낮부엉이의 울음소리……무서워서, 무섭고 또 무서워서 아이는 입을 오물거린다.

"관솀보살, 관솀보살, 관솀보살……."

그러나 아무리 관세음보살을 수천 수만 번 불러도 엄마는 나타나지 않고 사르르 사르르 눈이 감긴다. 아이는 힘주어 눈꺼풀을 밀어 올리며 다시 관세음보살을 부른다. 그렇게 자꾸 가늘어지는 목소리로 관세음보살을 부르던 아이의 고개는 점점 밑으로 숙여지기 시작해서 이윽고 모잽이로 쓰러져 새우처럼 허리를 꼬부리고 사타구니 사이에 두 손을 찌른 채 잠이 든다.

"이놈, 능선아!"

벽력 같은 노승의 고함소리에 놀라 아이는 눈을 떴다. 잘 익은 탱자알처럼 노란 햇살이 문을 두드리고 있었다. 아이는 무릎걸음으로 다가가 바늘구멍에 눈을 붙였다. ……밤이 가고 아침이 오고 또 밤이 가고 아침이 왔다. ……마침내 아이의 눈에 외계(外界)의 사상이 조금씩 조금씩 보이기 시작했다. 어둠이 보이고 안개가 보이고 구름이 보이고 놀이 보이고 햇빛이 보였다. 햇빛을 베이며 지나가는 바람이 보였다. 바늘구멍에 눈을 붙인 채 미동도 하지 않는 아이의 몸뚱이는 엷은 안개에 휩싸여 있었다. 밥을 넣어 주려고 협문을 열던 노승이 심우삼매(尋牛三昧)에 빠져 있는 아이를 발견하고 얼른 문을 닫았다. ……마침내 아이의 눈에 사물의 구체적인 모습이 조금씩 조금씩 보이기 시작했다. 넓은 절마당이 한눈에 들어왔다. 마당의 흙이 보였다. 돌멩이가 보였다. 멋대로 자라고 있는 잡초가 보였다. 꼬물거리며 기어다니는 개미가 보였다. 수많은 개미들이 일자로 긴 행렬을 지어 어디론가 끝없이 기어가고 있었다. 개미의 행렬을 따라가던 아이의 눈이 법당 앞의 헌식대에 머물렀다. 개미들은 필사적으로 헌식대 위로 기어오르고 있었다. 기어오르다가는 떨어지고 다시 또 기어오르다가는 떨어지기를 되풀이하면서 개미들은 행렬을 멈추지 않고 있었다. 헌식대 위의 밥찌꺼기가 보였다. 밥찌꺼기 사이에 있는 검정콩 한 알이 보였다. 콩알은 조금씩 조금씩 커지기 시작해서 이윽고 목어만해졌는데, 새였다. 참나무 장작불처럼 빨갛게 타오르는 놀이 소낙비처럼 퍼부어 내리고 있었다. 그 새는 타는 놀을 받아 황금빛으로 빛나는 나래를 풍선처럼 부풀어 올리더니 힘차게 깃을 치며 허공을 향해 솟구쳐 올랐다. 토막토막 끊어지는 단음이 수은방울처럼 헌식대 위를 굴렀다. 아이의 정수리에서는 뜨거운 김이 분수처럼 솟아 오르고 있었다. 그때 장삼 자락으로 땅을 쓸며 마당을 가로질러 오고 있는 노승이 보였다.

"스님!"

아이는 소리쳐 노승을 불렀다.

"잡았느뇨?"

구르듯 달려오며 노승이 소리쳤다. 아이가 맞받아 소리쳤다.

"보여요!"

"뭐가 보이는고?"

"새가 보여요. 날아가는 새를 보았어요."

노승이 발을 굴렀다.

"그것뿐인고?"

아이가 다시 소리쳤다.

"스님이, 스님이 보여요!"

노승은 주먹을 들어 허공을 후려쳤다.

"이놈아! 소 타고 오는 어미를 보라 하였지 날아가는 즘생을 보고 이 늙은 중놈을 보라 하였더냐?"

땅이 꺼지게 한숨을 쉬며 염화실로 들어가는 노승의 발걸음은 그러나 가벼웠다. 노승은 그리고 서둘러 가사와 장삼을 벗어 벽에 건 다음 공양간으로 달려갔다.

노승이 쑤어다 준 잣죽을 먹고 나서 아이는 다시 바늘구멍에 눈을 붙였다. 햇빛을 베이며 지나가는 바람이 보이고 검정콩알이 보이고 그리고 아아 황금빛 나래를 부풀리며 힘차게 솟아 오르는 새가 보이고 그 시간마다 어김없이 마당을 가로질러 오고 있는 노승이 보였는데, 그것으로 그만이었다. 결코 소는 보이지 않았다. 소를 타고 오는 엄마는 보이지 않았다. 보이지 않는 소의 뿔을 잡을 수는 없는 일이었다. ……심심하고 배가 고프고 졸음이 왔다. 아이는 주먹으로 협문을 두드리며 소리쳐 노승을 불렀다. 묵묵부답이었다. ……마침내 바늘구멍에 눈을 붙이고 있던 아이의 몸이 뒤로 넘어져 버렸다.

"사자새끼인 줄 알았더니 고라니새끼였구나."

노승이 장탄식을 하며 철장을 해제했다. 그리고 산문(山門) 밖으로 아이의 등을 밀었다.

"가거라. 진세의 저자에는 어미가 있으리니."

아이는 기쁘고 슬픈 마음이 반반인 채로 산문을 벗어났다. 사행(蛇行)9)으로 길게 꼬리를 감추고 있는 산길을 따라 밑으로 내려가던 아이는 이내 밤을 맞았다. 우르릉 우르릉 산이 울었다. 풀이 울고 벌레가 울고 나무가 울고 새가 울고 짐승이 울고 바람이 울었다. 밤이면 깨어나는 땅 위의 모든 것들이 일제히 머리를 들고 울부짖었다. 울부짖으며 아이의 몸뚱이를 물어뜯었다. 소리쳐 엄마를 부르는 아이의 눈에 멀리 산꼭대기에서 눈물처럼 빛나고 있는 장명등(長明燈)의 불빛이 보였다. 아이는 눈물을 철철 흘리며 소리쳐 노승을 부르며 산길을 뛰어올라갔다. 아이는 산문에 몸을 숨기고 염화실 쪽을 훔쳐보았다. 창문에는 벽을 향해 결가부좌를 틀고 앉아 있는 노승의 육중한 그림자가 비치고 있었다. 아이는 발뒤꿈치를 치켜들고 살그머니 공양간으로 숨어들었다.

"고라니새끼도 법기는 법기, 서까래감은 되리라."

솥전을 껴안고 잠들어 있는 아이를 안아올리며 노승이 중얼거렸다.

아이는 숲속으로 숲속으로 들어간다. 숲은 깊고, 깊은 숲속에서는 만수향 타는 냄새가 난다. 아이는 돌멩이를 집어 숲속에 던진다. 푸드득 깃을 치며 산새가 날아오른다. 요령(搖鈴) 불알처럼 흔들리던 나뭇잎이 멎으면서 숲은 다시 고요 속에 잠긴다. 아무것도 없다. 보이는 것은 나무, 그리고 또 나무……. 심심하다. 날아다니는 잠자리라도 잡아먹고 싶을 만큼 심심하고 또 심심해서 아이는 돌멩이를 던진다. 하지만 나무들은 저희들끼리만 속살거릴 뿐 아무런

---

9) 사행 : 뱀처럼 구불구불 휘어져 기어감.

이야기도 들려주지 않는다. 우우 우우 바람이 분다. 진저리치며 갈대가 흔들
린다. 아이는 팔베개를 하고 갈밭에 눕는다. 파랗다. 너무 파래서 손가락으
로 하늘을 폭 찌르면 파랑물감이 묻어날 것 같다. 현기증이 나서 아이는 눈을
감는다. 엄마 생각이 난다. 그리고 또 배가 고프다. 아이는 참으로 알 수가
없다. 어째서 엄마 생각만 하면 배가 고파지고 배가 고파지면 또 어김없이 엄
마 생각이 나는 것인지. 살래살래 고개를 흔드는 아이의 뺨 위로 또르르 눈물
한 방울이 구른다.

"이 속에 불법이 다 들어 있느니라. 이것만 익히고 쓰면 삼악도에는 떨어
지지 않을 것이며 선근이 익어지면 어느 땐가 타파칠통(打破漆桶), 마음달
[心月]을 보게 되리니……."

솥전을 껴안고 잠이 든 아이를 안고 염화실로 들어간 노승은 아이가 잠이
깨기를 기다려 때절은 서책 한 권을 던져 주었다. 필사본으로 된 초발심자경
문이었다. 노승이 혼잣말로 탄식하였다.

"가탄(可歎)[10], 가탄이로서. 내 너의 선근을 어여삐 여겨 일초직입여래지
(一超直入如來地)의 보주(寶珠)를 주저하였더니 너의 선근이 미치지 못하는
고녀. 이 어찌 가탄치 않으리오. 허나 여래지에 이르는 길은 수천 수만 갈
래가 있을 것인즉 스스로 근기(根機)따라 찾아볼 일이로다. ……아, 참으로
헛되고 헛된 것은 언어와 문자일 것이니, 일찍이 석로(釋老)가 마업(魔業)이
라 일렀음이여."

아이는 한 달 만에 그 책을 떼었고 구술해 주는 천수경은 사흘에 익혔는데
노승은 더 이상 가르쳐 주지 않았다. 아이가 다른 책을 배우고 싶다고 말했을
때 노승은 눈을 부릅뜨며 호통을 쳤다.

"이놈! 삼악도가 그리운고?"

꿈결인 듯 아득하게 들려오는 노승의 호통 소리에 아이는 눈을 떴다. 홍시
를 으깨어 칠갑을 한 것처럼 짙은 주황색 하늘이 이마 위로 낮게 내려와 있었
다. 깜짝 놀라 산을 뛰어 내려가던 아이는 문득 저만큼 개오줌나무 숲 사이를

---

10) 가탄 : 탄식할 만함.

빠져 나오고 있는 여인의 하얀 치맛자락을 보았다. 눈부시게 흰 원피스를 입은 여인이 꽃무늬로 레이스를 두른 원피스 자락을 두 손으로 모아 잡고 아이를 향해 올라오고 있었다. 여인이 걸음을 옮길 때마다 홍시빛 타는 놀이 여인의 하얀 발목을 뱀의 혀처럼 핥았다. 거리가 가까워졌을 때 아이는 자기를 향해 조용히 웃고 있는 여인의 얼굴을 보았다. 놀을 받다 발그레 홍조를 띤 여인의 얼굴은 탱화 속의 관음보살처럼 차라리 슬픈 듯 아름다웠는데 아이는 하마터면 "옴마!" 하고 소리를 지를 뻔하였다.

"노스님께서 찾으시던 걸."

여인은 가쁜 숨을 곱게 내쉬며 투명하게 흰 손으로 이마에 흘러 내리는 머리칼을 쓸어올렸다. 손가락에 끼워진 보석반지가 반짝 하고 빛났다. 아이는 감전된 듯 움직이지 않았다. 여인이 아이의 곁으로 바짝 다가왔다.

"어머, 이 자국 좀 봐. 산에서 잠들었던 모양이지."

여인은 손을 들어 아이의 볼에 찍혀 있는 갈대 자국을 쓸었다. 법당의 만수향 타는 냄새나 산꽃 내음과는 다른 야릇한 향기가 여인의 손끝에서 풍겨왔다. 가슴이 터질 것처럼 벌렁거리고 금방이라도 울음이 터질 것 같아 아이는 아랫입술을 꼭 깨물었다.

"자, 우리 내려갈까. 이런 데서 자다가 벌레한테 물리면 큰일나요."

여인은 살그머니 아이의 손을 잡았다. 갑자기 아이는 세차게 여인의 손을 뿌리치고 밑을 향해 달렸다.

"애, 같이 가, 같이……."

뒤에서 쫓아오며 여인이 소리쳤는데 아이는 못 들은 척 그냥 달렸다. 한참을 달리던 아이가 문득 뒤를 돌아보니 여인은 보이지 않았다. 아이는 멈칫거리다가 슬그머니 내려온 길을 되짚어 올라갔다. 저만큼 잔솔밭 사이로 원피스 자락이 보였다. 좀더 가까이 가보니 여인은 솔밭 사이에 쓰러져 있었다. 아이는 단숨에 뛰어가 여인의 어깨를 흔들었다. 뽀얗게 웃으며 여인이 일어났다. 눈처럼 흰 원피스 앞자락에 시퍼런 풀물이 배어 있었다.

"혼자만 가는 법이 어딨어. 그 바람에 아줌마가 넘어졌잖아."

여인은 곱게 눈을 흘기며 아이의 손을 잡았다. 아이는 가만히 있었다.

"산승은 진작에 여인 사람으로 인하여 졸경을 치른 적이 있소이다."

노승은 아이를 한 번 바라보고 나서 말을 이었다.

"보시는 바와 같이 늙은 비구와 어린 사미(沙彌) 아희가 조죽약석(朝粥藥夕)하는 독처(獨處), 대처의 귀부인께서 유할 곳이 못 되오이다."

"허락하시어요. 절양식은 제가 대어드리겠으며 저 아이도 쓸쓸할 것이니 동무삼아……."

"스님이라 부르시오. 산승이 이미 십계를 설했으며 능선이라 불명을 주었소이다."

"죄송합니다."

"관세음보살……. 불문(佛門)은 무문(無門)이라 왕자(往者)를 막지 않고 내자(來者) 또한 막지 않으니, 왕래를 자재(自在)하시오."

그날부터 아이는 여인과 한방을 쓰게 되었다. 그 여인은 몸이 아파 휴양을 온 것이라고 했는데 어디가 꼭 아픈 것 같지는 않았다. 옷차림이라든가 소지품 그리고 나이를 짐작할 수 없게 희고 고운 피부로 봐서 부유한 집안의 귀부인 같았는데 이따금 미간에 그늘이 지는 것으로 보아 남모르는 번뇌를 깊이 간직하고 있는 듯하였다. 여인은 그날부터 아이를 공양간에 들어오지 못하게 했다.

"대장부가 부엌에 들어오면 못 써요."

그러나 아이는 기를 쓰고 공양간으로 들어갔다. 들어가서 불도 때주고 잔심부름도 해주면서 여인을 졸라 산문 밖 세계의 이야기를 듣는 게 신기하고 재미있었기 때문이었다. 이야기보다도 사실은 냄새가 좋았다. 여인에게서는 밥이 익을 때의 솥뚜껑처럼 따스하고 살짝 누룽지를 눌러 끓여낸 보리숭늉처럼 구수한 엄마의 냄새가 나는 것이었다.

"보살님, 보살님."

"응."

"……서울은 얼마나 멀어요."

"멀지, 아주 먼 데 있어."

"응……서방정토보다두요?"

"서방정토가 어딘데?"

"응……서쪽으로 서쪽으로 한참, 아주 한참 가면 있대요."

"오 그래……. 그럼 그곳엔 누가 살까?"

"성불한 사람들이 사는 곳이래요."

"성불? 성불이 뭔데?"

"히히……. 보살님두 부처님이 되는 거지 뭐예요."

"참 그렇지. 그럼 성불은 어떻게 하면 할 수 있지?"

"응……공부를 많이 해야 된대요. 노스님처럼 참선 공불……."

"능선스님."

"네."

"능선스님도 참선 공불 많이 해서 꼭 성불을 하세요, 응."

여인은 아이의 손을 꼭 쥐어 주는 것이었는데 그때마다 아이는 목젖이 콱 막히면서 배가 고파지는 것이었고 그래서 아무도 몰래 법당 뒤 보리수나무 밑으로 달려가는 것이었다.

　　　…………

동승은 예반에 다관과 다기를 받쳐들고 공양간을 나섰다. 빛바랜 가사빛으로 시들어가고 있는 놀이 장삼자락처럼 땅 위로 끌리며 낮은 포복으로 기어다니고 있었다. 객실에 얼른 다공양을 올리고 나서 장명등에 불을 밝혀야겠다고 생각하며 동승이 걸음을 빨리하는데 법당 뒤 산죽숲으로부터 목어소리가 들려왔다. 목어소리는 잦아들었다가는 되살아나고 잦아들었다가는 또 되살아나 끝없이 이어져 되풀이되고 있었다. 그 새는 꼭 저녁 예불을 마친 동승이 법당을 나서면 기다렸다는 듯이 울기 시작해서 놀이 죽고 어둠이 올 때까지 목어소리를 내며 슬피 우는 것이었다. 법당 쪽을 바라보는 동승의 눈에 뿌연 안개가 서리고 있었다.

"시임, 시임, 모따소이다. 모따소이."

처음 그 새의 울음소리를 들었을 때 아이는 자꾸 노승의 치의(淄衣) 자락을 끌며 법당 뒤 산죽숲으로 가자고 졸라대었다.

"들리느뇨. 저 소리가."

이목구비가 큼직큼직하고 검붉은 빛깔이어서 짐짓 험상궂어 보이는 노승의 얼굴에 한자락 비감의 그림자가 드리웠다.

"드인다, 드인다."

아이는 모둠발로 뛰어오르며 자꾸 노승의 장삼끈을 흔들었다. 노승은 눈가 가득히 주름을 잡으면서 솥뚜껑 같은 손으로 번쩍 아이를 들어올렸다.

"선재(善哉) 선재라."

노승은 도토리껍질처럼 조그만 아이의 머리통을 쓰다듬으며 긴 한숨을 내쉬었다.

"아아 도현(倒懸)11)의 아해들이 어미 찾아 우짖는고녀. 살아서 찾지 못한 어미, 죽어 운들 무엇하리."

아이는 칭얼대며 노승의 가사섶을 흔든다.

"이잉, 자바조. 모따소이 자바조."

허공에 던져져 있던 노승의 깊은 눈길이 아이에게로 옮겨졌다.

"어째서 무(無)라 했는고?"

아이는 여전히 칭얼댄다.

"이잉, 자바조. 모따소이 자바조."

눈언저리를 덮고 있는 노승의 희고 긴 눈썹이 철사처럼 빳빳해지면서 갑자기 목소리가 높아졌다.

"무엇을 일러 무라 했는고!"

갑자기 엄해진 노승의 얼굴이 무서워 아이는 입술을 비쭉인다.

노승이 다시 소리쳤다.

"무가 무인 도리를 아는고!"

아이는 앙 하고 울음을 터뜨리며 노승의 가사섶을 쥐어뜯는다. 노승의 입

---

11) 도현 : 거꾸로 매달림. 위험이 절박함.

이 활짝 찢어지면서 시뻘건 목젖이 크게 꿈틀거렸다.

　"으핫핫핫……. 무로써 무를 찾으니 무 찾는 이 물건 또한 무로구나!"

　객실 앞 토방에는 고무신과 구두가 나란히 놓여 있었다. 까무룩이 잦아들던 놀이 여인의 흰 고무신 속으로 파고들며 부르르 부르르 진저리를 쳤다.

　"보살님."

하고 동승이 불렀다. 대답이 없다. 멀리 염화실 쪽에서 노승이 부르짖듯 뱉아내는 "무(無)라!" 소리가 희미하게 들려오고 있었다. 동승은 다시 한번, 이번에는 조금 크게 "보살님." 하고 불렀다. 대답이 없다. 동승은 고개를 갸웃하면서 왼손으로 예반을 받쳐들고 가만히 문고리를 당겼다. 갑자기 동승은 흑 하고 호흡을 삼키며 급하게 몸을 틀었다. 예반이 땅에 떨어졌다. 사기그릇 깨어지는 날카로운 파열음[12]이 땅 밑으로 잦아드는 놀을 발기발기 찢어발기며 허공으로 흩어졌다. 산문을 향하여 마구 내달리는 동승의 두 뺨 위로 축축한 것이 흘러 내리고 있었다. 그 어린 사미승 아이는 보아 버렸던 것이다. 사람 위에 또 사람이 포개어져 만들어진 이층(二層)을.

　놀이 졌다. 목어소리 끊어진 산사의 뜨락에는 일제히 승복빛 어둠이 깔렸다.

---

12) 파열음 : 깨져서 갈라지는 소리.
(국어) 자음을 발음할 때 후두 위의 발음기관의 어느 한 부분을 막고 숨을 그친 다음 터뜨려 내는 소리(ㅂ, ㅃ, ㅍ, ㄷ, ㄸ, ㅌ, ㄱ, ㄲ, ㅋ 등의 소리)

작가소개　　김성동 (1947~ 　)

충남 보령에서 출생했다. 1975년『주간 종교』의 종교소설 현상모집에「목탁조」
가 당선되었고, 1979년『한국문학』신인상에「만다라」가 당선되면서 문단에 나
왔다. 주요 작품으로『피안의 새』『죽고 싶지 않은 빼빼』『오막살이 집 한 채』
『붉은 단추』『만다라』『길』『국수』등이 있다. 그는 승려 생활을 했던 불교적
체험을 토대로 인간의 본질을 끈질기게 탐구하는 작가로 알려져 있다.

작품해설

「산란」은 10여 년에 걸친 작가의 입산과 승려 생활 체험이 담긴 소설 중의 하
나다. 소재 자체로만 본다면 이 소설은 깨달음을 얻기 위해 수도하는 과정을
그린 일종의 '구도소설'이라고 할 수 있다. 하지만 불교적 깨달음의 뒤쪽에는
늘 고뇌, 욕망, 방황과 같은 인간 본연의 그림자가 드리워져 있다. 능선이라는
동승의 눈에 비친 산사는 과연 어떤 곳일까? 그곳은 완전한 깨달음을 추구하는
경건한 곳인 동시에, 속세 인간들의 은신처이기도 하다. 작가는 그 양면성을 놓
치지 않으려고 한다.

읽고 나서

(1) 이 작품에 나오는 목어와 함께 불교에서 사물(四物)로 불리는 것은 무엇
인가?
— 법고, 운판, 범종
(2) 이 글 중에서 나오는 '진세(塵世)'라는 말의 뜻은 무엇인가?
— 티끌 세상. 귀찮은 세상. 이 세상. 속세

장난감 도시

이 동 하

1. 학예회

우리 가족이 고향을 떠난 것은, 내가 국민학교 4학년 때였다고 기억된다. 전쟁이 멈춘 것은 이보다 한두 해 전의 일이다.

내가 이 무렵의 일을 비교적 잘 기억하고 있는 까닭은 오로지 학예회 덕분이라고 생각된다. 그도 그럴 것이, 매년 한 번씩 갖기로 되어 있는 학예회를 전쟁통에 여러 해나 걸러 오다가 그 해에야 우리는 비로소 가질 수 있었기 때문이다.

이때만 해도 학예회란, 특히 시골 학교로서는 운동회와 더불어 연중 가장 큰 행사의 하나였다. 이에 대한 학부모들의 관심도 대단했기 때문에 그것은 학생들만의 행사라기보다는 차라리 면민(面民) 전체를 위한 축제 같은 것이었다.

막을 올리기 한 달 앞서부터 우리는 열심히 공연 준비를 했다. 우리 4학년이 기획한 것은 합창과 동화와 동극(童劇)[1] 세 가지였다. 이 밖에 무용이 한 가지쯤 더 있었는지 모르겠다. 아마 그랬을 법도 하다. 그렇다고는 해도 여자아이들 몇몇의 일이었을 게다. 내가 참여했던 것은 역시 앞에 말한 세 가지 기획에 있었다.

---

1) 동극 : 아동극.

우리가 가장 심혈을 기울였던 동극 『팔려가는 당나귀』는 그 무렵 우리가 배우던 국어 교과서에 실려 있던 내용이었다. 내 기억이 정확하다면 그것은 제8과였다. 당나귀를 팔러 나선 두 부자의 어리석은 행동 때문에 우리는 연습 도중에도 곧잘 폭소를 터뜨리곤 했다. 그러면 연습은 금세 엉망이 되어 버렸다. 그때까지 잔뜩 긴장해 있던 아이들은 가까스로 참아왔던 웃음을 한꺼번에 토해냈다. 그 어리석은 부자 역을 맡은 녀석들은 물론이고, 당나귀로 분장했던 녀석마저 누런 담요 뭉치 속에서 데굴데굴 구르며 마구 웃어젖혔다. 이런 속에서 끝까지 웃음을 보이지 않는 사람이라고는 오직 담임 선생 한 분뿐이었다. '방아깨비'란 별명의 그 껑다리 선생은 웃음의 태풍이 지나가기까지 창 쪽을 향해 조용히 돌아서 있곤 했다. 그런 순간의 뒷모습은 한 그루 나무처럼 훤칠해 보였다. 우리들 중에서 먼저 웃음을 멈춘 아이들은 그제서야 선생의 어깨 너머로 하나씩 둘씩 시선을 모아 갔고 그러고는 그 새까맣게 잊어버렸던 여름의 눈부신 하늘과 들판을 발견해 내고 새삼 좀이 쑤시는 것이었다.

웃음의 열기가 완전히 가신 다음엔 참으로 이상한 적료함이 언제나 우리의 마음을 휩싸 안았다. 그처럼 방자하게 웃어대던 아이들은 갑자기 죄다 벙어리가 되기라도 한 듯 군말 한 마디 흘리지 못했다. 더러는 창밖의 무성한 여름 풍경에 넋을 팔고, 또 더러는 어제 하다 말고 버려둔 자기만의 비밀스런 일들을 골똘히 생각하면서 이 우습고 거북스러운 일이 빨리 끝나 주기를 열렬히 소망할 따름이었다.

"웃어야 할 사람은 구경꾼이지 너희들은 아니야."

손바닥 위에 올려진 방아깨비처럼 아주 굼뜬[2] 동작으로 느슨히 돌아선 담임선생은 매번 그렇게 말했다. 선생의 기다란 두 팔이 다른 어느 때보다도 허리쯤에서 허전하게 흔들려 보이는 그런 순간이었다.

"웃고 싶을 때 웃고 울고 싶을 때 울어 버리면 세상에 되는 일이라곤 아무것도 없어. 남을 웃기거나 울리고 싶은 생각을 가졌다면 더군다나 그래. 자기 자신은 결코 웃거나 울어버려서는 안 된단 말이야. 그건 못난 짓이야. 꼴

---

2) 굼뜬 : 동작이 둔해 재빠르지 못한.

불견이지. 자, 처음부터 다시 한번 해보자. 이번에도 웃는 녀석은 학예회가 끝나는 날까지 변소 청소를 시킬 테다……."

그제서야 아이들은 창밖으로 날려보냈던 넋들을 서둘러 불러들였다. 당나귀 역을 맡았던 녀석들은 담요를 뒤집어 썼고, 어리석은 두 부자는 나귀의 고삐를 다시 잡았다. 나는 노인으로 분장한 다른 두 녀석과 함께 장죽을 물고 수염을 쓸면서 그들 일행이 다가오기를 기다리기 시작했다. 도무지 어설프고 기이하기 짝이 없는 인생 유회였다.

동극에 비해 합창 연습은 비교적 수월했다. 게다가 방아깨비 선생의 풍금 솜씨가 썩 좋았다. 그의 장대 같은 팔다리에 비해, 풍금은 너무 작고 낡은 것이었다. 그러나 거기서 울려나오는 소리는 세상의 어떤 것과도 견줄 수 없을 만큼 신비로웠다. 곡목은 『뻐꾸기 왈츠』였다. 20여 명의 아이들이 세 파트로 나뉘어져 화음을 만들었다. 조그마한 풍금 앞에 달라붙은 채 기다란 두 팔과 못지않게 긴 열 개의 손가락으로 열심히 건반을 두들겨댈 때의 선생의 모습은 영락없이 방아깨비를 연상케 했지만, 우리들 중 누구 하나도 그때문에 웃지는 않았다. 웃다니, 전혀 그럴 여유마저 없었다. 너무나 신바람나게 노래를 불러젖혔기 때문에 나중엔 숨이 다 가빠질 지경이었다. 그래서 때로는, 전혀 주문한 적이 없는 아주 기묘한 목소리가 불쑥 튀어나와 화음을 망쳐놓는 경우도 없지 않았다. 이런 순간만은 여기저기서 쿡쿡하고 터져나온 웃음 소리가 합창 속에 잠시 섞여들기도 했다. 하지만 그것 때문에 방아깨비 선생이 건반에서 손을 뗀 적은 없었다. 선생은 되레 더 힘차게 건반을 쪼아댈 따름이었다.

이맘때쯤이면 교정은 텅 비어 있게 마련이었다. 아름드리 은행나무가 줄줄이 늘어서 있는 샘터와, 그리고 우리들의 키만한 높이로 가지런히 둘러쳐진 측백나무 울타리 너머로 여름날의 저녁놀이 번지기 시작하는 시간이었다. 아직도 교정에 남아 있던 몇몇 상급생들만 우리들의 노래 소리에 귀를 기울였다. 그 밖엔 어쩌다 간혹 이름모를 새 몇 마리가 하늘을 가로질러 놀빛 속으로 날아갈 뿐 움직이는 것도 소리내는 것도 하나 없는 저녁 한때의 고요함 속에서 우리들이 입모아 신명나게 불러젖히는 노래 소리만 천지간을 온통 가득하게 채워놓는 것이다.

이 합창 연습을 끝으로 대부분의 아이들은 집으로 돌아갈 수 있었다. 그날의 청소 당번들만 남아서 때늦은 정리를 하느라 한바탕 소란을 피워댈 뿐이었다. 그러나 나는 매번 예외였다. 그때부터 동화연습을 해야만 되었기 때문이다.

앞의 두 경우와는 달리 그것은 외롭고 따분한 일이었다. 교무실은 텅 비어 있었다. 주인 없는 걸상들 중 하나를 차지하고 앉은 나는 우선 외는 작업부터 시작하게 마련이었다. 국어책을 펴들고 손때 묻은 페이지를 열면 금세 검푸른 바닷물이 내 눈앞에서 출렁거렸다. 그것은 늙고 마음씨 착한 한 어부와 그의 욕심꾸러기 마누라와 그리고 이상한 한 마리 금빛 고기에 얽힌 이야기였기 때문이다. 그래서 제목도 『금고기』였다.

'옛날 바닷가에 할아버지와 할머니가 살고 있었습니다. 할아버지는 오늘도 바다로 나가 거울같이 맑은 바닷물 위에 첨벙 그물을 던졌습니다. 그리고는 조심스레 그물을 잡아당기기 시작했습니다…….'

이미 골백 번도 더 읽은 글이었다. 그래서 내 머리 속에는 그 긴 이야기가 문장 한 귀절, 토씨 하나 흐트러짐 없이 고스란히 꿰어져 있었다. 그런데도 담임선생은 매번 서너 번씩이나 되풀이해 읽히는 것으로써 연습을 시작했다. 내가 이 일을 넌덜머리나게 느끼는 이유도 바로 그 점에 있었다. 게다가 선생은 또, 낮은 목소리로 읽는 것을 용납하지 않았다.

"뭐하는 거야? 누가 너더러 염불을 하랬어? 뒷좌석에 앉은 사람들이 시줏돈 들고 나오겠다, 애."

조금이라도 내 목소리가 낮아지기만 하면 선생은 으레 그렇게 윽박지르기 일쑤였다. 하기야 마이크라고는 구경하기도 어렵던 때였다. 나란히 붙어 있는 교실 서너 개를 터서 학예회장으로 사용할 판이었다. 맨 뒷자리에 앉아 있는 청중에게까지 들리게 하기 위해서는 우선 목소리부터 커야만 했다. 나는 목청을 잔뜩 높인 채 그놈의 '옛날 바닷가에……'를 신물나게 읽어젖혔다. 잠을 자다가도 입만 벙긋하면 물이 쏟아지듯 줄줄 풀려 나올 정도로.

"좋았어. 그럼 이제부터 차근차근 동작을 섞어서 해 봐."

웃도리를 훌렁 벗어던지고 런닝셔츠 바람이 된 방아깨비 선생은 타월을 목에 두르며 명령하는 것이었다. 이제 샘가로 나가 하루의 피곤을 닦아낼 참이었다. 선생은 한결같이 기다란 팔다리들을 꼭 그만한 길이대로 흐느적거리면서 천천히 교무실을 나서는 것이었다. 물론 이렇게 당부하기를 잊지 않으면서.

"지금 네 앞에는 수백 명의 청중이 지켜보고 있다는 사실을 잊어버려선 안 돼!"

고작 열 개도 못 되는 빈 걸상들만 내 앞에 허전하게 놓여 있는데도 말이다. 하지만 그것을 지적해 보일 처지는 결코 못되었다. 나는 단 한 사람의 청중마저 은행나무 우거진 샘터를 향해 스적스적 걸어가고 있는 뒷모습을 원망스레 내다보며 잔뜩 풀이 죽은 채 다시 연습을 시작하곤 했다. 맥없이 두 손을 펼쳐들면서 나는 읊어대기 시작하는 것이다. '옛날 바닷가에 할아버지와 할머니가 살고 있었습니다. ……할아버지는 오늘도 바다로 나가 거울같이 맑은 바닷물 위에 첨벙 그물을 던졌습니다. (동작)'

어스름이 묻어오는 텅 빈 교정의 저 끝쪽 샘가에서 커다란 방아깨비 한 마리가 열심히 두레박질하고 있는 광경을 지켜보며 나는 어느 새 풀썩 웃음을 터뜨리고 마는 것이었다. '할아버지, 할아버지, 나를 다시 바닷물 속에 놓아주세요. 그러면 이 은혜를 결코 잊지 않겠어요…….'

2. 주근깨와 물사마귀

예의 방아깨비 선생이 내게 누런 사각봉투 하나를 건네주었다. 얼떨결에 그것을 받아들기는 했지만 도무지 느닷없는 일이었다.

교무실엔 담임 선생 외엔 다른 선생이 몇 분 더 계셨다. 그들 중 한두 사람이 허옇게 백묵가루가 묻은 손을 털면서 내 얼굴을 힐끔힐끔 돌아보곤 했다. 나는 괜스레 얼굴을 붉히었다. 그러자 담임선생이 불쑥 손을 내밀며 말했다.

"그곳에 가서도 공부 열심히 해. 나한테 편지도 내고⋯⋯."

이제 생각하면 그처럼 다감하고 인상적이던 방아깨비 선생을 내가 마지막으로 대하던 순간이었다. 그날 이후 두번 다시 그를 대할 기회가 내게는 없었던 것이다. 사각 봉투를 꼭 쥐고 교무실을 나온 나는 갑자기 콧날이 시큰해짐을 느꼈다. 좁고 긴 복도는 아이들로 혼잡스러웠다. 종례를 막 끝낸 아이들이 교실마다에서 꾸역꾸역 밀려 나왔다. 그들 중에는 나와 같은 학년반 아이들도 더러 섞여 있었다. 지금까지 한 교실에서 같은 흑판을 쳐다보며 공부해왔던 너무나 낯익은 얼굴들이었다. 그들보다 더 가까운 얼굴이 세상에 또 어디 있으랴. 콧마루에 박혀 있는 주근깨, 밤송이 머리 속에 감추어져 있는 버짐흉터, 그리고 손등에 돋아나 있는 물사마귀 한 개에 이르기까지 내게는 너무나 낯익은 녀석들이었다.

복도 바닥은 미끄러웠다. 양초 토막으로 문지르고 마른 걸레로 윤기를 낸 판자쪽들은 4월 초파일 신새벽, 동백기름을 발라 잘 쪽찐 어머니의 머리결처럼 정갈했다. 천천히 나는 미끄럼질을 했다. 그것은 금지되어 있는 장난 중의 하나였다. 실내에서는 절대 정숙! 발뒤꿈치를 들고 까치걸음을 하던 아이들이 못마땅한 눈길을 보내왔다. 하지만 나는 아랑곳하지 않았다. 복도의 끝쪽까지 미끄럼을 타고 간 다음 다시 뒤돌아서 그 짓을 계속했다. 지탄받아 마땅한 나의 행동에 대해 그러나 끝내 간섭해 오는 녀석은 없었다. 복도는 곧 텅 비어버려서 단지, 누런 사각봉투를 옆구리에 낀 4학년짜리 녀석 혼자만 외롭게 남아 있었다.

맥이 풀렸다. 잔뜩 풀이 죽은 나는 그 짓을 집어치웠다. 앞뒤를 돌아보아도 누구 하나 눈에 띄지 않았다. 무언가가 조그만 가슴 속에서 걷잡을 수 없이 허물어져 가고 있는 느낌이었다. 그제서야 나는 깨달았다. 그랬다. 나는 누군가가 간섭해 주기를 기대했던 것이다. 나와 같은 4학년짜리여도 좋고 상급생이라도 상관없는 일이었다. 그랬다면 나는 말해 주고 싶었던 것이다. 난 말이다. 너희들과는 마지막이야. 왜냐구? 난 도회지 학교로 전학을 가게 됐단 말이야⋯⋯.

그리고 또, 무슨 말을 더 할 수 있었을까? 어쩌면 끝내 그런 말마저 꺼내지 못했을는지도 모를 일이긴 하다. 도시로 전학을 간다는 일이, 그래서 이 학교와 아이들과 낯익은 세계로부터 갑자기 떨어져 나간다는 일이 나로서는 어차피 이해할 수도, 감당하기도 어려운 경이였으므로.

얌전히 발 뒤축을 쳐들고 나는 걷기 시작했다. 될 수 있는 대로 천천히 걸었지만 복도는 금세 끝나 버렸다. 아쉽다기보다 좀 싱거운 기분이 들었다. 밖에는 햇빛이 화사했다. 아이들 몇이 운동장에서 신나게 뛰놀고 있었다. 그러나 나는 그들 쪽으로 다가가지 않았다. 한눈도 팔지 않고 곧장 교문을 나섰다.

다음날로 우리 가족은 마을을 떠났다. 세간살이들과 함께 짐차 위에 실린 나는 기분이 썩 좋았다. 아버지는 그래도 지난 수삼년간 마을의 이장직을 맡아 왔었다. 어머니는 또 누구보다 많은 일가붙이들을 이 마을에 두고 있는 처지였다. 그런데도 정작 동구 밖에 나와 손을 흔들어 주는 사람은 많지 않았다. 그래서 어머니는 광목 치맛자락의 한 귀로 몰래 눈물을 찍어내곤 했다. 내 옆자리, 세간살이 틈새에 조그맣게 웅크리고 앉아 있는 어머니의 모습이 그처럼 왜소하게 느껴질 수가 없었다. 내가 드러내놓고 기분을 낼 수 없었던 이유는 바로 어머니의 그러한 태도 때문이었다.

물론 조금은 어머니의 마음을 이해하고 있었다. 나는 안다. 어느날 밤 갑자기 일단의 사내들이 우리집에 들이닥쳤던 것을. 그들을 안내해 온 사람은 놀랍게도 낯익은 순경이었다. 아버지와는 교분이 잦은, 면 소재지의 지서에 근무하는 순경이었다. 그런데 그가 뜻밖에도, 낯설고 난폭하고 살기등등한 일단의 사내들을 몰고 왔던 것이다. 그들이 아버지를 얼마나 거칠게 다루었던지 지금 생각해도 마음이 아프다. 밤중에 집안을 발칵 뒤집어놓은 다음 그들은 빈손으로 돌아갔다. 끝내 삼촌을 찾아내지 못했던 것이다. 어머니는 분명히 그날 밤의 일을 생각하고 눈물을 찍어내는 것이리라.

아버지는 비교적 덤덤한 태도였다. 마을 어른들과 하직 인사를 나눌 때도 아버지는 평소의 그 유순한 웃음을 잃지 않고 있었다. 마을의 사랑방에서 아버지가 웃으실 때면 담 밖을 지나가던 사람조차도 그 웃음의 주인이 누군가를 단박에 알아맞힐 수 있다던, 그렇듯 소탈한 웃음이었다.

그 아버지가 운전대 옆에 올라타자 차는 시동이 걸렸다. 금세였다. 차의 꽁무니께로 마을의 초가지붕들과 잎사귀 무성한 감나무들이 점점 멀어져 가는가 싶더니 어느 새 산모퉁이 뒤로 숨어 버렸다. 나는 차에 흔들리면서 무슨 노랜가를 흥얼거리기 시작했다. 아마도 그 무렵에 유행했던 전시 노래 중의 하나였으리라. 그리고 문득 지난 학예회를 추억했다. 우리가 그토록 정성을 들였던, 그래서 교실 네 개의 벽을 트고 만든 공연장에 빼곡이 들어찬 면민들로부터 열렬한 갈채를 받았던 그 동극과 합창과 그리고 동화를. 나야말로 얼마나 의젓하게 해냈던가. 특히 동화를 끝냈을 때 누군가 외치던 소리를 나는 벅차게 회상했다. 그랬다. 그는 이렇게 소리쳤던 것이다.

"면장감이다. 면장감!"

바로 무대 앞 귀빈석에 점잖게 앉아 계시던 우리의 자랑스런 면장 어른께서도 그 점을 솔직히 시인하듯 고개를 끄덕이며 빙그레 웃으셨던 것이다.

국도 양켠엔 아름드리 플라타너스가 두 줄로 늘어서 있었다. 그 푸른 터널 속을 트럭은 미래의 면장어른을 실은 채 미지의 세계를 향해 털털거리며 굴러 갔고 나는 금세 목이 쉬었다.

3. 장난감 都市

난생 처음 대해 본 도시의 인상은 천천히 얘기하기로 하자. 도착하자마자 내가 찾은 것은 물이었다.

생각보다 여정은 짧았다. 마을을 출발한 지 불과 두세 시간 만에 우리는 도시에 닿을 수 있었던 것이다.

단순히 그 사실만 가지고도 나는 좀 실망할 정도였다. 내가 지금까지 상상한 바로는, 도시란 결코 그처럼 가까운 곳에 있는 게 아니었다. 도시란 보다

더 멀고 아득한 곳에 있어야만 했다. 그래서 그곳에 닿기 위해서는 철로 위를 바람처럼 내달리는 급행 열차로도 하루 낮 하루 밤은 꼬박 걸려야만 했다. 그런데 우리가 타고 온 것은 털털거리는 짐차였다. 그것으로도 고작 두세 시간밖에 걸리지 않다니……. 그처럼 가까운 곳에 있다는 사실이 무슨 결함처럼 내게는 느껴졌다.

녀석들은 지금도 그 교실에 앉아 있을 것이다. 사철나무가 병사들처럼 늘어서 있는 남향 창으로는 풋풋한 햇살이 온종일 들이치고, 방아깨비 선생의 낮고 부드러운 목소리가 간단없이 흘러나오는 그 4학년 우리 반 교실에 말이다. 유일하게 나의 자리는 비어 있을 게다. 창 쪽으로 둘째줄 여섯번째 책상……. 거기 내가 남긴 흠집과 낙서를 누군가 눈여겨보고 있을지도 모른다. 그리고는 도회지로 전학간 나를 조금은 부러워할 게다. 하지만 작정만 한다면 누구나 쉽게 우리 뒤를 쫓아올 수 있으리라고 나는 생각했다. 도시란 생각보다 훨씬 가까운 곳에 있기 때문이었다. 그래서 나는 조금 자존심이 상했다.

아버지는 물 대신 나에게 돈을 주셨다. 그것은 단풍잎처럼 작고 빨간 1원짜리 종이돈이었다. 나는 곧장 한길가로 뛰어나갔다. 딸딸이 위에다 어항보다 큰 유리 항아리를 올려놓은 물장수가 거기 있었다. 항아리 속엔 온갖 과일 조각들이 얼음덩어리와 함께 채워져 있었다.

나는 꼭 쥐고 있던 돈과 한 잔의 물과 맞바꾸었다. 유리컵 속에 든 물은 짙은 오렌지빛이었다. 손바닥에 닿는 냉기가 갈증을 더 자극했다. 그러나 나는 마시지 않았다. 이 도시와 그 생활이 주는 어떤 경이와 흥분 때문에 실상은 목구멍보다도 가슴이 더 타고 있었다. 나는 유리컵을 조심스럽게 받쳐든 채 천천히 돌아섰다. 그러고는 두어 걸음을 떼어놓았다. 물론 나의 그 어리석은 짓은 용납되지 않았다. 나는 금세 제지를 받았던 것이다.

"이봐, 너 어디로 가져가는 거냐!"

나를 불러세운 물장수가 그렇게 물었다. 나는 금방 얼굴을 붉히었다. 무언가 잘못을 저지르고 있다고 판단되었기 때문이다.

나는 아무런 대답도 하지 못했다. 그러자 물장수가 다시 말했다.

"잔은 두고 가야지. 너, 시골서 온 모양이로구나. 그렇지?"

나는 단숨에 잔을 비웠다. 숨이 찼다. 콧날이 찡해지고 가슴이 꽉 막혔다. 그러나 그 자리에 더 어정거리고 있을 수는 없었다. 내던지듯 잔을 돌려 준 나는 숨을 헐떡거리면서 가족이 있는 곳으로 되돌아왔다.

우리 세간살이들이 골목에 잔뜩 쌓여 있었다. 시골집 안방 웃목을 언제나 차지하고 있던 옛날식 옷장, 사랑채 시렁 위에 올려두던 낡은 고리짝, 나무로 만든 쌀뒤주와 조롱박, 크고 작은 질그릇 등. 판자집들이 촘촘히 들어서 있는 그 골목길 위에 아무렇게나 부려놓은 세간살이들은 왠지 이물스런 느낌을 주었다. 그것들은 지금까지 흔히 보고 느껴오던 바와는 사뭇 다른 모양이요, 빛깔이었다. 아마도 이웃인 듯한, 낯선 사람 몇이 아버지와 어머니의 바쁜 일손을 거들고 있었다.

나는 판자벽을 기대고 웅크려 앉았다. 물맛이 어떠했던가를 생각해 보려 했지만 도무지 기억에 남아 있지 않았다. 가슴이 답답하고 머리가 어지러웠다. 속이 메스껍기도 했다. 눈앞의 사물들이 자꾸만 이물스레[3] 출렁거렸다. 이사를 왔다, 하고 나는 막연한 기분으로 중얼댔다. 그래, 도시로 이사를 왔다. 아주 맥풀린 하품을 토해내며 새삼 주위를 두리번거렸다. 촘촘히 들어앉은 판자집들, 깡통조각과 루핑이 덮인 나지막한 지붕들, 이마를 비비대며 길 쪽으로 늘어서 있는 추녀들, 좁고 어둡고 질척한 그 많은 골목들, 타고 남은 코크스 덩어리와 검은 탄가루가 낭자하게 흩어져 있는 길바닥들, 온갖 말씨와 형형색색의 입성을 어지러이 드러내고 있는 주민들, 얼굴도 손도 발도 죄다 까맣게 탄 아이들……. 나는 자꾸만 어지럼증을 탔고, 급기야는 속엣것을 울컥 토해놓고 말았다. 딱 한 잔 분량의, 오렌지빛 토사물이었다.

세간살이들을 대충 들여놓은 다음에 우리 가족은 이른 저녁을 먹었다. 아니 그것은 때늦은 점심이기도 했다. 어쨌거나 우리 가족이 도시에서 가진 첫 식사였다.

밥은 오렌지물을 들이기라도 한 것처럼 노란 빛깔이었다. 물이 나쁜 탓일

---

3) 이물스레 : 성질이 음험하여 속을 헤아리기 어려움.

거라고 아버지가 말했다. 공동 펌프장에서 길어 온 그 물은 역할 정도로 악취
가 심했다.

"시궁창 바닥에다 한 자 깊이도 안 되게 박아놓은 펌프물이니 오죽할라
구요……."

어머니는 아예 순갈을 잡을 생각조차 없는 듯 조그만 목소리로 중얼대기만 했다.

"내다버린 구싯물을 다시 퍼마시는 거나 다름없지 뭐예요."

하지만 나는 심한 허기에 시달리고 있던 판이었다. 게다가 어쨌든 귀한 이
밥4)이었다. 식구들 중에서 제일 먼저 한 술을 떠 넣었다. 그러고는 생전 처
음 입에 넣어보는 음식처럼 조심스레 씹었다. 쇳내같은, 아니 쇠의 녹냄새 같
은 게 혀끝에서 달착지근하게 느껴졌다. 다시 한 순갈을 퍼넣었다. 그러자
저 오렌지빛의 물을 마시고 났을 때처럼 속이 다시 출렁거리기 시작했다.

이래저래 피곤한 하루였다. 남폿불을 켤 것도 없이 우리 가족은 일찌감치
자리를 펴고 누웠다. 조그만 방 하나가 우리 가족이 차지한 공간의 전부였다.
바닥도 벽도 천정도 죄다 판자쪽으로 둘러친, 그것은 방이라기보다 흡사 커다
란 나무궤짝 같은 느낌을 주었다. 그나마 세간살이들이 차지하고 남은 공간
엔 도무지 네 식구가 발을 뻗고 누울 재간이 없었다. 나는 결국 윗목에 놓인
장롱 위에다 따로 요때기를 깔고 이층잠을 자기로 했다.

피곤한 탓이리라. 다들 금세 곯아떨어졌다. 그러나 나는 밤이 깊도록 잠
을 이루지 못했다. 허공에 떠 있는 것같이 잠자리가 도무지 불안할 뿐더러 속
도 계속 편칠 못했다. 게다가 판자벽 하나를 사이에 둔 이웃방에서부터 밤늦
도록 낯선 사람들의 목소리가 건너왔다. 나는 자꾸만 몸을 뒤채었고, 그럴 때
마다 낡은 장롱이 삐걱거렸다.

그러다 어느 순간엔가 깜박 무겁고 아득한 잠의 벼랑 밑으로 굴러 떨어졌
는데 기이하게도 그 짧은 순간에 나는 문득 이런 생각을 하고 웃음을 지었다.
우린 어쩌면 장난감 도시로 잘못 이사를 온 건지도 몰라…….

---

4) 이밥 : 쌀밥

4. 萬人을 위한 최소 공간

밤중에 나는 세 차례나 변소를 들락거렸다. 드디어 배탈이 난 것이다.

변소는 마을의 바깥쪽에 있었다. 판자촌 주민들이 다 함께 사용하는 공동 변소였다. 역시 판자쪽들로 지어진 그 건물은 무슨 이유에선지 온통 검은 콜탈이 칠해져 있었다. 그래서 흡사, 오밤중에 공동 묘지를 대하는 것 같은 그런 섬찟함을 느끼게 했다. 첫번째는 아버지가 동행해 주었다. 하기야 나는 그때까지도 변소가 어디에 붙어있는지조차 모르고 있는 처지였으므로 아버지로서도 달리 방법이 없었으리라. 어쨌거나 나는 마음놓고 볼일을 끝낼 수가 있었다. 아마 물탓일 게야, 하고 혼잣말처럼 중얼대며 아버지는 내가 일을 다 마치고 나오기까지 그 불결하고 냄새 나는 건물 앞에서 기다려 주셨다. 어둠 속에서 빨갛게 타오르는 담뱃불이 나를 얼마나 안심시켰는지 모른다.

하지만 두번째부터는 나혼자 가야만 했다. 생각만 해도 가슴이 오그라드는 노릇이었다. 그것을 면하기 위해 나는 얼마나 안간힘을 썼던가. 아랫배를 싸쥔 채 한사코 뭉그적거리는 나를 위해 어머니는 성냥통과 양초토막을 챙겨주시었다. 더 이상 버틸 재간이 없었다. 급한 사정이 공포감을 밀어냈다. 거의 죽으러 가는 그런 낯짝으로 나는 방을 나섰다.

생각보다 달빛이 훤한 밤이었다. 도시의 하늘에 걸린 반조각달이 장난감 같은 판자마을의 지붕 위에 담청의 빛을 흘리고 있었다. 아직은 아무도 등장하지 않은 무대처럼 선명한 풍경이었다. 낮은 추녀 끝에서부터 간혹 깊은 잠에 든 사람들의 숨소리가 혼곤하게 흘러나왔다.

나는 미로를 더듬어가듯 좁고 갈래 많은 길을 헤쳐나갔다. 간신히 예의 건물을 찾아냈을 때는 손바닥이 끈끈하도록 식은땀이 내배어 있었다. 그처럼 다급했던 변의(便意)도 씻은 듯이 사라지고 없었다. 양초토막에 불을 붙여 쥔 채 한참을 웅크리고 앉아 있었지만 마찬가지였다. 뱃속은 거짓말처럼 말짱해진 채 오금만 저렸다. 촛불이 흔들리면서 거인 같은 나의 그림자를 일렁거렸다. 낡은 목조 건물은 이따금씩 삐걱대는 소리를 냈다. 아주 기분 나쁜 소리여서 자꾸만 엉뚱한 연상을 떠올리려 했다. 일테면, 언젠가 들은 적이 있는 달걀귀신 같은 것 말이다. 눈도 코도 귀도 없이 민둥한 얼굴에 단지 입만 하나 뻥하니 뚫려 있다는……. 실제로 그런 소동이 일어났던 것을 나는 잘 기억하고 있는 터였다. 어제까지만 해도 다녔던 그 시골 학교의 변소에서 아마도 겨울비가 추적추적 내리고 있던 날이었을 게다. 여자 아이 하나가 느닷없이 비명을 내질렀을 때 우리반의 몇몇 녀석은 분명히 달걀귀신을 보았노라고 했던 것이다. 그날의 공포감이 오금을 더욱 저리게 했다.

숨을 헐떡이며 돌아와 눕자마자 나는 다시 변의를 느끼기 시작했다. 정말 죽을맛이었다. 빌어먹을, 나는 물을 탓하고, 이놈의 도시를 원망했다. 하지만 그것이 처방일 수는 없었다. 종아리를 어머니에게 내맡기는 것으로 때울 수만 있는 일이라면 백 번이라도 앉아서 버티었을 것이다. 나는 다시 뭉그적거리며 방을 나섰다.

세번째 걸음이었다. 그것도 불과 한두 시간 안의 일이었다. 그래서인지 공포감은 훨씬 가벼웠다. 이러다간 이 냄새나는 건물과 제일 먼저 친해지겠다고 생각하며 나는 침착하게 용무를 보았다. 촛토막을 챙겨오긴 했지만 이번에는 불을 켜지 않았다. 판자쪽이 떨어져나간 문의 틈서리로 달빛 훤한 밖이 잘 내다보였기 때문이다.

그때 갑자기 누군가가 불쑥 들어섰다. 그 순간의 놀램이란 달걀 귀신이 정말 나타났다고 해도 그렇게 놀라지는 않았으리라. 하마터면 나는 비명을 지를 뻔했다.

여자였다. 그녀가 걸친 속치마가 나를 그처럼 놀라게 했던 것이다. 게다가 긴 머리채를 아무렇게나 늘어뜨린 채였다. 그것이 또 나를 기절초풍하게 만든 게 분명했다. 혹 미친 여자는 아닐까 하는 불안감이 납작하게 짓눌린 내 마음을 한층 더 무겁게 압박했다. 하지만 나는 금세 내 생각이 잘못임을 깨달았다. 오밤중에 갑자기 이곳을 찾아나온 여자라면 조금도 이상할 것이 없는 차림새였기 때문이다. 저 여자도 어쩌면 최근에 이 도시로 이사를 해 온 건지도 모른다 하고 나는 생각했다. 그래서 나처럼 물 때문에 배탈이 난 게지. 아마 세 번 걸음은 해야 할 거야……

하필이면 나와 엇비슷이 마주보이는 칸을 택해 그녀는 들어갔다. 그리고는 성냥을 그어 준비해 온 양초토막에 불을 붙였다. 어쩌면 나와 꼭 같은 짓을 한담, 하고 나는 피시시 웃었다. 그녀는 구석 쪽에다 얌전히 촛불을 세워둔 다음에 천천히 웅크리고 앉았다. 전혀 뜻밖의 사태였다. 불시에 얼굴이 뜨거워진 나는 얼른 시선을 내리깔았다. 공포감과는 다른 어떤 감정이 무섭게 가슴을 찍어 눌렀다. 결코 본의는 아니었다. 그녀가 너무 부주의했을 따름이었다. 그러나 못된 짓을 한 아이처럼 나는 사뭇 두려움에 짓눌렸다. 거의 숨조차 제대로 내쉴 수 없을 지경이었다. 죽은 듯 나는 엎드리어 있었다.

마음이 진정된 것은 한동안의 시간이 흐른 뒤였다. 그러나 두려움은 여전했다. 그녀가 나의 존재를 눈치챘을 때에 혹 일어날지도 모를 어떤 사태를 나는 두려워했다. 어쩌면 뺨을 얻어맞게 될지도 모른다고 나는 생각했다. 결코 본의가 아니었노라고 말한다면 그녀가 믿어 줄 것인가? 왜 인기척을 내지 않고 가만히 숨어 있었냐고 따질는지도 모른다. 하지만 나는 아무것도 보지 않았노라고, 지금까지 눈을 꼭 감고 있었노라고 말하자. 그러면 그녀는 뭐라고 할까? 역시 화를 내면서 모든 게 다 나의 잘못이라고 분해 할지도 모를 일이다. 그러면서 마구 몰아세울 게다. 아직 꼭대기에 피도 마르지 않은 녀석, 형편없이 불량한 자식, 싹수5)부터가 아주 노란 자식……. 그러자 지금까지와는 전혀 다른 감정이 스멀스멀 피어오르기 시작했다. 어째서 나만의 잘못인가. 기절초풍하게 놀란 건 바로 내 쪽이다. 당신의 그 경망되고 부주의한 행동 때문에 말이다. 내 쪽에는 전혀 잘못이 없다. 나는 천천히 고개를 쳐들었다. 그러므로 이제 적당한 구실을 얻은 호기심이 영악하게 목을 내밀었다.

그녀는 여전히 문을 열어둔 채였고 구석에 세워 두었던 촛토막을 막 집어 드는 순간이었다. 나는 다시 두려움에 휩싸였다. 그녀가 촛불을 앞세우고 조심스레 내 시야 밖으로 사라지기까지 나는 숨을 죽이고 있었다. 정말 뜻밖에

---

5) 싹수 : 앞길이 트일 징조

도 일렁이는 촛불 아래 드러난 그녀의 얼굴은 아직도 앳된 10대 소녀의 그것이었다.

이 뜻하지 않은 경험에 대해 내가 뒤늦게나마 부끄러움을 의식한 것은 다음날 아침에 이르러서였다. 예의 공동 변소에 다녀온 어머니가 이렇게 말하며 얼굴을 붉혔기 때문이다.

"무슨 동네가 이래요? 아무리 공동 변소라지만 남녀 구별도 없이, 게다가 이 많은 사람들이 그것 하나 가지고 되기나 해요? 그런 일로 한참씩이나 줄을 서서 기다려야 하다니, 원 그게 어디 사람이 할 짓이람……."

차차 알게 된 일이지만, 변소는 그곳 말고도 몇 군데 더 있기는 했다. 그러나 한참 바쁜 아침 무렵에는 어느 곳이나 할 것 없이 사정은 다 마찬가지였다. 애 어른 가릴 것 없이 저마다 휴지조각들을 말아쥔 채 야릇한 얼굴로 줄줄이 늘어서서 차례를 기다리고 있는 광경을 우리는 아침마다 흔하게 볼 수 있었기 때문이었다.

"이 바닥에서는 먹는 일만 힘이 드는 게 아니라 싸는 일도 난문제(難問題)[6] 중의 하나야. 우리라고 별수 있나? 남들이 다 그렇듯이 내놓고 살아야지."

아버지는 그러면서 속좋게 웃으시었다. 어머니는 다시 한번 얼굴을 붉히셨고, 나는 지난 밤의 일에 대해 비로소 수치심을 느꼈다.

---

6) 난문제 : 풀기 어려운 문제.

작가소개 이동하 (1942~)

경북 경산에서 출생했다. 1966년 서울신문 신춘문예에 단편 「전쟁과 다람쥐」가 당선되었고, 1967년 『현대문학』 장편 공모에 『우울한 귀향』이 당선되어 문단에 나왔다. 이동하는 주로 좌절된 인간의 세계에 문학적 관심을 보이는데, 일상적이어야 할 사회가 난데없이 요지경으로 돌변하는 현장에서 정직하게 살면서도 죄인처럼 쫓기는 인간의 세계가 그것이다. 그리고 그는 간결하고 정확한 문장을 구성하는 작가로도 평가 받고 있다. 주요 작품으로 「햇살이 부푸는 광장」 「모래」 「하얀 풍경」 「오늘의 초상」 「내부 수리중」 「바람의 집」 등이 있으며, 장편으로 『우울한 귀향』 『도시의 늪』 등이 있다.

작품해설

「장난감 도시」는 세 편의 연작 중편(「장난감 도시」 「굶주린 혼」 「유다의 시간」) 중 첫번째 작품이다. 지난 50년대 후반 전후의 피폐한 도시를 무대로 고향을 떠난 어느 가족의 쓰라린 삶을 한 소년의 시선을 통해 회상의 형태로 기술하고 있다. 시골에서는 장래의 면장감으로 칭찬을 받았으나 도시로 이주하면서 비참한 현실을 겪는 소년을 통해 인간의 절대 의지에 대해 작가는 묻고 있다.

읽고 나서

> (1) 옴니버스 소설 형식이란 어떤 것을 말하는가?
> ― 몇 개의 독립된 짧은 이야기를 모아 하나의 작품으로 만든 것
> (2) '장난감 도시'가 상징하는 바는 무엇인가?
> ― 거짓된 삶, 흉내만 내는 삶이 이뤄지는 도시. 고향에서 떠나와 도시 혹은 객지에서 겪는 새로운 생활이 마치 뿌리가 뽑힌 채 허공에 떠있는 것 같은 느낌이라는 뜻.

원미동 시인

양 귀 자

남들은 나를 일곱 살짜리로서 부족함이 없는 그저 그만한 계집아이 정도로 여기고 있는 게 틀림없지만 나는 결코 그저 그만한 어린아이는 아니다. 세상 돌아가는 이치를 다 알고 있다,라고 말하는 게 건방지다면 하다못해 집안 돌아가는 사정이나 동네 사람들의 속마음까지도 두루 알아맞힐 수 있는 눈치만큼은 환하니까. 그도 그럴 것이 사실을 말하자면 내 나이는 여덟 살이거나 아홉 살, 둘 중의 하나이다.

낳아 놓으니까 어쩌나 부실한지 살아날 것 같지 않아 차일피일 출생신고를 미루다 보니 그렇게 된 것이라 하는데 그나마 일곱 살짜리로 호적에 올려놓은 것만도 다행인 셈이었다. 살아나기를 원하지 않았을 엄마 마음쯤은 나도 이미 알고 있는 터였다. 아버지는 좀 덜하지만 엄마는 나만 보면 늘상 으르렁거렸다. 꿈도 꾸지 않았던 자식이었지만 행여 해서 낳아 봤더니 원수 같은 또딸이더라는 원성(怨聲)은 요사이도 노상 두고 하는 입버릇이니까 서운할 것도 없었다.

그것은 뭐 내가 일찌감치 철이 들어서가 아니라, 우리 집 사정이 워낙 그러했다. 내가 태어나던 해에 벌써 스물이 넘어 처녀티가 꽉 밴 큰언니에서 중학교 졸업반이던 막내언니까지 딸이 무려 넷이었다. 마흔 셋에 임신인지도 모르고 너댓 달 배를 키우다가 엄마는 여기저기 용하다는 점쟁이들한테 다녀보고는 마침내 낳을 결심을 했었다는 것이다. 모든 점쟁이들이 '만장일치로 아들'이라고 주장해서였다. 그런 판에 또 조개 달고 나오기가 무렴해서였는지1) 냉큼 쑥 빠져 나오지 못하고 버그적거리는 통에 산모를 반죽음시켜 놓았다니 나로서는 입이 열 개라도 할 말이 없는 형편이다. 그렇지만 실제로는 여덟 살이다, 아홉 살이다 자꾸 이랬다 저랬다 하는 엄마도 과히 잘한 것은 없다. 내가 뭐 뺄셈 덧셈에 아주 까막눈인 줄 알지만 천만에, 우리 엄마는 내가 세 살이 될 때까지도 내가 혹시 죽어 주지나 않을까 기다린 게 분명하다.

내가 얼마나 구박덩이에 미운 오리새끼인가를 길게 설명하고 싶지는 않다. 진짜 하고 싶은 이야기는 그런 따위 너절한 게 아니라 원미동 시인(詩人)에 관한 것이니까, 내가 여러 가지 것을 많이 알고 있다고는 해도 솔직히 시가 뭣인지는 정확히 설명할 수는 없다. 얼추 짐작하기로 그것은 달 밝은 밤이나 파도가 출렁이는 바닷가에서 눈을 착 내려감고 멋진 말을 몇 마디 내뱉는 것이 아닐까 여기지만 원미동 시인이 하는 것을 보면 매양 그렇지도 않은 모양이었다. 우리 동네에는 원미동 시인 말고도 원미동 카수니 원미동 멋쟁이, 원미동 똑똑이 등이 있다. 행복사진관 엄씨 아저씨가 원미동 카수인데 지난번 전국노래자랑 부천대회에서 예선에도 못 들고 떨어졌다니 대단한 솜씨는 못 될 것이었다. 노라엄마가 원미동 멋쟁이라는 것은 내가 가장 잘 안다. 그 보라색 메니큐어와 노랑머리는 노라엄마뿐이니까. 원미동 똑똑이는, 부끄럽지만 우리 엄마이다. 부끄럽다는 것은 남의 일에 간섭이 심하고 걸핏하면 싸움질이나 해대는 똑똑이는 욕이나 마찬가지라는 것을 알기 때문이었다.

원미동 시인에게는 또 다른 별명이 있다. 퀭한 두 눈에 부스스한 머리칼, 사시사철 껴입고 다니는 물들인 군용잠바와 희끄무레하게 닳아빠진 낡은 청바지가 밤중에 보면 꼭 몽달귀신 같다고 서울미용실의 미용사 경자언니가 맨처음 그를 '몽달씨'라고 부르기 시작했다. 경자언니뿐만 아니라 우리 동네 사람이라면 누구나 그를 좀 경멸하듯이, 어린애 다루듯 함부로 하는 게 보통인데 까닭은 그가 약간 돌았기 때문이라는 것이었다. 언제부터 어떻게 살짝 돌았는지는 모르지만 아무튼 보통 사람과 다른 것만은 틀림없었다. 몽달씨

1) 무렴해서였는지 : 염치가 없었는지.

는 무궁화연립주택 3층에 살고 있었다. 베란다에 화분이 유난히 많고 새장이 세 개나 걸려 있는 몽달씨네 집은 여름이면 우리 동네에서는 드물게 윙윙거리며 하루 종일 에어컨이 돌아가는 부자였다. 시내에서 한약방을 하는 노인이 늘그막에 젊은 마누라를 얻어 아기자기하게 살아 보는 판인데 결혼한 제 형집에 있지 않고 새살림하는 재미에 푹 빠진 아버지 곁으로 옮겨 온 막동이가 몽달씨였다. 그것부터가 팔불출이짓[2]이라고 황금부동산의 고흥댁 아줌마가 욕을 해쌓는데, 아들이 아버지와 함께 사는 게 왜 바보짓이라는 건지 알 수가 없었다.

그런 몽달씨에게 친구가 있다면 아마 내가 유일할 것이었다. 몽달씨 나이가 스물일곱이라니까 나보다 스무 살이나 많지만 우리는 엄연히 친구이다. 믿지 않겠지만 내게는 스물일곱짜리 남자친구가 또 하나 있다. 우리집 옆, 럭키슈퍼의 김 반장이 바로 또 하나의 내 친구인데 그는 원미동 23통 5반의 반장으로 누구보다도 씩씩하고 재미있는 사람이었다. 나는 매일같이 슈퍼 앞의 비치파라솔 의자에 앉아 그와 함께 낄낄거리는 재미로 하루를 보내다시피 하였는데 요즘은 내가 의자에 앉아 있어도 전처럼 웃기는 소리를 해주거나 쭈쭈바 따위를 건네 주는 법 없이 다소 퉁명스러워졌다. 그 까닭도 나는 훤히 알고 있지만 모르는 척하는 수밖에. 우리집 셋째딸 선숙이언니가 지난 달에 서울 이모집으로 훌쩍 떠나 버렸기 때문인 것이다. 김 반장이 선숙이언니랑 좋아지내는 것은 온 동네가 다 아는 일이지만 선숙이언니 마음이 요새 좀 싱숭생숭하더니 기어이 이모네가 하는 옷가게를 도와 준다고 서울로 가버렸다. 선숙이언니는 얼굴이 아주 예뻤다. 남들 말대로 개천에서 용이 났다고 해도 과언이 아닐 만큼 지지리궁상인 우리집에 두고 보기는 아까운 편인데, 그 지지리궁상이 지겨워 맨날 뚱하던 언니였다.

참말이지 밝히고 싶지 않지만 우리 아버지는 청소부이다. 아침 새벽부터 저녁 늦게까지 남의 집 쓰레기통만 뒤지고 다니는 직업이라 몸에서 나는 냄새도 말할 수 없을 만큼 지독했다. 아버지일만이 아니라 밝히고 싶지 않은 것이

---

2) 팔불출이짓 : 몹시 어리석은 사람이 하는 짓.

또 있다. 큰언니는 경기도 양평으로 시집가서 농사꾼의 아내가 되었으니 상관없지만 둘째언니 이야기는 말하기가 부끄럽다. 둘째언니는 처음에는 버스 안내양, 그 다음에는 쏘세지공장의 여공원, 그 다음에는 다방에서 일하더니 돈 버는 일에 극성인 성격대로 지금은 구로동 어디에서 스물여섯 살의 처녀가 대폿집을 열고 있다. 언젠가 한번 가봤더니 키가 멀대같이 큰 남자가, 하나뿐인 방에서 웃통을 벗어부친 채 잠들어 있고 언니는 그 옆에서 엎드려 주간지를 뒤적이고 있지 않은가. 그만한 정도로도 나는 일이 되어가는 모양을 알 수가 있었다.

우리 엄마와 청소부 아버지는 딸년들이야 시집 보낼 만큼만 가르치면 족하다고 언니들을 모두 중학교까지만 보냈는데 웬일인지 선숙이언니만 고등학교를 보냈었다. 그래서 더 골치이긴 하지만, 기껏 고등학교까지 나왔으니 공장은 싫다, 차라리 영화배우가 되는 편이 낫다고 우거지상을 피우던 언니가 김반장네 콧구멍 같은 가게가 성이 찰 리 없을 것이었다.

이제 겨우 일곱 살짜리가, 사실은 그보다야 많지만, 왜 나이 많은 떠꺼머리 총각들하고만 어울리는지 이상하겠지만 그것은 결코 내 책임이 아니었다. 단짝인 노라를 비롯하여 몇몇의 친구들이 작년과 올해에 걸쳐 모두 국민학교에 입학해 버렸고, 좀 어려도 아쉬운 대로 놀아볼 만한 아이들까지 깡그리 유치원에 다니기 때문에 아침밥 먹고 나오면 원미동 거리에는 이제 두어 살짜리 코흘리개들밖에 남지 않는 것이었다. 설령 오후가 되어도 사정은 마찬가지였다. 끼리끼리만 통하는 아이들이 좀처럼 놀이에 끼워 주지 않기 때문에 나는 그만 홀로 뚝 떨어져 나와 외계인처럼 어성버성한 아이가 되어 버렸다. 우리 동네에는 값이 싼 유치원도 많고 피아노 교습소도 두 군데나 있지만 엄마는 꿈쩍도 하지 않는다. 단칸방에 살아도 모두들 유치원에 보내느라고 아침마다 법석인데 나는 이날 입때껏 유희 한번 제대로 배워 보지 못한 것이다. 아버지가 남의 집 쓰레기통에서 주워온 그림책이나 고장난 장난감이야 지천으로 널렸지만 이제는 그런 것들에는 흥미도 없으니 아무래도 나는 어른이 다 된 모양이었다.

몽달씨와 친구가 된 것은 올 봄, 바로 외계인 같던 시절이었다. 럭키슈퍼 앞에서 어슬렁거리며 김 반장이 언제나 말동무가 되어 주려나 눈치만 보고 있는데 바로 내 뒤에 똑같은 자세로 김 반장 눈치를 보는 몽달씨가 있었다. 염색한 작업복 주머니에서 꼬깃꼬깃한 종이를 펼쳐 들고 주춤주춤 내 옆의 빈 의자에 앉은 그가 "재숙아." 하고 내 이름을 불렀을 때 정말이지 나는 기절할 정도로 놀랐다. 좀 바보이고 약간 돌았다고 생각했으므로 언젠가는 그가 보는 앞에서도 "헤이, 몽달귀신!" 하고 놀려댄 적도 있었던 나였다. 이름을 알고 있었다는 사실에 놀라서 입을 쩌억 벌리고 있는 내게 그가 다음에 건넨 말은 더욱 기가 찼다.

"너는 나더러 개새끼, 개새끼라고만 그러더구나……."

나는 눈을 둥그렇게 떴다. 몽달귀신이라고 부른 적은 있지만 결코 '참말이지 하늘에 맹세코' 그를 개새끼라고 부른 적은 없었다. 그래서 나는 나도 모르게 고개를 마구 저어댔다. 그런 나를 보는지 마는지 그는 계속해서 말했다. 너는 나더러 개새끼라고만 그러더구나…….

지금 생각해도 참 어이가 없는 노릇이지만, 세상에 그게 바로 시라는 것이었다. 김 반장이 몽달씨에게 시를 쓴다 하니 멋있는 시를 한수 지어 보라고 했다는 것이었다. 그 청을 받고 몽달씨는 밤새 끙끙거리며 시를 쓰려 했으나 도무지 마음 먹은 대로 되지 않아 어느 유명한 시인의 시를 베껴왔는데 그 귀절이 바로 그 시의 마지막이라고 했다.

"에끼, 이사람아, 내가 언제 자네더러 개새끼, 개새끼 그랬는가?"

김 반장이 으레 그럴 줄 알았다는 듯 몽달씨 어깨를 툭 치며 빈정대고 말았지만 나의 놀라움은 쉽게 가시지 않았다. 기억을 못해서 그렇지 그를 향해 개새끼,라고 욕을 한 적이 꼭 있었던 것 같이만 생각될 지경이었다. 김 반장이야 뭐라건 말건 몽달씨는 그날 이후 며칠간은 개새끼 시를 외우고 다녔고 나는 김 반장 외에 몽달씨까지도 내 친구로 해야겠다고 속으로 결심해 두었다. 시인하고 친구가 된다는 것은 구멍가게 주인과 친구되는 것보담은 훨씬 근사했으니까.

그렇긴 했으나 약간 돈 사내와 오랜 시간을 어울려 다닐 만큼 나는 간이 크지 못했다. 게다가 김 반장은 마음이 내키면 언제라도 알사탕이나 쮸쮸바를 내놓을 수 있지만 몽달씨는 그런 면으로는 영 젬병이었다. 그는 오로지 시에 대하여 말하고, 시를 생각하고 시를 함께 외우자는 요구밖에는 몰랐다. 그에게는 시가 전부였다. 바람이 불면 '풀잎에 바람 스치는 소리' 때문에 가슴이 아프고, 수녀가 지나가면 문득 '열일곱 개의, 또는 스물한 개의 단추들이 그녀를 가두었다.'라고 부르짖었다. 그는 하루종일이라도 유명한 시인들의 시를 외울 수 있었다. 그것만이 아니었다. 외운 싯구절만 가지고 몇 시간이라도 대화를 할 수 있다고 그가 말하였다. 그게 바로 시적 대화라고 가르쳐 주기도 하였다. 그러기 위해서 그는 밤새도록 시를 읽는다고 하였다. 몽달씨는 밤이 되면 엎드려 시를 외우고, 다음날이면 그 시로써 말하는 사람이었다.

시를 빼고 나면 나와 마찬가지로 몽달씨도 심심한 사람이었다. 낮 동안에는 꼼짝없이 젊은 새어머니와 한집에서 지내야 하기 때문에 끊임없이 동네를 빙빙 돌면서 시간을 때워 나갔다. 내가 김 반장과 마주앉아 별로 새로울 것도 없는 이야기를 하다 보면 어느 샌가 슬쩍 다가와 약간 구부정한 허리로 의자에 주저앉곤 하는 몽달씨는 나보다 훨씬 강렬하게 김 반장의 친구가 되었으면 하는 소망을 품고 있는 것처럼 보였다. 우리들은 제법 뜨거운 한낮 동안 각기 편한 자세로 앉아 신문을 읽거나 졸거나 하는 무료한 시간을 보내다가 막걸리 손님이라도 들이닥치면 몽달씨와 나는 재빨리 의자를 비워 주곤 김 반장이 바삐 설치는 모양을 우두커니 바라보곤 하였다. 김 반장은 몽달씨가 시가 어쩌구 하며 이야기를 꺼내기라도 할라치면 대번에 딴소리를 해서 입막음을 하기 때문에 몽달씨도 김 반장 앞에서는 도통 시에 대한 말을 입에 올리지 않았다. 대신에 내가 원미동 시인의 '시적 대화'를 끊임없이 듣는 형편이었다.

그때까지만 해도 몽달씨보다는 김 반장과 함께 있는 것이 더 좋았다. 김 반장이 그 커다란 손바닥으로 내 엉덩이를 철썩 치면서 "어이, 재숙이처제!" 하고 불러 주면 기분이 그럴싸해서 저절로 웃음이 비어져 나왔고 가끔가다 오토바이 뒷좌석에 앉아 함께 배달을 나가기라도 할라치면 피아노 배우러 가던 계집애들이 손가락을 입에 물고 부러워 죽겠다는 듯이 나를 바라봐 줬었다. 김 반장이 말많은 원미동 여자들 누구하고도 사이좋게 지내면서 야채에다 생선까지 수월찮게 재미를 보는 것을 잘 아는 고흥댁 아주머니도 "선숙이가 인물만 좀 훤할 뿐이지 그 집안 꼬라지로 봐서 김 반장이면 횡재한 거야."라면서 은근히 선숙이 언니를 비아냥거렸다. 흥, 나는 고흥댁 아주머니의 마음도 알아맞힐 수 있다. 선숙이 언니보다 한 살 많은 딸이 하나 있는데 인물이 좀 제멋대로인 것이 아줌마의 속을 뒤집어 놓은 것이다. 그러면서도 지난번엔 김 반장 같은 사위나 얼른 봐야될 것 아니느냐는 은혜 할머니 말에는 가당찮게도 코웃음을 쳤었다.

"요새 시상에 뭐 부모가 무슨 상관 있답녀? 그래도 갸가 보는 눈이 높아서 엥간한 남자는 말도 못 꺼내게 하요잉. 저기 은행 대리가 중매를 넣어왔는디도 돌아보도 않읍디다. 전문학교일망정 대학물도 일 년 남짓 보았고 해서, 아는 게 아주 많다요."

그런 말을 들을 때마다 나는 목구멍이 근질거려서 견딜 수가 없었다. 왜 목구멍이 근질거리는가 하면 나는 또 다른 비밀을 하나 알고 있기 때문이었다. 이것은 정말 특급비밀인데 만약에 이 사실을 고흥댁 아주머니가 알았다가는 어떻게 수습이 되는지 내가 더 걱정인 판이다.

복덕방집 딸 동아언니가 누구와 좋아지내는가는 아마 나밖에 모르는 일일 것이다. 지난 봄에 노라네 집에 놀러갔다가 우연히 알게 된 사실로 노라조차도 영 모르고 있으니 나 혼자만 꿍꿍 앓다 말아야 할 것이긴 하지만, 그날 이후 복덕방 식구들만 만나면 내가 더 안절부절 못했다. 여태까지 누구에게도 털어놓지 않은 말이라 좀 망설여지기는 하지만 아이, 할 수 없다. 이야기를 꺼냈으니 털어놓을밖에. 동아언니는 노라네 대신설비에서 노라아빠의 일을 거들어 주는 노가다청년하고 연애를 하는 판이다. 그것도 보통 사이가 아니다. 지난 봄날, 노라네 집에 갔다가 노라가 보이지 않아 무심코 모퉁이를 돌아나와 옆구리 창으로 가게를 기웃 들여다보니 그 두 남녀가 딱 붙어앉아서 이상한 짓을 하고 있지 않은가. 동아언니는 그렇다치고 청년은 땀까지 뻘뻘 흘리면서 언니의 머리통을 꽉 껴안고 있었는데 좀 무섭기도 하였다.

이야기가 괜히 옆으로 흘렀지만 아무튼 선숙이 언니가 김 반장 같은 신랑감을 차버린 것은 좀 아쉬운 일이기는 하였다. 김 반장이야 아직도 미련을 버리지 못하고 있는 터이라 나만 보면 지금도 언니가 왔는가를 묻기에 여념이 없었다. 허나 선숙이 언니는 처음 떠날 때도 그랬지만 요사이 한 번씩 집에 들를 적에도 럭키슈퍼 쪽은 쳐다보지 않는다. 어쩔 때는 "어휴, 거지발싸개 같은 자식"이라고 욕도 막 내뱉는데 어떻게 알았는지 이모네 옷가게로 심심하면 전화질이라고 이를 갈았다. 가만히 눈치를 보아하니 선숙이 언니도 요새 새 남자가 생긴 것 같고 전과 달리 아무데서나 속옷을 홀렁홀렁 벗어던지며 옷을 갈아입는데, 그 속옷이 요사무사하게 생겨서 내 눈을 달뜨게 하곤 했다. 좀 만져라도 볼라치면 언니는 내 손을 탁 때려 버렸다.

"어때, 이쁘지? 재숙이 너 이런 것 처음 보지? 이거, 모두 선물 받은 거다."

끈으로 아슬아슬하게 꿰매 놓은 저런 팬티 따위를 선물하는 치도 우습지만 그것을 자랑하는 언니는 더욱 밉상이어서 그럴 때면 속도 모르는 김 반장이 불쌍해지기도 하였다.

몽달씨가 있음으로 인하여 김 반장의 주가가 더 올라가는 점도 있었다. 나야 어린애니까 럭키슈퍼의 비치파라솔 아래서 어슬렁거려도 흉볼 사람은 없지만 동갑나기인 몽달씨가 하는 일도 없이 가게 근처를 빙빙 돌면서 어쩔 때는 나와 같이 쮸쮸바나 쪽쪽 빨고 있으면 오가는 동네 어른들마다 혀를 끌끌 찼다.

"대학 다닐 때까진 저러지 않았대요. 저도 잘은 모르지만 학교에서 잘렸다나 봐요. 뭐 뻔하죠. 요새 대학생들 짓거린. 그리곤 곧장 군대에 갔는데 제대하고부턴 사람이 저리 됐어요. 언제나 중얼중얼 시를 외운다는데 확 미쳐 버린 것도 아니고, 아주 죽겠어요."

몽달씨 새어머니 되는 이가 김 반장에게 하소연하는 소리였다. 럭키슈퍼 단골인 그녀는 "아주 죽겠어요."가 입버릇이었다.

"내 체면을 봐서라도 옷이나 좀 깨끗이 입고 나다니면 좋으련만, 아주 죽겠어요."

말이 났으니 말이지 그 옷차림은 럭키슈퍼의 심부름꾼 복장으로 딱 걸맞았다. 종일 의자에서 빈둥거리기도 지겨운지라 우리는 곧잘 가게일도 마다않고 거들었다. 우리 둘이서 기껏 머리를 짜내어 하는 일이란 게 고무 호스로 가게 앞에 물을 뿌려 주는 정도였다. 포장이 덜 된 가게 앞길의 먼지 제거를 위해서나 여름 땡볕을 좀 무디게 하는 방법으로는 그 이상도 없어서 김 반장도 우리의 일을 기꺼이 바라봐 주곤 일이 끝나면 기분이란 듯 요구르트 한 개씩을 던져 주기도 하였다.

그러다 차츰차츰 몽달씨 몫의 일이 하나 둘 늘어갔는데 가게 앞 청소나 빈 박스를 지하실 창고에 쟁이는 일 혹은 막걸리손님 심부름 따위가 그것으로, 몽달씨가 거드는 일이 많으면 많을수록 김 반장은 더욱 의젓해지고 몽달씨는 자꾸 초라하게 비추어지는 게 나에겐 참으로 이상한 일이었다. 김 반장도 그걸 모르지는 않았을 것이다. 그래서 언젠가는 아주 정색을 하고서 몽달씨 어깨를 꽉 껴안더니 이렇게 말하기도 하였다.

"자네 같은 시인에게 이런 일만 시키려니 미안하이. 자네는 확실히 시인은 시인이야. 언제 바쁘지 않을 때는 정말이지 자네 시를 찬찬히 읽어 봄세. 이 래뵈도 학교 다닐 때 위문편지는 내가 도맡아 써주곤 했던 실력이니까."

그러면 몽달씨는 더욱 신이 나서 생선 잘라 주는 통나무 도마까지 깔끔히 씻어내고 널부러져 있는 채소들을 다듬고 하면서 분주히 설치는 것이다. 하지만 이제껏 몽달씨의 시노트를 읽어 본 적이 없는 김 반장이었다. 몽달씨가 짐짓 아직 자기 시는 읽을 만하지 못하니 유명한 시인의 시나 읽어보지 않겠느냐고 구깃구깃 접은 종이를 꺼낼라치면 김 반장은 온갖 핑계를 다 대서라도 줄행랑을 치면서 그가 보지 않은 틈을 타 머리 위에 대고 손가락으로 빙글, 동그라미를 그려 보였다. 그것도 모르고 몽달씨는 언제라도 김 반장에게 들려줄 수 있도록 꼬깃꼬깃한 종이쪽지들을 호주머니마다 가득 넣어 가지고 다녔다. 그때쯤엔 나도 몽달씨의 시적대화에는 질려 있어서 덩달아 자리를 피했고 김 반장을 따라 머리 위에 손가락으로 동그라미를 그려댔다. 약간, 아니

혹시는 아주 많이 돈 원미동 시인은 그래도 여전히 럭키슈퍼의 심부름꾼 꼬마처럼 다소곳이 잡심부름을 도맡아 가지고 있었다.

분명히 말하지만 보름전쯤 그 사건이 일어날 때까지만 해도 나는 김 반장이 내 셋째 형부가 되어 주길 은근히 바라고 있었다. 농사 짓는 형부는 워낙이 나이가 많아 늙은 아버지 같아서 싫었고 둘째 언니야 아직 공식적으로 처녀니까 별 볼일 없는데다 형부다운 형부는 선숙이언니가 결혼해야 생길 터이니 기왕이면 김 반장 같은 남자가 형부가 되길 바란 것이었다. 하기야 넷째 언니도 시방 같은 공장에 다니는 사내와 눈이 맞아서 부쩍 세수하는 시간이 길어지긴 했지만 그래봤자 앞차가 두 대나 밀려 있으니 어림도 없었다. 선숙이 언니와 김 반장이 결혼을 하면 누가 뭐래도 나는 럭키슈퍼에 진득이 붙어있을 수 있는 자격을 갖게 되는 셈이었다. 기분이 내키면 삼백원짜리 빵빠레를 먹은들 어쩌하랴. 오밀조밀 늘어놓은 온갖 과자와 쪼코렛과 사탕이 모두 내 손아귀에 있다,라고 생각하면 어쩔 수 없이 나는 흐물흐물 기분이 좋아졌다.

그런데 정확히 열나흘 전의 그 일로 인하여 나는 김 반장과 럭키슈퍼의 잡다한 군것질감을 한꺼번에 포기하였다. 모르긴 몰라도 이런 나의 처사는 백 번 옳을 것이었다. 그 사건의 처음과 끝을 빠짐없이 지켜본 유일한 목격자는 나 하나뿐이었지만 그렇다고 내가 본 것을 누구에게도 늘어놓지는 않았다. 웬일인지 그 일에 관해서는 입도 뻥긋하기 싫었다. 그런 채로 나혼자서만 김 반장을 형부감에서 제외시켜 버렸던 것이다. 또 하나, 아주 용기를 필요로 하는 일이었지만 그날 이후에 김 반장이 내 엉덩이를 철썩 두들기며 어이, 우리 재숙이처제 어쩌구 할 때는 단호하게 그를 뿌리치고 도망나와 버리곤 하였다. 물론 그가 내미는 쮸쮸바도 받아먹지 않았다.

그 사건은 초여름밤 열 시가 넘어서 일어났다. 그날은 낮부터 티격티격해 대던 엄마와 아버지와의 말싸움이 저녁에 이르러서는 본격적으로 시작되었다. 넷째 언니는 야간 조업이 있다고 늘상 열두 시가 다 되어야 돌아오는 처지라 만만한 나만 엄마의 분풀이 대상이 되어서 낮부터 적잖이 욕설도 들어먹었던 차였다. 싸우는 이유도 뭐 그리 대단한 게 아니었다. 아버지가 쓰레기

속에서 주워 온 십팔금 목걸이를 맥주 네 병으로 맞바꾸어 간단히 목을 축이고 돌아왔노라는 말을 내뱉은 뒤부터 엄마의 잔소리가 시작된 게 원인이었다. 새삼 길게 이야기할 것도 없고 요지는 맥주 네 병으로 홀랑 마셔 버리느니 지 여편네 목에 걸어 주면 무슨 동티가 날까 봐 그랬느냐는 아우성이었다. 엄마가 지금 손가락에 끼고 있는, 약간 색이 변한 십팔금 반지도 아버지가 주워온 것인데 짜장 목걸이까지 갖출 뻔한 것을 놓쳐서 엄마는 단단히 약이 올랐다. 그러던 말싸움이 저녁에 가서는 기어이 험악한 욕설과 아버지의 손찌검으로 이어지길래 나는 언제나처럼 슬그머니 집을 빠져 나와 비어 있는 럭키슈퍼의 노천의자에 앉아 있었다. 가끔씩 있는 일로서 머지않아 아버지는 엄마를 케이오로 때려눕힌 뒤 코를 골며 잠들어 버릴 것이었다. 그 다음엔 눈물 콧물 다 짜낸 엄마가 발을 질질 끌며 거리로 나와 재숙아!를 목청껏 부를 판이었다. 그때나 되어 못 이기는 척 들어가 잠자리에 누워 버리면 내일 아침의 새날이 올 것이 분명하였다.

집에서 나온 것이 아홉 시쯤, 그래서 김 반장도 가겟방에 놓은 흑백 텔레비전으로 저녁 뉴스를 시청하느라고 내가 나온 것도 모르고 있었다. 장가들면 색시가 컬러 텔레비전을 해올 것이므로 굳이 바꿀 필요 없다고 고물 텔레비전으로 견디어내는 김 반장의 등어리를 흘낏 쳐다보고 나는 신발까지 벗고 의자 위에 냉큼 올라앉았다. 잠이 오면 탁자에 엎드려 한숨 졸고 있어 볼 생각으로 나는 가물가물 감기는 눈을 비비며 이리저리 몸을 뒤척이고 있었다. 거리는 그날따라 유난히 한산했고 지물포나 사진관도 일찌감치 아크릴 간판에 불을 꺼둔 채였다. 우리정육점은 휴일인지 셔터까지 내려져 있었다. 그 옆의 서울미용실은 경자언니가 출퇴근을 하기 때문에 아홉 시만 되면 어김없이 불을 꺼 버린 채였다. 럭키슈퍼에서 공단 쪽으로 난 길은 공터가 드문드문 박혀 있어서 원래 칠흑같이 어두웠다. 한 블록쯤 가야 세탁소가 내비치는 불빛이 쬐끔 새어 나올 뿐이고 포장도 안 된 울퉁불퉁한 소방도로 옆으로는 자갈이며 벽돌 따위가 쌓여 있었다.

바로 그때 공단 쪽으로 가는 어두운 길에서 뭔가 비명소리 같고 욕지기를

참는 안간힘 같기도 한 소리가 들려왔다. 아니, 그때 나는 비몽사몽 졸음 속
에서 헤매고 있었기 때문에 정확하게 어떤 소리를 들은 것은 아니었다. 이제
생각하면 그순간에는 분명 잠에 흠뻑 취해 있었음이 확실했다. 그럼에도 불
구하고 그 소리를 들었던 것처럼 생각된 것은 꿈속에까지 쫓아와 악다구니를
벌이고 있는 엄마와 아버지의 모습을 보고 있었던 탓인지도 몰랐다. 하여간
허공을 가르는 비명소리가 꿈속이었거나 생시였건간에 들려왔던 것은 사실이
었다. 움찔 놀라며 눈을 떴을 때는 이미 누군가가 어둠을 뚫고 뛰쳐 나와 필
사적으로 가게를 향해 덮쳐 오는 중이었다. 그리고 그 뒤엔 덫에서 뛰쳐 나온
노루새끼를 붙잡으러 온 것이 확실한 젊은 사내 둘이 가쁜 숨을 몰아쉬며 쫓
아오고 있었다.

　공교롭게도 나는 불빛에서 약간 비껴난 쪽의 의자에 앉아 있었기 때문에
그들의 눈에 띄지 않았다. 더욱 공교로웠던 것은 마침 가게 주변엔 아무도 없
었다는 사실이었다. 때에 따라서는 비치파라솔 밑의 이 의자로는 턱도 없이
모자랄 만큼의 사람들이 와자하게 모여 막걸리타령을 벌이는 경우가 종종 있
었다. 대개는 일을 끝내고 돌아가는 공사장의 인부들이었다. 그 사람들이 아
니더라도 동네 사람 몇몇이 자주 이 의자에 앉아 밤바람을 쐬기도 했는데 그
날은 아무도 없었다. 갑작스런 사태에 놀라 내가 어리둥절하는 사이 도망자
는 곧장 가게 안으로 들어가 버렸고 뒤쫓아온 사람 중의 하나는 가게 앞에, 또
하나는 마악 가게 속으로 들어가는 중이어서 나는 그들의 모습을 비교적 자세
히 볼 수 있었다.

　"야, 이 새꺄! 이리 못나와!"

　가게 안으로 쫓아들어가면서 소리치고 있는 사내는 빨간 색의 소매 없는
런닝셔츠를 입고 있어서 땀에 번들거리는 어깨죽지가 엄청 우람하게 보였다.

　"깽판 치기 전에 빨리 나오란 말야!"

　가게 앞에 서서, 씩씩 가쁜 숨을 몰아쉬며 이마의 땀을 훔치고 있는 사내는
두 개의 웃저고리를 한 손에 거머쥐고 있었다. 그랬으므로 그도 당연히 런닝
셔츠 바람이었지만 소매도 달린, 점잖은 흰색이었으므로 빨간 셔츠에 비해 훨

썬 온순하게 보여졌다.

도대체 무슨 일일까. 호기심을 이기지 못한 나는 가게 옆구리의 샛문을 통해 안을 들여다보았다. 그새 사내의 발길에 채여 버린 도망자가 바닥에 엎어져 있었고 김 반장이 만약을 위해 사내 주변의 맥주 박스를 방 안으로 져나르면서 뭐라고 소리치고 있었다.

"김형, 김형……도와 주세요."

쓰러진 남자의 입에서 이런 말이 가느다랗게 흘러나온 것은 그순간이었다. 그와 동시에 빨간 셔츠의 사내가 다시 쓰러진 자의 등허리를 발로 꽉 찍어 눌렀다.

"이새끼, 아는 사이요? 그러면 당신도 한번 맛 좀 볼 텐가?"

맥주병을 거꾸로 쳐들고 빨간 셔츠가 소리질렀다. 김 반장의 얼굴이 대번에 하얗게 질려 버렸다.

"무, 무슨 소리요? 난 몰라요. 상관없는 일에 말려들고 싶지 않으니까 나가서들 하시요."

그때 바닥에 쓰러져 버둥거리던 남자가 간신히 몸을 틀고 일어섰다. 코피로 범벅이 된 얼굴이 슬쩍 드러나 보였는데, 세상에, 그는 몽달씨임이 분명하였다. 그러고보니 빛바랜 바지와 물들인 군용잠바 밑에 노상 껴입고 다니던 우중충한 남방셔츠가 틀림없는 몽달씨였다. 아까는 워낙 눈깜짝할 사이에 가게 안으로 뛰어들었기 때문에 얼굴을 볼 겨를이 없었다.

"이 짜식, 어디로 토끼는 거야! 너 같은 놈은 좀 맞아야 돼."

흰 이를 드러내며 빨간 셔츠가 으르렁거렸다. 순간 몽달씨가 텔레비전이 왕왕거리고 있는 가겟방을 향해 튀었다. 방은 따로이 바깥쪽으로 난 출입구가 있었기 때문이었다. 그러나 몽달씨보다 더 빠른 동작으로 방문을 가로막아버린 사람이 있었다. 바로 김 반장이었다.

"나가요! 어서들 나가요! 싸우든가 말든가 장사 망치지 말고 어서 나가요!"

빨간 셔츠가 몽달씨의 목덜미를 확 나꾸어챘다. 개처럼 질질 끌려나오는 몽달씨를 보더니 밖에 있던 흰 런닝셔츠가 찌익, 이빨 새로 침을 뱉아냈다.

두 사람 다 술기운이 벌겋게 오른, 번들거리는 눈자위가 징그러웠다. 나는 재빨리 불빛이 닿지 않는 구석으로 몸을 피했다. 무섭고 또 무서웠다. 저렇게 질질 끌려가는 몽달씨를 위해서 내가 해야 할 일이 무엇인지 알 수가 없었다. 도무지 가슴이 떨려 숨도 크게 쉬지 못할 지경이었는데 김 반장은 어지러진 가게를 치우면서 밖은 내다보지도 않았다.

두 명의 사내 중에서도 빨간 셔츠가 훨씬 악독한 게 사실이었다. 녀석은 몽달씨의 머리칼을 한 웅큼 휘어감고 마치 짐짝 부리듯이 몽달씨를 다루고 있었다. 끌려가지 않으려고 버둥거리다가는 사내의 구둣발에 사정없이 정갱이며 옆구리가 뭉개어졌다. 지나가던 행인 몇 사람이 공포에 질린 얼굴로 그들을 지켜보았다. 구경꾼들이 보이자 빨간 셔츠가 당당하게 외쳐댔다.

"이 새끼, 너 같은 놈은 여지없이 경찰서로 넘겨야 해. 빨리 와!"

불 켜진 황금부동산 앞에서 몽달씨가 최후의 발악을 벌여 놈의 손아귀에서 빠져 나왔다. 그러나 이내 녀석에게 머리칼을 붙잡히면서 부동산 옆의 시멘트기둥에 된통 머리를 받혔다. 쿵. 몽달씨의 머리통이 깨져 나가는 듯한 소리에 나는 눈을 감아 버렸다. 숨이 막힐 것만 같았다. 행복사진관과 원미지물포만 지나고 나면 또다시 불빛도 없는 공터가 나올 것이므로 몽달씨를 구해 낼 시기는 지금밖에 없다. 몽달씨가 악착같이 불켜진 가게 쪽으로만 몸을 이끌어갔기 때문에 길 이쪽은 텅 비어 있었다. 몇몇 사람들이 있기는 하였지만 그들은 섣불리 끼어들지 않고서 당하는 몽달씨의 처참한 꼴에 혀만 끌끌 차고 있었다.

"빨리 가, 이 자식아! 경찰서로 가잔 말야."

빨간 셔츠가 움켜쥔 머리칼을 확 나꾸어채면 몽달씨는 쓰러진 채 몸을 가누지 못해 정말 개처럼 두 손을 바닥에 짚고 끌려갔다.

"왜 이러세요……내게 무슨 잘못이……있다고…….."

행복사진관의 밝은 불빛 앞에서 몽달씨가 울부짖으며 사내에게 잡힌 머리통을 흔들어대다가 녀석의 구둣발에 면상을 짓밟히기 시작하였다. 마침내 나는 내달리기 시작하였다. 두 주먹을 불끈 쥐고, 녀석들 곁을 바람같이 스쳐 나는 원미지물포로 뛰어들었다. 가게는 텅 비어둔 채 지물포 조씨 아저씨는 아랫목에 길게 누워 텔레비전을 보느라 바깥의 소동은 까맣게 모르고 있었다.

"깡패가, 깡패가 몽달씨를 죽여요!"

조씨 아저씨는 그 우람한 체구에 비하면 말귀를 빨리 알아듣는 사람이었다. 번개같이 튀어나와 마침 자기 가게 앞을 끌려가고 있는 몽달씨의 꼴을 보고는 냅다 소리를 질렀다.

"죄가 있으모 경찰을 부를 일이제 무신 일로 사람을 이리 패노? 보소! 형씨, 그 손 못 놓나?"

투박한 경상도 말이 거침없이 쏟아져 나오자 녀석도 약간 주춤했다.

"아저씨는 상관 마쇼! 이런 놈은 경찰서로 끌고 가야 된다구요."

"누가 뭐라카노. 야! 빨리 경찰에 신고해라. 당신네들이 사람 뚜드려가며 경찰서까지 갈 것 없다. 일분 안에 오토바이 올 테니까."

"이 아저씨가……이 새끼, 아는 사람이요?"

"잘 아는 사람이니 이카제. 이 착한 청년이 무신 죄를 졌다고 이래 반 죽여났노? 무슨 일이라?"

그제서야 빨간 셔츠가 슬그머니 움켜쥔 머리칼을 놓았다. 몽달씨가 비틀거리며 조씨 곁으로 도망쳤다.

"아무 잘못도……없어요……지나가는 사람 잡아놓고……느닷없이 때리는데……."

더듬더듬, 입 안에 괴어 있는 피를 뱉아내며 간신히 이어가는 몽달씨의 말을 듣노라고 조씨가 잠시 한눈을 판 것이 잘못이었다. 멀찌감치 서서 구경을 하고 있던 사람들 중에서 누군가가 소리쳤다.

"어어, 저봐요. 저 사람들 도망쳐요!"

정말 눈깜짝할 사이였다. 벌써 공단 쪽 길로 팅겨가는 모양으로 발자국 소리만 어지럽고 녀석들은 어둠 속에 파묻혀 버린 뒤였다.

"빨리 가서 잡아야지 저런 놈들 그냥 두면 안 돼요!"

언제 왔는지 김 반장이 발을 구르며 흥분하고 있었다. 금방이라도 잡으러 갈 듯 몸을 솟구치는 꼴이 가관이었다.

"소용없어. 저놈들이 어떤 놈이라고."

"세상에, 경찰서로 가자고 그리 당당하게 굴더니 도망치는 것 좀 봐."

"그러니까 그냥 닥치는 대로 골라잡아 팬 거군. 우린 그것도 모르고 정말 도둑이나 되는 줄 알았지 뭐야!"

"여기는 가게들이 많아 환하니까 어두운 곳으로 끌고 가서 작신 팰려고 수작을 벌였군."

"그래요, 아까 보니까 저 윗길에서 이 총각이 그냥 지나가는데 불러놓고 시비드라구요. 아휴, 저 총각 너무 많이 맞았어. 죽지 않은 게 다행이야."

"그럼 진작에 말하지 그랬어요?"

"누가 이 지경인 줄 알았수? 약국에 가는 길에 그 난리길래 무서워서 저쪽으로 돌아갔다가 약 사갖고 와보니 경찰서 가자고 여태도 패고 있는걸."

모여섰던 사람들이 저마다 한마디씩 떠들어대기 시작했다. 조금 아까까지도 텅 비어 있다시피 한 거리였는데 언제 알았는지 이집 저집에서 쏟아져 나온 사람들이 웅성거리며 피투성이가 된 몽달씨를 기웃거렸다. 참말이지 쥐어뜯긴 머리칼하며 길바닥을 쓸고 온 옷 꼬락서니, 그리고 피범벅이 된 얼굴까지가 영락없이 몽달귀신 그대로였다.

"무신 놈의 세상이 이리 험악하노. 이래가꼬는 사람이라 할 수 있겠나?"

조씨가 어이없어 하는데 또 김 반장이 냉큼 뛰어들었다.

"그러게 말입니다. 하여간 저놈들을 잡아서 넘겼어야 하는 건데……. 좀 어때? 대체 이게 무슨 꼴인가. 어서 집으로 가세. 내가 데려다 줄게."

김 반장이 몽달씨를 부축해 일으켰다. 세상에 벨도 없지. 그 손을 뿌리치지 못하고 몽달씨는 김 반장의 부축을 받으며 집으로 갔다.

몽달씨를 다시 보게 된 것은 그로부터 꼭 열흘이 지난 며칠 전이었다. 그 열흘간을 어떻게 보냈는지는 설명하기도 귀찮을 정도였다. 몽달씨와 더불어 다닐 때는 몰랐지만 막상 그가 없으니 심심해서 미칠 지경이었다. 하루가 꼭 마흔 시간쯤으로 늘어난 느낌이었다. 때때로는 럭키슈퍼의 의자에 앉아 있은 적도 있었지만 이미 김 반장과는 서먹한 사이가 되어 버려서 그다지 자주 찾지는 않았다. 그날 밤, 내가 몰래 가게 안을 훔쳐보고 있은 줄을 모르는 김 반장만큼은 예전과 다름없이 나를 대하였다.

"재숙이처제, 요새는 왜 뜸해! 선숙이언니 서울서 오거든 직방으로 내게 알리는 것 잊지 마라. 그러면 내가 이것 주지!"

김 반장이 쳐들어 보이는 것은 으레 요깡이었다. 껍질에는 영양갱이라고 쓰여 있는 이백 원짜리 팥떡인데, 그것을 죽자사자 먹고싶어 하는 것을 아는 까닭이었다. 그러나 흥, 어림도 없지. 선숙이언니가 오게 되면 김 반장의 비겁한 행동을 미주알 고주알 일러바쳐서 행여 남아 있을지도 모를 미련까지도 아예 싹둑 끊어 버리게 하자는 것이 내 속셈이었다. 어찌된 셈인지 선숙이언니는 한 달 가까이 집에는 콧배기도 내비치지 않고 있었다. 얼마 전에 서울에 다녀온 엄마 말로는 양품점이 한 달에 두 번 노는데도 집에는 올 생각 않고 왼종일 쏘다니다 밤 늦게서야 기어 들어온다는 것이다. 게다가 이모가 받아본 전화 속의 남자들만도 서넛이 넘어서, 양품점 전화통이 종일토록 불나게 울려대는 통에 지깐 년은 저한테 걸려오는 전화 받기에도 바쁜 형편이라 했다. 엄마를 쏙 빼닮아 말뿐새가 거칠기 짝이 없는 이모가 보나마나 바가지로 퍼부었을 선숙이언니 흉보따리를 잔뜩 짊어지고 온 엄마의 마지막 결론은 갈 데없이 원미동 똑똑이다웠다.

"선숙이 고년, 이왕지사 바람든 년이니까 차라리 탤렌트나 영화배우를 시키는 게 낫겠습니다. 말이사 바른 말이지 인물이야 요즘 헌다 하는 장미희보다 낫지……."

"미쳤군, 미쳤어. 탤렌트는 누가 거저 시켜주남. 뜨신 밥먹고 식은 소리 작작해!"

그렇게 몰아부치면서도 아버지는 으레 흐흐흐 웃고 마는 게 예사였다. 딸 많은 집구석에 인물 팔아 돈 버는 딸년 하나쯤 생긴다 해서 나쁠 것도 없다는 웃음이 분명했다.

"서울사람들은 눈도 밝지, 선숙이가 명동으로 나갔다 하면 영화배우 해보

라고 줄줄이 따라다닌답디다. 인물 좋은 것도 딱 귀찮다고 고년이 어찌 성가
셔하는지……."

엄마도 참, 입술에 침도 안 바르고 고흥댁 아줌마한테 이렇게 줏어 섬기는
때도 있다. 그러면 여태도 동아언니 콧대가 하늘 높은 줄 모르게 솟아 있다고
만 믿는 고흥댁 아주머니도 지지 않고 딸자랑을 쏟아 놓았다.

"우리 동아는 요새 피아노도 배우고 꽃꽂이학원도 다닌다고 맨날 바쁘다
요. 시방 세상은 그 정도의 신부수업인가 뭔가가 아주 필수라 한다드만."

엄마도 엄마지만 고흥댁 아주머니 말은 듣기에도 거북하였다. 대신설비 노
가다청년한테 시집가면 피아노는커녕, 호박꽃 한 송이 꽂을 일도 없을 것이니
까. 어른들은 알고 보면 하나밖에 모르는 멍텅구리 같을 때가 종종 있는 법이
다. 그 사건 이후, 김 반장에 대한 이야기만 해도 그렇다.

"김 반장 그 사람 참말이제 진국은 진국인기라. 엊그제만 해도 복숭아깡통
하나 들고 몽달청년한테 가능갑드라. 걱정도 억시기 해쌓고, 우찌됐던 미친
놈한테 그만큼 정성들이는 것만 봐도 보통은 아닌 기 맞다."

지물포 조씨가 행복사진관 엄씨한테 하는 말이었다. 세 살 많다 하여 조씨
를 어김없이 형님으로 받드는 엄씨가 고개를 끄덕이며 맞장구치는 것을 보고
있으면 내 속이 터질 것만 같았다. 그렇지만 이상하게도 그 밤의 일을 속시원
히 털어놓을 수가 없었다. 그러고 보면 이 김재숙이야말로 진국 중에 진국인
지도 모른다.

몽달씨가 자리 털고 일어난 이야기를 하려다가 또 다른 쪽으로 새버렸지만
몽달씨야말로 진짜 이상한 사람이었다. 오후반인 노라기 등교준비를 해야 한
다고 서둘러 저희 집으로 가버린 때니까 정오가 조금 지나서였을 것이다. 집
으로 가다 말고 문득 럭키슈퍼 쪽을 돌아보니 음료수 박스들을 차곡차곡 쟁여
놓는 일에 땀을 뻘뻘 흘리고 있는 몽달씨가 보였다. 실컷 두들겨맞고 열흘간
이나 누워 있었던 사람이라 안색은 차마 마주보기 어려울 만큼 핼쑥했다. 그
런데도 뭐가 좋은지 히죽히죽 웃어가면서 열심히 박스들을 나르고 있는 게 아
닌가. 그것도 김 반장네 가게에서. 아무리 눈을 크게 뜨고 보아도 몽달씨가

분명했다. 저럴 수가. 어쨌든 제정신이 아닌 작자임이 틀림없었다. 아무리 정신이 좀 헷갈린 사람이래도 그렇지 그날 밤의 김 반장 행동을 깡그리 잊어 버리지 않고서야 저럴 수가 없다는 게 내 생각이었다.

잊었을까. 그날 밤 머리의 어딘가를 세게 다쳐서 김 반장이 자기를 내쫓은 부분 만큼만 감쪽같이 지워진 것은 아닐까. 전혀 엉뚱한 이야기만도 아니었다. 텔레비전에서도 보면 기억상실증인가 뭔가로 자기 아들도 못 알아보는 연속극이 있었다. 그런 쪽의 상상이라면 나를 따라올 만한 아이가 없는 형편이었다. 내 머릿속은 기기괴괴한 온갖 상상들로 늘 모래주머니처럼 빽빽했으니까. 나는 청소부 아버지의 딸이 아니라 사실은 어느 부잣집의 버려진 딸이다, 라는 식의 유치한 상상은 작년도 못 되어 이미 졸업했었다. 요즘의 내 상상이란 외계인 아버지와 지구인 엄마와의 사랑, 뭐 그런 쪽의 의젓한 것이었다. 아무튼 나의 기막힌 상상력으로 인해 몽달씨는 부분적인 기억상실증 환자로 결정되었다. 그렇다면 이제는 확인할 일만 남은 셈이었다. 오래 기다릴 필요도 없었다. 나는 김 반장네 가게일을 거들어 주고 난 뒤 비치파라솔 밑의 의자에 앉아 뭔가를 읽고 있는 몽달씨에게로 갔다. 보나마나 주머니 속에 잔뜩 들어 있는 종이 조각 중의 하나일 것이었다. 멀쩡한 정신도 아닌 주제에 이번엔 기억상실증이란 병까지 얻어 놓고도 여태 시 따위나 읽고 있는 몽달씨 꼴이 한심했다.

"이거, 또 시예요?"

"그래, 슬픈 시야. 아주 슬픈……."

몽달씨가 핼쑥한 얼굴을 쳐들며 행복하게 웃었다. 슬픈 시라고 해놓고선 웃다니. 나는 이맛살을 찡그리며 몽달씨 옆에 앉았다. 그리고 아주 낮은 목소리로 물었다.

"이제 다 나았어요?"

"응. 시를 읽으면서 누워 있었더니 금방 나았지."

금방은 무슨 금방. 열흘이나 되었는데. 또 한 번 나는 몽달씨의 형편없는 정신상태에 실망했다.

"그날밤에 난 여기에 앉아서 다 봤어요."

"무얼?"

"김 반장이 아저씨를 쫓아내는 것……."

순간 몽달씨가 정색을 하고 내 얼굴을 쳐다보았다. 예전의 그 풀려 있던 눈동자가 아니었다. 까맣게 반짝이는 눈이었다. 그러나 잠깐이었다. 다시는 내 얼굴을 보지 않을 작정인지 괜스레 팔뚝에 엉겨붙은 상처딱지를 떼어내려고 애쓰는 척했다. 나는 더욱 바싹 다가앉았다.

"김 반장은 나쁜 사람이야. 그렇지요?"

몽달씨가 팔뚝을 탁 치면서 "아니야."라고 응수했는데도 나는 계속 다그쳤다.

"그렇지요? 맞죠?"

그래도 몽달씨는 못 들은 척 팔뚝만 문지르고 있었다. 바보같이. 기억상실도 아니면서……. 나는 자꾸만 약이 올라 견딜 수 없는데도 몽달씨는 마냥 딴전만 피우고 있었다.

"슬픈 시가 있어. 들어 볼래?"

치, 누가 그따위 시를 듣고 싶어할 줄 알고. 내가 입술을 비죽 내밀거나 말거나 몽달씨는 그여히[3] 시를 읊고 있었다.

……마른 가지로 자기 몸과 마음에 바람을 들이는 저 은사시나무는, 박해받는 순교자 같다. 그러나 다시 보면 저 은사시나무는 박해받고 싶어하는 순교자 같다…….

"너 글씨 알지? 자, 이것 가져. 나는 다 외었으니까."

몽달씨가 구깃구깃한 종이쪽지를 내게로 내밀었다. 아주 슬픈 시라고 말하면서. 시는 전혀 슬픈 것 같지 않았는데도 나는 자꾸만 눈물이 나려 하였다. 바보같이, 다 알고 있었으면서……바보 같은 몽달씨…….

(*소설 속에 인용된 시는 순서대로 김정환, 이하석, 황지우씨의 작품임)

---

3) 그여히 : 기어이.

작가소개 양귀자 (1955~   )

전북 전주에서 출생했다. 1978년 『문학사상』 신인상 공모에 단편 「다시 시작하는 아침」과 「이미 닫힌 문」이 당선되어 문단에 나왔다. 그의 작품세계는 무엇보다 주변의 삶, 그것도 지극히 평범한 보통사람들의 삶을 찬찬히 들여다 보는 데서 출발한다. 또 작가는 감각적이고 세련된 문체를 통해 특이한 감흥의 분위기를 자아내고 있는데 이 감흥은 이야기의 전개 과정에서 느낄 수 있는 흥미와는 전혀 성질이 다르다. 그것은 그 분위기를 조성하고 있는 섬세한 감각에서 연유되는 것이다. 주요작품으로 「사람과 인간」, 「침묵과 계단」, 「숨겨진 얼굴」, 「귀머거리 새」, 「원미동 사람들」 연작 「숨은 꽃」 「슬픔도 힘이 된다」 등이 있으며, 장편으로는 『나는 소망한다, 내게 금지된 것을』 『희망』 등이 있다.

작품해설

「원미동 시인」은 「원미동 사람들」 연작의 하나로 딸부잣집 어린 여자아이의 시각을 통해 서민들의 일상 생활과 꿈, 그리고 불가해한 폭력을 다루고 있다. 원미동으로 이사를 하게 되는 '나'라는 관찰자의 눈에 비친 원미동 시인 몽달씨, 김반장, 사진관 주인, 슈퍼 주인 등 이 소설에 등장하는 인물들은 아침 저녁으로 골목길에서 만나는 정다운 우리의 이웃이다.

읽고 나서

> (1) 이 작품에서 작가가 말하고자 하는 주제는 무엇인가?
> ― 한 개인이 당하는 이유없는 폭력의 섬뜩함과 이 폭력에 대한 이웃의 방관
> (2) '....마른 가지로 자기 몸과 마음에 바람을 들이는 저 은사시나무는, 박해 받는 순교자 같다. 그러나 다시 보면 저 은사시나무는 박해 받고 싶어하는 순교자 같다.'
> 이 시의 저자와 제목을 쓰고, 단편 '원미동 시인'에서 박해받는 순교자 같은 인물은 누구인지 찾아 보자.
> ― 황지우, '서풍앞에서'. 몽달씨

중학생을 위한 소설 30선(하)

초판발행 · 1997년 8월 15일
19쇄 · 2011년 9월 30일
지은이 · 김동리 외 / 엮은이 · 김훈 . 안도현
펴낸이 · 이종선 / 펴낸 곳 · 도서출판 한빛
출판등록 · 1991. 4. 2   제10-468호
전화 · 333-7710 / 팩스 · 714-8337

값 · 9,500원

✽잘못 만들어진 책은 교환해드리겠습니다
 ISBN 89-86218-08-9